Misericordia

Compassion
Mercy
Pity

Eliseo
Pulido
Almudena
Demetria
Benina
D. Carlos

Letras Hispánicas

Benito Pérez Galdós

Misericordia

Edición de Luciano García Lorenzo
con la colaboración de Carmen Menéndez Onrubia

SÉPTIMA EDICIÓN

CATEDRA

LETRAS HISPANICAS

© Editorial Hernando, Alianza Editorial
y Herederos de Benito Pérez Galdós
© Ediciones Cátedra, S. A., 1997
Juan Ignacio Luca de Tena, 15. 28027 Madrid
Depósito legal: M. 8.993-1997
ISBN: 84-376-0368-4
Printed in Spain
Impreso y encuadernado en Huertas, S. A.
Fuenlabrada (Madrid)

Índice

Introducción

> Si hablando lenguas de hombres y de ángeles
> no tengo caridad, soy como bronce que suena o
> címbalo que retiñe. Y si teniendo el don de profecía
> y conociendo todos los misterios y toda la ciencia
> y tanta fe que traslade los montes, si no tengo ca-
> ridad, no soy nada. Y si repartiese toda mi hacienda
> y entregare mi cuerpo al fuego, no teniendo caridad,
> nada me aprovecha... Ahora permanecen estas tres
> cosas: la fe, la esperanza, la caridad; pero la más
> excelente de ellas es la caridad.
>
> (I Corintios 13: 1-3, 13)

> Jehová..., benigna es tu misericordia.
>
> (Salmo, 69: 16)

Un año importante: 1897[1]

Sí, importante y decisivo será 1897 para don Benito Pérez Galdós y para la historia de la novela española. Para don Benito, en primer lugar, porque el año se abre con un acontecimiento que le llena de orgullo: la lectura en la Real Academia Española de la Lengua de su discurso de ingreso, acontecimiento que se celebró el 7 de febrero, contestándole quien

---

[1] Dedicamos esta Introducción exclusivamente a analizar la novela que editamos; en consecuencia, no se hace un resumen, como es habitual en este tipo de ediciones, de la biografía y de la obra del autor, que en el caso de Galdós, dada la riqueza de sus acontecimientos existenciales y de su producción novelística, teatral, etc., siempre resultaría

11

tanto le admiraba, a pesar de la distancia que en ciertas materias ideológicas existía entre ellos: don Marcelino Menéndez Pelayo[2]; en segundo lugar, porque también en estos primeros meses de 1897 Galdós consigue recuperar los derechos sobre sus obras, que un amigo —dueño de la imprenta La Guirnalda— con el que se había asociado para publicar sus novelas y *Episodios*, reclamaba como consecuencia del acuerdo efectuado con don Benito; más de dieciocho mil duros debe entregar a su socio, pero, al fin, la propiedad de las obras pasa a Galdós. Decisivo 1897 porque, como consecuencia del desembolso efectuado por nuestro escritor a favor de su socio y coeditor, don Benito se ve obligado a reanudar la redacción de los *Episodios nacionales*, que había interrumpido en 1879. Efectivamente, Galdós parte, a mediados de 1897, hacia el norte de España con el fin de documentarse sobre las guerras civiles o carlistas, y meses después, ya en 1898, aparece *Zumalacárregui*, episodio que iniciará la tercera serie de ese cuadro vivo y apasionante de la historia e intrahistoria de la España decimonónica. Importante, en fin, 1897 porque en ese año Galdós escribe y publica *Misericordia*, no sólo una de sus mejores obras sino también el testimonio de una desilusión ideológica, que había ido fraguán-

---

excesivamente esquemática. Remitimos a los estudios biográficos existentes, y para su obra creadora y los trabajos dedicados a la misma sugerimos la consulta de las bibliografías publicadas en los últimos años, especialmente la de Manuel Hernández Suárez. (Las Palmas, Exmo. Cabildo Insular, 1972) y Hensley C. Woodbridge (Metuchen, The Scarecrow Press, 1975). En esta última, cada ficha va acompañada de un resumen del contenido del libro o del artículo, por lo que su utilidad es máxima.

Por otra parte, quede constancia de que buena parte de esta Introducción proviene del librito publicado por uno de sus autores hace algunos años (Luciano García Lorenzo, «*Misericordia*» *de Galdós*, Madrid, S. G. E. L., 1975).

[2] Véase el discurso de Galdós sobre «La sociedad presente como materia novelable». Días después, el 21 del mismo mes, es don Benito quien ocupa el puesto de Menéndez Pelayo contestando al discurso de entrada de José María de Pereda *(Menéndez Pelayo-Pereda-Galdós. Discursos leídos ante la Real Academia Española en las recepciones públicas del 7 y 21 de febrero de 1897*, Madrid, Est. tip. de la Viuda e hijos de Tello, 1897). Remitimos también al lector al libro *Benito Pérez Galdós. Ensayos de crítica literaria*, Barcelona, Ediciones Península, 1972, donde está incluido el discurso de don Benito con otros textos muy significativos de las ideas literarias de nuestro novelista y con un excelente prólogo de Laureano Bonet.

dose como consecuencia del fracaso de los objetivos regeneracionistas protagonizados por esa clase media en la que el novelista había puesto sus esperanzas; Galdós, en 1897, y después del rechazo por parte de crítica y público de la adaptación teatral de *Gerona* y de *Los condenados*, como también del escaso éxito de la versión dramática de *Doña Perfecta* y de la reacción negativa del clero ante esta obra, se dirige al pueblo y con él va a protagonizar *Misericordia*. En la novela —a las notas correspondientes remitimos— latirá la nueva actitud galdosiana, como presentes están los problemas de la familia de nuestro escritor y, sobre todo, las opiniones de Galdós sobre el devenir político-social de las décadas que preceden a la fecha de composición de la novela protagonizada por Benigna.

El Madrid de Misericordia

Como Lope en el siglo XVII y Ramón Gómez de la Serna en el XX, Galdós —con Mesonero Romanos— es el pintor literario del Madrid decimonónico. Calles y plazas, comercios y figones, barrios y edificios, por las páginas de Galdós pasa un Madrid rico en perspectivas, diverso y contrastado. Pero el Madrid de Galdós no es sólo el espacio limitado que fuera Andalucía para «Fernán Caballero», Santander para Pereda o Valencia para Blasco Ibáñez. Galdós, a través de Madrid, nos da su visión de España y no haciendo historia de un pasado, como en la mayor parte de sus *Episodios*, sino actuando de cronista de un presente; un hoy observado, vivido, analizado hasta los últimos rincones del acontecer que forma la intrahistoria de su sociedad. Por el mundo novelesco de Galdós pasan los lugares madrileños más elegantes de su tiempo —desde el burgués barrio de Salamanca hasta el famoso aún hoy restaurante Lardhy—; pero por la obra de Galdós desfila también la miseria de barrios como el de las Injurias o figones como el de Boto[3]. Toda la sociedad madrileña está en Galdós: desde el político en la cumbre hasta el mendigo en los infiernos del hambre, desde el usurero sin escrúpulos hasta el

---

[3] Dice F. C. Sáinz de Robles: «Ni uno solo de los barrios madrileños fue olvidado por Galdós. Diríase que tuvo particular empeño en que sus novelas los exaltaran uno a uno, destacando con mucho bulto sus "distintas fisonomías" y sus "caracteres distintos", enfervorizando sus sentimentalismos, matizando sus expresiones autónomas, considerando con sutileza su afinidad con las personas que los habitan.»

cesante suicida, desde el clérigo *bon vivant* hasta la blasfema prostituta. Todo Madrid está en nuestro autor: desde el Palacio Real hasta las Casas de Misericordia, desde los pasillos del Congreso hasta las inmundas casas de dormir[4]... Más de medio siglo en Madrid y cientos de páginas con Madrid como centro y protagonista hacen que don Benito sea madrileño y madrileñista, aunque su partida bautismal no la conserven los archivos de la iglesia de San Ginés o la de San Sebastián.

Misericordia tiene parecido escenario que otras novelas de nuestro autor y sobre todo el reflejado en *Fortunata y Jacinta*, *Torquemada*, *Ángel Guerra*, *Nazarín* y *Halma*. Nina recorre, con la mano tendida al transeúnte o haciendo de lazarillo de Almudena, lo que a finales del siglo XIX y principios

---

El Madrid de Galdós o Galdós, uno de los «cuatro grandes», no madrileños, de Madrid. Madrid. Instituto de Estudios Madrileños, 1967. La cita en pág. 15. Remitimos al lector al libro de Carmen del Moral, *La sociedad madrileña, fin de siglo y Baroja*, Madrid, Turner, 1974. El mundo de las novelas barojianas da ocasión a la autora para hacer una panorámica condensada, pero excelente, del Madrid finisecular, el mismo Madrid que Galdós observó para llevarlo a su novela. Por otra parte, la bibliografía sobre los distintos aspectos urbanos y sociológicos del Madrid de entonces ofrecida por la autora es utilísima.

[4] Las llamadas casas de dormir fueron constante preocupación de los denunciantes de una falta de higiene en Madrid. La Memoria del Instituto Geográfico y Estadístico correspondiente al quinquenio 1888-92 decía:

> «Mientras en Madrid no se adopten ciertas medidas de trascendencia, tales como la de dotar a la población de un perfecto alcantarillado, la de urbanizar las afueras de sus ya populosos barrios, instalando en ellas los asilos benéficos y, particularmente, los hospitales; la de demoler, previa expropiación forzosa por causa de utilidad pública, todas las llamadas casas de *vecindad y de dormir* [sic en el original] en cada una de las cuales viven y se albergan centenares de personas que, por precisión, han de respirar unas el aliento de las otras, y la de ejercer en cualquier tiempo y lugar constante vigilancia para que los artículos de consumo que en tiendas, puestos, plazas y mercados se ponen a la venta reúnan las debidas condiciones, que todo esto, *cuando menos*, exige con imperio la general conveniencia, es de temer que siempre se registre el muy lamentable hecho de que, en punto de *mortalidad*, exceda la de nuestra Metrópoli a la de todas o casi todas las grandes ciudades del extranjero.»

del presente eran los distritos de Hospital (número 6), Inclusa (el 7) y la Latina (el 8)[5]. Calles con nombres de hermosas o espeluznantes leyendas —que Pedro de Répide tan bien relatara—, de personajes históricos y de onomástica religiosa; calles que aún conservan su apelativo y otras que los cambios ideológicos o un miope modernismo desterraron para hacer desaparecer poco a poco un Madrid que, a pesar de todo, lleva en sus piedras casi cinco siglos de la historia de España. El escenario de *Misericordia* es Mesón de Paredes, la plaza del Ángel, la calle de Toledo, el puente de Segovia, la calle de la Cabeza, el Campo Nuevo, las Cambroneras... Y hasta una pequeña excursión a El Pardo, siguiendo aguas arriba el Manzanares, y dejando atrás la cuesta de la Vega y la de San Vicente. El escenario de *Misericordia* son los cafés y las tabernas, los figones y las miserables casas de dormir, las tiendas[6] y los cajones comerciales de ciertas plazas, las iglesias, los oratorios, los cementerios... ¡Qué cuadros los de Galdós! ¡Con qué facilidad nuestra imaginación recrea los desmontes suburbiales, las angostas calles y los miserables interiores! Galdós no inventa, observa, y él mismo escribió en el prólogo a la edición de Nelson en 1913:

> «En *Misericordia* me propuse descender a las capas ínfimas de la sociedad matritense, describiendo y presentando los tipos más humildes, la suma pobreza, la mendicidad profesional, la vagancia viciosa, la miseria, dolorosa casi siempre, en algunos casos picaresca o criminal y merecedora de corrección. Para esto hube de emplear largos meses en observaciones y estudios directos del natural, visitando las guaridas de gente

---

[5] Eran los tres distritos más miserables del Madrid de entonces, y uno de ellos —Inclusa— el que batía todos los índices de mortalidad: 37,9 por 1000 habitantes. De todas maneras es conveniente señalar que la mitad de la población madrileña vivía en condiciones deplorables, y Galdós no ha tenido necesidad de cargar las tintas novelescamente en su obra. El índice de defunciones en Madrid era el más alto de Europa, y en cuanto a países sólo Hungría adelantaba a España en la triste estadística.

[6] «A Galdós le atrajo indiscutiblemente el encantador comercio matritense y sus no menos encantadores protagonistas. No hay obra galdosiana en la que no puedan espigarse docenas de noticias acerca de tal comercio, a veces comercio inventado, a veces comercio real, y a veces, entreverado de invención y realismo.», Sáinz de Robles, *op. cit.*, página 10.

mísera o maleante que se alberga en los populosos barrios del sur de Madrid. Acompañado de policías escudriñé las *Casas de dormir* de las calles de Mediodía Grande y del Bastero, y para penetrar en las repugnantes viviendas donde celebran sus ritos nauseabundos los más rebajados prosélitos de Baco y Venus, tuve que disfrazarme de médico de la Higiene municipal. No me bastaba esto para observar los espectáculos más tristes de la degradación humana, y solicitando la amistad de algunos administradores de las casas que aquí llamamos de *corredor*, donde hacinadas viven las familias del proletariado ínfimo, pude ver de cerca la pobreza honrada y los más desolados episodios del dolor y la abnegación en las capitales populosas...»

Sí, Madrid, o al menos una parte importante de Madrid, está en *Misericordia*. Como ese parador donde Almudena sobrevive en compañía de Pedra y esas afueras al sur de la gran ciudad donde el hambre y la suciedad han curtido unos cuerpos y conseguido la resignación de unos espíritus:

«Arranca de la explanada un camino o calle tortuosa en dirección a la puente segoviana. A la izquierda, conforme se entra en él, está la casa de corredor, vasta colmena de cuartos pobres que valen seis pesetas al mes, y siguen las tapias y dependencias de una quinta o granja que llaman de Valdemoro. A la derecha, varias casas antiquísimas, destartaladas, con corrales interiores, rejas mohosas y paredes sucias, ofrecen el conjunto más irregular, vetusto y mísero que en arquitectura urbana o campesina puede verse. Algunas puertas ostentan lindos azulejos con la figura de San Isidro y la fecha de construcción, y en los ruinosos tejados, llenos de jorobas, se ven torcidas veletas de chapa de hierro, graciosamente labrado. Al aproximarse, notando *Benina* que alguien se asomaba a una reja del piso bajo, hizo propósito de preguntar: era un burro blanco, de orejas desmedidas, las cuales enfiló hacia afuera cuando ella se puso al habla. Entró la anciana en el primer corral, empedrado, todo baches, con habitaciones de puertas desiguales y cobertizos o cajones vivideros, cubiertos de chapa de latón enmohecido. En la única pared blanca o menos sucia que las demás vio un barco pintado con almazarrón, fragata de tres palos, de estilo infantil, con chimenea de la cual salían curvas de humo. En aquella parte, una mujer esmirriada lavaba pingajos en una artesa: no era gitana, sino *paya*. Por las explicaciones que ésta le dio, en la parte de la izquierda vivían los gitanos con sus pollinos, en pacífica comunidad de habitaciones; por lecho de unos y otros, el santo suelo, los dornajos sirviendo de almohadas a los racionales. A la derecha, y en cuadras también borriqueñas, no menos inmundas que las otras, acudían a dormir de noche muchos pobres de los que andan por Madrid: por diez céntimos se les daba una parte del suelo, y a vivir...»

La cita es extensa, pero explícita, y ahorra mayores comentarios.

Ahora bien, este escenario en el que Nina destaca como figura central no es sólo el marco espacial que envuelve el desarrollo de unas vidas. Como escribe Sáinz de Robles, este paisaje urbano «tiene casi tanta importancia como las figuras», pues por sí mismo es ya un protagonista. Efectivamente, no olvidemos el comienzo del relato, personificando, por medio de una acertada comparación, el templo en cuyas puertas piden limosna los mendigos («Dos caras, como algunas personas, tiene la parroquia de San Sebastián...») y sobre todo el tan evidente simbolismo de los nombres de las calles en que vive doña Frasquita, connotación de la evidente decadencia que supone cada cambio de lugar: del piso de la calle Claudio Coello, en pleno barrio de Salamanca, la viuda de Zapata pasa a un cuarto de la calle del Olmo, ya en el viejo Madrid, de ésta al Saúco y del Saúco al Almendro, para acabar, con tremenda e irónica paradoja, en la calle Imperial. Galdós, que forzó hasta el máximo la onomástica de sus personajes, estando definidos prácticamente con sólo el nombre y los apellidos, logra exponer lo que se proponía, pero de una forma tan evidente que el proceso resulta casi caricaturesco por su elementalidad.

Galdós y Madrid. Un Madrid al que nuestro escritor llegó en 1862 con vocación de dramaturgo, convirtiéndose en uno de los novelistas que mejor han sabido observarlo y describirlo. Un Madrid que don Benito vio crecer, elegante y burgués al norte y oeste y miserable al sur; un Madrid frívolo y al mismo tiempo dramático, brillante y también miserable; un Madrid protagonista de la decimonónica España y héroe y antihéroe, simultáneamente, del mundo novelesco galdosiano[7].

---

[7] Queremos recordar, para de esta manera hacer justicia a Galdós, que Madrid no sólo aparece como marco espacial de sus obras de creación; don Benito dedicó a la ciudad numerosas páginas de recuerdos, escribió artículos en los periódicos madrileños y en 1915 Serafín Álvarez Quintero leyó en el Ateneo el texto de una conferencia titulada

Sobre la composición narrativa

Podemos afirmar que *Misericordia* es un hito, quizá de los más importantes, de la novelística galdosiana. El autor, sin abandonar su actitud de creador omnisciente y buscando la mayor inmediatez y efectividad propia del teatro practicado con asiduidad desde 1890 y sin abandonar tampoco las formas de la novela contemporánea —relato en tercera persona, presencia del narrador entre personajes y lector, descripciones, más que amplias, selectivas y pormenorizadas, etc.—, el autor, repetimos, se ve impulsado al filo del fin de siglo hacia formas expresivas mucho más libres aún y que anticipan lo que se denominará posteriormente «roman objective».

El gran avance estilístico de esta novela, como veremos en el último apartado de la Introducción, consiste en la mayor libertad, cercana a la novela dialogada, en que se muestran en diversos capítulos los personajes. Sin embargo, en otros, y especialmente los que desarrollan la presentación de las clases medias decadentes, se mantienen con exactitud las características de sus novelas contemporáneas, características, por otro lado, propias de la novela realista y naturalista nacional, en la cual *Misericordia* no es una excepción, como veremos inmediatamente.

Estructuralmente, la novela está dividida en cuatro partes, girando todas alrededor de Nina, su protagonista; pocas son las ocasiones en que el autor prescinde de su presencia física

---

«Madrid» que Galdós, ya ciego, tiene que escuchar entre el público. En esta conferencia, el autor recuerda desde las tinieblas de la ceguera el Madrid luminoso de sus días felices en la capital, pero también el tenebrismo de algunos de los lugares que enmarcan la acción de *Misericordia (Obras Completas*, Madrid, Aguilar, 1968, 2.ª ed., págs. 1503-1510). Evidentemente, no olvidamos su «Crónica de Madrid», que podría ser, por los acontecimientos históricos, sociales, etc., relatados, lectura complementaria de *Misericordia*.

Estos trabajos galdosianos deben completarse con una serie de obras dedicadas a Madrid y que hemos utilizado para la elaboración de las citas que acompañan nuestra edición de *Misericordia*. Entre otros, podemos seleccionar: R. Mesonero Romanos, *Nuevo manual histórico-topográfico-estadístico y descripción de Madrid*, Madrid, Imp. de la viuda de A. Yenes, 1854; A. Fernández de los Ríos, *Guía de Madrid*, Madrid, 1876, y recientemente, A. A. V. V., *Madrid*. Madrid, Espasa-Calpe, 1979-80. Se trata de una serie de fascículos dedicados a los diferentes barrios de la capital y realizados por distintos especialistas.

y cuando Benina no aparece en el relato, los personajes giran alrededor de una situación anterior que tiene como eje fundamental de la acción a la pobre criada. Nina, al igual que el pícaro, conforma el desarrollo narrativo y el resto de los personajes no hacen sino complementar a éste.

La primera de esas cuatro partes a las que hemos hecho referencia correspondería a los capítulos I-III, a través de los cuales Galdós pone ante el lector el mundo de los mendigos madrileños, y en él, con ciertas diferencias sobre los demás, también a Nina. En la segunda (capítulos IV-XIX), el autor se detiene en los personajes más importantas de la novela, para decirnos en tercera persona cómo y quiénes son, al mismo tiempo que los desnuda ante el lector por medio de diferentes situaciones dialogadas; esta segunda parte se cerraría con el capítulo XX, en el cual Nina sale a mendigar intentando solucionar la trágica existencia de dichos personajes. La tercera (capítulos XXI-XXIX) es una intensa exposición agudizada de la miseria de dichos hombres y mujeres al mismo tiempo que Nina debe multiplicarse para redimir del hambre a «su» familia, aumentada con don Frasquito, refugiado, enfermo, en casa de doña Paca. Se cierra esta tercera parte con los capítulos XXX y XXXI, en que de nuevo sale a mendigar Nina, siendo detenida al mismo tiempo que don Romualdo ha ido a casa de su señora con la buena nueva de la herencia. La cuarta parte, en fin (capítulos XXXII-XXXIX), componen el relato de la felicidad de doña Paca y familia por la herencia recibida, en contraste con la enfermedad de Almudena, la expulsión de Nina de la casa que ha mantenido con las limosnas recibidas y la muerte de don Frasquito. Se cierra la novela con un último capítulo viviendo el lector el triunfo espiritual de Nina y el fracaso completo de quienes la negaron.

Hay a través de *Misericordia* una serie de constantes que merecen ser resaltadas, pues se trata, evidentemente, de procedimientos técnicos, de los cuales Galdós se sirve, en mayor o menor medida y de una forma consciente, o de recursos narrativos —como antes mencionábamos— definitorios de la técnica novelística decimonónica. En primer lugar, Galdós, aunque la afirmación no debe aplicarse de una forma global, es el autor omnisciente que mueve a sus personajes, hablando, incluso a través de ellos, opinando sobre sus criaturas, en unas ocasiones, y condicionando al lector, en otras, con comentarios que están al margen de la acción estrictamente novelesca[8]. Citábamos antes el comienzo de la obra y, efectivamente, la comparación de las dos puertas de la iglesia de San Sebastián, con las dos caras que algunas personas hipócritamente muestran, está definiendo a una buena parte de la sociedad expuesta en el relato y condicionando al lector, desde las primeras líneas, con un juicio que éste debería emitir al final y no al principio de la novela. Mas adelante (capítulo III), Galdós nos habla de Almudena, y dice: «Almudena, *del cual, por el pronto, no diré más*, sino que es árabe, del Sus...» En otra ocasión: «*En justicia*, debo decir...»; en otra se dirige al lector dándole explicaciones: «Realmente, ni él sabía explicárselo ni Benina entenderlo; pero el observador atento bien puede entrever en aquella singular querencia...»; el capítulo X, por su parte, se abre, creemos que de una manera un tanto fácil, con la siguiente afirmación que pretende servir de nexo de unión con el anterior capítulo: «Pues, señor, atando ahora el cabo de esta narración, sigo diciendo que aquel día...» Por último, don Benito, que ofrece al lector una obra netamente moralizante, no oculta su didactismo en frases como: «Ved aquí en qué paran las glorias y alturas de este mundo...» (cap. VII), afirmación innecesaria, pues el lector ha sacado ya sus propias conclusiones a través de la larga historia de doña Frasquita, contada por el autor pormenorizadamente. El empleo, como puede apreciarse, de la primera persona e incluso del imperativo es una excepción dentro del relato, escrito todo él en tercera, mostrando bien a las claras el poder del novelista sobre sus seres de ficción y la familiaridad con que se dirige al lector con unas afirmaciones que pretenden imponer, desde el principio, la lección ofrecida por el novelista.

Otro aspecto interesante, y en la misma línea que el ante-

---

[8] Galdós afirma en el prólogo a *El abuelo* (1897):

> «Por más que se diga, el artista podrá estar más o menos oculto, pero no desaparece nunca ni acaban de esconderle los bastidores del retablo, por bien construidos que estén. La impersonalidad del autor, preconizada hoy por algunos como sistema artístico, no es más que un vano emblema de banderas literarias, que si ondean triunfantes es por la vigorosa personalidad de los capitanes que en su mano las llevan.»

Sin embargo, Galdós intentó borrar esta presencia omnisciente del autor con sus novelas dialogadas o «habladas», como él las denomina.

rior, es la técnica empleada por Galdós para retratar física y moralmente a sus personajes. Se trata de un recurso típicamente galdosiano, pues es una constante a través de toda su producción y no solamente practicado en *Misericordia*. Galdós describe amplia y detalladamente a sus personajes y no sólo a los protagonistas; esta descripción es siempre paralela a la bondad o maldad, al buen o mal carácter de sus criaturas. Retratos completos, desde el pelo hasta los pies, con interés especial y muy lógico en el rostro o mejor aún en ciertas partes del rostro, pues ojos, nariz y dientes conforman con las manos las preferencias galdosianas en el retrato. Así, frente a la rugosa mano de largas uñas de La Crescencia, los «ojuelos sagaces, lacrimosos, gatunos», que irradian «desconfianza y malicia» de la Burlada y los «ojos reventones, espantados, sin brillo ni expresión» de la *señá* Casiana; la también mendiga. Nina está así descrita por Galdós:

> «Tenía la Benina voz dulce, modos hasta cierto punto finos y de buena educación, y su rostro moreno no carecía de cierta gracia interesante que, manoseada ya por la vejez, era una gracia borrosa y apenas perceptible. Más de la mitad de la dentadura conservaba. Sus ojos, grandes y oscuros, apenas tenían el ribete rojo que imponen la edad y los fríos matinales. Su nariz destilaba menos que las de sus compañeras de oficio, y sus dedos, rugosos y de abultadas coyunturas, no terminaban en uñas de cernícalo. Eran sus manos como de lavandera y aún conservaban hábitos de aseo. Usaba una venda negra bien ceñida en la frente; sobre ella, pañuelo negro, y negros el manto y vestido, algo mejor apañaditos que los de las otras ancianas. Con este pergenio y la expresión sentimental y dulce del rostro, todavía bien compuesto de líneas, parecía una Santa Rita de Casia...» (capítulo III).

Por fin llegamos: a Galdós no le ha bastado la muy diferente adjetivación empleada para definir a la *señá* Casiana, Crescencia o la Burlada, por un lado, y a Nina, por otro; Galdós necesita algo más y frente «al gato que hubiese perdido el pelo en una riña, seguida de un chapuzón», que es la Burlada o el «caballo viejo, y perfecta semejanza con los de la plaza de toros», que es la Casiana, Benina es Santa Rita de Casia, a la cual, para parecer una penitente, le falta

> «sólo el crucifijo y la llaga en la frente, si bien podría creerse [¡atención a esto!] que hacía las veces de ésta el lobanillo del

tamaño de un garbanzo, redondo, cárdeno, situado como a media pulgada más arriba del entrecejo».

No hace falta que sigamos: Galdós ya nos ha dicho —y estamos en el pórtico del relato— quién es el alma buena, el ángel, el nuevo Quijote y el nuevo redendor[9].

Galdós, pues, sigue en *Misericordia*, aunque no tan exageradamente, los mismos procedimientos empleados ya en sus primeras novelas[10] al darnos los retratos de sus personajes; sin embargo, hay algo que quisiéramos subrayar antes de finalizar con ellos, por estimarlo muy significativo y suponer un avance en su quehacer novelístico. En *Doña Perfecta* —la obra más representativa de su primera época—, Galdós antes de dejar a sus personajes en acción, los retrataba ante el lector, y ya hemos dicho que mucho más detallada y parcialmente que en las novelas contemporáneas; en *Misericordia*, curiosamente, don Benito ha dejado primero actuar y hablar a sus criaturas para luego describirlas. Efectivamente, doña Frasquita y su triste historia nos son presentadas en el capítulo VII, cuando ya conocemos a la señora por su diálogo con Nina en el capítulo anterior, y lo mismo ocurre con Pedra y Almudena en el capítulo XIII, definidos por sus acciones y palabras desde los comienzos del relato. No nos hemos detenido a observar si se trata de una constante a partir de *La desheredada*

---

[9] Se pueden corroborar estas afirmaciones con todos los personajes de *Misericordia*; remitimos, como elocuente ejemplo, al capítulo XXI, donde encontrará el lector el retrato de la *Pitusa*, que condensa perfectamente lo expuesto. Sobre el quijotismo de Nina *vid.* J. de Entrambasaguas, *Las mejores novelas contemporáneas*, I, Barcelona, Planeta, 1957.

[10] Véase Luciano García Lorenzo, «Sobre la técnica dramática de Galdós. *Doña Perfecta* de la novela a la obra teatral», en *Cuadernos Hispanoamericanos*, núms. 250-252, 1970-71, págs. 445-471; del mismo autor, *Misericordia de Galdós*, *op. cit.*, págs. 73-82, y de J. E., Varey, *Pérez Galdós. Doña Perfecta*, Londres, Grant and Cutler, 1971. La bibliografía sobre las técnicas narrativas galdosianas es pobre. Hace algunos años, Ricardo Gullón publicó un libro *(Técnicas de Galdós*, Madrid, Taurus, 1970) que fue el principio de un trabajo a realizar sobre toda la producción galdosiana, pues Gullón estudió solamente *Doña Perfecta*, *El amigo Manso*, *La de Bringas* y *Fortunata y Jacinta*. Posteriormente han aparecido trabajos sobre obras concretas. *Vid.*, entre éstas: Juan María Marín Martínez, «Aproximación a *Misericordia*. Análisis de tres constantes galdosianas», en *Revista de Literatura*, 42, 1980, págs. 63-91.

—novela con que se inicia la nueva etapa galdosiana—, pero sospechamos que *Misericordia* no es un caso aislado.

Técnicamente, otro punto de interés en la novela es la no adecuación de secuencia novelística y capítulo. Y así, si volvemos de nuevo a sus primeras obras, observamos cómo Galdós se ha servido en ellas del capítulo como unidad base narrativa, comenzando en cada uno una secuencia que, desarrollada a través de un número variable de páginas, concluye con las últimas palabras de ese mismo capítulo. Recordemos, incluso, que en estas primeras obras los capítulos llevan, muy cervantemente, títulos cada uno de ellos y cómo estos títulos se repiten modificados cuando las situaciones no finalizan con un solo capítulo, sino que continúan en otro o varios más: «¿Habrá desavenencia?», «La desavenencia crece»... leemos antes de comenzar varios capítulos de *Doña Perfecta*. En *Misericordia*, por el contrario, esta adecuación no existe, y Galdós continúa en un capítulo la acción iniciada o desarrollada en el anterior para comenzar la siguiente, en ocasiones, cuando ya dicho capítulo ha avanzado considerablemente. Podemos afirmar, acentuando nuestros argumentos, que don Benito se ha preocupado en muchos capítulos de abrir, al final de los mismos, la puerta que conduce a los siguientes, pero dando sólo el primer paso de un camino que quedará inmediatamente interrumpido. El lector observavá fácilmente esta elaboración narrativa, pues, prácticamente, todo el relato se estructura así.

Por último, nos detendremos en un aspecto que nos parece, a pesar de su intrascendencia, muy significativo. Galdós escribió en el prólogo a *Casandra*:

> «Casemos, pues, a los hermanos teatro y novela, por la Iglesia o por lo civil, detrás o delante de los desvencijados altares de la Retórica, como se pueda, en fin, y aguardemos de este feliz entronque lozana y masculina sucesión»[11].

Qué Galdós intentó romper moldes nos lo demuestra esta afirmación —la cita podría multiplicarse—, y más directamente sus novelas dialogadas y la mezcla de novela y teatro que aparece, por ejemplo, en *El doctor Centeno* o en *Tormento*. *Misericordia* es plenamente una obra narrativa, una valiosa y extraordinaria obra narrativa, pero en la cual no resulta sorpren-

---

[11] *Obras Completas*, VI, 1968, págs. 116-7.

dente encontrar dos acotaciones teatrales: al comienzo del capítulo XXIV, y después del arrebato colérico de Almudena y su posterior desconsuelo, Galdós acota «Pausa larga», y en el capítulo VI don Benito escribe «(*Levantándose con gran esfuerzo*)» entre paréntesis y con letra cursiva, acompañando con la explicación del movimiento del personaje la intervención oral de doña Frasquita. Don Benito ha deslizado estas acotaciones muy conscientemente y no pueden causar sorpresa al lector. Galdós no llegó a lo que Unamuno con *Niebla* y Valle Inclán con el «Esperpento», pero mucho fue lo que intentó y numerosos también fueron los aciertos conseguidos. Un estudio detenido de las novelas dialogadas y del teatro será adecuada demostración de nuestras afirmaciones.

Realidad y fantasía

Las páginas que siguen, aunque encuadradas en apartado independiente, son una continuación del anterior, pues de un problema de composición narrativa se trata en ellas. El hecho de formar capítulo aparte en este estudio refleja solamente nuestra intención por subrayar uno de los aspectos más importantes de *Misericordia* y condicionante de todo el desarrollo narrativo de la historia ofrecida al lector por don Benito.

Dos planos hay en *Misericordia*, entreverados a través de todo el relato y configurando éste: por una parte, la realidad tangible y existente desde el comienzo de la obra y en torno a la cual se mueven los personajes; por otra, una realidad soñada, imaginada y producto de la fantasía de esos mismos personajes. Joaquín Casalduero ya afirmaba hace algunos años:

> «En *Misericordia* nos vemos trasladados sin cesar de la zona de la realidad a la de la imaginación o al contrario. Si la descripción del autor nos coloca en una habitación o en una calle, o entre unas mujeres o unos hombres, captando la luz, los colores, los contornos en toda su expresiva objetividad, en seguida un personaje nos aleja de ese mundo real y nos transporta a un mundo soñado; si a menudo el diálogo de los personajes se refiere exclusivamente a la realidad, con frecuencia nos introduce en un puro mundo de fantasía»[12].

---

[12] *Vida y obra de Galdós...*, cit., pág. 221.

Gustavo Correa, por su parte, ha dicho:

«El entrecruzamiento de planos de la realidad soñada o inventada con los de la realidad concreta, y su fusión final con esta última constituye, así, la característica particular del mundo novelesco de *Misericordia*»[13]

Y Robert Ricard ya afirmaba en 1959:

«A l'observation fidèle et minutiese de la vie Galdós mêle souvent le gout du symbole, du mystère, de la fantassie et même du fantastique [...]. La frontière n'est plus nettement tracée entre le réel et l'imaginaire, entre les choses et les signes, entre le donné et l'inventé.»[14]

Efectivamente, ante la miseria de *Misericordia*, doña Paca y Benigna sueñan, crean idealmente unas ilusiones que las hacen olvidar el hambre momentáneamente y las transporta a un mundo donde la justicia y la felicidad no son sólo palabras vacías. El contraste es evidente y de esta manera si la verdadera realidad está pintada por Galdós, incluso con una técnica naturalista que tiene sus mejores ejemplos en los retratos de los personajes y en las descripciones de ciertas partes del Madrid suburbial, la realidad imaginada se encuentra, en ocasiones, convertida en cuento de *Las mil y una noches*, transformando Nina y doña Paca un pequeño ruido de la casa en el sonido de las monedas de un tesoro escondido en las paredes o en el techo. Nina y su señora sueñan, y también sueña don Frasquito: para él la felicidad fue París, un París completamente idealizado, decadente y seudorromántico, como su misma persona, fácilmente creado por Ponte, como sin dificultad convierte a Obdulia en la emperatriz Eugenia de Montijo.

---

[13] *Realidad, ficción y símbolo en las novelas de Pérez Galdós: ensayo de estética realista*, Bogotá, Instituto Caro y Cuervo, 1967, pág. 207.
[14] En «Sur le personnage d'Almudena dans *Misericordia*», en *Bulletin Hispanique*, LXI, 1959, págs. 12-25, recogido luego en *Galdós et ses romans*, París, Centre de Recherches de l'Institut d'Études Hispaniques, 1961, págs. 52 y ss. Véanse también, sobre este tema, los artículos de Carlos Clavería, «Sobre la veta fantástica en la obra de Galdós», en *Atlante*, I, Londres, 1953, págs. 78-86 y 136-43, y «Galdós y los demonios», en *Homenaje a J. A. Van Praag*, Amsterdam, Plus Ultra, 1956, págs. 32-37, y el trabajo de Ricardo Gullón, «Lo maravilloso en Galdós», en *Ínsula*, número 113, mayo de 1955, págs. 1, 11.

Este mundo de ficción y símbolo de la felicidad, bien volviendo al pasado como don Frasquito o creando un futuro como doña Paca, tiene su máximo exponente en el imaginado clérigo don Romualdo, inventado por Benina, y base de todas sus mentiras. La necesidad lo ha creado y la necesidad quedará solucionada con su real existencia. Quizá no sea el mismo, quizá el don Romualdo que lleva la herencia a doña Paca no sea el sacerdote para el que Nina dice trabajar de cocinera, es posible que la mentira en mentira se quede, pero también es posible que el milagro se produzca, y si Benina mendigaba en lugar de hacer pepitorias, pateando calles estuviera anunciando al clérigo albacea. Nina ha creado a don Romualdo, y al final Nina duda si los sueños[15] que las mentiras crean no serán tan reales como la misma concreta existencia:

> «Volvióse a casa muy triste, y ya no se apartó de su mente la idea de que el benéfico sacerdote alcarreño [no olvidemos que de la Alcarria es Nina] no era invención suya, de que todo lo que soñamos tiene su existencia propia, y que las mentiras entrañan verdades» (capítulo XXXI).

Antes ha dicho también:

> «Los sueños, los sueños, digan lo que quieran son también de Dios; ¿y quién va a saber lo que es verdad y lo que es mentira?»

Y la fuerza de lo imaginado es tal que hasta la pobre Nina cree reconocer a la sobrina de don Romualdo:

> «Y de tal modo arraigaba en su mente la idea de que se convertía en real el mentido y figurado sacerdote alcarreño, que una noche, cuando pedía con antiparras y velo, creyó reconocer en una señora que le dio dos céntimos a la mismísima doña Patros, la sobrina que bizcaba una miaja» (capítulo XXX).

---

[15] Sobre los sueños de Galdós, véanse el libro de Joseph Schraibman, *Dreams in the novels of Galdós*, Nueva York, Hispanic Institute, 1960, el artículo de Gerald Gillespie, «Dreams and Galdós», en *Anales galdosianos*, I, 1966, págs. 107-15, y el libro de Ricardo Gullón, *Galdós, novelista moderno*, Madrid, Gredos, 1966, págs. 167-217.

Como señala Gustavo Correa:

> «Los sueños son, efectivamente, para ella, elementos integrantes del orden universal de la existencia y, en cuanto tales, son reflejos mismos de la Divinidad [...]. Gracias a los sueños es posible crear el reinado integral de la justicia, el cual aún no ha tenido cumplimiento.»

Si la necesidad ha inventado a don Romualdo, la necesidad, la fascinación y hasta la duda llevarán a Benina a aceptar el proyecto del rey Samdai, que el ciego Almudena propone. Nina se niega, al principio, a lo que parece una farsa, pero ella bien sabe que sólo un milagro puede sacarla de la mendicidad; por eso, cuando Almudena describe al rey Samdai exponiendo sus propósitos y otra vez muy orientalmente habla el moro a la mendiga de las riquezas que dicho monarca posee y puede darle, cuando el ciego calienta la cabeza de Benina con el esplendoroso séquito de hombres y camellos que al rey Samdai acompañan, Nina cede: «Y si es verdad que hubo Reyes Magos que traían regalos a los niños, ¿por qué no ha de haber otros reyes *de ilusión* que vengan al socorro de los ancianos, de las personas honradas que no tienen más que una muda de camisa, y de las *almas* decentes que no se atreven a salir a la calle porque deben tanto más cuanto a tenderos y prestamistas?» (capítulo XII). Nina piensa en doña Paca con la última frase, con las anteriores en el anciano harapiento que, con una niña en brazos, pide limosna en el oratorio del Olivar (capítulo XXVIII), en don Frasquito, en Almudena, en ella misma. Y Nina acepta el sueño por necesidad («la miseria despertaba en ella el respeto de las cosas inverosímiles y maravillosas» [capítulo XII]), y con Almudena recita las oraciones al rey Samdai:

> «Yo hago caso de los sueños, porque bien podría suceder, una comparanza, que los que andan por allá vinieran aquí y nos trajeran el remedio de nuestros males. Debajo de tierra hay otro mundo, y el toque está en saber cómo y cuándo podemos hablar con los vivientes *soterráneos*. Ellos han de saber lo mal que estamos por acá, y nosotros soñando vemos lo bien que por allá lo pasan. No sé si me explico..., digo que no hay justicia, y para que la *haiga* soñaremos todo lo que nos dé la gana, y soñando, un suponer, traeremos acá la justicia» (capítulo XXII).

Nina sí se explica, se explica muy bien y la justicia que pide no llega, aunque don Romualdo aparezca[16] con su herencia para resolver el problema de doña Paca; el milagro ha hecho realidad al menos el fin de los sueños: Nina debería olvidar la parroquia de San Sebastián, el frío, la mano tendida en las esquinas de las calles, la mentira y el engaño, pero Nina vuelve a la miseria porque el milagro conducirá al egoísmo por la débil voluntad de doña Paca, y la ingratitud triunfa sobre el afecto y la correspondencia a unos sacrificios. Nina, como Cristo, podría también decir: «Padre, ¿por qué me has abandonado?»... La redentora criada alcarreña cargará de nuevo con su cruz, con el cuerpo enfermo de Almudena, y mientras doña Paca, Hilaria y los demás se reparten las vestiduras de un milagro, de un sueño hecho realidad, Benina camina hacia el sur de Madrid, hacia la carretera de Toledo, a mano izquierda del puente, hacia «los quintos infiernos» de la pobreza, de la miseria, de la limosna.

La sociedad española a través de la novela

En 1870, Galdós ya había escrito:

> «Pero la clase media, la más olvidada por nuestros novelistas, es el gran modelo, la fuente inagotable. Ella es hoy la base del orden social: ella asume por su iniciativa y por su inteligencia la soberanía de las naciones, y en ella está el hombre del siglo XIX con sus virtudes y sus vicios, su noble e insaciable aspiración, su afán de reformas, su actividad pasmosa. La novela moderna de costumbres ha de ser expresión de cuanto bueno y malo existe en el fondo de esa clase, de la incesante agita-

---

16 Dice Nina: «¡Vaya con don Romualdo! Le había inventado ella y de los senos oscuros de la invención salía persona de verdad, haciendo milagros, trayendo riquezas, y convirtiendo en realidades los soñados dones del rey Samdai» (cap. XXXVII). Con la llegada de don Romualdo la fusión a que se refería Correa se efectúa por completo. El proceso es claro a lo largo de toda la obra y añadimos tres citas más a las ya formuladas, que confirman plenamente este avance en la mente de Nina: «... de tanto hablar de aquellos señores y de tanto comentarlos y describirlos había llegado a creer en su existencia». «Prosiguió el coloquio con esta vaga fluctuación entre lo real y lo imaginativo.» «Al decir esto sintió la Benina que se renovaba en su mente la extraña confusión y mezcolanza de lo real y lo imaginado» (caps. XX, XXIII y XXX).

ción que la elabora, de ese empeño que manifiesta por encontrar ideales y resolver ciertos problemas que preocupan a todos, y conocer el origen y el remedio de ciertos males que turban las familias. La grande aspiración del arte literario es dar forma a todo esto»[17].

Evidentemente, en 1897, cuando Galdós escribe *Misericordia* elige más lo malo que lo bueno de esa clase media; la ilusión por un positivo futuro español, teniendo como protagonista a esa clase, se ha enfriado y las ideas de don Benito, con cincuenta y cuatro años, ya no serán las mismas que cuando sólo contaba la mitad. Y es que en España habían sucedido muchas cosas en ese paréntesis.

Doña Paca y Frasquito Ponte son, indudablemente, los más completos representantes de esa clase media, que nuestro escritor llevara tantas veces a sus novelas, poniendo en práctica sus ideas teóricas; una clase media, la galdosiana, venida a menos, pero que intenta conservar los privilegios sociales y el ritmo de vida que tuviera en sus años de apogeo. Doña Frasquita y Ponte muestran claramente la decadencia de todo un estrato social, de un fracaso que Galdós, sin piedad, pero con tristeza, presenta, situando el descenso históricamente. Y es que doña Frasquita ha pasado de la riqueza a la miseria, del piso elegante y confortable al cuarto destartalado, de las «vacas gordas» de los año 1859 y 1860 al presente miserable y caritativo. Doña Paca vive del pasado y sus mejores horas son aquéllas en que rememora, al lado de Ponte, buenos tiempos, resucitando personas y personajes que, directa o indirectamente, pasaron por su vida. Pero cuidado: no es el destino el culpable de la limosnera situación de hoy ni tampoco es solamente la política y los acontecimientos sociales lo que han provocado la decadencia y con ella la pobreza, las papeletas del Monte de Piedad o las deudas a los prestamistas. Como dice Ricardo Gullón:

> «Galdós no creía que el hombre pudiera desligarse de la sociedad; tampoco lo imaginó dominado por el medio. Su creencia en una vía media en la relación entre hombre y sociedad le llevó a considerar al primero condicionado por el

---

[17] «Noticias literarias, proverbios ejemplares y proverbios cómicos de Ventura Ruiz Aguilera», en *Revista de España*, XV, 1870, número 57, páginas 162-93.

ambiente, pero, a la vez, condicionándolo; en situación, pero capaz de escoger»[18].

Sí, Galdós se detiene en los individuos y a ellos acusa:

> «Resulta gran tontería echar al destino la culpa de lo que es obra exclusiva de los propios caracteres y temperamentos, y buena muestra de ello es doña Paca, que en su propio ser desde el nacimiento llevaba el desbarajuste de todas las cosas materiales» (capítulo VII).

Descuidada, frívola y caprichosa, doña Frasquita vivió hacia fuera sin mesura y los excesos de ayer la han conducido a la vergüenza de hoy:

> «¿Pero a dónde voy yo con esta facha, sin ropa decente, temiendo tropezarme a cada paso con personas que me conocieron en otra posición, o con tipos ordinarios y soeces a quien [sic] se debe alguna cantidad?» (capítulo X).

Doña Paca, como Rosalía Pipaón, «la de Bringas», o la femenina familia de Villaamil, en *Miau*, son perfectos representantes de todo un género a extinguir, de toda una clase que vive hacia el exterior sin darse cuenta que con ello están labrando su propia destrucción y la destrucción de los que les rodean. Como ese marido de doña Francisca Juárez que muere, cansado de intentar poner orden en el desorden, un Viernes Santo, como si de un Cristo crucificado se tratara y dejando tras él una mujer que pronto pasará a vivir de la caridad de su criada, un hijo ladrón que casará con la hija de una sastra y una hija neurótica y al igual que su madre con delirios de grandeza que, muy románticamente, se enamorará del hijo del administrador de una empresa de servicios fúnebres. Gran fracaso familiar y gran fracaso social el de estos Zapata, oriundos de Ronda y vecinos de Madrid. Doña Francisca Juárez, ayer en teatros y banquetes y hoy en la reclusión doméstica voluntaria y con la onza de chocolate por todo alimento; doña Francisca Juárez de Zapata, a quien sólo le queda estúpido orgullo y autoritarismo, aunque luego se derrumbe y solicite conversación de la pobre Benina para matar el gusanillo que grita las hambres de su estómago; una doña Francisca que llega a los celos más infantiles y con ellos a la crueldad, negando a Nina toda posibilidad de unirse a

18 Gullón, *op.*, *cit.*, pág. 130.

Sastra

Ponte —¡pobre Nina, como si ella tuviera tiempo para romances!—, y entre acusaciones y reproches llega a recordarle a Nina que «según dicen» del idilio con un guardia civil tuvo un hijo que abandonó en la Inclusa... Pero lo que define a doña Paca no es únicamente el orgullo y sus tontas apariencias de clase, ni su fracaso ni sus celos infantiles; lo que hay en ella, además de todo eso, es una falta completa de voluntad y esta cobardía es la que al fracaso la ha llevado para conducirla después a la ingratitud y a la crueldad: con Nina hizo doña Frasquita un pacto, tanto en «la adversa como en la próspera fortuna», Nina fue el motor vital de doña Paca y ella lo reconoce («¿Yo?..., no sé..., no puedo pensar... Me falta la inteligencia, me falta la memoria, me falta el juicio, me falta Nina» [capítulo XXXIII]); Nina evita deshaucios, desempeña objetos de valor, gasta sus pequeños ahorros; Nina da de comer a su señora, a su hijos, al pariente Ponte, a los gatos de su neurótica hija; Nina es detenida por mendigar para ellos... Y ante esto, doña Francisca Juárez, heredera de bienes, hereda también a Juliana, que la domina con su enérgico carácter privando con su pasividad y su silencio a la alcarreña criada de un agradecimiento, de una gratitud y una felicidad que ganada tenía:

> «Andaba doña Paca lentamente, la vista fija en el suelo, abrumada, melancólica, como si la llevaran entre guardias civiles. La *niña* reía, charlando con Polidura. Detrás iba Juliana arreándolos a todos y mandándoles que fueran de prisa por el camino que les marcaba. No le faltaba más que el palo para parecerse a los que en vísperas de Navidad conducen por las calles las manadas de pavos. ¡Cómo se clareaba el despotismo hasta en sus menores movimientos! Doña Paca era la res humilde que va a donde la llevan, aunque sea al matadero: Juliana, el pastor que guía y conduce» (capítulo XL).

Triste personaje el de doña Frasquita, triste y digno de lástima por su ceguera y su fragilidad, por su pantalla de gran señora y su débil pobreza interior. Triste retrato el de una sociedad española que en salones, estrados o palcos de teatro vivió sus años gloriosos y tiene que ponerse en las manos de sus criados para no morir de inanición.

De la misma familia de doña Paca es Frasquito Ponte, natural de Algeciras y hoy elegante fósil; frecuentador de salones, tertulias y casinos y célibe por causa del manifiesto desequilibrio entre lo que pide y lo que puede ofrecer, Ponte se consagró a la vida social, y de ella ha obtenido el hambre presente.

Hidalgo sin fortuna, don Frasquito conserva todavía de aquella hidalguía sus gustos por la poesía y el teatro del último romanticismo, su devoción a las instituciones monárquicas del ayer —devoción estética más que ideológica—, su preocupación por las cuestiones de honor que le llevan a pedir explicaciones al moro Almudena «por el inaudito agravio de suponer, de afirmar en público, que él, Frasquito, hacía la corte a Benina» (cap. XXXIX), sus cosméticos —pomadas y betunes que intentan conservar una piel y una barba como él en plena decadencia—, y esa obsesión por llevar sus pequeños pies calzados con botas nuevas y relucientes que lo transportan al mundo de lo ideal de la misma manera que lo conducen a comer un caldo a la taberna del Boto. Don Frasquito, que a caballo, como buen hidalgo, va en busca de Nina a El Pardo, no es, a pesar de su ridiculez, un personaje pintado negativamente por Galdós; inofensivo e infeliz, la Providencia, «que no abandona a los buenos» (son palabras de Galdós), le depara a Obdulia y a través de ella a esa Nina que repartirá lo poco obtenido con sus limosnas entre la neurótica hija de doña Paca, sus gatos y el propio don Frasquito. Cursi y melodramático, amante del París de Feuillet y Alphonse Karr, Ponte será el gran testigo de la trágica historia de Nina y el fiscal, el terrible acusador, de la ingratitud de doña Paca y su familia. Galdós siente desde el primer momento piedad hacia su personaje; como doña Frasquita, ha vivido siempre pensando en el qué dirán los demás y, como ella, sólo él es el culpable de su situación; sin embargo, Ponte sabe dónde están el bien y el amor, Ponte sabe dónde ha estado la ayuda y la caridad, el sacrificio y el afecto, la peseta para poder dormir en los miserables cuartos de Bernarda o para poder comprar el retrato de Eugenia de Montijo... Como vimos, Ponte convertirá en un ángel a Nina y con la acusación de ingratitud a Curra Juárez[19] el ligero Ponte («Yo, porque soy agradecido,

---

[19] Galdós, como indica Denah Lida («De Almudena y su lenguaje», en *Nueva Revista de Filología Hispánica*, número 15, 1961, pág. 304, nota 22: se sirve de una gran pluralidad de nombres al hablar de sus personajes), Nina es Benigna, Benina, Benigna de Casia, Benina de Casia, señá Benina, Nina; doña Francisca Juárez de Zapata es también Frasquita, doña Francisca Juárez, doña Francisca, la Francisca, doña Paca, Paquita Juárez, la viuda de Zapata, Curra Juárez, la Tramposa, la marquesa del Infundio. Ponte es, por su parte, Francisco Ponte Delgado, don Frasco, el caballero de Ponte, el señor de Ponte, el señor Ponte Delgado, Frasquito Ponte, don Frasquito, el señor Ponte, etc.

soy de pluma y vuelo...») muere, mientras doña Frasquita («Usted, por ser ingrata, es de plomo y se aplasta contra el suelo...») con sus dineros y su conciencia se queda.

Si los dos personajes anteriores han pertenecido a una clase social determinada y por seguir con los privilegios que la misma ofrece luchan, un tercero, pariente también de doña Frasquita, en esa clase media se encuentra. Unos han descendido, el otro ha llegado a la cumbre. El rico don Carlos Moreno y Trujillo tiene dos obsesiones: la metódica administración y la caridad. Una le lleva a la ridiculez, la otra a la hipocresía. Estafador y estraperlista, don Carlos ha hecho su dinero suciamente, y de la misma manera pretende ganar el cielo para su difunta mujer y asegurarse él mismo una plaza; como dice doña Paca,

> «cree que repartiendo limosnas de ochavo, y proporcionándose por poco precio las oraciones de los humildes, podrá engañar al de arriba y estafar la gloria eterna, o colocarse en el cielo de contrabando, o haciéndose pasar por lo que no es...» (cap. X).

Despreciable personaje es don Carlos, que hace caridad con el producto de sus ilegales negocios, despreciable en sus gestos que quieren ser altruistas y se quedan en humillantes limosnas y despreciable en sus palabras de consejo o en sus exhortaciones a la paciencia y a la humildad con gangosos sermoncillos de nuevo rico y nuevo cristiano, que hace espectáculo a la puerta de una iglesia, repartiendo céntimos al coro de la miseria. Estos son los cristianos que Galdós pone en la picota, ésta es la caridad que don Benito no acepta, pues nada resuelve.

Por su vinculación a esta clase media, don Romualdo, el clérigo testamentario, merece toda nuestra atención. En la tipología clerical galdosiana hay un evidente proceso de signo positivo que va desde el provinciano, soberbio e intransigente don Inocencio de *Doña Perfecta* y de Luis Gonzaga Tellería de *La familia de León Roch* hasta don Romualdo, pasando por los aburguesados sacerdotes de *Ángel Guerra*, el caritativo Manuel Flores de *Halma* y el ejemplar Nazarín[20]. Don Ro-

---

[20] Véase Pilar Faus Sevilla, *La sociedad española del siglo XIX en la obra de Pérez Galdós*, Valencia, 1972, págs. 244-7, especialmente. Es una lástima que la autora no aproveche para su estudio el material existente en torno al tema. Sorprende esto, sobre todo, porque al final

33

mualdo no es este último, pero tampoco el clérigo que en una reciente versión dramática de *Misericordia* se nos presentó. Si a través de los retratos galdosianos podemos llegar a conocer en parte a sus personajes, queremos llamar la atención del lector en la descripción de este sacerdote, al cual le gustan la buena mesa y los gruesos puros, pero también preocupado por los humildes y misericordioso con los miserables:

> «No estará de más señalar ahora la perfecta concordancia entre la persona del sacerdote y su apellido Cedrón, pues, por la estatura, la robustez y hasta por el color, podía ser comparado a un corpulento cedro; que entre árboles y hombres, mirando a los caracteres de unos y otros, también hay concomitancias y parentescos. Talludo es el cedro, y además bello, noble, de madera un tanto quebradiza, pero grata y olorosa. Pues del mismo modo era don Romualdo: grandón, fornido, atezado y, al propio tiempo, excelente persona, de intachable conducta en lo eclesiástico, cazador, hombre de mundo en el grado que puede serlo un cura, de apacible genio, de palabra persuasiva, tolerante con las flaquezas humanas, caritativo, misericordioso, en suma, con los procedimientos metódicos y el buen arreglo que tan bien se avenían con su desahogada posición. Vestía con pulcritud, sin alardes de elegancia; fumaba sin tasa buenos puros y comía todo lo que demandaba el sostenimiento de tan fuerte osamenta y de musculatura tan recia. Enormes pies y manos correspondían a su corpulencia. Sus facciones bastas y abultadas no carecían de hermosura, por la proporción y buen dibujo; hermosura de mascarón escultórico, miguelangelesco, para decorar una imposta, ménsula o el centro de una cartela, echando de la boca guirnaldas y festones» (cap. XXXIII).

Como se puede apreciar, don Romualdo dista mucho de la hipocresía, la intolerancia y el egoísmo del canónigo de Orbajosa, pero también es verdad que su hermosura se queda, como Galdós escribe, en la frialdad del mascarón escultórico. Y es que Galdós fustigó a los clérigos y a la Iglesia de su tiempo, porque para él ni la Iglesia ni los clérigos cumplen la misión que la primera tiene encomendada y los segundos la que voluntariamente han elegido. Y si don Romualdo no es don Inocencio,

---

del volumen ofrece una amplia bibliografía donde hay títulos que desarrollan aspectos tocados por ella.

esto no quiere decir que incluso en *Misericordia* no podamos encontrar alusiones negativas al mundo de la clerecía; dice el autor al comienzo de su obra:

> «No se veían más seres vivientes que alguna señora [...], o algún clérigo que se encaminaba a la sacristía, con el manto arrebatado del viento, como pájaro negro que ahueca las plumas y estira las alas, asegurando con su mano crispada la teja, que también quería ser pájaro y darse una vuelta por encima de la torre» (cap. I).

Ahora bien, y la bibliografía ya es abundante en torno al tema[21], no debemos confundir religión y clero o religión e Iglesia católica; de ahí que estemos muy de acuerdo con Casalduero, cuando escribe:

> «Cuando Galdós, desde su primera novela hasta sus últimas obras, fustiga cada vez más fuertemente al clero y a la Iglesia, lo hace desde un punto de vista exclusiva y únicamente político-social, como al hablar de los militares, de los empleados y la Administración, de la clase media, del estado de la enseñanza o de los campesinos y trabajadores o de los políticos»[22].

En contraste con don Carlos Moreno y Trujillo y con la familia de doña Francisca, heredera de bienes e inmersa otra vez en la sociedad anhelada durante el infortunio y la ruina, con el mundo de la pobreza se abre *Misericordia*, y con él también se cierra. Por la obra pasan la sopa de los conventos, la mendi-

---

[21] Véanse, entre otros, Eugene Savaiano, «An Historical Justification of the Anticlericalism of Galdós and Alas», en *University Studies (The Municipal University of Wichita Bulletin)*, febrero de 1952, páginas 1-14; Robert Ricard, «La segunda conversión en las novelas de Galdós», en *Revista de Occidente*, núm. 10, 1964, págs. 114-8; Francisco Ruiz Ramón, «*Tres personajes galdosianos. Ensayo de aproximación a un mundo religioso*, Madrid, Revista de Occidente, 1964; Josette Blanquat, «Galdós et la France en 1901», en *Revue de Littérature comparée*, 42, 1968, págs. 321-45; el libro de John Devlin, *Spanish Clericalism. A Study in Modern Alienation*, Nueva York, Las Américas, 1966, páginas 81-95, especialmente. No hemos podido consultar la tesis de T. L. C. Dawson, *Religion and Anticlericalism in the Novels of Benito Pérez Galdós*, University of Toronto, 1957, y la de Sister Evangela Vanacore, *The Characterization and Literary Function of the Priest in the Novels of Pérez Galdós*, Yale University, 1968.

[22] *Vida y obra de Galdós...*, cit., pág. 29.

cidad, el desempleo, el proletariado, el mundo de los gitanos, la prostitución... Y el escenario, ya sea el pórtico de San Sebastián o las Cambroneras, rodeando siempre, con el frío invernal madrileño o el sol cayendo de plano sobre los alrededores de la Sacramental de San Justo, a unos personajes que buscan los dos reales para el pan diario o la peseta para el camastro donde descansar y soñar unas horas con una ilusoria redención. Ejemplos de miseria todos, como el parador de Santa Casilda, ¹donde Almudena sobrevive al lado de Petra:

> «No lejos del punto en que Mesón de Paredes desemboca en la Ronda de Toledo hallaron el parador de Santa Casilda, vasta colmena de viviendas baratas alineadas en corredores sobrepuestos. Éntrase a ella por un patio o corralón largo y estrecho, lleno de montones de basura, residuos, despojos y desperdicios de todo lo humano. El cuarto que habitaba Almudena era el último del piso al ras del suelo, y no había que franquear un solo escalón para penetrar en él. Componíase la vivienda de dos piezas separadas por una estera pendiente del techo: a un lado, la cocina, a otro, la sala, que también era alcoba o gabinete, con piso de tierra bien apisonado, paredes blancas, no tan sucias como otras del mismo caserón o humana madriguera...» (cap. V).

O esos alrededores del Manzanares al oeste y sur de Madrid.

> «Siguió cada cual su rumbo, y a la entrada del puente dirigióse al arrabal llamado de las Cambroneras, a la margen izquierda del Manzanares, en terreno bajo. Encontróse en una como plazoleta, limitada en el lado del Poniente por un vulgar edificio, al Sur por el pretil del contrafuerte del puente, y a los otros dos lados, por desiguales taludes y terraplenes arenosos, donden nacen silvestres espinos, cardos y raquíticas hierbas. El sitio es pintoresco, ventilado y casi puede decirse alegre, porque desde él se dominan las verdes márgenes del río, los lavaderos y sus tenderijos de trapos de mil colores. Hacia Poniente se distingue la sierra, y a la margen opuesta del río, los cementerios de San Isidro y San Justo, que ofrecen una vista grandiosa con tanto copete de panteones y tanto verdor oscuro de cipreses... La melancolía inherente a los camposantos no les priva, en aquel panorama, de su carácter decorativo, como un buen telón agregado por el hombre a los de la Naturaleza» (cap. XXVII).

Y de la misma manera, aunque sin la triste ironía que delatan estos párrafos, había comenzado Galdós el relato presentando el mundo de los mendigos. Comparados a los componentes de un ejército derrotado, esos «intrépidos soldados de la miseria»[23] se caracterizan, como Correa ha señalado, por su aceptación del estado en que se encuentran y en consecuencia por la jerarquización a que están sometidos, como si de una sociedad organizada —y aceptada— se tratara[24].

> «Como en toda región del mundo hay clases, sin que se exceptúen de esta división capital las más ínfimas jerarquías, allí no eran todos los pobres lo mismo.»

Y efectivamente, la lucha entre las antiguas —más de veinte años pidiendo en la Iglesia— y las nuevas (las temporeras, como Nina, carecen de estos privilegios), el combate por la autoridad —mejores puestos, primacía en el reparto de bonos de caridad, etc.— han hecho que la *Burlada*, la *señá* Casiana y Crescencia se hayan erigido en jueces y fiscales, consiguiendo con su voluntad o su malicia una fuerza que produce sus beneficios en medio de la miseria. Esta es también una parte del Madrid y de la España de finales del siglo·XIX[25], expuesta por

---

[23] Galdós abunda en este paralelo: Eliseo es de Casiana «como su lugarteniente o mayor general» (cap. III) y antes ha dicho:

> «...Se retira el ejército, marchándose cada combatiente a su olivo con tardo paso... Por de pronto, observémosle en su rudo luchar por la pícara existencia y en el terrible campo de batalla, en el cual no hemos de encontrar charcos de sangre ni militares despojos, sino pulgas y otras feroces alimañas» (capítulo I).

[24] *El simbolismo religioso en las novelas de Pérez Galdós*, Madrid, Gredos, 1962, págs. 199 y ss. Ricardo Gullón ofrece imágenes paralelas a la de este «ejército de mendigos» en *Galdós, novelista moderno*, cit., páginas 254-7.

[25] Gustavo Correa, en la nota 1 de la página 198 del libro citado anteriormente, ofrece una amplia bibliografía sobre el problema del pauperismo y de la beneficencia en este siglo. Remitimos allí al lector. Añadiremos hoy a los títulos ofrecidos por Correa los siguientes estudios más recientes: Jordi Nadal, *La población española*, Barcelona, Ariel, 1974; Pedro Romero de Solís, *La población española en los siglos XVIII y XIX*, Barcelona, Siglo XXI, 1974; Salustiano del Campo, *Análisis de la población de España*, Barcelona, Ariel, 1974; el libro ya

Galdós novelescamente, pero sin alterar la realidad que bien conocía. No hay alegato directo en favor de unos, convertidos en buenos, ni directa acusación contra aquellos que, por injusticia o abandono, son culpables. Galdós describe, a veces con tintas negras, otras con cierta ironía, en ocasiones —pocas, es cierto— con acentuada ternura; pero aunque hay denuncia no hay panfleto. Dice Nina a Almudena:

> «Tengo que hablar contigo, porque tú sólo puedes sacarme de un gran compromiso; tú sólo, porque los demás *conocimientos* de la parroquia para nada me sirven. ¿Te enteras tú? Son egoístas, corazones de pedernal... El que tiene, porque tiene; el que no tiene, porque no tiene. Total, que le dejarán a uno morirse de vergüenza, y si a mano viene se gozarán en ver a una pobre mendicante por los suelos» (cap. VII).

Nina —Galdós— es explícita con estas palabras, precisamente no dirigidas a los que de hecho son los más culpables.

Triste Madrid y triste España la pintada por don Benito, con ese coro de pobres extendiendo sus manos a las puertas de la iglesia de San Sebastián[26]. Para solucionar la miseria de su existencia, unos —como Pedra— se emborrachan con aguardiente, y otros —como Nina— luchan contra sus hambres y su sufrimiento con el amor hacia los demás. Cada cual a su manera, pero todos intentando salir, aunque sea en sueños, del infierno de la pobreza. Galdós dirá, por medio de don Romualdo, que bien conoce este mundo, una de las frases más tristes, más acongojantes de todo el relato, buen resumen del presente y terrible predicción del futuro:

> «Podríamos creer que es nuestro país inmensa gusanera de pobres y que debemos hacer de la nación un asilo sin fin, donde quepamos todos, desde el primero hasta el último. Al paso

---

citado de Carmen del Moral, y el volumen de Vicente Palacio Atard, *La España del siglo XIX, 1808-1898* (Madrid, Espasa-Calpe, 1981, 2.ª ed.) con excelente selección bibliográfica a la que remitimos para este y otros aspectos (históricos, sociales, económicos...) de la España reflejada por Galdós en su novela.

[26] Para todos los aspectos relacionados con el motivo de la caridad en la obra galdosiana y en particular, en *Misericordia*, *vid.* Arnold M. Penuel, *Charity in the novels of Galdós*, Athens, University of Georgia Press, 1972, y J. E. Varey, «Charity in *Misericordia*», en *Galdós Studies*, Londres, Tamesis Books, 1970, págs. 164-194.

que vamos, pronto seremos el más grande hospicio de Europa»
(cap. XXXIII)[27].

Y apoyado en el hombro de Nina o agarrado a su brazo,
por las calles de Madrid pasea también su miseria ese «caballero de la Arabia» —como Ponte lo define— que es Almudena. En la edición de *Misericordia* publicada por Nelson
en 1913, Galdós escribe:

> «El moro *Almudena*, *Mordejai*, que parte tan principal tiene
> en la acción de *Misericordia*, fue arrancado del natural por una
> feliz coincidencia. Un amigo, que como yo acostumbraba a
> *flanear* de calle en calle observando escenas y tipos, díjome
> que en el Oratorio del Caballero de Gracia pedía limosna
> un ciego andrajoso, que por su facha y lenguaje parecía de
> estirpe agarena. Acudí a verle y quedé maravillado de la salvaje rudeza de aquel infeliz, que en español aljamiado interrumpido a cada instante por juramentos terroríficos, me prometió
> contarme su romántica historia a cambio de un modesto socorro. Le llevé conmigo por las calles céntricas de Madrid, con
> escala en varias tabernas donde le invité a confortar su desmayado cuerpo con libaciones contrarias a las leyes de su raza.

---

[27] Sería en extremo interesante un análisis comparativo de la sociedad reflejada en las novelas galdosianas y en las de Baroja. (Sobre
las de este último hay dos estudios con datos de interés, sobre todo
el segundo: Soledad Puértolas, *El Madrid de «La lucha por la vida»*,
Madrid, Helios, 1971, y Carmen del Moral, *La sociedad madrileña
fin de siglo y Baroja*, ed. citada.) De todas maneras estamos muy de
acuerdo con Francisco Ayala cuando escribe:

> «Si comparamos la humanidad galdosiana con la catadura
> de los personajes que habitan, por ejemplo, los libros de Baroja,
> el novelista *strictu sensu* de la Generación del 98, nos saltará a
> los ojos el contraste, y podremos hacernos cargo del fondo
> —no meramente estético— de la repugnancia entre ambas
> sensibilidades. Los personajes barojianos pertenecen siempre a
> los aledaños de la sociedad: son rebeldes de toda laya, desarraigados, hampones; o bien extranjeros; o solitarios extravagantes; o seres elementales. La intuición del sentido de la vida
> anclada en una actitud al margen de la sociedad o enfrente de
> ella choca profundamente con la intuición galdosiana del sentido de la vida, apoyada en la plenitud de la realidad social y
> organizada sobre un centro de gravedad, cuya normal disposición se había convertido en mediocre por efecto del curso decadente de la historia de España.»

De ese modo adquirí ese tipo interesantísimo, que los lectores · de *Misericordia* han encontrado tan real. Toda la verdad del pintoresco *Mordejai* es obra de él mismo, pues poca parte tuve yo en la descripción de esta figura.»

Estas afirmaciones de Galdós quedan corroboradas por otro testimonio, no menos importante y, si cabe, más objetivo. Está tomado de la información confidencial que el Director General de Aduanas, el catalán J. B. Sitges Grifoll, envía a su amigo íntimo Narcis Oller, el novelista amigo de Galdós, sobre las relaciones de este con doña Concha Ruth Morell, relaciones que levantarían gran escándalo en los primeros años de este siglo. Sitges se había ganado la confianza de aquella bella mujer, voluntariosa e inestable como Obdulia Zapata, y ella contó a Sitges, entre otras cosas, las siguientes sobre el proceso que siguió para hacerse judía:

«En marzo de dicho año de 1897 leí en un periódico israelita que una señorita española había recibido la iniciación al judaísmo en la Sinagoga de Bayona [...] Decidida a hacerse judía, Concha acudió al Rastro donde pensó encontrar, entre los vendedores de cosas viejas, algún hebreo, y lo encontró en un pobre ciego que pedía limosna aún hace poco tiempo junto a la Plaza del Progreso. Acuérdese usted del Almudena de *Misericordia*...»[28].

Todavía en torno al mismo tema, Galdós declara en entrevista publicada por *España Nueva* (10-XII-1913) y a propósito de *Celia en los infiernos*:

«El ambiente de los dos últimos actos está tomado de la realidad. Esos lugares y los barrios de mendigos y casas de dormir de que se habla en la comedia los he visto y estudiado hace años, cuando escribí mi novela *Misericordia*.»

Francisco Ayala, «Conmemoración galdosiana», en *La Nación*, 16 de mayo de 1943, incluido ahora en *La novela: Galdós y Unamuno*, Barcelona, Seix Barral, 1974, págs. 108-9.

[28] Buscando precedentes literarios, José Fradejas Lebrero señaló hace algunos años la deuda galdosiana de la novela de Francisco Cutanda, *Doña Francisca, el portento de la caridad*, publicada en 1869. Véase «Para las fuentes de Galdós», en *Revista de Literatura*, IV, 1953, págs. 319-44. La cita referente a la carta de Sitges en A. F. Lambert, «Galdós and Concha Ruth Morell», en *Anales galdosianos*, VIII, 1973, pág. 35.

Robert Ricard[29] y con él otros estudiosos de la obra de don Benito, sin restar importancia a las palabras del autor al frente de la edición de Nelson, afirman, sin embargo, el carácter de recreación novelesca que este personaje posee. Para el profesor Ricard, Almudena es una de las criaturas galdosianas más problemáticas, al igual que lo es también Benigna. Efectivamente, la ambigüedad sobre el origen de este personaje es manifiesta y, aunque Galdós utiliza un cliché —«el moro»— a través de la novela para distinguirlo del resto de los personajes, lo cierto es que Almudena, en unas ocasiones, es moro, en otras, hebreo, y, al final de la obra, sefardí. «Es árabe, de Sus, tres días de jornada más allá de Marrakesch», «el ciego marroquí», [30] habla «en lengua arábiga», dice Galdós cuando lo presenta ante el lector; pero más adelante: rezaba «en lengua que no sabemos si era arábiga o hebrea», «oraciones más judías que mahometanas» y, definitivamente, cuando Nina le pregunta a qué religión pertenece, afirma: «Ser *eibrío*.» Si a esto añadimos que los padres del mendigo se llaman Saúl y Rimna, que el comerciante amigo de la familia tiene por nombre Rubén Toledano, que Mordejai es Mardoqueo y, en fin, que la declaración de Almudena a Nina está inspirada en el «Cantar de los cantares», de David, el origen y la religión de nuestro personaje parecen quedar dilucidados. Ahora bien, Galdós añade más adelante:

> «Aún prosiguió recitando oraciones hebraicas en castellano del siglo xv, que en la memoria desde la infancia recordaba.»

Y si nos detenemos más en la historia del ciego, llegamos a saber que fue bautizado y se le puso de nombre José María de la Almudena[31]. Con todo lo cual, llegamos a vislumbrar el carácter pluralizante del mendigo, mezcla de tres culturas y tres religiones, pluralismo que ha llevado a Ricard a ver muy sugestivamente en nuestro buen Almudena el símbolo

---

[29] «Sur le personnage...», cit. *Vid.* también Sara E. Schyfter, *The Jew in the Novels of Benito Pérez Galdós*, Londres, Tamesis Books, 1978.

[30] Almudena no es completamente ciego. Él mismo afirma al comienzo del capítulo XIV que ve bultos, y Galdós dice: «Explicó que distinguía las masas de oscuridad en medio de la luz...»

[31] Véase Vernon A. Chamberlin, «The significance of the name Almudena in Galdós' *Misericordia*», en *Hispania*, XLVII, 1964, páginas 491-96.

de la tolerancia, desde el punto de vista religioso, racial, etc.[32], siendo la unión de tres religiones, las tres razas y las tres culturas que conformaron España: el judaísmo, el mahometanismo y el cristianismo. Almudena proviene de la Arabia, es de religión judía y ha sido bautizado... ¿por qué entonces Galdós ha utilizado «el moro» como término definitorio de Almudena? Creemos que Ricard acierta plenamente cuando afirma que el novelista, muy conscientemente, se sitúa en el nivel de los otros personajes de la novela, incapaces de distinguir entre un judío y un musulmán. Hagamos hoy la prueba con un grupo social como el que Galdós ha llevado a su novela y los resultados no serían diferentes. Yo lo he hecho y el resultado ha sido convincente: en África sólo hay moros y negros.

Otro problema planteado por Almudena es el de su lenguaje. Denah Lida afirma:

> «El habla de Almudena es un caso excepcional, no sólo en *Misericordia* sino en la obra entera de Benito Pérez Galdós, y no porque no haya en ella otros personajes con parecidos rasgos de exotismo o torpeza idiomática, sino por tratarse de una figura principal —las otras no lo son— cuya lengua áspera y dificultosa se nos transcribe con especial abundancia»[33].

Para Lida, como para Ricard, aunque éste sea menos taxativo, el habla del mendigo ciego no responde a ningún tipo lingüístico genérico, ya sea árabe, judío o sefardí. Hay en ella de todo y la mezcla de palabras árabes o hebraicas más o menos castellanizadas con términos arcaicos o vulgares castellanos es constante. Los rasgos más significativos son la diptongación en palabras que no lo hacen *(conocier, quierer)*, la reducción, por el contrario, de diptongos en palabras que lo deben tener *(terra, goberno)*, el cierre de vocales (o > u, e > i: *quirida, bunitu)*, la no distinción genérica *(mocha por mucho, tuda por tudo)*, etc.[34]. La sintaxis, por su parte, es elementalísima, predominando los infinitivos, gerundios y participios: «... ver galán bunitu, jacer tu cariños él», «piegar ti no, no...,

---

quiriendo ti más que la bendita luz»... Las formas pronominales sujeto son *mi, ti* (aunque también *tú*), *migo, tigo*, siguiendo, en general, el pronombre al verbo y faltando, habitualmente, el complemento indirecto...

En el centro de este coro de mendigos, por las calles de ese Madrid finisecular y por los barrios y desmontes suburbiales de la villa y corte de una España desgarrada y trágica, pasea su humanidad Benina, llamada de Casia, natural de la Alcarria, antes buena cocinera y ahora mendicante por amor y caridad. Casi sesenta años tiene esta Nina, sesenta años de trabajo y silencio, de ilusiones frustradas, de paciencia, de entrega... A diferencia de la señora a quien ha dedicado su vida, Nina es el trabajo, la fortaleza de carácter, la fuerza de voluntad, el temple que da el afán y el ajetreo sin descanso. ¡Gran humanidad la de Nina! ¡Gran ejemplo el de su vida![35]. Criada sisona, Nina —como dice Galdós— tiene el vicio del descuento que, por otro lado, es la virtud del ahorro; con sus sisas Nina no se hace rica, pues los céntimos o las pesetas que hoy guarda mañana deben ser sacadas para pagar los piquillos de las tiendas, devolver el último présta-

---

[35] Como muy bien dice José María Jover, al señalar el importante papel de la mujer en las obras de Galdós, la «señorita», la mujer de clase media alta es introvertida —pasiva, en este caso—, frente a la mujer del pueblo, extravertida, «presente siempre en el mercado, en la plazuela, en el corro callejero; en la calle levantada, cuando soplan vientos de revolución...», Benito Pérez Galdós, «*La de los tristes destinos* (caps. I y II)», en *El comentario de textos, 2. De Galdós a García Márquez*, Madrid Castalia, 1974, págs. 63-4. Excelentes ideas insinúa o desarrolla el profesor Jover en este trabajo. Señala el autor la «simpatía espontánea de Galdós hacia las clases populares de la ciudad» y escribe muy acertadamente:

> «La demofilia de Galdós, es, pues, en principio, antes que consecuencia inmediata de una ideología, manifestación de un talante generalizado entre los novelistas españoles del naturalismo. Que Galdós viva y exprese con singular fuerza esta simpatía de las clases medias tradicionales hacia las clases populares; que estas últimas no sean para él una realidad distante e idealizada, sino algo observado, conocido, comprendido en los barrios populares de Madrid; que su procedencia intelectual y su orientación ideológica estén prestas para integrar esta comprensión y esta simpatía en una concepción de la historia y de la sociedad [...], todo esto sí que es cosa privativa y peculiar de nuestro autor» (págs. 57-8).

mo, comprar pan y un poco de embutido o impedir que los gatos de Obdulia aumenten con sus hambrientos maullidos la locura de la «niña». Mujer imaginativa, Nina debe forjar mentira tras mentira para que doña Frasquita no se sienta humillada con su mendicante criada. Sisona, imaginativa, paciente y resignada, Nina tuvo en sus manos la tranquilidad y, si no la riqueza, sí una buena casa donde algunos duros hubiera ahorrado para solucionar esa vejez que ahora arrastra. Pero Benina se debe a los demás, se debe a quien ama y a quien sufre, y se rebela contra una posible comodidad para entregarse a quienes frivolizando lo perdieron todo o a aquellos que nunca han tenido nada. Porque esto es el amor y esto es el Cristianismo, porque la recta conducta moral no está en dar para recibir, sino en entregar sin posibilidad de obtener. Constante y ejemplar Nina pasando como una sombra por la Cava Baja o atravesando la puente toledana camino de los zaquizamis de más allá del Manzanares. Espíritu prometeico y jobiano,

> «con Prometeo, Benina comparte el título de bienhechora y protectora de la humanidad, atributo basado en la constancia de su actividad mental y física, y en el amor por la vida como fenómeno individual y del momento [...]. Con Job, Benina comparte el estoicismo tan arraigado en la actitud española ante la vida» [36].

Sí, tienen razón Blecnick y Ruiz al señalar ese amor a la vida por parte de Nina, pues si doña Frasquita por no tener lo que tuvo desea la muerte, Nina se rebela afirmando la vida:

> «¿Quién piensa en la muerte? Eso, no; yo me encuentro muy a gusto en este mundo fandanguero, y hasta le tengo ley a los trabajillos que paso. Morirse no [...]. Me conformo [con esta vida], porque no está en mi mano el darme otra. Venga todo antes que la muerte, y padezcamos con tal que no falte un pedazo de pan, y pueda uno comérselo con dos salsas muy buenas: el hambre y la esperanza» (cap. VI).

---

[36] Donald W. Blecnick y Mario E. Ruiz: «La Benina misericordiosa: Conciliación entre la filosofía y la fe», en *Cuadernos hispanoamericanos*, números 250-52, 1970-71, págs. 472-89; la cita en págs. 473-4.

Frente a la cobardía de doña Paca y lo que ella representa, Nina sabe enfrentarse en «este valle de lágrimas» a todo lo que de negativo hay en él, a todo lo que produce el sufrimiento, pero también con él la purificación. Nina nunca poseyó riquezas; de ahí que no se desespere ante su falta. Nina desea —para ella y para los demás— una mejor existencia y sueña en ella como un desquite del miserable presente, pero Nina sabe también —como antes veíamos— que en la vida los milagros son excepción y que sólo la voluntad y el trabajo —aunque sea la mendicidad si es que la sociedad no permite otra alternativa— pueden dar la posibilidad de cambiar la onza de chocolate por el solomillo comprado en la carnicería de Sotero Rico. En el fondo de todo, lo que late en Nina es un claro optimismo, un optimismo de espíritu prometeico al principio, caracterizado por una actividad desenfrenada y un optimismo jobiano al final, sentido a través de su resignación ante Dios y sus designios[37]. Y cuando es detenida, cuando Nina es llevada, con Almudena, al asilo de El Pardo, sus palabras son claras: «Llegué hasta donde pude; lo demás hágalo Dios, si quiere.» Y aunque Dios quiera y dé la riqueza de nuevo a doña Francisca Juárez de Zapata y a Nina y al ciego otra vez el hambre y la esperanza, el triunfo es para ellos y con el triunfo el ejemplo y la lección para aquellos que negaron a la criada, y la lección y el ejemplo para toda una sociedad entonces presente y presente hoy todavía. «No llores... y ahora vete a tu casa, y no vuelvas a pecar», dice Nina a Juliana, tuteándola por primera vez —no lo olvidemos— y cerrando la novela. Los tormentos de Juliana —y los de doña Francisca, y Obdulia y Antonio...— son más fuertes y más dolorosos que la pobreza y el hambre de Nina. El «champaña de la Viuda», las buenas pepitorias o los platos de Lhardy comprados con los duros llevados por don Romualdo no han logrado dar la misma felicidad —fuerte salud y espíritu sereno—, que la quijotesca Nina ha conseguido en una choza de las afueras de Madrid y con la comida que recibe por limosna del clérigo don Romualdo Cedrón.

El simbolismo religioso

Esa última frase de la novela nos conduce —aunque de ello hemos escrito ya— a uno de los aspectos más interesan-

---

[37] *Idem.*, pág. 485.

tes y emotivos de la novela: el simbolismo religioso[38]; un simbolismo que es fácilmente observable en toda la producción galdosiana, caracterizado por una gran evidencia a causa de su escasa vaguedad y de la proximidad de los dos polos que conforman la imagen. La vida mendicante de Nina en la novela se ha visto como un vía crucis, y el paralelo Benigna-Cristo ha sido ampliamente estudiado por la crítica[39]. Gustavo Correa escribe, muy acertadamente: «El trayecto recorrido es una ascensión continua, cuya meta final es la imitación de Jesucristo. El camino de la mendicidad es, para Benina, camino de *santificación* y la conduce a un *angelismo* que *sobrenaturaliza* su persona y la hace superior a todos los demás seres de la tierra»[40]. Los ejemplos para probar esta afirmación de Correa son muchos, y Galdós ya se encargó de subrayar esto en la primera edición de la novela, exigiendo la letra cursiva para ciertos términos muy significativos.

Blecnick y Ruiz, aunque reconociendo las semejanzas entre Jesucristo y Benina, afirman la existencia de

> «una diferencia tan básica que cualquier esfuerzo por establecer una semejanza formal entre ambos personajes queda nulificado: Cristo dio su misericordia, muriendo, para garantizar la felicidad eterna al hombre cristiano a través de la muerte; Benina da su misericordia, viviendo, para garantizar la felicidad temporal a todos los humanos a pesar de la muerte»[41].

---

[38] Véase nota 27, donde ofrecemos algunos títulos significativos sobre el aspecto religioso en Galdós. A ellos debe añadirse el excelente trabajo de José Schraibman «Las citas bíblicas en *Misericordia*, de Galdós», publicado en *Cuadernos hispanoamericanos*, núms. 250-52, páginas 490-504.

> «Por medio de estas citas Galdós resume tres aspectos del concepto bíblico de la misericordia: primero, la que Dios tiene para con los hombres; segundo, la confianza que el hombre puede tener en la gracia de Dios y, tercero, la actitud de misericordia que los hombres deben tener los unos hacia los otros. Naturalmente que cada aspecto tiene múltiples facetas» (página 491).

[39] Especialmente el trabajo de Robert H. Russell: «The Christ figure in *Misericordia*», en *Anales galdosianos*, II, 1967, págs. 103-30.
[40] *El simbolismo religioso...*, cit., pág. 207.
[41] *Op. cit.*, pág. 488.

Estas opiniones, aunque sutiles, no nos parecen concluyentes; lo que los autores denominan «semejanza formal» es posible que no se produzca, pero tampoco Galdós ha querido hacer —como tampoco quiso con Villaamil, en *Miau*, o con Nazarín— un paralelo total con la vida de Cristo y su redención. La redención que Nina realiza es humana y a partir de aquí precisamente se entiende. Nina redime humana y temporalmente y claro está que no garantiza la felicidad eterna, pero ¿es que alguien que no fuera Cristo puede hacerlo? ¿Qué más puede hacer Benina que dar esa felicidad temporal por la que la vemos luchar a través de toda la obra? En la historia de la literatura hay muchos personajes que se acercan a Cristo, tienen de Cristo una serie de virtudes (amor al prójimo, lucha por la justicia, caridad hacia el necesitado, dolor y sacrificio por la verdad...), pero aunque lleguen incluso a la muerte nunca ésta será otra cosa que la última etapa de una redención humana. Nina, efectivamente, no muere, pero es que a Nina todavía le quedan Almudena y su lepra y quizá otros Pontes y otras Juárez de Zapata, aunque los de ahora habiten chabolas o casas inmundas de corredor. Verdad es que Nina sólo da felicidad temporal, pero ¿no es suficiente? Galdós no ha querido hacer una recreación de la figura de Cristo; don Benito ha creado, a través de una cuarentena de capítulos, un personaje que se llama *Benina*, mujer nacida en tierras de Guadalajara, con muchas virtudes, sí, pero con algunos defectos y viviendo en un tiempo y en un espacio muy concretos. Por eso, Nina después de su «glorioso triunfo» vuelve a la tierra, a ras de tierra, para seguir su labor:

> «... Su conciencia le dio inefables consuelos: miró la vida desde la altura en que su desprecio de la humana vanidad la ponía; vio en ridícula pequeñez a los seres que la rodeaban, y su espíritu se hizo fuerte y grande. Había alcanzado glorioso triunfo; sentíase victoriosa, después de haber perdido la batalla en el terreno material. Mas las satisfacciones íntimas de la victoria no le privaron de su don de gobierno, y atenta a las cosas materiales, acudió, al poco rato de apartarse de Juliana, a resolver lo más urgente en lo que a la vida corporal de ambos se refería. Era indispensable buscar albergue; después trataría de curar a Mordejai de su sarna o lo que fuese...» (cap. XL).

Nina sigue, Nina de Casia, la alcarreña Benina, todavía debe redimir a muchos seres *a la manera* de Cristo. Esa es su cruz:

> «Tenía, pues, sobre sí la heroica mujer carga demasiado fuerte, pero la soportaba, y seguía con tantas cruces a cuestas por la empinada senda, ansiosa de llegar, si no a la cumbre, adonde pudiera...» (cap. XXX).

Ejemplos como éste podrían ser ofrecidos sin dificultad, pero el *vía crucis* es expresivo.

El texto de la novela

1. Aunque Galdós cierra la obra en abril de 1897, con seguridad la novela no aparecería hasta el verano de dicho año, pues durante más de un mes se estuvo componiendo en la casa tipográfica de la Viuda e hijos de Tello. José María de Pereda es uno de los primeros que dan noticia de su salida al mercado, en carta dirigida a Galdós el 3 de junio de 1897[42]. Desde su aparición hasta hoy se han realizado 22 ediciones diferentes de la novela o, al menos, esas son las que ha logrado contabilizar Manuel Hernández Suárez en su *Bibliografía*[43]: cinco en España y las demás en Alemania, Argentina, Checoslovaquia, Estados Unidos, Francia, Inglaterra e Italia. De todas estas ediciones, tres son las más importantes en español: la primera de 1897, la de Nelson y la de Editorial Hernando. Por múltiples razones, que exponemos a continuación, preferimos la primera (y es la que publicamos) la cual se realizó bajo la estricta atención que el autor ponía en la edición de sus obras, como se puede comprobar en las múltiples galeradas corregidas que han llegado hasta nosotros. Galdós corrigió con cuidado las pruebas de *Misericordia* y ofrece noticias del final de la creación de la novela en cartas a Tolosa Latour, el doctor Miquis. El 27 de febrero de 1897 le dice:

> «Mi querido Manolo: No he podido ir a verte porque las mañanas las paso escribiendo en casa y las tardes, buscando y observando pobres por iglesias, casas de los barrios del Sur, Injurias, etc...»

Y el 11 de abril siguiente ya estaba dedicado a las correcciones, trabajo que compartía con el amigo: «Querido Miquis:

---

[42] «Por último apareció *Misericordia* en casa de Luciano, y la leí o si lo prefiere por más exacto, aunque lo hayan vulgarizado los gacetilleros cursis y chirles, la devoré.» (Soledad Ortega, *Cartas a Galdós*, Madrid, Revista de Occidente, 1964, pág. 15.)

[43] *Vid.* nota 1, págs. 153-160.

Te mando el pliego 8 que faltaba en lo que te llevaste ayer, y además el 12»[44].

Por lo que se refiere a las ediciones, podemos afirmar que la de Nelson no difiere de la primera, añadiendo la ventaja de incluir dos prólogos, uno del autor, firmado en febrero de 1913, y otro de Morel-Fatio, si bien resumido, de la edición en francés de 1900, publicada por Hachette. Frente a estas dos ediciones, descartamos las realizadas por Hernando (1932 y siguientes) a causa de las alteraciones tipográficas y de los múltiples errores que en ellas hay. Entre los errores de importancia podemos citar la aparición constante del nombre Benina en cursiva, no diferenciado en la primera edición con este tipo de letra, alteración que demuestra no haber tenido en cuenta el intenso ambiente popular que domina la obra. El nombre correcto de Benina es, claro está, Benigna, pero esta forma, llamémosla culta, resulta desconocida e irrelevante en el uso lingüístico de la novela. Por otra parte, existen numerosas erratas en las ediciones de Hernando y también en las de Aguilar, algunas de escasa significación, pero otras de importancia.

De mucha mayor importancia que esas diferencias es la intención de actualizar parte de las intervenciones de los personajes, y en esta línea destacamos como muy poco acertada la supresión sistemática de las comillas en las frases citadas en estilo directo y su sustitución por los habituales guiones que indican diálogo. Hay que mencionar, de todas maneras, que esta deficiencia afecta más a la historia literaria y al conocimiento de la evolución estético-literaria de Galdós que al contenido propio de la novela. Aun así, estimamos conveniente respetar el prurito galdosiano de separar lo que es puro diálogo (gráficamente con comillas y guiones) de lo que es mera exposición de monólogo interior o exterior, aunque después dé lugar a diálogo (comillas sólo), y de lo que es narración o descripción del narrador en estilo indirecto libre (términos en cursiva cuando el personaje no pertenece al mero uso lingüístico del autor o en redonda cuando se encuentra en el mismo plano). Tan habituados estamos, pues, a captar los mensajes y las distancias y orígenes de los mismos, que pueden parecernos innecesarias estas formas de diferenciación expresiva, procedentes

[44] Ruth Schmidt, *Cartas entre dos amigos del teatro: Manuel Tolosa Latour y Benito Pérez Galdós*, Las Palmas, Exmo. Cabildo Insular, 1969, págs. 112-113.

de uno de los primeros promotores del pluriperspectivismo en la obra literaria; sin embargo, creemos que en honor de su creador y por el importante significado que tiene esta novela en su proceso de maduración artística, deben mantenerse los elementos tipográficos originales. La causa es sencilla y a la vez esclarecedora. Galdós, en su constante búsqueda de efectividad para su obra, ha entrevisto como posible camino de solución el de anular el efecto de lejanía que produce el narrador como intermediario y portador del mensaje, aplicando técnicas expresivas propias de la inmediatez del teatro, género que viene cultivando con intensidad desde 1890. Esto es lo que pretende a lo largo de la obra y es una de sus características expresivas más importantes; sustituirse continuamente por sus propios personajes a través del diálogo o monólogo, o identificarse al máximo con ellos a través del estilo directo o el indirecto libre, quedándose, cuando esto no es posible, en un consciente comentador de lo que ocurre, forma narrativa correspondiente a las acotaciones escénicas, de las cuales curiosamente sólo aparece una muestra, como una especie de comprobación lanzada de forma experimental (aunque son muchas más, sin embargo, las acotaciones camufladas que proliferan por el texto). Es en este pluriperspectivismo, que surge cuando desaparece la figura unificadora del narrador omnisciente, donde se justifican y se hacen necesarios los signos de puntuación orientadores y la letra cursiva. El texto, resumiendo, se presenta con estas diferentes modalidades:

a) Tipografía normal o en redonda, que corresponde a los comentarios del narrador, a las presentaciones escuetas de acción, tiempo, espacio y personajes, o a formas de estilo indirecto libre, cuando los personajes con los que se identifica el narrador pertenecen a su mismo uso lingüístico.

b) Acotación en cursiva. Aparece sólo una vez y, aunque por sus características eminentemente teatrales desentona en la narración, es preciso reconocer que la presentación del movimiento de doña Paca se hace más corpóreo con ella. Es de uso normal en Galdós en *El abuelo*, novela dialogada que escribe también en estos momentos y la novela dialogada, desde la perspectiva de las acotaciones, vendría a ser lo mismo que una historieta de viñetas en la que se han sustituido los dibujos por estas acotaciones.

c) En cursiva. Aparece en todos aquellos momentos en los que la personalidad del personaje incide en el léxico utilizado y hace variar su significado denotativo, por haber incorporado en él otros valores circunstanciales o sentimentales (de tipo popular la mayoría de ellos), y que hacen ese léxico irrepetible y exclusivo de ese personaje. De esta forma, como ocurre en su grado máximo con Almudena, el léxico se identifica con el personaje y no sólo le individualiza, sino que casi le sustituye en su personalidad, sus sentimientos, sus necesidades, etc., de manera que el narrador se puede ahorrar enojosas aclaraciones propias de su narrativa anterior. Más aún, desde esta perspectiva el autor tiene más facilidades para identificarse y esconderse detrás de los personajes, pues sólo tiene que incorporar su léxico específico en las narraciones o en las descripciones.

Aunque es la forma más ostensible del estilo indirecto libre, la letra cursiva puede aparecer en los diálogos y en las citas textuales del estilo directo.

d) Comillas. Generalmente se utilizan al comenzar los diálogos y apuntan a que la mayor parte de ellos nacen por necesidad de la cercanía física, no porque los personajes vayan conscientemente buscando el diálogo. No son muy frecuentes los casos de monólogo exterior y ninguno de monólogo interior, como se hicieron famosos los de *Realidad.*

e) Comillas y guiones. Enmarcan los diálogos desde el momento en que existe respuesta y el diálogo se establece. Junto con las narraciones y descripciones, es la forma expresiva más frecuente en la novela y corresponde a los capítulos de acción (I a VI y XX a XLI), así como aquéllas predominan en los capítulos descriptivos (VII a XIX).

2. Queremos, para finalizar esta Introducción, señalar algunas características del lenguaje coloquial galdosiano, presente en *Misericordia* de una forma patente. En general, se puede calificar el conjunto de palabras en cursiva, la mayoría de uso popular, como deformaciones que apuntan a modelos reales muy cercanos por su exactitud y coherencia. Estas deformaciones se localizan en todos los niveles lingüísticos, pero son más abundantes las deformaciones fonéticas y las morfológicas, aunque también existen realces expresivos semánticos, deformaciones sintácticas y abundante léxico «caló» y de germanía.

En el plano fonético están presentes los principales fenómenos que caracterizan el habla vulgar. Son muy frecuentes las vacilaciones de las vocales átonas anteriores «e, i» con el consiguiente trueque entre ellas, lo mismo que ocurre con las graves o posteriores «o, u». Otro fenómeno corriente es la pérdida de vocales o su adición al principio de las palabras o también para deshacer grupos cultos de consonantes. Otras variaciones se deben a efectos de asimilación o disimilación, simplificación de diptongos, sinéresis, sinalefas e hiatos, todo ello dentro de la tendencia más habitual del idioma hacia la comodidad y el mínimo esfuerzo en el momento de la comunicación.

A este mismo principio básico se debe la pérdida de consonantes al final de palabra o en posición intervocálica, en especial la pérdida de las oclusivas sonoras, junto con el correspondiente proceso de relajación del punto de tensión y sonorización de las correspondientes sordas. Hay que añadir a todo ello las vacilaciones, alternancias, metátesis y pérdidas de las líquidas «l, r» y la nasal «n».

Abundantes también son los casos de vacilaciones, asimilaciones o disimilaciones de las consonantes, sobre todo en aquellas que tienen como características comunes la velarización y el abocinamiento, como les ocurre a los fonemas «b» y «g» (golver), llegando incluso a desaparecer la consonante cuando estas características se repiten en la vocal siguiente (como es el caso de agujeros > gujeros > bujeros > ujeros, o el muy corriente y típico de «amos» por «ambos», bilabiales ambas y abocinadas. Como ocurría con las vocales, los grupos consonánticos cultos también se reducen; el caso más significativo y generalizado es el de «Benina» y los más frecuentes son los grupos «ct» y «gn».

En el plano morfológico el fenómeno más frecuente e importante es el que incide en las estructuras de las palabras, sobre todo en el nivel de derivativos, especialmente los prefijos. Abunda la prótesis o tendencia a añadir una «a» de refuerzo al principio de la palabra, la aféresis, fenómeno contrario, las contaminaciones como ocurre en ese precioso vocablo «d-esaminó», las formas analógicas («haiga»), y es constante la reducción del sufijo superlativo «-ísimo» en «ismo». Son muy abundantes y constantes los errores morfológicos de Almudena y a ellos nos hemos referido más atrás.

Semánticamente la obra presenta también algunos rasgos importantes. El léxico vulgar utilizado está siempre escogido y cargado de sentimientos y actitudes populares vivas, en una intensidad muy superior a *La desheredada* y a *Fortunata y Jacinta.* Los vulgarismos están tomados de las clases populares del sur de Madrid, zona en la que predomina, como se ha demostrado en los estudios dialectales, la afluencia de formas andaluzas, el flamenquismo y el caló en las abundantes colonias de gitanos que tienen su residencia, aún hoy día, en dichas zonas. Hemos notado la presencia de un gran número de americanismos, que no nos extrañaría fueran también canarismos, incluso algunos cuyo sentido ya ha variado o desaparecido en la Península. Finalmente, abunda, como era de esperar, el léxico de germanía propio del bajo estrato socioeconómico en que se mueven todos los marginados en estas zonas y cuyas actividades más frecuentes se pueden encontrar en la trilogía de Pío Baroja *La lucha por la vida* (1904-1905)[45].

Nuestra edición

Como ya hemos afirmado, reproducimos la primera edición de Misericordia, publicada en 1897, respetando la distribución gráfica realizada por el propio Galdós. En cuanto a las notas que acompañan al texto, debemos señalar:

a) Que una pequeña parte son exclusivamente léxicas y pueden estar de más para un especialista. El hecho de que este libro vaya dirigido también a estudiantes de distintos niveles nos ha obligado a incluirlas, pues la utilidad para ellos —y la experiencia así nos lo ha demostrado— es grande y a veces se convierte en necesidad.

b) Que nos hemos detenido con generosidad en las notas de carácter histórico, social, etc. Las razones se derivan de la importancia que estos aspectos tienen en la novela y en la Introducción así lo dejamos señalado.

c) Que tomamos diferentes datos y de diversos autores referidos a la topografía madrileña, pero sólo nos hemos detenido en aquellas plazas, calles y lugares, que tienen una signi-

---

[45] En la *Bibliografía* de Woodbridge, ya citada, pueden encontrarse abundantes referencias al lenguaje popular en la obra galdosiana, aunque no específicamente sobre esta obra. Como estudio de conjunto, *vid.* Manuel C. Lassaleta, *Aportaciones al estudio del lenguaje coloquial galdosiano*, Madrid, Ínsula, 1974. Desde la publicación de la *Bibliografía* de Woodbridge han aparecido algunos trabajos sobre el tema, pero referidos también a obras concretas y no a la que editamos.

ficación precisa en la obra o están en relación directa con los escenarios fundamentales de la misma: la Iglesia de San Sebastián, las calles donde habitan los personajes, etc. La selección de autores madrileñistas ha sido muy consciente y, por ejemplo, acudimos en ocasiones a Pedro de Répide, pero con el cuidado —no exento de la necesaria admiración— que este escritor exige.

Queremos, por último, expresar nuestro agradecimiento a Manuel Bonsoms y Carmen González por toda la ayuda prestada para la mejor edición de este volumen. Galdós se hubiera sentido orgulloso de editores como ellos.

Nota a la segunda edición

Corregimos en esta segunda edición las erratas que aparecieron en la primera, publicada sólo hace unos meses; en este escaso periodo de tiempo ninguna nueva aportación hace variar el presente trabajo.

Bibliografía

1. EDICIONES DE «MISERICORDIA»

Madrid, ed. Tello, 1897.
Buenos Aires, Clerici, Maucci, Restelli, 1897.
París, Nelson, 1913. Con Prefacio del propio Galdós.
Buenos Aires, Taller Gráfico de L. Bernard, 1923.
Madrid, ed. Hernando, 1932. (Numerosas ediciones posteriores.)
Buenos Aires, Ediciones Araujo, 1939.
Madrid, Aguilar, 1942, tomo V de sus *Obras Completas*. (Hay ediciones posteriores.)
Buenos Aires, Losada, 1943, Colección Biblioteca contemporánea, núm. 9. (Hay reimpresiones posteriores.)
Madrid, Aguilar, 1945, Colección Crisol, núm. 138.
Nueva York, Holt Rinehart and Winston, ¿1946?
Buenos Aires, Editorial Tor, S.R.L., 1950.
Buenos Aires, Espasa-Calpe, Argentina, 1955.
Barcelona, Planeta, 1957, págs. 869-1123 *(Las mejores novelas contemporáneas*, vol. 1).
México, Orión, 1964.
México, Porrúa, 1968, Colección Sepan ʼuántos, núm. 107. La edición incluye también *Doña Perfecta*.

VERSIÓN DRAMÁTICA

Madrid, Escelicer, 1972. Versión teatral de Alfredo Mañas.

TRADUCCIONES

Al alemán

Misericordia, Leipzig, Dieterisch'schen Verlagsbuchhanddlung, 1962, Traducción de F. R. Fries y Ruth Vollrath-Wirth. Mit Nachwort von Adalbert Dessau.

Al checoslovaco

Zebráci, Praga, Ustrední delmické knihkupectrí a Nakladatelství, 1928.

Al francés

Miséricorde, París, Librairie Hachette, 1900. Traducción de Maurice Bixio.
Misericordia, París, Club Bibliophile de France, 1956. Traducción de Enma H. Clouard.
Miséricorde, París, Les Editeurs français réunis, 1964. Traducción de Pierre Guenoun.

Al inglés

Compasión, Nueva York, Frederick Ungar Co., 1962. Traducción de Toby Talbot.

Al italiano

Misericordia, Turín, Unione Tipografico-Editrice Torinense, 1954. Edición de Camillo Berra.
Misericordia, Turín, Unione Tipografico-Editrice Torinense, 1954. Gasparetti.

2. ESTUDIOS CRÍTICOS SOBRE «MISERICORDIA»

ALLEN, Rupert C., «Pobreza y neurosis en *Misericordia* de Pérez Galdós», en *Hispanófila*, núm. 33, 1968, págs. 35-47.
BEARDSLEY,Th. S., «The life and passion of Christ in Galdós' *Misericordia*», en *Homenaje a Sherman H. Eoff*, 1970, págs. 39-58.
BELLO,Luis, *Ensayos e imaginaciones sobre Madrid*, Madrid, Saturnino Calleja, 1919, págs. 95-129.
BLEZNICK, Donald W., y Mario, E. RUIZ, «La Benina misericordiosa: Conciliación entre la filosofía y la fe», en *Cuadernos Hispanoamericanos*, núms. 250-252, 1970-71, págs. 472-489.

BOETA, José Rodulfo, «El Madrid de Galdós», en *Villa de Madrid*, número 3, 1962, págs. 20-23.

BROOKS, J. L., «Almudena in *Misericordia*», en *Hispanic Studies in Honor of Frank Pierce*, 1980, págs. 31-37.

CASALDUERO, Joaquín, «Significado y forma de *Misericordia*», en *PMLA*, núm. 59, 1944, págs. 1.104-10.

COHEN, Sara E., «Almudena and the Jewish Theme in *Misericordia*», en *Anales Galdosianos*, VIII, 1973, págs. 51-61. (*Vid.* Sara E. Schyfter, pues se trata de la misma autora.)

CORREA, Gustavo, «La santificación por la caridad en *Misericordia*», en *El simbolismo religioso en las novelas de Pérez Galdós*, Madrid, Gredos, 1962, págs. 195-215.

— *Realidad, ficción y símbolo en las novelas de Pérez Galdós*, Bogotá, Instituto Caro y Cuervo, 1967.

CREPIL, Marcel, «La fe religiosa de Almudena en *Misericordia*», en *Romances Notes*, XIII, 1972, págs. 463-467.

CHAMBERLIN, Vernon A., «The importance of Rodrigo Soriano's *Moros y cristianos* in the creation of *Misericordia*», en *Anales Galdosianos*, XIII, 1978, págs. 105-109.

— «The significance of the name Almudena in Galdós' *Misericordia*», en *Hispania*, núm. 47, 1964, págs. 491-96.

ENGLER, Kay, *The structure of Realisme: the Novela Contemporánea of Benito Pérez Galdós*, Chapell Hill, University of North Carolina, 1977.

ENTRAMBASAGUAS, Joaquín de, *Las mejores novelas contemporáneas*, I, Barcelona, Planeta, 1957.

FRADEJAS LEBRERO, José, «Para las fuentes de Galdós», en *Revista de Literatura*, núm. 4, 1953, págs. 319-44.

GARCÍA LORENZO, Luciano, «*Misericordia* de Galdós», Madrid, S.G.E.L., 1975.

GULLÓN, Germán, «*Misericordia*: un milagro realista», en *Letras de Deusto*, núm. 8, 1974, págs. 171-185.

GULLÓN, Ricardo, *Galdós, novelista moderno*, Madrid, Gredos, 1960.

JULIO, Sylvio, «Pérez Galdós num romance», en *Estudios hispanoamericanos*, Río de Janeiro, Librería Espanhola, 1924, págs. 201-12.

KIRSNER, R., «La ironía del bien en *Misericordia*», en *Actas del Tercer Congreso Internacional de Hispanistas*, Méjico, 1970, páginas 495-99.

LIDA, Denah, «De Almudena y su lenguaje», en *Nueva Revista de Filología Hispánica*, XV, 1961, págs. 297-308.

LÓPEZ, Mariano, «Naturalismo y humanismo en *Misericordia*», en *Sin Nombre*, XI, 1979, págs. 7-12.

MALARET, Nicole, «*Misericordia*, théorie et pratique du roman», en *Les Langues Neo-Latines*, 232, 1980, págs. 64-74.

MARÍN MARTÍNEZ, Juan María, «Aproximación a *Misericordia*. Análisis de tres constantes galdosianas», en *Revista de Literatura*, XLII, 1980, págs. 63-91.

PAOLINI, Gilberto, «The benefactor in the novels of Galdós», en *Revista de Estudios Hispánicos*, núm. 2, 1968, págs. 241-49.

PENUEL, Arnold M., *Charity in the novels of Galdós*, Athens, University of Georgia Press, 1972, págs, 78-87.

PÉREZ VIDAL, José, «Madrileñización de Galdós», en *Madrid*, Madrid, Afrodisio Aguado, ¿1957?, págs. 9-51.

RICARD, Robert, «Sur le personnage d'Almudena dans *Misericordia*», en *Bulletin Hispanique*, núm. 61, 1959, págs. 12-25. Reimpreso en *Galdós et ses romans*, París, Centre de Recherches de l'Institute d'Études Hispaniques, 1961, págs. 51-62.

RODRÍGUEZ, Alfred, «Aspectos de un "tipo" galdosiano: el maestro de escuela, ayo o pasante», en *Actas del Segundo Congreso Internacional de Estudios Galdosianos*, II, 1980, págs. 341-60.

RÍO, Ángel del, «Aspectos del pensamiento moral de Galdós», en *Cuadernos Americanos*, núms. 12, 6, 1943, págs. 147-68.

ROVETTA, Carlos, «El naturalismo de Galdós: *Misericordia*», en *Nosotros*, serie 2, núm. 77, 1942, págs. 203-9.

RUSELL, Robert H., «The Christ figure in *Misericordia*», en *Anales Galdosianos*, II, 1967, págs. 101-30.

SÁINZ DE ROBLES, F. C., *El Madrid de Galdós o Galdós, uno de los «cuatro grandes» no madrileños, de Madrid*, Madrid, Instituto de Estudios Madrileños, 1967.

SCHRAIBMAN, José, «Las citas bíblicas en *Misericordia* de Galdós», en *Cuadernos Hispanoamericanos*, núms. 250-52, 1970-71, páginas 490-504.

— «El ecumenismo de Galdós», en *Hispania*, LIII, 1970, págs. 881-56.

SCHYFTER, Sara E., *The jew in the novels of Benito Pérez Galdós*, Londres, Tamesis Books, 1978.

SININGEN, J., «The Search for a new totality in *Nazarín, Halma, Misericordia*», en *Modern Languages Notes*, XCIII, 1978, págs. 233-51

VAREY, J. E., «Charity in *Misericordia*», en *Galdós Studies*, Londres, Tamesis Books, 1970, págs. 164-94.

ZAMBRANO, María, *La España de Galdós*, Madrid, Taurus, 1959. Hay edición reciente en Barcelona, La Gaya Ciencia, 1982.

Misericordia

I

Dos caras, como algunas personas, tiene la parroquia de San Sebastián... mejor será decir la iglesia... dos caras que seguramente son más graciosas que bonitas[1]: con la una mira a los barrios bajos, enfilándolos por la calle de Cañizares[2];

---

[1] Aunque no se conserva el edificio que sirvió de fundamento simbólico a esta novela galdosiana, incendiado y casi derruido durante la Guerra Civil, aún hoy nos podemos reafirmar en esta impresión de vulgaridad que nos transmite. Su reconstrucción a mediados de este siglo conserva las formas y líneas del edificio antiguo, acentuando más aún, si cabe, su pobreza y mediocridad. Don Pascual Madoz, tras describir los elementos externos de la iglesia, añade esta valoración de la que Galdós pudo tomar pie para organizar el símbolo básico de la novela.

> «Su fábrica es harto mezquina, aunque no por falta de terreno, pues aprovechando el cementerio se podía haber construido en este local un templo correspondiente a una de las parroquias de más considerable feligresía, como es ésta.»

Madrid, Audiencia, provincia, intendencia, vicaría, partido y villa, Madrid, Ábaco Edcs., José Ramón Aguado, editor, 1981, pág. 201a. Edición facsímil de la 1.ª ed., Madrid, 1848.

Nótese también que Galdós se corrige, diferenciando parroquia de iglesia, para referirse con el último término al templo, al edificio, *(Vid.* el folleto de Manuel Escrivá de Romaní y de la Quintana, conde de Casal, *Bosquejo histórico de la parroquia de San Sebastián,* Madrid, Imp. Blass, 1912, 44 págs.)

[2] La calle de Cañizares se encuentra entre la de Atocha y la de la Magdalena. Primitivamente, se le llamó de San Sebastián, pero se le denominó con su actual nombre por los cañizares que allí había.

con la otra al señorío mercantil de la Plaza del Ángel[3]. Habréis notado en ambos rostros una fealdad risueña, del más puro Madrid, en quien el carácter arquitectónico y el moral se aúnan maravillosamente. En la cara del Sur campea, sobre una puerta chabacana, la imagen barroca del santo mártir, retorcida, en actitud más bien danzante que religiosa; en la del Norte, desnuda de ornatos, pobre y vulgar, se alza la torre, de la cual podría creerse que se pone en jarras, soltándole cuatro frescas a la Plaza del Ángel. Por una y otra banda, las caras o fachadas tienen anchuras, quiere decirse, patios cercados de verjas mohosas, y en ellos tiestos con lindos arbustos, y un mercadillo de flores que recrea la vista. En ninguna parte como aquí advertiréis el encanto, la simpatía, el *ángel*, dicho sea en andaluz, que despiden de sí, como tenue fragancia, las cosas vulgares, o algunas de las infinitas cosas vulgares que hay en el mundo. Feo y pedestre como un pliego de aleluyas o como los romances de ciego[4], el edificio bifronte, con su torre *barbiana*[5],

---

[3] La Plaza del Ángel se encuentra entre las calles de Carretas, Cruz, Espoz y Mina, Huertas, San Sebastián y Plaza de Santa Ana.

«La Plaza del Ángel, que toma su nombre de una pintura del Ángel de la Guarda que había en una de sus casas, era primitivamente muy reducida, viniendo a ser el espacio que media entre la calle de Espoz y Mina y la de Carretas, pues su parte más ancha se hallaba ocupada por una manzana, donde estaba el oratorio y convento de San Felipe Neri, entre cuya fachada oriental y la actual de la Plaza del Ángel quedaba una callejuela que se llamaba del Beso...»

(Pedro de Répide, *Las calles de Madrid*, Madrid, Afrodisio Aguado, 1981, pág. 40.)

[4] Se refiere Galdós al degradado estado de vulgaridad, desaliño y chocarrería, tanto en el dibujo como en los textos, en el que habían desembocado los pliegos de aleluyas litúrgicos-pedagógicos del siglo XVIII y los romances de ciego del Siglo de Oro. Como escritor íntimamente relacionado con el costumbrismo desde la segunda serie de sus *Episodios Nacionales*, Galdós no desprecia, sino que estima en mucho, este tipo de documentación ambiental e indirecta *(Vid.* Luciano García Lorenzo, *Misericordia de Galdós, op. cit.*, páginas 13-15.) Es, además, un gran conocedor del abundante material de pliegos de aleluyas y romances de ciego de la segunda mitad del siglo XIX, como se deduce de la lectura de *La desheredada* (1881), donde textos y viñetas tienen una presencia directa muy importante. *(Vid.* Carmen Bravo Villasante, *Galdós visto por sí mismo*, Madrid, Editorial Magisterio Español, 1976, págs. 159 y ss.)

[5] *barbiana*. Lo más significativo de este término es el consciente

el cupulín de la capilla de la Novena[6], los irregulares techos y cortados muros, con su afeite barato de ocre, sus patios floridos, sus hierros mohosos en la calle y en el alto campanario, ofrece un conjunto gracioso, picante, *majo*, por decirlo de una vez. Es un rinconcito de Madrid que debemos conservar cariñosamente, como anticuarios coleccionistas, porque la caricatura monumental también es un arte. Admiremos en este San Sebastián, heredado de los tiempos viejos, la estampa ridícula y tosca, y guardémoslo como un lindo mamarracho.

Con tener honores de puerta principal, la del Sur es la menos favorecida de fieles en días ordinarios, mañana y tarde. Casi todo el señorío entra por la del Norte, que más parece puerta excusada o familiar. Y no necesitaremos hacer estadística de los feligreses que acuden al sagrado culto por una parte y otra, porque tenemos un *contador* infalible: los pobres. Mucho más numerosa y formidable que por el Sur es por el Norte la cuadrilla de miseria, que acecha el paso de la caridad, al modo de guardia de alcabaleros que cobra humanamente el portazgo

---

uso que Galdós hace de él por la presencia intensa e inmediata del origen vulgar y de germanía de sus locutores habituales. En el término elegido está vivo el genio popular del movimiento atrevido y bravucón. Nacido de la misma actitud y con un matiz más ladino y tortuoso en contraste con aquél, se encuentra el término «perillán» < perilla. La misma incorporación de lo popular en lo artístico hay que captar en los otros dos términos subrayados: *ángel* y *majo*.

[6] *cupulín de la capilla de la Novena.* Se denominó así, según Jerónimo de la Quintana, a una imagen de la Virgen con el Niño, que sufrió varios atentados sacrílegos por parte de unos herejes en la próxima calle de Huertas. Suscitada en compensación la devoción popular del barrio por esta imagen, realizó un milagro de curaciones generales, a partir de la fe y devoción de una anciana tullida que le dedicó una novena. Desde entonces (1624) se llamó la Virgen de la Novena y fue trasladada a la iglesia de San Sebastián. Su capilla fue construida a costa de la Congregación de Cómicos del vecino «mentidero de representantes», cuya advocación adoptaron desde 1631. Años más tarde (1662), construyeron la capilla en el lado del evangelio y a los pies de la iglesia. Aneja a esta Congregación se fundó en 1765 la Casa-Hospital de Cómicos. A mediados del siglo XIX, la capilla fue reformada por Don Silvestre Pérez, el cual la decoró con pilastras dóricas y estatuas a los lados. Una cúpula con pechinas pintadas al fresco cierra la capilla (Madoz, pág. 202, y Jerónimo de la Quintana, *A la muy antigua, noble y coronada villa de Madrid. Historia de su antigüedad, nobleza y grandeza,* I, Madrid, Ábaco Ediciones, José Ramón Aguado, editor, 1980, fol. 76v (Edición facsímil de la primera edición: Madrid, 1629.)

en la frontera de lo divino, o la contribución impuesta a las conciencias impuras que van a donde lavan[7].

Los que hacen la guardia por el Norte ocupan distintos puestos en el patinillo y en las dos entradas de éste por las calles de las Huertas y San Sebastián[8], y es tan estratégica su colocación, que no puede escaparse ningún feligrés como no entre en la iglesia por el tejado. En rigurosos días de invierno, la lluvia o el frío glacial no permiten a los intrépidos soldados de la miseria destacarse al aire libre (aunque los hay constituidos milagrosamente para aguantar a pie firme las inclemencias de la atmósfera), y se repliegan con buen orden al túnel o pasadizo que sirve de ingreso al templo parroquial, formando en dos alas a derecha e izquierda. Bien se comprende que con esta formidable ocupación del terreno y táctica exquisita, no se escapa un cristiano, y forzar el túnel no es menos difícil y glorioso que el memorable paso de las Termópilas[9]. Entre ala derecha y ala

---

[7] Todo este párrafo es una reiterada metáfora galdosiana, mantenida de modo algo forzado y oscuro. Parece perseguir dos objetivos, uno esconder de alguna manera la crítica directa a las clases medias; el otro, declarar su irritación contra la hipocresía religiosa del clericalismo. Los mendigos son como *guardia de alcabaleros* o cobradores de impuestos, situados en la frontera de lo humano y de lo divino, que se encargan de cobrar los derechos *(portazgo)* de una transacción comercial que se realiza dentro de esa iglesia y como festivamente. Las conciencias impuras pagan su derecho a entrar para purificarse; esta purificación, como Galdós dirá después en *Casandra* (1905), consiste en devolverle a la iglesia los bienes que con las desamortizaciones les enriquecieron, aunque aumentados. De aquí la próxima aparición de la estatua de Mendizábal en la Plaza del Progreso. Creo que se presenta así claro el triángulo que muestra Galdós: la clase media y la iglesia unidas al cabo de todo un siglo, mientras el pueblo queda hundido en la miseria cobrando a la clase media los derechos que le hacen sentirse tranquila.

[8] La calle de las Huertas va hoy de la Plaza del Ángel al Paseo del Prado. Viene su nombre de las huertas antes allí existentes y cercanas al Paseo citado. En esta calle vivió Cervantes, como él mismo nos dice en la *Adjunta al Parnaso*. La calle de San Sebastián va de la Plaza del Ángel a la calle de Atocha y antes se denominó calle del Viento.

> «Llámase de San Sebastián por dar a ella la fachada de poniente de la iglesia parroquial de igual nombre así como parte del viejo cementerio que abre a la calle de las Huertas, y de la lonja que corresponde a la de Atocha.»
>
> PEDRO DE RÉPIDE.

[9] *paso de las Termópilas.* Recuérdese que en este estratégico des-

izquierda, no baja de docena y media el aguerrido contingente, que componen ancianos audaces, indómitas viejas, ciegos machacones, reforzados por niños de una acometividad irresistible (entiéndase que se aplican estos términos al arte de la postulación), y allí se están desde que Dios amanece hasta la hora de comer, pues también aquel ejército se raciona metódicamente, para volver con nuevos bríos a la campaña de la tarde. Al caer de la noche, si no hay Novena con sermón, Santo Rosario con meditación y plática, o Adoración Nocturna[10], se retira el ejército, marchándose cada combatiente a su olivo con tardo paso. Ya le seguiremos en su interesante regreso al escondrijo donde mal vive. Por de pronto, observémosle en su rudo luchar por la pícara existencia, y en el terrible campo de batalla, en el cual no hemos de encontrar charcos de sangre ni militares despojos, sino pulgas y otras feroces alimañas.

Una mañana de marzo, ventosa y glacial, en que se helaban las palabras en la boca, y azotaba el rostro de los transeúntes un polvo que por lo frío parecía nieve molida, se replegó el ejército al interior del pasadizo, quedando sólo en la puerta de hierro de la calle de San Sebastián un ciego entrado en años, de nombre Pulido, que debía de tener cuerpo de bronce, y por sangre alcohol o mercurio, según resistía las temperaturas extremas, siempre fuerte, sano, y con unos colores que daban envidia a las flores del cercano puesto. La florista se replegó también en el interior de su garita, y metiendo consigo los tiestos y manojos de siemprevivas[11], se puso a tejer coronas para niños muertos. En el patio, que fue *Zementerio de S. Sebastián*[12], como declara el azulejo empotrado en la pared

---

filadero de Grecia se dieron batallas famosas, como la que costó la vida a Leónidas y sus guerreros espartanos.

[10] *Novena.* Actos litúrgicos en honor a Dios, a la Virgen o algún santo, durante los nueve días previos a su festividad. Se celebraban al anochecer, e iban acompañadas de alguna reflexión o discurso de un orador famoso sobre el tema que se tratara. *Adoración Nocturna.* Se refiere Galdós a la exposición y adoración durante la noche del Santísimo Sacramento. En principio se formó una asociación religiosa cuya fundación data de 1874. Hoy día persiste en la noche del Viernes Santo.

[11] *manojos de siemprevivas.* Flores que crecen entre peñascales y no se marchitan nunca. Nótese el contraste con la frase siguiente («... niños muertos») conformando un paralelo muy conscientemente realizado por Galdós.

[12] *Zementerio de S. Sebastián.* Dice Pedro de Répide al escribir sobre la calle de las Huertas:

sobre la puerta, no se veían más seres vivientes que las poquísimas señoras que a la carrera lo atravesaban para entrar en la iglesia o salir de ella, tapándose la boca con la misma mano en que llevaban el libro de oraciones, o algún clérigo que se encaminaba a la sacristía, con el manteo arrebatado del viento, como pájaro negro que ahueca las plumas y estira las alas, asegurando con su mano crispada la teja[13], que también quería ser pájaro y darse una vuelta por encima de la torre.

Ninguno de los entrantes o salientes hacía caso del pobre Pulido, porque ya tenían costumbre de verle impávido en su guardia, tan insensible a la nieve como al calor sofocante, con su mano extendida, mal envuelto en raída capita de paño pardo, modulando sin cesar palabras tristes, que salían congeladas de sus labios. Aquel día, el viento jugaba con los pelos blancos de su barba, metiéndoselos por la nariz y pegándoselos al rostro, húmedo por el lagrimeo que el intenso frío producía en sus muertos ojos. Eran las nueve, y aún no se había estrenado el hombre. Día más *perro* que aquél no se había visto en todo el año, que desde Reyes venía siendo un año fulastre[14], pues el día del santo patrono (20 de enero) sólo *se habían hecho* doce *chicas*[15], la mitad próximamente que el año anterior, y la Candelaria y la novena del bendito San Blas[16], que otros años fueron

---

«Es... una calle muy madrileña, enclavada en el corazón del viejo barrio de los comediantes. Tiene a su comienzo ese atrio maravilloso de la vieja parroquia, en uno de cuyos muros se lee aún el azulejo que dice: 'Zimenterio de San Sebastián'. Este enlosado y esa verja sencilla pueden recordar el paso del entierro de Lope de Vega y la noche lúgubre en que José Cadalso fue a desenterrar el cadáver de su amada, la actriz María Ibáñez.»

[13] *teja*. Sombrero de los eclesiásticos, que en un principio tuvo esta forma.

[14] *un año fulastre*, un año chapucero, un año loco y errado. Es un término derivado también del lenguaje vulgar y de germanía.

[15] La *chica* o *perra chica* es la penúltima moneda del sistema monetario de Alfonso XII y Alfonso XIII. Era de cobre y valía cinco céntimos de peseta. Por debajo de ella estaban las monedas de dos y un céntimo y por encima la de diez céntimos o *perra gorda*. El calificativo de «perra» proviene de una acuñación con un león grabado y que, según la imaginación popular, más parecía un perro que un fiero león.

[16] La fiesta de la Candelaria se celebra el dos de febrero. Se solía salir en procesión con velas encendidas alrededor de la iglesia y acompañando a la Virgen. En la duración de las candelas se preveía la meteo-

tan de provecho, vinieron en aquél con diarios de siete *chicas*, de cinco *chicas:* ¡valiente puñado! «Y me *paice* a mí —decía para sus andrajos el buen Pulido, bebiéndose las lágrimas y escupiendo los pelos de su barba—, que el amigo San José también nos vendrá con mala pata... ¡Quién se acuerda del San José del primer año de Amadeo![17]... Pero ya ni los santos del cielo son como es debido. Todo se acaba, Señor, hasta *el fruto de la festividá*, o, como quien dice, la *probeza honrada*. Todo es por tanto pillo como hay en la política *pulpitante*, y el aquél de las suscriciones para las *vítimas*[18]. Yo que Dios, mandaría a los ángeles que reventaran a todos esos que en los papeles andan siempre inventando *vítimas*, al cuento de jorobarnos a los pobres *de tanda*[19]. Limosna hay, buenas almas hay; pero liberales por un lado, el *Congrieso* dichoso, y por otro las *congriogaciones*, los *metingos* y *discursiones*, y tantas cosas de imprenta, quitan la voluntad a los más cristianos[20]... Lo que
_____

rología de la primavera. Después, se asistía a misa con las candelas o velas encendidas. La fiesta de San Blas es el tres de febrero. Su ermita se encontraba en un cerrillo cerca de donde hoy está el Observatorio Astronómico de Madrid. Este santo es abogado contra los males de garganta y su culto estaba relacionado con la iglesia de San Sebastián.

[17] Amadeo de Saboya, duque de Aosta, hijo de Víctor Manuel II de Italia comenzó su reinado el 2 de enero de 1871. Fue rey constitucional de España, elegido después de las Cortes constituyentes de 1869. Su llegada fue acogida con júbilo por las clases medias democráticas y con entusiasmo por Galdós que veía en los Saboya una dinastía progresista. No pudo sobrevivir a la desunión de los partidos constitucionales de la revolución ni a los extremismos de republicanos por un lado y carlistas por otro. La inviabilidad de su gobierno democráta liberal y su aplicación en 1873 fue un golpe de desilusión para los idealistas puros como don Benito, al tiempo que el acicate primordial de su amplia obra. En cuanto a la alusión al día de San José, estimamos que puede referirse a las elecciones a Cortes que se celebraron en marzo de 1871.

[18] *suscriciones para las vítimas*. Se refiere, evidentemente, a las víctimas de las guerras coloniales, que culminarían un año después de la publicación de *Misericordia* (1898) con la derrota final de los ejércitos españoles y la pérdida de las colonias.

[19] *pobres de tanda*. Grupos de pobres que se turnan para pedir.

[20] No es difícil percibir una intencionada resonancia humorística por parte de Galdós en estas deformaciones de imitación vulgar. En la mente del mendigo Pulido, que conoció tiempos mejores, se confunden las inútiles discusiones del Congreso sobre el asunto de Cuba y Estados Unidos con las juntas de tipo religioso que también presionaban. Lo político, lo clerical y la inutilidad en todos. Sobre los clericales

67

digo: quieren que no *haiga* pobres, y se saldrán con la suya.
Pero *pa* entonces, yo quiero saber quién es el guapo que saca
las ánimas del Purgatorio... Ya, ya se pudrirán allá las señoras
almas, sin que la cristiandad se acuerde de ellas, porque... a mí
que no me digan: el rezo de los ricos, con la barriga bien llena
y las carnes bien abrigadas, no vale... por Dios vivo que no vale.»

Al llegar aquí en su meditación, acercósele un sujeto de baja
estatura, con luenga capa que casi le arrastraba, rechoncho,
como de sesenta años, de dulce mirar, la barba cana y recortada, vestido con desaliño; y poniéndole en la mano una perra
grande [21], que sacó de un cartucho que sin duda destinaba a las
limosnas del día, le dijo: «No te la esperabas hoy: di la verdad.
¡Con este día!...

—Sí que la esperaba, mi Sr. D. Carlos —replicó el ciego
besando la moneda—, porque hoy es el *universario*, y usted
no había de faltar, aunque se helara el cero de los *terremotos*
(sin duda quería decir *termómetros*).

—Es verdad. Yo no falto. Gracias a Dios, me voy defendien-
do, que no es flojo milagro con estas heladas y este pícaro
viento norte, capaz de encajarle una pulmonía al caballo de la
Plaza Mayor [22]. Y tú, Pulido, ten cuidado. ¿Por qué no te vas
adentro?

—Yo soy de bronce, Sr. D. Carlos, y a mí ni la muerte me
quiere. Mejor se está aquí con la ventisca, que en los interiores,

---

sólo es necesario repasar los amplios movimientos de enfrentamientos
contra la representación de *Doña Perfecta* en provincias en el mismo
año de 1896, en que Galdós escribía estas líneas. Junto a ello están las
arengas o *metingos*, con la sonora connotación de guardar o meter, y los
discursos o discusiones que mantenían preocupados a la población.

[21] *perra grande* o «perra gorda». *(Vid.* nota 15.)

[22] *caballo de la plaza Mayor*. Se refiere a la estatua ecuestre de
Felipe III, que se halla en el centro de la Plaza. Sigamos a Pedro de
Répide:

«Es obra de Juan de Bolonia, terminada por Pedro Tacca,
los mismos que hicieron la estatua de Enrique IV el Bearnés,
que está en el Puente Nuevo, de París, y fue regalada al monarca
español por el gran duque de Florencia, Cosme de Médicis.
Este monumento, cantado por los más altos ingenios de aquel
tiempo, pues mereció un soneto de Lope de Vega, otro de Jáu-
regui y tres de don Francisco de Quevedo, tuvo su primer em-
plazamiento en la Casa de Campo, delante del palacete que
hay a la entrada de esa magnífica posesión. A propuesta de
Mesonero Romanos fue solicitada de la reina Isabel II la ce-

alternando con esas viejas charlatanas, que no tienen educación... Lo que yo digo: la educación es lo primero, y sin educación, ¿cómo quieren que *haiga* caridad?... D. Carlos, que el Señor se lo aumente, y se lo dé de gloria...»

Antes de que concluyera la frase, el D. Carlos voló; y lo digo así, porque el terrible huracán hizo presa en su desmedida capa, y allá veríais al hombre, con todo el paño arremolinado en la cabeza, dando tumbos y giros, como un rollo de tela o un pedazo de alfombra arrebatados por el viento, hasta que fue a dar de golpe contra la puerta, y entró ruidosa y atropelladamente, desembarazando su cabeza del trapo que la envolvía. «¡Qué día... vaya con el día de porra!» —exclamaba el buen señor, rodeado del enjambre de pobres, que con chillidos plañideros le saludaron; y las flacas manos de las viejas le ayudaban a componer y estirar sobre sus hombros la capa. Acto continuo repartió las perras, que iba sacando del cartucho una a una, sobándolas un poquito antes de entregarlas, para que no se le escurriesen dos pegadas; y despidiéndose al fin de la pobretería con un sermoncillo gangoso, exhortándoles a la paciencia y humildad, guardó el cartucho, que aún tenía monedas para los de la puerta del frontis de Atocha, y se metió en la iglesia.

II

Tomada el agua bendita, don Carlos Moreno Trujillo se dirigió a la capilla de Nuestra Señora de la Blanca [23]. Era hombre tan extremadamente metódico, que su vida entera encajaba dentro de un programa irreductible, determinante de sus actos todos, así morales como físicos, de las graves reso-

---

sión de esa estatua, que, concedida, pasó a ocupar un sitio propio de ella en medio de la plaza...»

[23] La presentación humorística de don Carlos es patente. Esconde su avaricia en un exagerado metodismo y control y vive como un Torquemada cualquiera, buscando la fórmula más barata de limpiar sus culpas y las de su difunta esposa. El recorrido por la iglesia es, por otra parte muy significativo. Comienza en el altar de Nuestra Señora de la Blanca cuya advocación real no nos es conocida; sin embargo, sí es muy utilizado el término «blanca» para denominar dinero en general y que proviene del nombre dado a una moneda de cobre. Don Carlos lo primero que parece hacer es rezar para no quedarse «sin blanca». De allí, pasa al altar de los Dolores y a orar ante la imagen de San Lesmes, santo que murió, según la tradición, por la fatiga que le produjo cierto

luciones, así como de los pasatiempos insignificantes, y hasta del moverse y del respirar. Con un solo ejemplo se demuestra el poder de la rutinaria costumbre en aquel santo varón, y es que, viviendo en aquellos días de su ancianidad en la calle de Atocha, entraba siempre por la verja de la calle de San Sebastián y puerta del Norte, sin que hubiera para ello otra razón que la de haber usado dicha entrada en los treinta y siete años que vivió en su renombrada casa de comercio de la Plazuela del Ángel. Salía invariablemente por la calle de Atocha, aunque a la salida tuviera que visitar a su hija, habitante en la calle de la Cruz[24].

Humillado ante el altar de los Dolores, y después ante la imagen de San Lesmes, permanecía buen rato en abstracción mística; despacito recorría todas las capillas y retablos, guardando un orden que en ninguna ocasión se alteraba; oía luego dos misitas, siempre dos, ni una más ni una menos; hacía otro recorrido de altares, terminando infaliblemente en la capilla del Cristo de la Fe; pasaba un ratito a la sacristía, donde con el coadjutor o el sacristán se permitía una breve charla, tratando del tiempo, o de *lo malo que está todo*, o bien de comentar el

día la repartición de trigo entre los pobres. Aquí permanece en abstracción mística, para acabar en la Capilla del Cristo de la Fe, única de las mencionadas que describe Madoz.

[24] La calle de la Cruz va de la Plaza de Canalejas a la del Ángel. Su nombre proviene de la antigua Hermandad de la Cruz, que, establecida en la parroquia de San Sebastián, «tenía alquilado el corral de la casa que fue del capitán don Juan Delgado, para las comedias que se representaban en la Pascua de Resurrección». En dicho corral el Ayuntamiento edificó el teatro del mismo nombre, obra del arquitecto Pedro Ribera. La rivalidad de este teatro con el del Príncipe llegó hasta el siglo XIX, cambiando su nombre en 1849 por Teatro del Drama y siendo derribado en 1860. Pedro de Répide ya decía en los primeros años de la década de los 20:

«Esta calle, demasiado estrecha para su mucho tráfico, debía ya haber desaparecido, dejando lugar a la hace tiempo proyectada continuación de la calle de Sevilla, que pudiera llegar, cuando menos, hasta la plaza del Progreso. El haber desaprovechado la existencia del solar de la Trinidad, en la calle de Atocha, y permitido en él la construcción de nuevos edificios, aleja la posibilidad de esa reforma urbana, tanto más conveniente y necesaria que otras que han conseguido una aprobación municipal con una brevedad de trámites no común a esa clase de proyectos.»

cómo y el por qué de que viniera turbia el agua del Lozoya[25], y se marchaba por la puerta que da a la calle de Atocha, donde repartía las últimas monedas del cartucho. Tal era su previsión, que rara vez dejaba de llevar la cantidad necesaria para los pobres de uno y otro costado: como aconteciera el caso inaudito de faltarle una pieza, ya sabía el mendigo que la tenía segura al día siguiente; y si sobraba, se corría el buen señor al oratorio de la calle del Olivar[26] en busca de una mano desdichada en que ponerla.

Pues señor, entró D. Carlos en la iglesia, como he dicho por la puerta que llamaremos del Cementerio de San Sebastián, y las ancianas y ciegos de ambos sexos que acababan de recibir de él la limosna, se pusieron a picotear, pues mientras no

---

[25] *agua de Lozoya*. Hasta hace pocos años en que Madrid se surte de agua de otros ríos, la de Lozoya era la única y muy apreciada por su sabor y limpieza. La traída oficial de estas aguas se realizó el 24 de junio de 1858. *Vid.* para los proyectos la *Memoria sobre la conducción de aguas a Madrid, formada en cumplimiento de la Real Orden de 10 de marzo de 1848, con arreglo a las instrucciones dadas por la dirección general de Obras públicas.* Madrid, Imprenta de la Publicidad, 1849, 312 págs. Es interesante este libro por ser una Memoria razonada sobre la posibilidad y conveniencia de conducir a Madrid las aguas del río Lozoya, formada en virtud de la Real Orden de 10 de marzo de 1848 por los ingenieros de caminos, canales y puertos don Juan de Rufo y don Juan de Ribera. Para las alusiones de Galdós al río Lozoya, *vid.* José Fradejas, *Geografía literaria de la provincia de Madrid*, Madrid, C. S. I. C., Instituto de Estudios Madrileños, 1958, pág. 143.

[26] *oratorio de la calle del Olivar*. Pedro de Répide escribe:

«En la calle de Cañizares construyóse el oratorio de la Congregación de Esclavos del Santísimo Sacramento, a la cual pertenecía Cervantes, entre otros altos ingenios, y tuvo su origen en el hecho de que habiendo unos herejes profanado las Santas Formas en un templo católico de Londres, el año 1607, se reunieron en Madrid varias personas piadosas, y el 28 de noviembre de 1608 formaron esa Hermandad, que Felipe III puso bajo su protección y en la formación de la cual tuvo gran parte el beato Rojas. Establecióse en la Trinidad descalza hasta el 1615, en que pasó al convento del Espíritu Santo, y dos años después a la Magdalena, hasta que compró el terreno que todavía ocupa, labrando allí su casa donde se dijo la primera misa el 1 de noviembre de 1646, abriéndose diez años después la iglesia, que hace pocos ha sido derribada y sustituida por otra de sencilla y muy bella traza española. Generalmente se le llama a este Templo el oratorio del Olivar.»

entrara o saliera alguien a quien acometer, ¿qué habían de hacer aquellos infelices más que engañar su inanición y sus tristes horas, regalándose con la comidilla que nada les cuesta, y que, picante o desabrida, siempre tienen a mano para con ella saciarse? En esto son iguales a los ricos: quizás les llevan ventaja, porque cuando tocan a charlar, no se ven cohibidos por las conveniencias usuales de la conversación, que poniendo entre el pensamiento y la palabra gruesa costra etiquetera y gramatical, embotan el gusto inefable del dime y direte.

«¿No *vus* dije que D. Carlos no faltaba hoy? Ya lo habéis visto. Decir ahora si yo me equivoco y no estoy al tanto.

—Yo también lo dije... Toma... como que es el *aniversario del mes*, día 24; quiere decir que cumple mes la defunción de su esposa, y D. Carlos bendito no falta este día, aunque lluevan ruedas de molino, porque otro más cristiano, sin agraviar, no lo hay en Madrid.

—Pues yo me temía que no viniera, motivado al frío que hace, y pensé que, por ser día de perra gorda, el buen señor suprimía la *festividá*.

—Hubiéralo dado mañana, bien lo sabes, Crescencia, que D. Carlos sabe cumplir y paga lo que debe.

—Hubiéranos dado mañana la gorda de hoy, eso sí; pero quitándonos la chica de mañana. Pues ¿qué crees tú, que aquí no sabemos de cuentas? Sin agraviar, yo sé ajustarlas como la misma luz,. y sé que el D. Carlos, cuando se le hace mucho lo que nos da, se pone malo por ahorrarse algunos días, lo cual que ha de saberle mal a la difunta.

—Cállate, mala lengua.

—Mala lengua tú, y... ¿quieres que te lo diga?... ¡adulona!

—¡Lenguaza!»

Eran tres las que así chismorreaban, sentaditas a la derecha, según se entra, formando un grupo separado de los demás pobres, una de ellas ciega, o por lo menos cegata; las otras dos con buena vista, todas vestidas de andrajos, y abrigadas con pañolones negros o grises. La *señá* Casiana, alta y huesuda, hablaba con cierta arrogancia, como quien tiene o cree tener autoridad; y no es inverosímil que la tuviese, pues en donde quiera que para cualquier fin se reúnen media docena de seres humanos, siempre hay uno que pretende imponer su voluntad a los demás, y, en efecto, la impone. Crescencia se llamaba la ciega o cegata, siempre hecha un ovillo, mostrando su rostro diminuto, y sacando del envoltorio que con su arrollado cuerpo formaba, la flaca y rugosa mano de largas uñas. La que en el anterior coloquio pronunciara frases altaneras y descorteses tenía por nombre *Flora* y por apodo *la Burlada*, cuyo origen y sentido se ignora, y era una viejecilla pequeña y vivaracha, irascible, parlanchina, que resolvía y alborotaba el miserable cotarro, indisponiendo a unos con otros, pues siempre tenía que decir algo picante y malévolo cuando los demás *repartijaban*, y nunca distinguía de pobres y ricos en sus críticas acerbas. Sus ojuelos sagaces, lacrimosos, gatunos, irradiaban la desconfianza y la malicia. Su nariz estaba reducida a una bolita roja, que bajaba y subía al mover de labios y lengua en su charla vertiginosa. Los dos dientes que en sus encías quedaban, parecían correr de un lado a otro de la boca, asomándose tan pronto por aquí, tan pronto por allá, y cuando terminaba su perorata con un gesto de desdén supremo o de terrible sarcasmo, cerrábase de golpe la boca, los labios se metían uno dentro de otro, y la barbilla roja, mientras callaba la lengua, seguía expresando las ideas con un temblor insultante.

Tipo contrario al de *la Burlada* era el de *señá* Casiana: alta, huesuda, flaca, si bien no se apreciaba fácilmente su delgadez por llevar, según dicho de la gente maliciosa, mucha y buena ropa debajo de los pingajos. Su cara larguísima como si por máquina se la estiraran todos los días, oprimiéndole los carrillos, era de lo más desapacible y feo que puede imaginarse, con los ojos reventones, espantados, sin brillo ni expresión, ojos que parecían ciegos sin serlo; la nariz de gancho, desairada; a gran distancia de la nariz, la boca, de labios delgadísimos, y, por fin, el maxilar largo y huesudo. Si vale comparar rostros de personas con rostros de animales, y si para conocer a *la Burlada* podríamos imaginarla como un gato que hubiera perdido el pelo en una riña, seguida de un chapuzón, digamos que era la Casiana como un caballo viejo, y perfecta su semejanza con los de la plaza de toros, cuando se tapaba con venda oblicua uno de los ojos, quedándose con el otro libre para el fisgoneo y vigilancia de sus cofrades. Como en toda región del mundo hay clases, sin que se exceptúen de esta división capital las más ínfimas jerarquías, allí no eran todos los pobres lo mismo. Las viejas, principalmente, no permitían que se alterase el principio de distinción capital. Las *antiguas*, o sea las que llevaban ya veinte o más años de pedir en aquella iglesia, disfrutaban de preeminencias que por todos eran respetadas, y las *nuevas* no tenían más remedio que conformarse. Las *an-*

tiguas disfrutaban de los mejores puestos, y a ellas solas se concedía el derecho de pedir dentro, junto a la pila de agua bendita. Como el sacristán o el coadjutor alterasen esta jurisprudencia en beneficio de alguna *nueva*, ya les había caído que hacer. Armábase tal tumulto, que en muchas ocasiones era forzoso acudir a la ronda o a la pareja de vigilancia[27]. En las limosnas colectivas y en los repartos de bonos[28], llevaban preferencia las *antiguas;* y cuando algún parroquiano daba una cantidad cualquiera para que fuese distribuida entre todos, la antigüedad reclamaba el derecho a la repartición, apropiándose la cifra mayor, si la cantidad no era fácilmente divisible en partes iguales. Fuera de esto, existían la preponderancia moral, la autoridad tácita adquirida por el largo dominio, la fuerza invisible de la anterioridad. Siempre es fuerte el antiguo, como el novato siempre es débil, con las excepciones que pueden determinar en algunos casos los caracteres. La Casiana, carácter duro, dominante, de un egoísmo elemental, era la más antigua de las antiguas; *la Burlada*, levantisca, revoltosilla, picotera y maleante, era la más nueva de las nuevas; y con esto queda dicho que cualquier suceso trivial o palabra baladí eran el fulminante que hacía brotar entre ellas la chispa de la discordia.

La disputilla referida anteriormente fue cortada por la entrada o salida de fieles. Pero *la Burlada* no podía refrenar su reconcomio, y en la primera ocasión, viendo que la Casiana y el ciego Almudena (de quien se hablará después) recibían aquel día más limosna que los demás, se deslenguó nuevamente con la *antigua*, diciéndole: «Adulona, más que adulona, ¿crees que no sé que estás rica, y que en Cuatro Caminos tienes casa con muchas gallinas, y muchas palomas, y conejos muchos? Todo se sabe.

—Cállate la boca, si no quieres que dé parte a D. Senén para que te enseñe la educación.

—¡A ver!...

---

[27] La *ronda* eran grupos de cuatro guardias municipales que recorrían cada uno de los diez distritos de Madrid, a las órdenes de un celador y de un teniente de Alcaldía. La *pareja de vigilancia*, vulgarmente llamados «guindillas», pertenecía al Ministerio de la Gobernación y auxiliaban al resto de las autoridades, como en el caso de Benigna cuando es trasladada al Asilo municipal de San Bernardino.

[28] Los *bonos* eran una especie de vales, que podían canjearse por comestibles, artículos de primera necesidad e incluso por dinero.

—No vociferes, que ya oyes la campanilla de alzar la Majestad.

—Pero, señoras, por Dios —dijo un lisiado que en pie ocupaba el sitio más próximo a la iglesia—. Arreparen que están alzando el Santísimo Sacramento.

—Es esta habladora, escorpionaza.

—Es esta dominanta... ¡A ver!... Pues, hija, ya que eres *caporala*[29], no tires tanto de la cuerda, y deja que las *nuevas* alcancemos algo de la limosna, que todas *semos* hijas de Dios... ¡A ver!

—¡Silencio, digo!

—¡Ay, hija... ni que *fuás* Cánovas!»[30].

III

Más adentro, como a la mitad del pasadizo, a la izquierda, había otro grupo, compuesto de un ciego, sentado; una mujer, también sentada, con dos niñas pequeñuelas, y junto a ella, en pie, silenciosa y rígida, una vieja con traje y manto negros. Algunos pasos más allá, a corta distancia de la iglesia, se apoyaba en la pared, cargando el cuerpo sobre las muletas, el cojo y manco Eliseo Martínez, que gozaba el privilegio de vender en aquel sitio *La Semana Católica*[31]. Era, después de Casiana,

---

[29] *caporala*. El término está tomado del lenguaje militar y en la línea de toda la utilización que de dicho lenguaje se ha hecho desde el comienzo de la novela al referirse a los mendigos.

[30] Antonio Cánovas del Castillo nació en Coín (Málaga) el 8 de febrero de 1828 y fue asesinado en el Balneario de Santa Águeda por el italiano Angiolillo el 8 de agosto de 1897, es decir recién publicada *Misericordia*. Dirigente de las fuerzas conservadoras durante la Revolución de septiembre, fue uno de los principales responsables de la Restauración del Príncipe Alfonso como rey de España. A la muerte de Alfonso XII se convino el Pacto del Pardo por el cual liberales —con Sagasta a la cabeza— y conservadores —con Cánovas como jefe— se turnaban pacíficamente en el gobierno. Cánovas no sólo destacó por su labor política; como escritor publicó una novela —*La campana de Huesca*— y libros de ensayo.

[31] *La Semana Católica*. Efectivamente, existía este periódico, que tenía su domicilio en la calle de Villanueva, 5.

la persona de más autoridad y mangoneo en la cuadrilla, y como su lugarteniente o mayor general.

Total: siete reverendos mendigos, que espero han de quedar bien registrados aquí, con las convenientes distinciones de figura, palabra y carácter. Vamos con ellos [32].

La mujer de negro vestida, más que vieja, envejecida prematuramente, era, además de *nueva*, temporera, porque acudía a la mendicidad por lapsos de tiempo más o menos largos, y a lo mejor desaparecía, sin duda por encontrar un buen acomodo o almas caritativas que la socorrieran. Respondía al nombre de la *señá Benina* (de lo cual se infiere que Benigna se llamaba) [33], y era la más callada y humilde de la comunidad, si así puede decirse; bien criada, modosa y con todas las trazas de perfecta sumisión a la divina voluntad. Jamás importunaba a los *parroquianos* que entraban o salían; en los *repartos*, aun siendo leoninos, nunca formuló protesta, ni se la vio siguiendo de cerca ni de lejos la bandera turbulenta y demagógica de la *Burlada*. Con todas y con todos hablaba el mismo lenguaje afable y comedido; trataba con miramiento a la Casiana, con respeto al cojo, y únicamente se permitía trato confianzudo, aunque sin salirse de los términos de la decencia, con el ciego llamado Almudena, del cual, por el pronto, no diré más sino

---

[32] En modo alguno se puede considerar gratuita esta presentación durante dos capítulos de los mendigos alcabaleros, ni tampoco el contraste silencioso que mantienen Benigna y Almudena frente a los demás. Galdós está simbolizando en ellos la miserable situación general de la sociedad madrileña en plena crisis económica y política de finales de siglo. Toda la sociedad, pobres y ricos, se vuelven hacia el clericalismo y los que no lo hacen, como Flora *la Burlada*, se opondrán a él. Almudena viene a simbolizar el silencio amargo y la marginación de un idealista, como el protagonista de *El abuelo*, Alejandro en *Voluntad* o Federico Viera en *Realidad*. Benigna sintetiza la actitud del pueblo llano durante el periodo de la Restauración que se resume en la novela, indiferente a los vaivenes políticos de la clase media.

[33] El símbolo de la misericordia que es este personaje va surgiendo poco a poco, no sólo a través de sus obras, sino también a través del lenguaje. En este caso su propio nombre, como es constante en Galdós, ya significa misericordia. Primero es Benigna, cariñosa y familiarmente Benina, rebajado por la orgullosa doña Paca en Nina. Pocas líneas más adelante su lobanillo en la frente la identifica con Santa Rita de Casia. Cuando ya ha transcurrido gran parte de la novela la identificación es total, es Benina de Casia.

que es árabe, del Sus [34], tres días de jornada más allá de Marrakesh. Fijarse bien [35].

Tenía la Benina voz dulce, modos hasta cierto punto finos y de buena educación, y su rostro moreno no carecía de cierta gracia interesante que, manoseada ya por la vejez, era una gracia borrosa y apenas perceptible. Más de la mitad de la dentadura conservaba. Sus ojos, grandes y oscuros, apenas tenían el ribete rojo que imponen la edad y los fríos matinales. Su nariz destilaba menos que las de sus compañeras de oficio, y sus dedos, rugosos y de abultadas coyunturas, no terminaban en uñas de cernícalo [36]. Eran sus manos como de lavandera, y aún conservaban hábitos de aseo. Usaba una venda negra bien ceñida en la frente; sobre ella pañuelo negro, y negros el manto y vestido, algo mejor apañaditos que los de las otras ancianas. Con este pergenio y la expresión sentimental y dulce de su rostro, todavía bien compuesto de líneas, parecía una Santa Rita de Casia [37] que andaba por el mundo en penitencia. Faltábanle

---

[34] *Sus*. Cantón del Sahara occidental al sur de Tanezruft. En él adquirieron fama los belicosos riffeños desde 1890 hasta 1895. En esa zona tenía España un destacamento de cuarenta soldados y unos presidios. Los incidentes con los riffeños eran continuos, por lo que se propuso hacer unos fortines en la zona. El destacamento español fue atacado por los riffeños y derrotado el general Marchamo, que había llegado con refuerzos. Posteriormente, el general Martínez Campos se presentó con un ejército numeroso y se establecieron las condiciones de paz en la zona.

[35] Robert Ricard («Sur le personnage d'Almudena dans *Misericordia*», en *Bulletin Hispanique*, núm. 61, 1959, págs. 12-25) no explica esa coletilla de Galdós «fijarse bien». Conviene apuntar la intencionalidad del novelista al presentar a este ciego como procedente de la recién pacificada zona marroquí, Riff, con el consiguiente desprecio o malquerencia por parte de muchos patrioteros. A su vez, no deja de ser mayor virtud para Benigna. Como ocurre en el Evangelio, la redención tendrá sus mejores efectos en este ser marginado que, por no ser, no es ni español.

[36] *uñas de cernícalo*. Metonimia con la que Galdós caracteriza la rapacidad y la suciedad de las manos de los mendigos y también la astucia para localizar y sorprender a las presas cerniéndose sobre ellas.

[37] *Santa Rita de Casia*. A esta santa italiana se le invoca como abogada de causas difíciles o «abogada de lo imposible». Queda patente el valor simbólico de esta denominación por la función de Benigna en la obra y como símbolo de la solución que propone Galdós a los problemas de la nación. El pueblo, en su honestidad, debe sustituir a la clase media decadente y convertirse en el único posible protagonista de una regeneración nacional.

sólo el crucifijo y la llaga en la frente, si bien podría creerse que hacía las veces de ésta el lobanillo[38] del tamaño de un garbanzo, redondo, cárdeno, situado como a media pulgada más arriba del entrecejo.

A eso de las diez, la Casiana salió al patio para ir a la sacristía (donde tenía gran metimiento, como *antigua*), para tratar con D. Senén[39] de alguna incumbencia desconocida para los compañeros y por lo mismo muy comentada. Lo mismo fue salir la *caporala*, que correrse la Burlada hacia el otro grupo, como un envoltorio que se echara a rodar por el pasadizo, y sentándose entre la mujer que pedía con dos niñas, llamada Demetria, y el ciego marroquí, dio suelta a la lengua, más cortante y afilada que las diez uñas lagartijeras de sus dedos negros y rapantes.

«¿Pero qué, no creéis lo que vos dije? La *caporala* es rica, mismamente rica, tal como lo estáis oyendo, y todo lo que coge aquí nos lo quita a las que *semos* de verdadera *solenidá*, porque no tenemos más que el día y la noche.

—Vive por allá arriba —indicó la Crescencia—, *orilla en cá los Paúles*[40].

—¡Quiá, no, señora! Eso era antes. Yo lo sé todo —prosiguió la Burlada, haciendo presa en el aire con sus uñas—. A mí no me la da esa, y he tomado lenguas. Vive en Cuatro Caminos, donde tiene corral, y en él cría, con perdón, un cerdo; sin agraviar a nadie, el mejor cerdo de Cuatro Caminos[41].

---

[38] El *lobanillo* es un tumor o bulto superficial de grasa acumulada, generalmente indoloro.

[39] *D. Senén.* No hay que ignorar las características negativas de medrador, oportunista y servilón que tiene el personaje del mismo nombre en *El abuelo* (1897). Sin duda, Galdós está caracterizando de esta manera al sacristán de la parroquia, a algún beneficiado o elemento medrador de la misma.

[40] *orilla en cá los Paúles*, «al lado de la Casa de los Paúles». Se refiere al Convento de la Congregación de la Misión o de los Paúles y la Iglesia de San Vicente de Paúl, que estaba y está situada en la calle de García de Paredes.

[41] La Glorieta de Cuatro Caminos, hoy uno de los puntos neurálgicos de Madrid, era cuando Galdós escribió la novela, el comienzo de un descampado. Tomó su nombre por unirse allí el camino de Francia, la calle de Bravo Murillo, el antiguo camino de Aceiteros y el Paseo de Santa Engracia. Pedro de Répide decía de ella en la década de los 20:

«por su importancia local, por su movimiento y hasta por sus grupos de ociosos, esta plaza es una de las sucursales que la Puerta del Sol tiene en Madrid...»

—¿Ha visto usted la jorobada que viene por ella?

—¿Que si la he visto? Esa cree que *semos* bobas. La corcovada es su hija, y por más señas costurera, ¿sabes?, y con achaque de la joroba, pide también. Pero es modista, y gana dinero para casa... Total, que allí son ricos, el Señor me perdone; ricos sinvergonzonazos, que engañan a nosotras y a la Santa Iglesia católica, apostólica. Y como no gasta nada en comer, porque tiene dos o tres casas de donde le traen todos los días los cazolones de cocido, que es la gloria de Dios... ¡a ver!

—Ayer —dijo Demetria quitándole la teta a la niña—, bien lo *vide*. Le trajeron...

—¿Qué?

—Pues un arroz con almejas, que lo menos había para siete personas.

—¡A ver!... ¿Estás segura de que era con almejas? ¿Y qué, *golía* bien?

—¡Vaya si *golía*!... Los cazolones los tiene en *cá* el sacristán. Allí vienen y se llenan, y hala con todo para Cuatro Caminos.

—El marido... —añadió la Burlada echando lumbre por los ojos—, es uno que vende teas y perejil... Ha sido *militar*, y tiene siete cruces sencillas y una con cinco *riales*[42]... Ya ves qué familia. Y aquí me tienes que hoy no he comido más que un corrusco de pan; y si esta noche no me da cobijo la Ricarda en el cajón de Chamberí[43], tendré que quedarme al santo raso. ¿Tú qué dices, Almudena?

El ciego murmuraba. Preguntado segunda vez, dijo con áspera y dificultosa lengua:

—¿Hablar vos del *Piche*? Conocierle mí. No ser marido la Casiana con casarmiento, por la luz bendita, no. Ser quirido, por la bendita luz, quirido.

—¿Conócesle tú?

—Conocierle mí, comprarmi dos rosarios él... de mi tierra dos rosarios, y una pieldra imán. Diniero él, mucho diniero... Ser capataz de la sopa en el Sagriado Corazón[44] de allá... y en

---

[42] *riales*, «reales». El valor de esta moneda era de 25 céntimos.

[43] *cajón de Chamberí.* Debe referirse Galdós a los puestos de frutas y de hortalizas que se montaron hacia 1875 en la Plaza de Olavide, en torno a la cual se había ido desarrollando este ensanche al norte de Madrid desde mediados de siglo. En oposición a semicajón o tinglado, se considera un puesto de comestibles cerrado e independiente, aunque de materiales no arquitectónicos.

[44] *ser capataz de la sopa.* Se refiere a la sopa que daban en ese

toda la probeza de allá, mandando él, con garrota él... barrio Salmanca... capatazo... Malo, mu malo, y no dejar comer... Ser un criado del Goberno, del Goberno malo de Ispania, y de los del Banco, aonde estar tuda el diniero en cajas soterranas... Guardar él, matarnos de hambre él...

—Es lo que faltaba —dijo la Burlada con aspavientos de oficiosa ira—; que también tuvieran dinero en las arcas del Banco esos hormigonazos[45].

—¡Tanto como eso!... Vaya usted a saber —indicó la Demetria, volviendo a dar la teta a la criatura, que había empezado a chillar—. ¡Calla, tragona!

—¡A ver!... Con tanto *chupío*[46], no sé cómo vives, hija... Y usted, señá Benina, ¿qué cree?

—¿Yo?... ¿De qué?

—De si *tien* o no *tien* dinero en el Banco.

—¿Y a mí qué? Con su pan se lo coman.

—Con el nuestro, ¡ja, ja!... y encima codillo de jamón.

—¡A callar se ha dicho! —gritó el cojo, vendedor de *La Semana*—. Aquí se viene a lo que se viene, y a guardar la *circuspición*.

—Ya callamos, hombre, ya callamos. ¡A ver!... ¡Ni que *fuás* Vítor Manuel, el que puso preso al Papa![47]

—Callar, digo, y tengan más religión.

—Religión tengo, aunque no como con la Iglesia como tú, pues yo vivo en compañía del hambre, y mi negocio es miraros tragar y ver los *papelaos*[48] de cosas ricas que vos traen de las casas. Pero no tenemos envidia, ¿sabes, Eliseo? y nos alegramos de ser pobres y de morirnos de flato, para irnos en globo al cielo, mientras que tú...

—Yo ¿qué?

—¡A ver!... Pues que estás rico, Eliseo; no niegues que estás

---

Convento a los pobres y que se componía generalmente de pan y caldo. De su pobreza da testimonio el clásico calificativo de «sopa boba».

[45] *hormigonazos*, «egoístas, acaparadores». Como las hormigas, también ellos quieren allegar todo y guardarlo.

[46] *chupío*. Se refiere a los «chupidos» o chupadas que el niño da en el pecho de su madre al amamantarlo.

[47] Se refiere a Víctor Manuel II, que invadió los Estados pontificios contra la opinión del mundo católico. Aunque Víctor Manuel respetaba la soberanía papal y puso a su disposición una pensión, Pío IX no aceptó, considerándose prisionero del Rey y suscitando la «cuestión romana».

[48] *papelaos*. Forma vulgar de sufijo aumentativo, que expresa la abundancia de los donativos en especie envueltos en papel.

rico... Con la *Semana*, y lo que te dan D. Senén y el señor cura...
Ya sabemos: el que parte y reparte... No es por murmurar:
Dios me libre. Bendita sea nuestra santa miseria... El Señor
te lo aumente. Dígolo porque te estoy agradecida, Eliseo.
Cuando me cogió el coche en la calle de la Luna... fue el día
que llevaron a ese Sr. de Zorrilla[49]... pues, como digo, mes y
medio estuve en el *espital*, y cuando salí, tú, viéndome sola
y desamparada, me dijiste: «*Señá* Flora, ¿por qué no se pone a
pedir en un templo, quitándose de la *santimperie*[50], y arrimándose al cisco de la religión?[51]. Véngase conmigo y verá cómo
puede sacar un diario, sin rodar por las calles, y tratando con
pobres decentes.» Eso me dijiste, Eliseo, y yo me eché a llorar,
y me vine acá contigo. De lo cual *víno* el estar yo aquí, y muy
agradecida a tu *conduta* fina y de caballero. Sabes que rezo un
Padrenuestro por ti todos los días, y le pido al Señor que te haga
más rico de lo que eres; que vendas *sinfinidá* de *Semanas*,
y que te traigan buen bodrio[52] del café y de la casa de los señores
condes, para que te hartes tú y la *carreterona*[53] de tu mujer.
¿Qué importa que Crescencia y yo, y este pobre Almudena,
nos desayunemos a las *doce del mediodía* con un mendrugo,
que serviría para empedrar las santas calles? Yo le pido al

---

[49] La localización temporal es exacta —23 de enero de 1893— y
significativa. Aunque el dato sea poco conocido, Galdós rindió sincero
tributo de admiración al insigne poeta Zorrilla en un pequeño artículo
publicado en *El Imparcial* el día 24. En este trabajo, Galdós destaca
el carácter prometeico y redentor de Gabriel Espinosa, personaje de
El pastelero del Madrigal. Redentores como él busca nuestro novelista
y dramaturgo desde entonces: Orozco, Ángel Guerra, Victoria, Nazarín, Halma... (*Vid.* W. T. Pattison, «Verdaguer y Nazarín», en *Cuadernos Hispanoamericanos*, 1970-1971, núms. 250-252, pág. 540.)

[50] *santimperie*, «santa intemperie».

[51] *arrimándose al cisco de la religión*. El uso polisémico del término
es claro e intencional. «Cisco» como rescoldo confortable y también
como «río revuelto» o barullo en el que se puede medrar.

[52] *bodrio*, «caldo con restos de sopa, mendrugos, sobras de comida,
verduras y legumbres, que de ordinario se daba a los pobres en las porte-
rías de algunos conventos y se da en algunas casas caritativas a los que
gimen en la última indigencia. Por extensión, cualquier guisote repug-
nante por lo groseramente aderezado...», Ramón Joaquín Domínguez,
Diccionario nacional de la lengua española, Madrid, Imprenta y Librería de Miguel Guijarro, 1886. En adelante este libro será citado con
las siglas *DNLE*.

[53] *carreterona*. En lenguaje de germanía, carretero era igual que
«fullero, tramposo».

Señor que no te falte para el aguardentazo. Tú lo necesitas para vivir; yo me moriría si lo catara... ¡Y ojalá que tus dos hijos lleguen a duques! Al uno le tienes de aprendiz de tornero, y te mete en casa seis reales cada semana; al otro le tienes en una taberna de las Maldonadas, y saca buenas propinillas de las golfas, con perdón... El Señor te los conserve, y te los aumente cada año; y véate yo vestido de terciopelo y con una pata nueva de palo santo, y a tu tarasca véala yo con sombrero de plumas. Soy agradecida: se me ha olvidado el comer, de las hambres que paso; pero no tengo malos quereres, Eliseo de mi alma, y lo que a mí me falta tenlo tú, y come y bebe, y emborráchate; y ten casa de balcón con mesas de *de noche*, y camas de hierro con sus colchas rameadas, tan limpias como las del Rey; y ten hijos que lleven boína nueva y alpargata de suela, y niña que gaste toquilla rosa y zapatito de charol los domingos, y ten un buen anafre[54], y buenos felpudos para delante de las camas, y cocina de *co*[55], con papeles nuevos, y una batería que da gloria con *tantismas* cazoletas; y buenas láminas del Cristo de la Caña y Santa Bárbara bendita[56], y una cómoda llena de ropa blanca; y pantallas con flores, y hasta máquina de coser que no sirve, pero encima de ella pones la pila de *Semanas;* ten también muchos amigos y vecinos buenos, y las grandes casas de acá, con señores que por verte inválido te dan barreduras del almacén de azúcar, y *papelaos* del café de *la moca*[57], y de arroz de tres pasadas; ten también metimiento con las señoras de la Conferencia[58], para que te paguen la casa o la cédula, y den plancha

---

[54] *anafre o anafe* es un hornillo portátil de hierro, barro o piedra.

[55] *co*, carbón de cok (o «coque», como recomienda la Real Academia de la Lengua). Es un combustible barato, obtenido al calcinar ciertas clases de carbón mineral. En *Juan José* (1895), de Joaquín Dicenta, leemos:

> ROSA.—[...] ¡*Miá* que ofrecernos eso a nosotros, que tenemos medio cordero en el fogón y un quintal de *cok* en la chimenea...! (Acto 2.º, Escena IV.)

Edición reciente en Ed. Cátedra, 1982. La cita en la pág. 124.

[56] Se refiere a reproducciones de carácter religioso, muy habituales en los hogares españoles, bien enmarcadas y en la pared o colocadas sobre diversos muebles.

[57] *café de la moca*. Sobrantes de un tipo de café de excelente calidad, procedentes de esta ciudad de Arabia. Se cultivaba en las vertientes de las colinas y de allí se enviaba a la ciudad de Moka de donde se exportaba a muchos países del mundo.

[58] *metimiento*, «influencia, confianza». Recuérdese el doble sentido

de fino a tu mujer[59]... ten eso y más, y más, Eliseo...

Cortó los despotriques vertiginosos de la Burlada, produciendo un silencio terrorífico en el pasadizo, la repentina aparición de la *señá* Casiana por la puerta de la iglesia.

—Ya salen de misa mayor —dijo; y encarándose después con la habladora, echó sobre ella toda su autoridad con estas despóticas palabras—: «Burlada, pronto a tu puesto, y cerrar el pico, que estamos en la casa de Dios.»

Empezaba a salir gente, y caían algunas limosnas, pocas. Los casos de ronda total, dando igual cantidad a todos, eran muy raros, y aquel día las escasas monedistas de cinco y dos céntimos iban a parar a las manos diligentes de Eliseo o de la *caporala*, y algo le tocó también a la Demetria y a *señá* Benina. Los demás poco o nada lograron, y la ciega Crescencia se lamentó de no haberse estrenado. Mientras Casiana hablaba en voz baja con Demetria, la Burlada pegó la hebra[60] con Crescencia en el rincón próximo a la puerta del patio.

—¡Qué le estará diciendo a la Demetria!

—A saber... Cosas de ellas.

—Me ha *golido* a bonos por el funeral *de presencia* que tenemos mañana. A Demetria le dan más, por ser *arrecomendada* de ese que celebra la primera misa, el D. Rodriguito de las medias moradas, que dicen es secretario del Papa.

—Le darán toda la carne, y a nosotras los huesos.

—¡A ver!... Siempre lo mismo. No hay como andar con dos o tres criaturas a cuestas para sacar tajada. Y no miran a la decencia, porque estas holgazanotas, como Demetria, sobre ser unas grandísimas pendonazas, hacen luego del vicio su comercio. Ya ves: cada año se trae una lechigada[61], y criando a uno ya tiene en el buche los huesos del del año que viene.

—¿Y es casada?

---

de la vulgarización de «metingos» en el sentido de «mangoneos». Las *señoras de la Conferencia* eran las damas que hacían y hacen caridad, unidas bajo el título y advocación de «Conferencia de San Vicente de Paúl».

[59] *dar plancha de fino a tu mujer*. Se refiere a los trabajos de plancha, que se hacían para personas de calidad y de envidiable situación económica.

[60] *pegó la hebra* es ponerse a hablar y hacerlo durante mucho tiempo.

[61] *lechigada*. «Conjunto de animalillos nacido de un parto, que se crían reunidos en un mismo lugar», pero también «pandilla de tunos o de gente truanesca y baja». El carácter altanero y resentido de la *Burlada* lanza este término degradante, animalizador, contra Demetria. En de-

—Como tú y como yo. De mí nada dirán, pues en San Andrés bendito me casé con mi Roque, que está en gloria, de la consecuencia de una caída del andamio. Esta dice que tiene el marido en *Celiplinas*[62], y será que desde allá le hace los chiquillos... por carta... ¡Ay, qué mundo! Te digo que sin criaturas no se saca nada: los señores no miran a la *dinidá* de una, sino a si da el pecho o no da el pecho. Les da lástima de las criaturas, sin reparar en que más *honrás* somos las que no las tenemos, las que estamos en la *senetú*, hartas de trabajos y sin poder valernos. Pero vete tú ahora a *golver* del revés el mundo, y a gobernar la compasión de los señores. Por eso se dice que todo anda trastornado y al revés, hasta los cielos benditos, y lleva razón Pulido cuando habla de la *rigolución mu* gorda, *mu* gorda, que ha de venir para meter en cintura a ricos miserables y a pobres *ensalzaos*»[63].

Concluía la charlatana vieja su perorata, cuando ocurrió un suceso tan extraño, fenomenal e inaudito, que no podría ser comparado sino a la súbita caída de un rayo en medio de la comunidad mendicante, o a la explosión de una bomba: tales fueron el estupor y azoramiento que en toda la caterva mísera produjo. Los más antiguos no recordaban nada semejante; los nuevos no sabían lo que les pasaba. Quedáronse todos mudos, perplejos, espantados. ¿Y qué fue, en suma? Pues nada: que don Carlos Moreno Trujillo, que toda la vida, desde que *el mundo era mundo*, salía infaliblemente por la puerta de la calle de Atocha... no alteró aquel día su inveterada costumbre; pero a los pocos pasos volvió adentro, para salir por la calle de las Huertas, hecho singularísimo, absurdo, equivalente a un retroceso del sol en su carrera.

---

finitiva, el parto anual de esta mujer trae al mundo animales y camadas de golfos.

[62] *Celiplinas.* Las islas Filipinas en 1897 aún bajo dominio español. Recuérdese que Felipe Centeno será Celipín en *Marianela.*

[63] *pobres ensalzaos.* Galdós criticó siempre la nivelación social monstruosa que se produjo durante la Restauración, pues las clases medias, que debían haber mantenido unos valores de cultura y dignidad social aglutinadores, se depauperaron, perdieron su protagonismo, frente a otra pequeña clase media que salía poco a poco del pueblo, llena de vulgaridad y violentos afanes materialistas. Sólo el pueblo verdadero que se mantenía honesto y sin corromper, como Benigna, podía en la opinión de Galdós, recoger la misión regeneradora en la cual había fracasado la clase media democrática de 1868. Esta es la *rigolución* que prevé Galdós en las palabras de Pulido... *Pobres ensalzaos* como la

Pero no fue principal causa de la sorpresa y confusión la desusada salida por aquella parte, sino que D. Carlos se paró en medio de los pobres (que se agruparon en torno a él, creyendo que les iba a repartir otra perra por barba), les miró como pasándoles revista, y dijo: «Eh, señoras ancianas, ¿quién de vosotras es la que llaman la *señá* Benina?»

—Yo, señor, yo soy —dijo la que así se llamaba, adelantándose temerosa de que alguna de sus compañeras le quitase el nombre y el estado civil.

—Esa es —añadió la Casiana con sequedad oficiosa, como si creyese que hacía falta su *exequatur* [64] de caporala para conocimiento o certificación de la personalidad de sus inferiores.

—Pues, *señá* Benina —agregó D. Carlos embozándose hasta los ojos para afrontar el frío de la calle—, mañana, a las ocho y media, se pasa usted por casa; tenemos que hablar. ¿Sabe usted dónde vivo?

—Yo la acompañaré —dijo Eliseo echándosela de servicial y diligente en obsequio del señor y de la mendiga.

—Bueno. La espero a usted, *señá* Benina.

—Descuide el señor.

—A las ocho y media en punto. Fíjese bien —añadió D. Carlos a gritos, que resultaron apagados porque le tapaban la boca las felpas húmedas del embozo raído—. Si va usted antes, tendrá que esperarse, y si va después, no me encuentra... Ea, con Dios. Mañana es 25: me toca en Montserrat [65], y después, al cementerio [66]. Con que...

IV

¡María Santísima, San José bendito, qué comentarios, qué febril curiosidad, qué ansia de investigar y sorprender los propósitos del buen D. Carlos! En los primeros momentos, la misma intensidad de la sorpresa privó a todos de la palabra.

Caporala, Eliseo, Juliana; *ricos miserables*, que todos lo son a su manera, como Carlos Trujillo, los Juárez de Zapata, Frasquito Ponte...

[64] *exequatur*, «autorización, permiso».

[65] La iglesia de Montserrat estaba y está en la calle de San Bernardo, 81.

[66] Existían en Madrid varios cementerios, sobre todo en las afueras de la Puerta de Toledo. Los principales eran la Sacramental de San Justo, construido en 1847 y situado en el Cerro de las Ánimas, y la Necrópolis del Este, en el camino de Vicálvaro, inaugurado en 1884.

Por los rincones del cerebro de cada cual andaba la procesión... dudas, temores, envidia, curiosidad ardiente. La *señá* Benina, queriendo sin duda librarse de un fastidio hurgoneo, se despidió afectuosamente, como siempre lo hacía, y se fue. Siguióla, con minutos de diferencia, el ciego Almudena. Entre los restantes empezaron a saltar, como chispas, las frasecillas primeras de su sorpresa y confusión: «Ya lo sabremos mañana... Será por desempeñarla... Tiene más de cuarenta papeletas.

—Aquí todas nacen de pie —dijo *la Burlada* a Crescencia—, menos nosotras, que hemos caído en el mundo como talegos.»

Y la Casiana, afilando más su cara caballuna, hasta darle proporciones monstruosas, dijo con acento de compasión lúgubre: «¡Pobre D. Carlos! Está más loco que una cabra.»

A la mañana siguiente, aprovechando la comunidad el hecho feliz de no haber ido a la parroquia ni la *señá* Benina ni el ciego Almudena, menudearon los comentarios del extraño suceso. La Demetria expuso tímidamente la opinión de que D. Carlos quería llevar a la Benina a su servicio, pues gozaba ésta fama de gran cocinera, a lo que agregó Eliseo que, en efecto, la tal había sido maestra de cocina; pero no la querían en ninguna parte por vieja.

«Y por sisona —afirmó la Casiana, recalcando con saña el término—. Habéis de saber que ha sido una sisona tremenda, y por ese vicio se ve ahora como se ve, teniendo que pedir para una rosca [67]. De todas las casas en que estuvo la echaron por ser tan larga de uñas, y si ella *hubiá* tenido *conduta*, no le faltarían casas buenas en que acabar tranquila...

—Pues yo —declaró *la Burlada* con negro escepticismo— *vos* digo que si ha venido a pedir es porque fue honrada; que las muy sisonas juntan dinero para su vejez y se hacen ricas... que las hay, vaya si las hay. Hasta con coche las he conocido yo.

—Aquí no se habla mal de *naide*.

—No es hablar mal. ¡A ver!... La que habla pestes es *bueycencia*, señora presidenta de ministros.

—¿Yo?

—Sí... Vuestra Eminencia Ilustrísima es la que ha dicho que la Benina sisaba; lo cual que no es verdad, porque si sisara tuviera, y si tuviera no vendría a pedir. Tómate esa.

—Por *bocona* [68] te has de condenar tú.

---

[67] *rosca*. Se refiere, evidentemente, a la rosca de pan. Aún hoy se dice «no se come una rosca».

[68] *bocona* es la que habla demasiado. Hoy diríamos «bocaza» o «bocazas», que de ambas formas se escucha.

—No se condena una por bocona, sino por rica, mayormente cuando quita la limosna a los pobres de buena ley, a los que tienen hambre y duermen al raso[69].

—Ea, que estamos en la casa de Dios, *señoras* —dijo Eliseo dando golpes en el suelo con su pata de palo—. Guarden respeto y decencia unas para otras, como manda la santísima *dotrina*»[70].

Con esto se produjo el recogimiento y tranquilidad que la vehemencia de algunos alteraba tan a menudo, y entre pedir gimiendo y rezar bostezando se les pasaban las tristes horas.

Ahora conviene decir que la ausencia de la *señá* Benina y del ciego Almudena no era casual aquel día, por lo cual allá van las explicaciones de un suceso que merece mención en esta verídica historia. Salieron ambos, como se ha dicho, uno tras otro, con diferencia de algunos minutos; pero como la anciana se detuvo un ratito en la verja, hablando con Pulido, el ciego marroquí se le juntó, y ambos emprendieron juntos el camino por las calles de San Sebastián y Atocha.

«Me detuve a charlar con Pulido por esperarte, amigo Almudena. Tengo que hablar contigo.»

Y agarrándole por el brazo con solicitud cariñosa, le pasó de una acera a otra. Pronto ganaron la calle de las Urosas[71], y parados en la esquina, a resguardo de coches y transeúntes, volvió a decirle: «Tengo que hablar contigo, porque tú solo puedes sacarme de un gran compromiso; tú solo, porque los demás *conocimientos* de la parroquia para nada me sirven. ¿Te enteras tú? Son unos egoístas, corazones de pedernal... El que tiene, porque tiene; el que no tiene, porque no tiene. Total, que te dejarán a una morirse de vergüenza, y si a mano viene, se gozarán en ver a una pobre mendicante por los suelos.»

Almudena volvió hacia ella su rostro, y hasta podría decirse que la miró, si mirar es dirigir los ojos hacia un objeto, poniendo en ellos, ya que no la vista, la intención, y en cierto modo la atención, tan sostenida como ineficaz. Apretándole la mano, le dijo: «*Amri*, saber tú que servirte Almudena él, Almudena mí, como *pierro*. *Amri*, *dicermi* cosas tú... de cosas *tigo*.

—Sigamos para abajo, y hablaremos por el camino. ¿Vas a tu casa?

[69] San Lucas, 6, 21 y 6, 45; San Mateo, 9, 24, *Deutoronomio*, 8, 3.

[70] San Mateo, 7, 12.

[71] La calle de las Urosas estaba entre las de Atocha y de la Magdalena. Es hoy la calle de Guevara.

—Voy a do *quierer* tú.

—Paréceme que te cansas. Vamos muy a prisa. ¿Te parece bien que nos sentemos un rato en la Plazuela del Progreso para poder hablar con tranquilidad?»

Sin duda respondió el ciego afirmativamente, porque cinco minutos después se les veía sentados, uno junto a otro, en el zócalo de la verja que rodea la estatua de Mendizábal[72]. El rostro de Almudena, de una fealdad expresiva, moreno cetrino, con barba rala, negra como el ala del cuervo, se caracterizaba principalemte por el desmedido grandor de la boca, que, cuando sonreía, afectaba una curva cuyos extremos, replegando la floja piel de los carrillos, se ponían muy cerca de las orejas. Los ojos eran como llagas ya secas e insensibles, rodeados de manchas sanguinosas; la talla mediana, torcidas las piernas. Su cuerpo había perdido la conformación airosa por la costumbre de andar a ciegas, y de pasar largas horas sentado en el suelo con las piernas dobladas a la morisca. Vestía con relativa decencia, pues su ropa, aunque vieja y llena de mugre, no tenía desgarrón ni avería que no estuvieran enmendados por un zurcido inteligente, o por aplicaciones de parches y retazos. Calzaba zapatones negros, muy rozados, pero perfectamente defendidos con costurones y remiendos habilísimos. El sombrero hongo revelaba servicios dilatados en diferentes cabezas, hasta venir a prestarlos en aquélla, que quizás no sería la última, pues las abolladuras del fieltro no eran tales que impidieran la defensa material del cráneo que cubría. El palo era duro y lustroso; la mano con que lo empuñaba, nerviosa, por fuera de color morenísimo, tirando a etiópico, la palma blanquecina, con tono y blanduras que la asemejaban a una rueda de merluza cruda; las uñas bien cortadas; el cuello de la camisa lo menos sucio que es posible imaginar en la mísera condición y vida vagabunda del desgraciado hijo de Sus.

«Pues a lo que íbamos, Almudena —dijo la *señá* Benina, quitándose el pañuelo para volver a ponérselo, como persona desa-

---

[72] La presencia de Mendizábal en estos apuros económicos del pueblo representado por Benigna, con la larga meditación de ésta, es todo un símbolo. Mendizábal, que con la desamortización desencadenó el proceso económico que elevaría el nivel de vida y las posibilidades de los españoles, no deja de presentar una patética figura, envuelto en la gran capa que le colocó el escultor José Grajera en 1857 (hasta 1868 no se colocó el monumento), contemplando a través de la angustia de Benigna y del idealista Almudena el rotundo fracaso de sus objetivos: el dinero volvía a concentrarse en manos clericales o en los bancos.

sosegada y nerviosa que quiere ventilarse la cabeza—. Tengo un grave compromiso, y tú, nada más que tú, puedes sacarme de él.

—*Dicermi* ella, tú...

—¿Qué pensabas hacer esta tarde?

—En casa mí, *mocha* que jacer mí: lavar ropa mí, coser *mocha*, remendar *mocha*.

—Eres el hombre más apañado que hay en el mundo. No he visto otro como tú. Ciego y pobre, te arreglas tú mismo tu ropita; enhebras una aguja con la lengua más pronto que yo con mis dedos; coses a la pefección; eres tu sastre, tu zapatero, tu lavandera... Y después de pedir en la parroquia por la mañana, y por las tardes en la calle, te sobra tiempo para ir un ratito al café... Eres de lo que no hay; y si en el mundo hubiera justicia y las cosas estuvieran dispuestas con razón, debieran darte un premio... Bueno, hijo: pues lo que es esta tarde no te dejo trabajar, porque tienes que hacerme un servicio... Para las ocasiones son los amigos.

—¿Qué *sucieder* ti?

—Una cosa tremenda. Estoy que no vivo. Soy tan desgraciada, que si tú no me amparas me tiro por el viaducto [73]... Como lo oyes.

—*Amri*... tirar no.

—Es que hay compromisos tan grandes, tan grandes, que parece imposible que se pueda salir de ellos. Te lo diré de una vez para que te hagas cargo: necesito un duro...

—¡Un *durro*! —exclamó Almudena, expresando con la súbita gravedad del rostro y la energía del acento el espanto que le causaba la magnitud de la cantidad.

—Sí, hijo, sí... un duro, y no puedo ir a casa si antes no lo consigo. Es preciso que yo tenga ese duro: discurre tú, pues hay que sacarlo de debajo de las piedras, buscarlo como quiera que sea.

—Es *mocha*... *mocha*... —murmuraba el ciego volviendo su rostro hacia el suelo.

—No es tanto —observó la otra, queriendo engañar su pena con ideas optimistas—. ¿Quién no tiene un duro? Un duro,

---

[73] El Viaducto de la calle de Bailén y sobre la de Segovia ha sido y es, en ocasiones, lugar predilecto para suicidarse. Max Estrella dice a Don Latino en *Luces de bohemia*: «... Latino, vil corredor de aventuras insulsas, llévame al Viaducto. Te invito a regenerarte con un vuelo» (Escena XI).

amigo Almudena, lo tiene cualquiera... Con que ¿puedes buscármelo tú, sí o no?»

Algo dijo el ciego en su extraña lengua que Benina tradujo por la palabra «imposible», y lanzando un suspiro profundo, al cual contestó Almudena con otro no menos hondo y lastimero, quedóse un rato en meditación dolorosa, mirando al suelo y después al cielo y a la estatua de Mendizábal, aquel verdinegro señor de bronce que ella no sabía quién era ni por qué le habían puesto allí. Con ese mirar vago y distraído que es, en los momentos de intensa amargura, como un giro angustioso del alma sobre sí misma, veía pasar por una y otra banda del jardín gentes presurosas o indolentes. Unos llevaban un duro, otros iban a buscarlo. Pasaban cobradores del Banco con el taleguillo al hombro; carricoches con botellas de cerveza y gaseosa; carros fúnebres, en el cual era conducido al cementerio alguno a quien nada importaban ya los duros. En las tiendas entraban compradores que salían con paquetes. Mendigos haraposos importunaban a los señores. Con rápida visión, Benina pasó revista a los cajones de tanta tienda, a los distintos cuartos de todas las casas, a los bolsillos de todos los transeúntes bien vestidos, adquiriendo la certidumbre de que en ninguno de aquellos repliegues de la vida faltaba un duro. Después pensó que sería un paso muy salado que se presentase ella en la cercana casa de Céspedes diciendo que hicieran el favor de darle un duro, siquiera se lo diesen a préstamo. Seguramente, se reirían de tan absurda pretensión; y la pondrían bonitamente en la calle. Y no obstante, natural y justo parecía que en cualquier parte donde un duro no representaba más que un valor insignificante, se lo diesen a ella, para quien la tal suma era... como un *átomo inmenso*. Y si la ansiada moneda pasara de las manos que con otras muchas la poseían, a las suyas, no se notaría ninguna alteración sensible en la distribución de la riqueza, y todo seguiría lo mismo: los ricos, ricos; pobre ella, y pobres los demás de su condición. Pues siendo esto así, ¿por qué no venía a sus manos el duro? ¿Qué razón había para que veinte personas de las que pasaban no se privasen de un real, y para que estos veinte reales no pasaran por natural trasiego a sus manos? ¡Vaya con las cosas de este desarreglado mundo! La pobre Benina se contentaba con una gota de agua, y delante del estanque del Retiro no podía tenerla. Vamos a cuentas, cielo y tierra: ¿perdería algo el estanque del Retiro porque se sacara de él una gota de agua?

V

Esto pensaba, cuando Almudena, volviendo de una meditación calculista, que debía de ser muy triste por la cara que ponía, le dijo:

«¿No tenier tú cosa que *peinar?*

—No, hijo: todo empeñado ya, hasta las papeletas.

—¿No haber persona que *priestar ti?*

—No hay nadie que me fíe ya. No doy un paso sin encontrar una mala cara.

—Señor Carlos llamar tí mañana.

—Mañana está muy lejos, y yo necesito el duro hoy, y pronto, Almudena, pronto. Cada minuto que pasa es una mano que me aprieta más el dogal que tengo en la garganta.

—No llorar, *amri*. Tú ser buena *migo;* yo arremediando ti... Veslo ahora.

—¿Qué se te ocurre? Dímelo pronto.

—Yo *peinar* ropa.

—¿El traje que compraste en el Rastro? ¿Y cuánto crees que te darán?

—Dos *piesetas* y media.

—Yo haré por sacar tres. ¿Y lo demás?

—Vamos a casa *migo* —dijo Almudena levantándose con resolución.

—Prontito, hijo, que no hay tiempo que perder. Es muy tarde. ¡Pues no hay poquito que andar de aquí a la posada de Santa Casilda!»

Emprendieron su camino presurosos por la calle de Mesón de Paredes, hablando poco. Benina, más sofocada por la ansiedad que por la viveza del paso, echaba lumbre de su rostro, y cada vez que oía campanadas de relojes hacía una mueca de desesperación. El viento frío del Norte les empujaba por la calle abajo, hinchando sus ropas como velas de un barco. Las manos de uno y otro eran de hielo; sus narices rojas destilaban. Enronquecían sus voces; las palabras sonaban con oquedad fría y triste.

No lejos del punto en que Mesón de Paredes desemboca en la Ronda de Toledo, hallaron el parador de Santa Casilda, vasta colmena de viviendas baratas alineadas en corredores sobrepuestos. Entrase a ella por un patio o corralón largo y estrecho, lleno de montones de basura, residuos, despojos y desperdicios de todo lo humano. El cuarto que habitaba Almudena era el último del piso bajo, al ras del suelo, y no había que franquear un solo escalón para penetrar en él. Componíase la vivienda de dos piezas separadas por una estera pendiente del techo: a un lado la cocina, a otro la sala, que también era alcoba o gabinete, con piso de tierra bien apisonado, paredes blancas, no tan sucias como otras del mismo caserón o humana madriguera[74]. Una silla era el único mueble, pues la cama consistía en un jergón y mantas pardas, arrimado todo a un ángulo. La cocinilla no estaba desprovista de pucheros, cacerolas, botellas, ni tampoco de víveres. En el centro de la habitación, vio Benina un bulto negro, algo como un lío de ropa, o un costal abandonado. A la escasa luz que entraba después de cerrada la puerta, pudo observar que aquel bulto tenía vida. Por el tacto, más que por la vista, comprendió que era una persona.

«Ya estar aquí la *Pedra* borracha.

—¡Ah! ¡qué cosas! Es esa que te ayuda a pagar el cuarto... Borrachona, sinvergüenzonaza... Pero no perdamos tiempo, hijo; dame el traje, que yo lo llevaré... y con la ayuda de Dios, sacaré siquiera dos ochenta. Ve pensando en buscarme lo que falta. La Virgen Santísima te lo dará, y yo he de rezarle para que te lo dé doblado, que a mí seguro es que no quiere darme cosa ninguna.»

Haciéndose cargo de la impaciencia de su amiga, el ciego descolgó de un clavo el traje que él llamaba nuevo, por un convencionalismo muy corriente en las combinaciones mercantiles, y lo entregó a su amiga, que en cuatro zancajos[75] se puso en el patio y en la Ronda, tierando luego hacia el llamado Campillo de Manuela[76]. El mendigo, en tanto, pronunciando palabras coléricas, que no es fácil al narrador reproducir, por ser en lengua arábiga, palpaba el bulto de la mujer embriagada, que como cuerpo muerto en mitad del cuartucho yacía. A las expresiones airadas del ciego, sólo contestó con ásperos gruñidos, y dio

---

[74] Para hacerse una idea de las condiciones de habitabilidad de este tipo de viviendas, véase el documentado estudio de Carmen del Moral, *La sociedad madrileña fin de siglo y Baroja*, Madrid, Turner, 1974, páginas 77-112.

[75] *zancajo* es el hueso del pie que constituye el talón o el mismo extremo del pie en que sobresale este hueso. Por extensión, se dice del roto del calcetín que deja ver dicho hueso. Hoy diríamos «en cuatro patadas se puso en el patio».

[76] En las novelas de la época aparecen el Campillo del Mundo Nuevo y el Campillo de Manuela. Este último se encontraba al final de la calle del Olivar y llegaba hasta Lavapiés.

media vuelta, espatarrándose y estirando los brazos para caer de nuevo en sopor más hondo y en más brutal inercia.

Almudena metía mano por entre las ropas negras, cuyos pliegues, revueltos con los del mantón, formaban un lío inextricable, y acompañando su registro de exclamaciones furibundas, exploró también el fláccido busto, como si amasara pellejos con trapos. Tan nervioso estaba el hombre, que descubría lo que debe estar cubierto, y tapaba lo que gusta de ver la luz del día. Allí sacó rosarios, escapularios, un fajo de papeletas de empeño envuelto en un pedazo de periódico, trozos de herradura recogidos en las calles, muelas de animales o de personas, y otras baratijas. Terminado el registro, entró la Benina, de vuelta ya de su diligencia, la cual había despachado con tanta presteza, como si la hubieran llevado y traído en volandas los angelitos del cielo. Venía la pobre mujer sofocadísima del veloz correr por las calles; apenas podía respirar, y su rostro sudoroso despedía fuego, sus ojos alegría.

«Me han dado tres —dijo mostrando las monedas—, una en cuartos. No he tenido poca suerte en que estuviera allí Valeriano; que a llegar a estar el ama, la Reimunda, trabajo que costara sacarle dos y pico.»

Respondiendo al contento de la anciana, Almudena, con cara de regocijo y triunfo, le mostró entre los dedos una peseta.

«Encuentrarla aquí, en el *piecho* de ésta... Cogerla *tigo*.

—¡Oh, qué suerte! ¿Y no tendrá más? Busca bien, hijo.

—No tener más. Mi *regolver* cosas *piecho*.»

Benina sacudía las ropas de la borracha esperando ver saltar una moneda. Pero no saltaron más que dos horquillas, y algunos pedacitos de carbón.

«No tener más.»

Siguió parloteando el ciego, y por las explicaciones que le dio del carácter y costumbres de la mujerona, pudo comprender que si se hubieran encontrado a ésta en estado de normal despejo, les habría dado la peseta con sólo pedirla. Con una breve frase sintetizó Almudena a su compañera de hospedaje: «Ser güena, ser mala... Coger ella *tudo*, dar ella *tudo*.»

Acto continuo levantó el colchón y escarbando en la tierra, sacó una petaca vieja y sucia, que cuidadosamente escondía entre trapos y cartones, y metiendo los dedos en ella, como quien saca un cigarro, extrajo un papelejo, que desenvuelto mostró una monedita de dos reales, nueva y reluciente. La cogió Benina, mientras Almudena sacaba de su bolsillo, donde tenía multitud de herramientas, tijeras, canuto de agujas, navaja, etc., otro envoltorio con dos perras gordas. Añadió a ellas la que había recibido de don Carlos, y lo dio todo a la pobre anciana, diciéndole: «*Amri*, arriglar así tigo.

—Sí, sí... Pongo lo mío de hoy, y ya falta tan poco, que no quiero molestarte más. ¡Gracias a Dios! Me parece mentira. ¡Ay, hijo, qué bueno eres! Mereces que te caiga la lotería[77], y si no te cae, es porque no hay justicia en la tierra ni en el cielo... Adiós, hijo, no puedo detenerme ni un momento más... Dios te lo pague... Estoy en ascuas. Me voy volando a casa... Quédate en la tuya... y a esta pobre desgraciada, cuando despierte, no la pegues, hijo, ¡pobrecita! Cada uno, por el aquel de no sufrir, se emborracha con lo que puede: ésta con el aguardentazo, otros con otra cosa. Yo también las cojo; pero no así: las mías son de cosa de más adentro... Ya te contaré, ya te contaré.»

Y salió disparada, las monedas metidas en el seno, temerosa de que alguien se las quitara por el camino, o de que se le escaparan volando, arrastradas de sus tumultuosos pensamientos. Al quedarse solo, Almudena fue a la cocina, donde, entre otros cachivaches, tenía una palanganita de estaño y un cántaro de agua. Se lavó las manos y los ojos; después cogió un cazuelo en que había cenizas y carbones apagados, y pasando a una de las casas vecinas, volvió al poco rato con lumbre, sobre la cual derramó un puñadito de cierta substancia que en un envoltorio de papel tenía junto a la cama. Levantóse del fuego humareda muy densa y un olor penetrante. Era el sahumerio de benjuí[78], única remembranza material de la tierra nativa que Almudena se permitía en su destierro vagabundo. El aroma especial, característico de casa mora, era su consuelo, su placer más vivo, práctica juntamente casera y religiosa, pues envuelto en aquel humo se puso a rezar cosas que ningún cristiano podía entender.

Con el humazo, la borracha gruñía más, y carraspeaba, y tosía, como queriendo dar acuerdo de sí. El ciego no le hacía más caso que a un perro, atento sólo a sus rezos en lengua que no sabemos si era arábiga o hebrea, tapándose un ojo con cada mano, y bajándolas después sobre la boca para besárselas. Mediano rato empleó en sus meditaciones, y al terminarlas,

---

[77] *caiga la lotería*, hoy decimos «tocar la lotería», pero también «caer el gordo».

[78] *sahumerio de benjuí*. «Bálsamo aromático que se obtiene por incisión en la corteza de un árbol del mismo género botánico que el que produce el estoraque en Malaca y en varias islas de la Sonda.» *(DRAE.)*

vio sentada ante sí a la mujerzuela que con ojos esquivos y lloricones, a causa del picor producido por el espeso sahumerio, le miraba. Presentándole gravemente las palmas de las manos, Almudena le soltó estas palabras:

«Gran púa[79], no haber más que un Dios... *b'rracha, b'rrachona*, no haber más que un Dios... un Dios, un Dios solo, solo.»

Soltó la otra sonora carcajada, y llevándose la mano al pecho, quería arreglar el desorden que la mano inquieta de su compañero de vivienda había causado en aquella parte interesantísima de su persona. Tan torpe salía del sueño alcohólico, que no acertaba a poner cada cosa en su sitio, ni a cubrir las que la honestidad quiere y ha querido siempre que se cubran. «*Jai*, tú me has *arregistrao*.

—Sí... No haber más que un Dios, un Dios solo.

—¿Y a mí, qué? Por mí que *haigan* dos o cuarenta, todos los que ellos mesmos quieran haberse... Pero di, gorrón, me has quitado la peseta. No me importa. *Pa ti era*.

—¡Un Dios solo!»

Y viéndole coger el palo, se puso la mujer en guardia, diciéndole: «Ea, no pegues, *Jai*. Basta ya de sahumerio, y ponte a hacer la cena. ¿Cuánto dinero tienes? ¿Qué quieres que te traiga?...

—¡*B'rrachona!* no haber diniero... Llevarlo los *embaixos*[80], tú dormida.

—¿Qué te traigo? —murmuró la mujer negra tambaleándose y cerrando los ojos—. Aguárdate un poquitín. Tengo sueño, *Jai*.»

Cayó nuevamente en profundo sopor, y Almudena, que había requerido el palo con intenciones de usarlo como infa-

---

[79] *Gran púa*. Debe entenderse como un eufemismo por «puta», que Galdós hace aprovechando los hábitos lingüísticos de Almudena. Por el mismo motivo, Petra se convierte en Pedra y, etc. Para explicar esta violenta explosión airada del ciego, hay que adelantar que responde al fracaso de sus esfuerzos por regenerar del vicio del alcohol y de la falta de voluntad a esta mujer, en la cual creyó encontrar a la «dama» que estaba buscando. Parecido fracaso debió sufrir Galdós con Concha Ruth Morell.

[80] *embaixos*. Sustantivación y forma sefardita del adverbio antiguo «embajo» (debajo). Debe entenderse los espíritus infernales en el sentido clásico (no cristiano) del término «infierno». El mundo de los espíritus, del dios Samdai, va a estar presente a partir de esta obra con mucha frecuencia en la producción galdosiana.

lible remedio de la embriaguez, tuvo lástima y suspiró fuerte, mascullando éstas o parecidas palabras: «Pegar ti otro día.»

VI

Casi no es hipérbole decir que la *señá* Benina, al salir de Santa Casilda, poseyendo el incompleto duro que calmaba sus mortales angustias, iba por rondas, travesías y calles como una flecha. Con sesenta años a la espalda[81], conservaba su agilidad y viveza, unidas a una perseverancia inagotable. Se había pasado lo mejor de la vida en un ajetreo afanoso, que exigía tanta actividad como travesura, esfuerzos locos de la mente y de los músculos, y en tal enseñanza se había fortificado de cuerpo y espíritu, formándose en ella el temple extraordinario de mujer que irán conociendo los que lean esta puntual historia de su vida. Con increíble presteza entró en una botica de la calle de Toledo; recogió medicinas que había encargado muy de mañana; después hizo parada en la carnicería y en la tienda de ultramarinos, llevando su compra en distintos envoltorios de papel, y, por fin, entró en una casa de la calle Imperial, próxima a la rinconada en que está el Almotacén y Fiel Contraste[82]. Deslizóse a lo largo del portal angosto, obstruido y casi intransitable por los colgajos de un comercio de cordelería que en él existe; subió la escalera, con rápidos

---

[81] *con sesenta años a la espalda*. No se debe pasar por alto ninguno de estos detalles tan directos, que Galdós suele concentrar en la primera mitad de sus obras y que están expresamente colocados para indicar las auténticas intenciones que persigue con el desarrollo novelístico. En *Misericordia* se puede observar que desde aquí hasta el capítulo XIX Galdós traza la historia de la decadencia de las clases medias, Almudena, los Juárez de Zapata y Frasquito Ponte. Es un proceso que se desarrolla poco más o menos entre 1860 y 1897. Los otros 20 capítulos están dedicados al sacrificio expiatorio de Benigna, a su purificación y liberación final.

[82] *Almotacén y Fiel Contraste*. Actualmente este lugar está ocupado por un Parque de Bomberos y por oficinas del Gobierno Civil de Madrid. Situado en la rinconera de la calle Imperial, esta oficina estaba encargada de contrastar las pesas y las medidas básicas de las transacciones comerciales. Casi con seguridad, doña Francisca Juárez de Zapata vivía en el sotabanco del actual número 12 de dicha calle.

andares hasta el principal, con moderado paso hasta el segundo; llegó jadeante al tercero, que era el último, con honores de sotabanco[83]. Dio vuelta a un patio grande, por galería de emplomados cristales, de suelo desigual, a causa de los hundimientos y desniveles de la vieja fábrica, y al fin llegó a una puerta de cuarterones, despintada; llamó... Era su casa, la casa de su señora, la cual, en persona, tentando las paredes, salió al ruido de la campanilla, o más bien afónico cencerreo, y abrió, no sin la precaución de preguntar por la mirilla, cuadrada, defendida por una cruz de hierro.

«Gracias a Dios, mujer... —le dijo en la misma puerta—. ¡Vaya unas horas! Creí que te había cogido un coche, o que te había dado un accidente»[84].

Sin chistar siguió Benina a su señora hasta un gabinetillo próximo, y ambas se sentaron. Excusó la criada las explicaciones de su tardanza por el miedo que sentía de darlas, y se puso a la defensiva, esperando a ver por dónde salía doña Paca, y qué posiciones tomaba en su irascible genio. Algo la tranquilizó el tono de las primeras palabras con que fue recibida; esperaba una fuerte reprimenda, vocablos displicentes. Pero la señora parecía estar de buenas, domado, sin duda, el áspero carácter por la intensidad del sufrimiento. Benina se proponía, como siempre, acomodarse al son que le tocara la otra, y a poco de estar junto a ella, cambiadas las primeras frases, se tranquilizó. «¡Ay, señora, qué día! Yo estaba deshecha; pero no me dejaban, no me dejaban salir de aquella bendita casa.

—No me lo expliques —dijo la señora, cuyo acentillo andaluz persistía, aunque muy atenuado, después de cuarenta años de residencia en Madrid—. Ya estoy al tanto. Al oír las doce, la una, las dos, me decía yo: «Pero, Señor, por qué tarda tanto la Nina?» Hasta que me acordé...

—Justo.

—Me acordé... como tengo en mi cabeza todo el almanaque... de que hoy es San Romualdo, confesor y obispo de Farsalia[85]...

—Cabal.

---

[83] *sotabanco*. Piso habitable situado por encima de la cornisa del edificio.

[84] *te había dado un accidente*. Hoy diríamos «te había sucedido algo».

[85] San Romualdo nació en Rávena a mediados del siglo IX y murió en Val-di-Castro en 1027.

—Y son los días del señor sacerdote en cuya casa estás de asistenta.

—Si yo pensara que usted lo había de adivinar, habría estado más tranquila —afirmó la criada, que en su extraordinaria capacidad para forjar y exponer mentiras, supo aprovechar el sólido cable que su ama le arrojaba—. ¡Y que no ha sido floja la tarea!

—Habrás tenido que dar un gran almuerzo. Ya me lo figuro. ¡Y que no serán cortos de tragaderas los curánganos de San Sebastián, compañeros y amigos de tu D. Romualdo!

—Todo lo que le diga es poco.

—Cuéntame: ¿qué les has puesto? —preguntó ansiosa la señora, que gustaba de saber lo que se comía en las casas ajenas—. Ya estoy al tanto. Les harías una mayonesa.

—Lo primero un arroz, que me quedó muy a punto. ¡Ay, Señor, cuánto lo alabaron! Que si era yo la primera cocinera de toda la Europa... que si por vergüenza no se chupaban los dedos...

—¿Y después?

—Una pepitoria que ya la quisieran para sí los ángeles del cielo. Luego, calamares en su tinta... luego...

—Pues aunque te tengo dicho que no me traigas sobras de ninguna casa, pues prefiero la miseria que me ha enviado Dios, a chupar huesos de otras mesas... como te conozco, no dudo que habrás traído algo. ¿Dónde tienes la cesta?»

Viéndose cogida, Benina vaciló un instante; mas no era mujer que se arredraba ante ningún peligro, y su maestría para el embuste le sugirió pronto el hábil quite: «Pues, señora, dejé la cesta, con lo que traje, en casa de la señorita Obdulia, que lo necesita más que nosotras.

—Has hecho bien. Te alabo la idea, Nina. Cuéntame más. ¿Y un buen solomillo, no pusiste?

—¡Anda, anda! Dos kilos y medio, señora. Sotero Rico me lo dio de lo superior.

—¿Y postres, bebidas?...

—Hasta *Champaña de la Viuda*[86]. Son el diantre los curas, y de nada se privan... Pero vámonos adentro, que es muy tarde, y estará la señora desfallecida.

—Lo estaba; pero... no sé: parece que me he comido todo eso de que has hablado... En fin, dame de almorzar.

---

[86] *champaña de la Viuda*. Se refiere al champán de la «Viuda de Cliquot», famoso ya en esta época.

—¿Qué ha tomado? ¿El poquito de cocido que le aparté anoche?

—Hija, no pude pasarlo. Aquí me tienes con media onza de chocolate crudo.

—Vamos, vamos allá. Lo peor es que hay que encender lumbre. Pero pronto despacho... ¡Ah! también le traigo las medicinas. Eso lo primero.

—¿Hiciste todo lo que te mandé? —preguntó la señora, en marcha las dos hacia la cocina. ¿Empeñaste mis dos enaguas?[87].

—¿Cómo no? Con las dos pesetas que saqué, y otras dos que me dio D. Romualdo por ser su santo, he podido atender a todo.

—¿Pagaste el aceite de ayer?

—¡Pues no!

—¿Y la tila y la sanguinaria?[88].

—Todo, todo... Y aún me ha sobrado, después de la compra, para mañana.

—¿Querrá Dios traernos mañana un buen día? —dijo con honda tristeza la señora, sentándose en la cocina, mientras la criada, con nerviosa prontitud, reunía astillas y carbones.

—¡Ay! sí, señora: téngalo por cierto.

—¿Por qué me lo aseguras, Nina?

—Porque lo sé. Me lo dice el corazón. Mañana tendremos un buen día, estoy por decir que un gran día.

—Cuando lo veamos te diré si aciertas... No me fío de tus corazonadas. Siempre estás con que mañana, que mañana...

—Dios es bueno.

—Conmigo no lo parece. No se cansa de darme golpes: me apalea, no me deja respirar. Tras un día malo, viene otro peor. Pasan años aguardando el remedio, y no hay ilusión que no se me convierta en desengaño. Me canso de sufrir, me canso también de esperar. Mi esperanza es traidora, y como me engaña siempre, ya no quiero esperar cosas buenas, y las espero malas para que vengan... siquiera regulares.

—Pues yo que la señora —dijo Benina dándole al fuelle—, tendría confianza en Dios, y estaría contenta... Ya ve que yo lo estoy... ¿no me ve? Yo siempre creo que cuando menos lo pen-

---

[87] *enagua*. Prenda de vestir femenina aún hoy usada en ciertos lugares y a ciertas edades, que atada a la cintura llega hasta los pies y se usa debajo de la falda exterior.

[88] *sanguinaria*. Planta cuya flor se utiliza para tomar en infusión; tiene efectos refrescantes, astringentes y para curar heridas.

semos nos vendrá el golpe de suerte, y estaremos tan ricamente, acordándonos de estos días de apuros, y desquitándonos de ellos con la gran vida que nos vamos a dar.

—Ya no aspiro a la buena vida, Nina —declaró casi llorando la señora—: sólo aspiro al descanso.

—¿Quién piensa en la muerte? Eso no: yo me encuentro muy a gusto en este mundo fandanguero, y hasta le tengo ley a los trabajillos que paso. Morirse no.

—¿Te conformas con esta vida?

—Me conformo, porque no está en mi mano el darme otra. Venga todo ántes que la muerte, y padezcamos con tal que no falte un pedazo de pan, y pueda uno comérselo con dos salsas muy buenas: el hambre y la esperanza.

—¿Y soportas, además de la miseria, la vergüenza, tanta humillación, deber a todo el mundo, no pagar a nadie, vivir de mil enredos, trampas y embustes, no encontrar quien te fíe valor de dos reales, vernos perseguidos de tenderos y vendedores?

—¡Vaya si lo soporto!... Cada cual, en esta vida, se defiende como puede. ¡Estaría bueno que nos dejáramos morir de hambre, estando las tiendas tan llenas de cosas de substancia! Eso no: Dios no quiere que a nadie se le enfríe el cielo de la boca por no comer, y cuando no nos da dinero, un suponer, nos da la sutileza del caletre [89] para inventar modos de allegar lo que hace falta, sin robarlo... eso no. Porque yo prometo pagar, y pagaré cuando lo tengamos. Ya saben que somos pobres... que hay formalidad en casa, ya que no *haigan* otras cosas. ¡Estaría bueno que nos afligiéramos porque los tenderos no cobran estas miserias, sabiendo, como sabemos, que están ricos!...

—Es que tú no tienes vergüenza, Nina; quiero decir, decoro; quiero decir, dignidad.

—Yo no sé si tengo eso; pero tengo boca y estómago natural, y sé también que Dios me ha puesto en el mundo para que viva, y no para que me deje morir de hambre. Los gorriones, un suponer, ¿tienen vergüenza? ¡Quiá!... lo que tienen es pico... Y mirando las cosas como deben mirarse, yo digo que Dios, no tan sólo ha criado la tierra y el mar, sino que son obra suya mismamente las tiendas de ultramarinos, el Banco de España, las casas donde vivimos y, pongo por caso, los puestos de verdura... Todo es de Dios.

---

[89] *caletre.* Hoy todavía se utiliza por «imaginación, talento».

—Y la moneda, la indecente moneda, ¿de quién es? —preguntó con lastimero acento la señora—. Contéstame.
—También es de Dios, porque Dios hizo el oro y la plata... Los billetes, no sé... Pero también, también.
—Lo que yo digo, Nina, es que las cosas son del que las tiene... y las tiene todo el mundo menos nosotras... ¡Ea! date prisa, que siento debilidad. ¿En dónde me pusiste las medicinas?... Ya: están sobre la cómoda. Tomaré una papeleta de salicilato [90] antes de comer... ¡Ay, qué trabajo me dan estas piernas! En vez de llevarme ellas a mí, tengo yo que tirar de ellas. *(Levantándose con gran esfuerzo.)* [91] Mejor andaría yo con muletas. ¿Pero has visto lo que hace Dios conmigo? ¡Si esto parece burla! Me ha enfermado de la vista, de las piernas, de la cabeza, de los riñones, de todo menos del estómago. Privándome de recursos, dispone que yo digiera como un buitre.

---

[90] *salicilato.* Sal de ácido salicílico que, al producir un aumento en la excreción de la urea y del ácido úrico, es eficaz y rápida en el alivio de reumatismos agudos.

[91] Esta acotación teatral es significativa, aunque no la única que podemos encontrar en las novelas galdosianas de estos años. Las acotaciones empezaron a aparecer como preludio de una importante renovación artística de Galdós, al final de su mal denominado periodo naturalista o primero de las novelas contemporáneas y desembocó en toda su plenitud en la controvertida novela dialogada. Galdós sale de sus peculiares formas naturalistas a través del psicologismo, espiritualismo y conductismo, propios de la novela europea, pero que en él tienen un matiz especial. Galdós intuye que la poca efectividad moralizante de su obra radica en la lejanía y mediatización que el narrador interpone entre el mensaje y el receptor; este convencimiento, fortalecido por ciertas experiencias sentimentales habidas entre 1888 y 1890, le llevan a procurar el máximo de inmediatez comunicativa del mensaje por sí mismo, a costa del locutor. Así pues, en ese periodo final de la década de los 80 aparece con gran abundancia el diálogo, diversas formas de acotaciones, el ensayo epistolar de *La incógnita*, la novela dialogada y el teatro. Son formas expresivas todas ellas que, más que innovaciones, responden a esta pretensión de crear obras de efectividad inmediata. En esta evolución, plenamente lograda, se explica la actitud de comentador, más que de narrador, que presenta Galdós en *Misericordia* y la abundancia de diálogos de estilo indirecto libre, las acotaciones y las frecuentes identificaciones de la mente del narrador con la de su personaje; esta identificación la realiza Galdós muy a menudo haciendo uso de los propios recursos lingüísticos de los personajes, que gráficamente aparecen en cursiva. Aunque ésta es la única acotación identificada tipográficamente, existen otras en la novela sin esas marcas definitorias visuales.

—Lo mismo hace conmigo. Pero yo no lo llevo a mal, señora. ¡Bendito sea el Señor, que nos da el bien más grande de nuestros cuerpos: el hambre santísima!»[92]

VII

Ya pasaba de los sesenta la por tantos títulos infeliz Doña Francisca Juárez de Zapata, conocida en los años de aquélla su decadencia lastimosa por *doña Paca*, a secas, con lacónica y plebeya familiaridad. Ved aquí en qué paran las glorias y altezas de este mundo, y qué pendiente hubo de recorrer la tal señora, rodando hacia la profunda miseria, desde que ataba los perros con longaniza, por los años 59 y 60[93], hasta que la encontramos viviendo inconscientemente de limosna, entre agonías, dolores y vergüenzas mil. Ejemplos sin número de estas caídas nos ofrecen las poblaciones grandes, más que ninguna ésta de Madrid, en que apenas existen hábitos de orden; pero a todos los ejemplos supera el de doña Francisca Juárez, tristísimo juguete del destino. Bien miradas estas cosas y el subir y bajar de las personas en la vida social, resulta gran tontería echar al destino la culpa de lo que es obra exclusiva de los propios caracteres y temperamentos, y buena muestra de ello es

---

[92] San Mateo, 5,6 y San Juan, 6,35. Podemos, como hipótesis, interpretar que en parlamentos como éste el personaje de Nina va naciendo de la perentoria necesidad galdosiana de animarse, de cobrar confianza y decisión en ese estado de postración económica, personal, ideológica y literaria en que se encuentra. Parece que se dirige a sus hermanas, Concha y Carmen, y en particular a su cuñada, la arruinada Magdalena Hurtado de Mendoza con estas palabras tan decididas y valientes. A Galdós no le ocurrirá ninguna feliz coincidencia como a doña Paca, pero saldrá de la novela con el ánimo decidido de Benigna, ánimo que le permitirá escribir otra vez una media de tres o cuatro libros por año.

[93] No cabe duda de que estos años del 59 al 60, con el triunfo español en Marruecos, pueden considerarse como los más importantes del periodo isabelino y el principio de su decadencia. Junto a esta euforia del triunfo, crecían los partidos progresista y demócrata contra los conservadores y el gobierno corrompido en el poder. Sobre la idea que tenía Galdós acerca de este periodo prerrevolucionario, pueden dar algunas ideas las alusiones que dedica más adelante a González Bravo y a Posada Herrera.

doña Paca, que en su propio ser desde el nacimiento llevaba el desbarajuste de todas las cosas materiales. Nacida en Ronda[94], su vista se acostumbró desde la niñez a las vertiginosas depresiones del terreno; y cuando tenía pesadillas, soñaba que se caía a la profundísima hondura de aquella grieta que llaman *Tajo*. Los nacidos en Ronda deben de tener la cabeza muy firme y no padecer de vértigos ni cosa tal, hechos a contemplar abismos espantosos. Pero doña Paca no sabía mantenerse firme en las alturas: instintivamente se despeñaba; su cabeza no era buena para esto ni para el gobierno de la vida, que es la seguridad de vista en el orden moral.

El vértigo de Paquita Juárez fue un estado crónico desde que la casaron, muy joven, con D. Antonio María Zapata, que le doblaba la edad, intendente de ejército, excelente persona, de holgada posición por su casa, como la novia, que también poseía bienes raíces de mucha cuenta. Sirvió Zapata en el ejército de África, división de Echagüe, y después de Wad-Ras[95] pasó a la Dirección del ramo. Establecido el matrimonio en Madrid, le faltó tiempo a la señora para poner su casa en un pie de vida frívola y aparatosa que, si empezó ajustando las vanidades al marco de las rentas y sueldos, pronto se salió de todo límite de prudencia, y no tardaron en aparecer los atrasos, las irregularidades, las deudas. Hombre ordenadísimo era Zapata; pero de tal modo le dominaba su esposa, que hasta le hizo perder sus cualidades eminentes; y él que tan bien supo administrar los caudales del ejército, veía perderse los suyos, olvidado del arte para conservarlos. Paquita no se ponía tasa en el vestir elegante, ni en el lujo de mesa, ni en el continuo zarandeo de bailes y reuniones, ni en los dispendiosos caprichos. Tan notorio fue ya el desorden, que Zapata, aterrado, viendo venir el trueno gordo, hubo de vencer la modorra en que su cara mitad le tenía, y se puso a hacer números y a querer establecer método y razón en el gobierno de su hacienda; pero ¡oh triste sino de la familia! cuando más engolfado estaba el hombre en su aritmética,

<hr />

[94] *Ronda*. El paralelismo realizado por Galdós entre la situación de esta hermosa ciudad malagueña y el carácter de doña Paca no necesita más explicación.

[95] *división Echagüe*. Se refiere al teniente general Rafael Echagüe (1815-1887), que mandó las tropas en la batalla de Serrallo (1859) de la Guerra de África y por la que obtuvo el título de Conde de Serrallo. La batalla de Wad-Ras, que tuvo lugar el 23 de marzo de 1860, puso fin a la guerra de África.

de la que esperaba su salvación, cogió una pulmonía, y pasó a mejor vida el Viernes Santo por la tarde, dejando dos hijos de corta edad: Antoñito y Obdulia.

Administradora y dueña del caudal activo y pasivo, Francisca no tardó en demostrar su ineptitud para el manejo de aquellas enredosas materias, y a su lado surgieron, como los gusanos en cuerpo corrupto, infinitas personas que se la comían por dentro y por fuera, devorándola sin compasión. En esta época desastrosa, entró a su servicio Benigna, que si desde el primer día se acreditó de cocinera excelente, a las pocas semanas hubo de revelarse como la más intrépida sisona de Madrid. Qué tal sería la moza en este terreno, que la misma doña Francisca, de una miopía radical para la inspección de sus intereses, pudo apreciar la rapacidad minuciosa de la sirviente, y aun se determinó a corregirla. En justicia, debo decir que Benigna (entre los suyos llamada *Benina*, y *Nina* simplemente por la señora) tenía cualidades muy buenas que, en cierto modo, compensaban, en los desequilibrios de su carácter, aquel defecto grave de la sisa. Era muy limpia, de una actividad pasmosa, que producía el milagro de agrandar las horas y los días. Además de esto, doña Francisca estimaba en ella el amor intenso a los niños de la casa; amor sincero y, si se quiere, positivo, que se revelaba en la vigilancia constante, en los exquisitos cuidados con que sanos o enfermos les atendía. Pero las cualidades no fueron bastante eficaces para impedir que el defecto promoviera cuestiones agrias entre ama y sirviente, y en una de éstas. Benina fue despedida. Los niños la echaron muy de menos, y lloraban por su Nina graciosa y soboncita.

A los tres meses se presentó de visita en la casa. No podía olvidar a la señora ni a los nenes. Éstos eran su amor, y la casa, todo lo material de ella, la encariñaba y atraía. Paquita Juárez también tenía especial gusto en charlar con ella, pues algo (no sabían qué) existía entre las dos que secretamente las enlazaba, algo de común en la extraordinaria diversidad de sus caracteres. Menudearon las visitas. ¡Ay! la Benina no se encontraba a gusto en la casa donde a la sazón servía. En fin, que ya la tenemos otra vez en la domesticidad de doña Francisca; y tan contenta ella, y satisfecha la señora, y los pequeñuelos locos de alegría[96]. Sobrevino en aquel tiempo un aumento de

---

[96] Sabiendo la intención con que Galdós organiza los argumentos y episodios de sus narraciones, no se puede eludir, en esta reiteración de alianzas y rupturas entre la clase media isabelina y el pueblo, la

las dificultades y ahogos de la familia en el orden administrativo: las deudas roían con diente voraz el patrimonio de la casa; se perdían fincas valiosas, pasando sin saber cómo, por artes de usura infame, a las manos de los prestamistas. Como carga preciosa que se arroja de la embarcación al mar en los apuros del naufragio, salían de la casa los mejores muebles, cuadros, alfombras riquísimas: las alhajas habían salido ya... Pero por más que se aligeraba el buque, la familia continuaba en peligro de zozobra y de sumergirse en los negros abismos sociales.

Para mayor desdicha, en aquel funesto periodo del 70 al 80, los dos niños padecieron gravísimas enfermedades: tifoidea el uno; eclampsia y epilepsia la otra[97]. Benina les asistió con tal esmero y solicitud tan amorosa, que se pudo creer que les arrancaba de las uñas de la muerte. Ellos le pagaban, es verdad, estos cuidados con un afecto ardiente. Por amor de Benina, más que

---

búsqueda del plano real de referencia y que se encuentra, y bien reforzado, en otros datos anejos. Podemos considerar que la primera ruptura acaba en el periodo prerrevolucionario (1860-1868); la segunda corresponde al desastroso periodo del sexenio liberal que finaliza en 1876 (un año después vuelve Benigna). Sin duda, estamos ya entre 1881 —primer gobierno, liberal— y 1890 con los significativos logros del sufragio universal masculino (1890) y otros grandes avances democráticos como la Ley de Asociaciones (1887), el Código Civil (1889) y la supresión total de la esclavitud en Cuba. Ahora bien, estos hijos de 1868, traumatizados desde su nacimiento y conservados entre las blanduras femeninas de la Restauración, degeneran en melancolía o violencia y se convierten también en entes tan inútiles como sus progenitores. Aquí comienza la acción de la novela: en la miseria total, pobreza material y pobreza espiritual de las clases medias.

[97] Ciertamente fue funesto, lo fuera o no para Obdulia y Antoñito, aquel periodo de 1870 a 1880, que protagonizaron los hijos de la clase media isabelina; casi cabría decir que lo único bueno fue la propia revolución. Las Cortes Constituyentes de 1869 marcaron ya un mentís claro a los ideales revolucionarios; y los privilegios del clero y del ejército, junto con los intereses de la clase media conservadora terrateniente como también la comercial que acababa de llegar al poder, fueron desde el principio grupos que abortaron los propósitos de la Restauración. En su actitud simbolista, Galdós resume el funesto desarrollo de este periodo, en el cual había puesto sus ilusiones antaño y lo hace con tres enfermedades significativas: las tifoideas, en lo que tuvo aquella revolución de enfermedad infecciosa con fiebres altas, delirios y postraciones. Concluye con la eclampsia y la epilepsia en lo que tienen ambas de convulsiones violentas, accesos repentinos y pérdidas bruscas de las cualidades racionales. Son enfermedades que se dan con preferencia en edades juveniles como la de aquel periodo.

por el de su madre, se prestaban a tomar las medicinas, a callar y estarse quietecitos, a sudar sin ganas, y a no comer antes de tiempo : todo lo cual no impidió que entre ama y criada surgiesen cuestiones y desavenencias, que trajeron una segunda despedida. En un arrebato de ira o de amor propio, Benina salió disparada, jurando y perjurando que no volvería a poner los pies en aquella casa, y que al partir sacudía sus zapatos para no llevarse pegado en ellos el polvo de las esteras... pues lo que es alfombras, ya no las había,

En efecto : antes del año, aparecióse Benina en la casa. Entró, anegado en lágrimas el rostro, diciendo : «Yo no sé qué tiene la señora; yo no sé qué tiene esta casa, y estos niños, y estas paredes, y todas las cosas que aquí hay : yo no sé más sino que no me hallo en ninguna parte. En casa rica estoy, con buenos amos que no reparan en dos reales más o menos; seis duros de salario... Pues no me hallo, señora, y paso la noche y el día acordándome de esta familia, y pensando si estarán bien o no estarán bien. Me ven suspirar, y creen que tengo hijos. Yo no tengo a nadie en el mundo más que a la señora, y sus hijos son mis hijos, pues como a tales les quiero...» Otra vez Benina al servicio de doña Francisca Juárez, como criada única y para todo, pues la familia había dado un bajón tremendo en aquel año, siendo tan notorias las señales de ruina, que la criada no podía verlas sin sentir aflicción profunda. Llegó la ocasión ineludible de cambiar el cuarto [98] en que vivían por otro más modesto y barato. Doña Francisca, apegada a las rutinas y sin determinación para nada, vacilaba. La criada, quitándole en momentos tan críticos las riendas del gobierno, decidió la mudanza, y desde la calle de Claudio Coello saltaron a la del Olmo [99] Por cierto que hubo no pocas dificultades para evitar un desahucio vergonzoso : todo se arregló con la generosa ayuda de Benina, que sacó del Monte [100] sus economías, importantes tres

---

[98] *el cuarto*. Aún hoy se escucha cuarto por piso, aunque en principio sólo se refiriera a una habitación o aposento de la casa.

[99] La calle de Claudio Coello fue la segunda construida en el barrio de Salamanca. En 1897, esta zona era la más nueva y elegante de Madrid y aún hoy sigue conservando gran parte de aquel prestigio. La calle del Olmo está en el viejo Madrid, entre las calles del Olivar y de Santa Isabel, en una zona muy distinta a la del barrio de Salamanca.

[100] El Monte de Piedad de Madrid, que se fundó el 1 de abril de 1724, fue una institución que tenía todas las simpatías del pueblo. Debido a la protección real que gozó desde su fundación, actuaba sin ningún tipo de interés. Se pudo mantener, además, por las abundantes impo-

mil y pico de reales, y las entregó a la señora, estableciéndose desde entonces comunidad de intereses en la adversa como en la próspera fortuna. Pero ni aun en aquel rasgo de caridad hermosa desmintió la pobre mujer sus hábitos de sisa, y descontó un pico para guardarlo cuidadosamente en su baúl, como base de un nuevo montepío [101], que era para ella necesidad de su temperamento y placer de su alma.

Como se ve, tenía el vicio del descuento, que en cierto modo, por otro lado, era la virtud del ahorro. Difícil expresar dónde se empalmaban y confundían la virtud y el vicio. La costumbre de escatimar una parte grande o chica de lo que se le daba para la compra, el gusto de guardarla, de ver cómo crecía lentamente su caudal de perras, se sobreponían en su espíritu a todas las demás costumbres, hábitos y placeres. Había llegado a ser el sisar y el reunir como cosa instintiva, y los actos de este linaje se diferenciaban poco de las rapiñas y escondrijos de la urraca. En aquella tercera época, del 80 al 85 [102], sisaba como antes, aunque guardando medida proporcional con los mezquinos haberes de doña Francisca. Sucediéronse en aquellos días grandes desventuras y calamidades. La pensión de la señora, como viuda de intendente. había sido retenida en dos tercios por los prestamistas; los empeños sucedían a los empeños, y por librarse de un ahogo, caía pronto en mayores apreturas.

---

siciones de ahorro popular, como las de Benigna, por la probidad de sus empleados y por la juiciosa administración de su Junta directiva, hasta mediados del siglo XIX. Desde 1839 funcionó la Caja de Ahorros aneja al Monte, pero fue éste quien recibió preferentemente los fondos de los ahorradores. La unión definitiva de ambas entidades se realizó en 1869.

[101] *montepío*. Fondo de dinero que Benigna conseguía con las sisas que hacía a doña Francisca o a sí misma, como en este caso. Con este fondo socorría no a viudas y huérfanos en general, sino a su propia viuda y a los dos huérfanos. La elección de esta palabra por Galdós es de un gran acierto.

[102] La economía de la Restauración dependía en gran medida del exterior. Por otra parte, la cúpula del poder era sustentada por unas grandes familias de terratenientes (Campo, Larios, Loring, Domecq...), por los capitales coloniales (Comillas, Güel y Espalza, Manzanero...), por nobles y negociantes (Urquijo, Medinaceli, Alba, Fernán Núñez, Finat, Canalejas...). Mientras tanto y en plena contracción económica española y europea, la base social de marginados e indigentes se va ampliando con los detritus de las clases medias que caen y las aglomeraciones obreras suburbiales. Estos son los elementos sociales que conforman el ámbito humano de la novela.

Su vida llegó a ser un continuo afán: las angustias de una semana, engendraban las de la semana siguiente: raros eran los días de relativo descanso. Para atenuar las horas tristes, sacaban fuerzas de flaqueza, alegrando con afectadas fantasmagorías los ratos de la noche, cuando se veían libres de acreedores molestos y de reclamaciones enfadosas. Fue preciso hacer nuevas mudanzas, buscando la baratura, y del *Olmo* pasaron al *Saúco*, y del *Saúco* al *Almendro* [103]. Por esta fatalidad de los nombres de árboles en las calles donde vivieron, parecían pájaros que volaban de rama en rama, dispersados por las escopetas de los cazadores o las pedradas de los chicos.

En una de las tremendas crisis de aquel tiempo, tuvo Benina que acudir nuevamente al fondo de su cofre, donde escondía el *gato* [104] o montepío, producto de sus descuentos y sisas. Ascendía el montón a diez y siete duros. No pudiendo decir a su señora la verdad, salió con el cuento de que una prima suya, la Rosaura, que comerciaba en miel alcarreña, le había dado unos duros para que se los guardara. «Dame, dame todo lo que tengas, Benina, así Dios te conceda la gloria eterna, que yo te lo devolveré doblado cuando los primos de Ronda me paguen lo del pejugar [105]... ya sabes... es cosa de días... ya viste la carta.»

Y revolviendo en el fondo del baúl, entre mil baratijas y líos de trapos, sacó la sisona doce duros y medio y los dio a su ama diciéndole: «Es todo lo que tengo. No hay más: puede creerlo; es tan verdad como que nos hemos de morir.»

No podía remediarlo. Descontaba su propia caridad, y sisaba en su limosna.

---

[103] Este «descenso a los infiernos» de doña Paca, acompañada de Benigna, tiene su testimonio en el cambio de domicilio, que acaba en la humilde calle del Almendro, situada entre la Cava Baja y la Plaza del Humilladero.

[104] *gato*. Talego o bolsa de cuero, fundamentalmente, que servía para guardar el dinero.

[105] *pejugar*. Denominación arcaizante para los terrenos en los que se mezclan la vid y el olivo o éste y los cereales. Se mantiene aún en el habla campesina. El uso de esta denominación, propia del periodo áureo, cuadra muy bien con el lenguaje escuderil (recordemos el *Lazarillo*), que utiliza doña Paca para hacerse con el dinero de Benigna.

VIII

Tantas desdichas, parecerá mentira, no eran más que el preámbulo del infortunio grande, aterrador, en que el infeliz linaje de los Juárez y Zapatas había de caer, la boca del abismo en que sumergido le hallamos al referir su historia. Desde que vivían en la calle del Olmo, doña Francisca fue abandonada de la sociedad que la ayudó a dar al viento su fortuna, y en las calles del Saúco y Almendro desaparecieron las pocas amistades que le restaban. Por entonces la gente de la vecindad, los tenderos chasqueados y las personas que de ella tenían lástima empezaron a llamarla *Doña Paca*, y ya no hubo forma de designarla con otro nombre. Gentezuelas desconsideradas y groseras solían añadir al nombre familiar algún mote infamante: *Doña Paca la tramposa, la Marquesa del infundio*.

Está visto que Dios quería probar a la dama rondeña, porque a las calamidades del orden económico añadió la grande amargura de que sus hijos, en vez de consolarla, despuntando por buenos y sumisos, agobiaran su espíritu con mayores mortificaciones, y clavaran en su corazón espinas muy punzantes. Antoñito, defraudando las esperanzas de su mamá, y esterilizando los sacrificios que se habían hecho para encarrilarle en los estudios, salió de la piel del diablo. En vano su madre y Benina, sus dos madres más bien, se desvivían por quitarle de la cabeza las malas ideas: ni el rigor ni las blanduras daban resultado. Se repetía el caso de que, cuando ellas creían tenerle conquistado con carantoñas y mimos, él las engañaba con fingida sumisión, y escamoteándoles la voluntad, se alzaba con el santo y la limosna. Era muy listo para el mal, y hallábase dotado de seducciones raras para hacerse perdonar sus travesuras. Sabía esconder su astuta malicia bajo apariencias agradables; a los diez y seis años engañaba a sus madres como si fueran niñas; traía falsos certificados de exámenes; estudiaba por apuntes de los compañeros, porque vendía los libros que se le habían comprado. A los diez y nueve años, las malas compañías dieron ya carácter grave a sus diabluras; desaparecía de la casa por dos o tres días, se embriagaba, se quedó en los huesos. Uno de los principales cuidados de las dos madres era esconder en las entrañas de la tierra la poca moneda que tenían, porque con él no había dinero seguro. La sacaba con arte exquisito del seno de

109

Doña Paca, o del bolso mugriento de Benina. Arramblaba por todo, fuera poco, fuera mucho. Las dos mujeres no sabían qué escondrijos inventar, ni en qué profundidades de la cocina o de la despensa esconder sus mezquinos tesoros.

Y a pesar de esto, su madre le quería entrañablemente, y Benina le adoraba, porque no había otro con más arte y más refinado histrionismo para fingir el arrepentimiento. A sus delirios seguían comúnmente días de recogimiento solitario en la casa, derroche de lágrimas y suspiros, protestas de enmienda, acompañadas de un febril besuqueo de las caras de las dos madres burladas... El blando corazón de éstas, engañado por tan bonitas demostraciones, se dejaba adormecer en la confianza cómoda y fácil, hasta que, de improviso, del fondo de aquellas zalamerías, verdaderas o falsas, saltaba el ladronzuelo, como diablillo de trampa en el centro de una caja de dulces, y... otra vez el muchacho a sus correrías infames, y las pobres mujeres a su desesperación.

Por desgracia o por fortuna (y vaya usted a saber si era fortuna o desgracia), ya no había en la casa cubiertos de plata, ni objeto alguno de metal valioso. El demonio del chico hacía presa en cuanto encontraba, sin despreciar las cosas de valor ínfimo; y después de arramblar por los paraguas y sombrillas, la emprendió con la ropa interior, y un día, al levantarse de la mesa, aprovechando un momento de descuido de sus madres y hermana, escamoteó el mantel y dos servilletas. De su propia ropa no se diga: en pleno invierno andaba por las calles sin abrigo ni capa, respetado de las pulmonías, protegido sin duda contra ellas por el fuego interior de su perversidad. Ya no sabían Doña Paca y Benina dónde esconder las cosas, pues temían que les arrebatara hasta la camisa que llevaban puesta. Baste decir que desaparecieron en una noche las vinajeras y un estuchito de costura de Obdulia; otra noche dos planchas y unas tenacillas, y sucesivamente elásticas usadas[106], retazos de tela, y multitud de cosas útiles aunque de valor insignificante. Libros no había ya en la casa, y Doña Paca no se atrevía ni a pedirlos prestados, temerosa de no poder devolverlos. Hasta los de misa habían volado, y tras ellos, o antes que ellos, gemelos de teatro, guantes en buen uso, y una jaula sin pájaro.

Por otro estilo, y con organismo totalmente distinto del de su hermano, la niña daba también mucha guerra. Desde los

---

[106] *elásticas*. Es una prenda interior de punto, con mangas o sin ellas, que se utilizaba debajo de la camisa. Es la «camiseta» de hoy.

doce años se desarrolló en ella el neurosismo en un grado tal, que las dos madres no sabían cómo templar aquella gaita. Si la trataban con rigor, malo; si con mimos, peor. Ya mujer, pasaba sin transición de las inquietudes epilépticas a una languidez mortecina. Sus melancolías intensas aburrían a las pobres mujeres tanto como sus excitaciones, determinantes de una gran actividad muscular y mental. La alimentación de Obdulia llegó a ser el problema capital de la casa, y entre las desganas y los caprichos famélicos de la niña, las madres perdían su tiempo, y la paciencia que Dios les había concedido al por mayor. Un día le daban, a costa de grandes sacrificios, manjares ricos y substanciosos, y la niña los tiraba por la ventana; otro, se hartaba de bazofias que le producían horroroso flato. Por temporadas se pasaba días y noches llorando, sin que pudiera averiguarse la causa de su duelo; otras veces se salía con un geniecillo displicente y quisquilloso que era el mayor suplicio de las dos mujeres[107]. Según opinión de un médico que por lástima las visitaba, y de otros que tenían consulta gratuita, todo el desorden nervioso y psicológico de la niña era cuestión de anemia, y contra esto no había más terapéutica que el tratamiento ferruginoso, los buenos filetes y los baños fríos.

Era Obdulia bonita, de facciones delicadas, tez opalina, cabello castaño, talle sutil y esbelto, ojos dulces, habla modosita y dengosa cuando no estaba de morros. No puede imaginarse ambiente menos adecuado a semejante criatura, mañosa[108] y enfermiza, que la miseria en que había crecido y vivía. Por intervalos se notaban en ella síntomas de presunción, anhe-

---

[107] Los símbolos neuróticos, utilizados por Galdós para describir el comportamiento de Obdulia, hacen referencia directa a las preocupaciones que durante este decenio finisecular les está causando la salud de su cuñada Magdalena Hurtado de Mendoza. Puede encontrarse referencia a ello en la correspondencia de Galdós con su amigo, el médico que la atendió, Manuel Tolosa Latour. (*Vid.* Ruth Schmidt, *Cartas entre dos amigos del teatro: Manuel Tolosa Latour y Benito Pérez Galdós*, Las Palmas, Ediciones del Excmo. Cabildo Insular de Gran Canaria, 1969.)

[108] *mañosa.* Hay que entender este término en el sentido de «inestable, resabiada, fullera». Existe otro modelo real muy cercano a Galdós de este personaje en la joven Concha Ruth Morell. Voluntariosa e inestable mujer, su fracaso personal quedó reflejado en *Tristana.* Para su relación amorosa con Galdós, *vid.* Benito Madariaga, *Pérez Galdós, Biografía santanderina*, Santander, Institución Cultural de Cantabria, 1979, págs. 76-87, y antes A. F. Lambert, «Galdós and Concha Ruth Morell», en *Anales galdosianos*, VIII, 1973, págs. 33-49.

los de agradar, preferencias por éstas o las otras personas, algo que indicaba las inquietudes o anuncios del cambio de vida, de lo cual se alegraba doña Paca, porque tenía sus proyectos referentes a la niña. La buena señora se habría desvivido por realizarlos, si Obdulia se equilibrara, si atendiera al complemento de su educación, bastante descuidada, pues escribía muy mal, e ignoraba los rudimentos del saber que poseen casi todas las niñas de la clase media. La ilusión de Doña Paca era casarla con uno de los hijos de su primo Matías, propietario rondeño, chicos guapines y bien criados, que seguían carrera en Sevilla, y alguna vez venían a Madrid por San Isidro[109]. Uno de ellos, Currito Zapata, gustaba de Obdulia: casi se entablaron relaciones amorosas que por el carácter de la niña y sus extravagancias melindrosas no llegaron a formalizarse. Pero la madre no abandonaba la idea, o al menos, acariciándola en su mente, con ella se consolaba de tantas desdichas.

De la noche a la mañana, viviendo la familia en la calle del Olmo, se iniciaron, sin saber cómo, no sé qué relaciones telegráficas entre Obdulia y un chico de enfrente, cuyo padre administraba una empresa de servicios fúnebres. El bigardón[110] aquél no carecía de atractivos: estudiaba en la Universidad y sabía mil cosas bonitas que Obdulia ignoraba, y fueron para ella como una revelación. Literatura y poesía, versitos, mil baratijas del humano saber pasaron de él a ella en cartitas, entrevistas y honestos encuentros.

No miraba esto con buenos ojos Doña Paca, atenta a su plan de casarla con el rondeño; pero la niña, que tomado había en aquellos tratos no pocas lecciones de romanticismo elemental, se puso como loca viéndose contrariada en su espiritual querencia. Le daban por mañana y tarde furiosos ataques epilépticos, en los que se golpeaba la cara y se arañaba las manos; y, por fin, un día Benina la sorprendió preparando una ración de cabezas de fósforos con aguardiente[111] para ponér-

---

[109] San Isidro es el patrón de Madrid y su festividad se celebra el 15 de mayo.

[110] *bigardón* es el «bigardo» o vago, vicioso, perdido...

[111] *cabezas de fósforo con aguardiente*. Debía ser una forma de suicidio habitual. Carmen del Moral, en su obra ya citada, incluye estas palabras de Luis Taboada en su crónica «Los horrores de Madrid: vivir en vilo», publicada en *Nuevo Mundo*, en 1900, y recogida en una colección titulada *Crónicas alegres de 1900*: «todos los días se mueren diez o doce personas víctimas de los comestibles adulterados, y el que desea suicidarse ya no tiene necesidad de disolver fósforos en aguardiente

sela entre pecho y espalda. La marimorena que se armó en la casa no es para referida. Doña Paca era un mar de lágrimas; la niña bailaba el zapateado, tocando el techo con las manos, y Benina pensaba dar parte al administrador de *entierros* para que, mediante una buena paliza u otra medicina eficaz, le quitase a su hijo aquella pasión de *cosas de muertos, cipreses* y *cementerios* de que había contagiado a la pobre señorita.

Pasado algún tiempo sin conseguir apartar a la descarriada Obdulia del trato amoroso con *el chico de la funebridad*, consintiéndoselo a veces por vía de transacción con la epilepsia, y por evitar mayores males, Dios quiso que el conflicto se resolviera de un modo repentino y fácil; y la verdad, con tal solución se ahorraban unas y otros muchos quebraderos de cabeza, porque también la *familia fúnebre* andaba a mojicones[112] con el chico para apartarle del abismo en que arrojarse quería. Pues sucedió que una mañanita la niña supo burlar la vigilancia de sus dos madres y se escapó de la casa; el mancebo hizo lo propio. Juntáronse en la calle, con propósito firme de ir a algún poético lugar donde pudieran quitarse la miserable vida, bien abrazaditos, espirando al mismo tiempo, sin que el uno pudiera sobrevivir al otro. Así lo determinaron en los primeros momentos, y echaron a correr pensando simultáneamente en cuál sería la mejor manera de matarse, de golpe y porrazo, sin sufrimiento alguno, y pasando en un tris a la región pura de las almas libres. Lejos de la calle del Almendro, se modificaron repentinamente sus ideas, y con perfecta concordancia pensaron cosas muy distintas de la muerte. Por fortuna, el chico tenía dinero, pues había cobrado la tarde anterior una factura de *féretro doble de zinc* y otra de un *servicio completo de cama imperial y conducción con seis caballos*, etc... La posesión del dinero realizó el prodigio de cambiar las ideas de suicidio en ideas de prolongación de la existencia; y variando de rumbo se fueron a almorzar a un café, y después a una casa cercana, de la cual, ya tarde, pasaron a otra donde escribieron a sus respectivas familias, notificándoles que *ya estaban casados*.

Como casados, propiamente hablando, no lo estaban aún; pero el trámite que faltaba tenía que venir necesariamente.

---

ni de dar el salto desde el viaducto [*vid.* nota, 73], ni de apelar a la tan reputada pistola: lo que debe hacer es comprar un cuarterón de boquerones, comérselos sin pan y meterse después en la cama, donde irá a buscarle la muerte a la media hora» (pág. 67).

[112] *a mojicones*. Aún hoy, en algunas regiones, «a golpes».

El padre del chico se personó en casa de Doña Paca, y allí se convino, llorando ella y pateando él, que no había más remedio que reconocer y acatar los hechos consumados. Y puesto que Doña Francisca no podía dar a su niña dinero o efectos, ni aun en mínima cantidad para ayuda de un catre, él daría a *Luquitas* alojamiento en lo alto del depósito de ataúdes, y un sueldecillo en la sección de *Propaganda*. Con esto, y el corretaje que pudiera corresponderle por *trabajar el género* en las *casas mortuorias*, colocación de *artículos de lujo*, o por agencia de embalsamamientos, podría vivir el flamante matrimonio con honrada modestia.

IX

No se había consolado aún la desventurada señora de la pena que el desatino de su hija le causara, y se pasaba las horas lamentándose de su suerte, cuando entró en quintas Antoñito. La pobre señora no sabía si sentirlo o alegrarse. Triste cosa era verle soldado, con el chopo[113] a cuestas: al fin era señorito, y se le despegaba la vida de los cuarteles. Pero también pensaba que la disciplina militar le vendría muy bien para corregir sus malas mañas. Por fortuna o por desgracia del joven, sacó un número muy alto, y quedó de reserva. Pasado algún tiempo, y después de una ausencia de cuatro días, presentóse a su madre y le dijo que se casaba, que quería casarse, y que si no le daba su consentimiento él se lo tomaría.

«Hijo mío, sí, sí —dijo la madre prorrumpiendo en llanto—. Vete con Dios, y solitas Benina y yo, viviremos con alguna tranquilidad. Puesto que has encontrado quien cargue contigo, y tienes ya quien te cuide y te aguante, allá te las hayas. Yo no puedo más.»

A la pregunta de cajón sobre el nombre, linaje y condiciones de la novia, replicó el silbante[114] que la conceptuaba muy rica, y tan buena que no había más que pedir. Pronto se supo que era hija de una sastra, que pespuntaba con primor, y que no tenía más dote que su dedal.

---

[113] *el chopo.* El fusil, en términos militares y por parte de la tropa, recibe diferentes denominaciones y todavía hoy la utilizada por Galdós es de las más frecuentes.

[114] *silbante.* Denominación pintoresca y popular del mozo ocioso y pendenciero, recogida sin duda de sus típicas actitudes chulescas y desenvueltas, las manos en los bolsillos y silbando.

«Bien, niño, bien —le dijo una tarde Doña Paca—. Me he lucido con mis hijos. Al menos Obdulia, viviendo entre ataúdes, tiene sobre qué caerse muerta... Pero tú, ¿de qué vas a vivir? ¿Del dedal y las puntadas de ese prodigio? Verdad que como eres tan trabajador y tan económico, aumentarás las ganancias de ella con tu arreglo. ¡Dios mío, qué maldición ha caído sobre mí y sobre los míos! Que me muera pronto para no ver los horrores que han de sobrevenir.»

Debe notarse, la verdad ante todo, que desde que empezó el noviazgo de Antoñito con la hija de la sastra, se fue corrigiendo de sus mañas rapaces, hasta que se le vio completamente curado de ellas. Su carácter sufrió un cambio radical: mostrándose afectuoso con su madre y con Benina, resignábase a no tener más dinero que el poquísimo que le daban, y hasta en su lenguaje se conocía el trato de personas más honradas y decentes que las de antaño. Esto fue parte a que Doña Paca le concediera el consentimiento, sin conocer a la novia ni mostrar ganas de conocerla. Charlando con su señora de estas cosas, Benina aventuró la idea de que tal vez por aquel torcido sendero de la boda del mequetrefe, vendría la suerte a la casa, pues la suerte, ya se sabe, no viene nunca por donde lógicamente se la espera, sino por curvas y vericuetos increíbles. No se daba por convencida Doña Paca, que sintiéndose minada de una melancolía corrosiva, no veía ya en la existencia ningún horizonte que no fuera ceñudo y tempestuoso. Con hallarse ya las dos mujeres, por la colocación de los hijos, en mejores condiciones de reposo y de vida, no se avenían con su soledad, y echaban de menos a *la familia menuda;* cosa en verdad muy natural, porque es ley que los mayores conserven el afecto a la descendencia, aunque ésta les martirice, les maltrate y les deshonre.

A poco de celebrarse las dos bodas, trasladóse doña Paca de la calle del Almendro a la Imperial, buscando siempre baraturas, que al fin y al cabo no le resolvían el problema de vivir sin recursos. Éstos se habían reducido a cero, porque el resto disponible de la pensión apenas bastaba para tapar la boca a los acreedores menudos. Casi todos los días del mes se pasaban en angustiosos arbitrios para reunir cuartos, cosa en extremo difícil ya, porque no había en la casa objetos de valor. El crédito en tiendas o en cajones de la plazuela [115], habíase agotado. De los

---

[115] *cajones de la plazuela.* Debe entenderse «plazuela» como mercado general. Galdós se refiere a los mercados descubiertos, cercanos a la calle Imperial: el de San Miguel, el de la Cebada y el del Humilladero. *Vid.* también nota 43.

hijos nada podía esperarse, y bastante hacían los pobres con asegurar malamente su propia subsistencia. La situación era, pues, desesperada, de naufragio irremediable, flotando los cuerpos entre las bravas olas, sin tabla o madero a que poder agarrarse. Por aquellos días, hizo la Benina prodigiosas combinaciones para vencer las dificultades, y dar de comer a su ama gastando inverosímiles cantidades metálicas. Como tenía conocimiento en las plazuelas, por haber sido en tiempos mejores excelente parroquiana, no le era difícil adquirir comestibles a precio ínfimo, y gratuitamente huesos para el caldo, trozos de lombardas o repollos averiados, y otras menudencias. En los comercios para pobres, que ocupan casi toda la calle de la Ruda[116], también tenía buenas amistades y relaciones, y con poquísimo dinero, o sin ninguno a veces, tomando al fiado, adquiría huevos chicos, rotos y viejos, puñados de garbanzos o lentejas, azúcar morena de restos de almacén, y diversas porquerías que presentaba a la señora como artículo de mediana clase.

Por ironía de su destino, Doña Paca, afligida de diversas enfermedades, conservaba su buen apetito y el gusto de los manjares selectos; gusto y apetito que en cierto modo venían a ser también enfermedad, en aquel caso de las más rebeldes, porque en las farmacias, llamadas tiendas de comestibles, no despachan sin dinero. Con esfuerzos sobrehumanos, empleando la actividad corpórea, la atención intensa y la inteligente travesura, Benina le daba de comer lo mejor posible, a veces muy bien, con delicadezas refinadas. Un profundo sentimiento de caridad la movía, y además el ardiente cariño que a la triste señora profesaba, como para compensarla, a su manera, de tantas desdichas y amarguras. Conformábase ella con chupar algunos huesos y catar desperdicios, siempre y cuando Doña Paca quedase satisfecha. Pero no por caritativa y cariñosa perdía sus mañas instintivas; siempre ocultaba a su señora una parte del dinero, trabajosamente reunido, y la guardaba para formar nuevo fondo y capital nuevo.

Al año del casorio, los hijos, que habían entrado en la vida matrimonial con regular desahogo, empezaron a recibir golpes de la suerte, como si heredaran la maldición recaída sobre la pobre madre. Obdulia, que no pudo habituarse a vivir entre cajas de muerto, enfermó de hipocondría; malparió; sus ner-

---

[116] La calle de la Ruda va de la popularmente hoy llamada Plaza de Cascorro a la calle de Toledo.

vios se desataron; la pobreza y las negligencias de su marido, que de ella no se cuidaba, agravaron sus males constitutivos. Mezquinamente socorrida por sus suegros, vivía en un sotabanco de la calle de la Cabeza[117], mal abrigada y peor comida, indiferente a su esposo, consumiéndose en letal ociosidad, que fomentaba los desvaríos de su imaginación.

En cambio, Antoñito se había hecho hombre formal después de casado, tal vez por obra y gracia de la virtud, buen juicio y laboriosidad de su mujer, que salió verdadera alhaja. Pero todos estos méritos, que habían producido el milagro de la redención moral de Antonio Zapata, no bastaban a defenderle de la pobreza. Vivía el matrimonio en un cuartito de la calle de San Carlos, que parecía el interior de una bombonera, y apenas se entraba en él se veía en todo una mano hacendosa. Para mayor dicha, el que en otro tiempo perteneció a la clase de los llamados *golfos*, adquiría el hábito y el gusto del trabajo productivo, y no habiendo cosa mejor en que ocuparse, se había hecho corredor de anuncios. Todo el santo día le teníais como un azacán[118], de comercio en comercio, de periódico en perió-

---

[117] La calle de la Cabeza comienza en la calle de Jesús y María y acaba en la del Ave María. Dice Répide:

> «da nombre a esta calle una de las tradiciones más interesantes de Madrid. En una casa de ella vivía un sacerdote, asistido probablemente de un criado, quien codicioso de los bienes de que sabía poseedor al clérigo, determinó robárselos, y una noche le asesinó, separándole la cabeza del cuerpo, y apoderándose del oro del cura, púsose a salvo huyendo a Portugal [...] Mucho se habló en Madrid de aquel crimen y acabó por olvidarse, suponiéndose que quedaría impune, como si hubiese sido cometido ahora. Pero aconteció que volvió a la corte el criado disfrazado de caballero, y una mañana, pasando por el Rastro y recordando su antigua condición, apetecióle comprar una cabeza de cordero, que se llevó, ocultándola debajo de la capa. Y un alguacil que por allí había como notase el rastro de sangre que iba dejando aquel hombre le paró, preguntándole qué llevaba: '¿qué he de llevar? Una cabeza de un carnero que he mercado ahora mismo'. Y al ir a mostrársela al ministril, vio con espanto que era la cabeza del sacerdote a quien él asesinó.»

Répide ha dicho antes que el sacerdote era «cumplidor de unas capellanías» en la Iglesia de San Sebastián.

[118] *azacán*. Ajetreo característico de los aguadores, que ha quedado en el habla popular para designar al que va de un sitio para otro intentando resolver sus asuntos.

dico, y aunque de sus comisiones había que descontar el considerable gasto de calzado, siempre le quedaba para ayuda del cocido, y para aliviar a la Juliana de su enorme tarea en la *Singer*[119]. Y que la moza no se andaba en chiquitas: su fecundidad no era inferior a su disposición casera, porque en el primer parto se trajo dos gemelos. No hubo más remedio que poner ama[120], y una boca más en la casa obligó a duplicar los movimientos de la *Singer* y las correrías de Antoñito por las calles de Madrid. Antes de la venida de los gemelos, el *exgolfo* solía sorprender a su madre con esplendideces y rasgos de amor filial, que eran las únicas alegrías saboreadas por la infeliz señora en mucho tiempo: le llevaba una peseta, dos pesetas, a veces medio duro, y Doña Paca lo agradecía más que si sus parientes de Ronda le regalaran un cortijo. Pero desde que se posesionaron de la casa los mellizos, ávidos de vida y de leche, que había que formar con buenos alimentos, el dichoso y asendereado[121] padre no pudo obsequiar a la abuelita con los sobrantes de su ganancia, porque no los tenía. Más que para dar estaba para que le dieran.

Al contrario de este matrimonio, el de los *funerarios*, Luquitas y Obdulia, iba mal, porque el esposo se distraía de sus obligaciones domésticas y de su trabajo; frecuentaba demasiado el café, y quizás lugares menos honestos, por lo cual se le privó de la cobranza de facturas de servicios mortuorios. Obdulia no tenía ni asomos de arreglo; pronto se vio agobiada de deudas; cada lunes y cada martes enviaba recaditos a su madre con la portera, pidiéndole cuartos, que Doña Paca no podía darle. Todo esto era ocasión de nuevos afanes y cavilaciones para Benina, que amaba entrañablemente a la señorita de la casa, y no podía verla con hambre y necesidad, sin tratar al instante de socorrerla según sus medios. No sólo tenía que atender a su casa, sino a la de Obdulia, cuidando de que lo más preciso no faltase en ella. ¡Qué vida, qué fatigas horrorosas, qué pugilato con el destino, en las sombras tétricas de la miseria vergonzante, que tiene que guardar el crédito, mirar por el decoro! La situación llegó a ser un día tan extremadamente angustiosa, que la heroica anciana, cansada de mirar a cielo y tierra por si inopinadamente caía algún socorro, perdido el crédito

---

[119] *Singer.* Famosa marca de máquina de coser entonces y hoy.

[120] *ama.* Recuérdense las aventuras de las diferentes amas que pasan por la casa de los Manso en *El amigo Manso* del mismo Galdós.

[121] *asendereado* es el que va por el buen sendero, por el buen camino.

en las tiendas, cerrados todos los caminos, no vio más arbitrio para continuar la lucha que poner su cara en vergüenza saliendo a pedir limosna. Hízolo una mañana, creyendo que lo haría por única vez, y siguió luego todos los días, pues la fiera necesidad le impuso el triste oficio mendicante, privándola en absoluto de todo otro medio de atender a los suyos. Llegó por sus pasos contados [122], y no podía menos de llegar y permanecer allí hasta la muerte, por ley social, económica, si es que así se dice. Mas no queriendo que su señora se enterase de tanta desventura, armó el enredo de que le había salido una buena *proporción* de asistenta, en casa de un señor eclesiástico, alcarreño, tan piadoso como adinerado. Con su presteza imaginativa bautizó al fingido personaje, dándole, para engañar mejor a la señora, el nombre de D. Romualdo. Todo se lo creyó Doña Paca, que rezaba algunos Padrenuestros para que Dios aumentase la piedad y las rentas del buen sacerdote, por quien Benina tenía algo que traer a casa. Deseaba conocerle, y por las noches, engañando las dos su tristeza con charlas y cuentos, le pedía noticias de él y de sus sobrinas y hermanas, de cómo estaba puesta la casa, y del gasto que hacían; a lo que contestaba Benina con detalladas referencias y pormenores, simulacro perfecto de la verdad.

X

Pues señor [123], atando ahora el cabo de esta narración, sigo diciendo que aquel día comió la señora con buen apetito, y mientras tomaba los alimentos adquiridos con el duro del ciego Almudena, digería fácilmente los piadosos engaños que su criada y compañera le iba metiendo en el cuerpo. Había

---

[122] *Llegó por sus pasos contados.* El comentario de Galdós, después de tan heroico y fatídico proceso, era de esperar. Pero lo significativo de él es la ternura con que prácticamente por primera vez en su obra literaria trata a un elemento del pueblo como Benigna.

[123] *Pues señor...* Atiéndase bien a esta fórmula tomada de la narrativa popular y, en concreto, de los cuentos infantiles. En un momento en el que Galdós se decide a perder para siempre el protagonismo de narrador absoluto de sus obras, hasta sus intervenciones directas quedan marcadas por fórmulas estereotipadas y hasta cierto punto

llegado a tener Doña Paca tal confianza en la disposición de Benina, que apenas se inquietaba ya por las dificultades del mañana, segura de que la otra las había de vencer con su diligencia y conocimiento del mundo, valiéndole de mucho la protección del bendito D. Romualdo. Ama y criada comieron juntas, y de sobremesa Doña Paca le decía: «No debes escatimar el tiempo a esos señores; y aunque tu obligación es servirles no más que hasta las doce, si algún día quieren que te estés allí por la tarde, estáte, mujer, que ya me entenderé yo aquí como pueda.

—Eso no —respondió Benina—, que tiempo hay para todo, y yo no puedo faltar de aquí. Ellos son gente buena, y se hacen cargo...

—Bien se les conoce. Yo le pido al Señor que les premie el buen trato que te dan, y mi mayor alegría hoy sería saber que a D. Romualdo me le hacían obispo.

—Pues ya suena el run run de que van a proponerle; sí, señora, obispo de no sé qué punto, allá en las islas de Filipinas.

—¿Tan lejos? No, eso no. Por acá tienen que dejarle para que haga mucho bien.

—Lo mismo piensa la Patros, ¿sabe? la mayor de las sobrinas.

—¿Esa que me has dicho tiene el pelo entrecano y bizca un poco?

—No; esa es la otra.

—Ya, ya... Patros es la que tartamudea, y padece de temblores.

—Esa. Pues dice que a dónde van ellas por esos mares de tan lejos... No, no; más vale simple cura por aquí, que arzobispo allá, donde, según dicen, son las doce del día cuando aquí tenemos las doce de la noche.

---

alejadas de la marcha de la narración, cuyo peso recae ahora en los personajes. Recuérdese en el capítulo IV:

> «Ahora conviene decir que la ausencia de la señá Benina y del ciego Almudena no era casual aquel día, por lo cual allá van las explicaciones de un suceso que merece mención en esta verídica historia.»

Ahora, capítulo X, se trata de dar por terminada la primera presentación retrospectiva de la familia Juárez de Zapata. La de don Carlos Moreno Trujillo, Almudena y Frasquito Ponte, pertenecen al presente y aparecen a través de la mente de Benigna, que presta sus ojos y su personalidad al autor.

—En los antípodas.

—Pero la hermana, Doña Josefa, dice que venga la mitra, y sea donde Dios quisiere, que ella no teme ir al fin del mundo, con tal de ver al reverendísimo en el puesto que le corresponde.

—Puede que tenga razón. ¿Y qué hemos de hacer nosotras más que conformarnos con la voluntad del Señor, si nos llevan tan lejos al que, amparándote a ti, a mí también me ampara? Ya sabe Dios lo que hace, y hasta podría suceder que lo que creemos un mal fuera un bien[124], y que el buen D. Romualdo, al marcharse, nos dejara bien recomendadas a un obispo de acá, o al propio Nuncio...

—Yo creo que sí. En fin, allá veremos.»

No pasó de aquí la conversación referente al imaginario sacerdote, a quien Doña Paca conocía ya como si le hubiera visto y tratado, forjándose en su mente un tipo real con los elementos descriptivos y pintorescos que Benina un día y otro le daba. Pero lo demás que picotearon se queda en el tintero para dar lugar a cosas de mayor importancia.

«Cuéntame, mujer. Y Obdulia ¿qué dice?

—Pues nada. ¿Qué ha de decir la pobre? El pillo de Luquitas no parece por allí hace dos días. Asegura la niña que tiene dinero, que cobró de un *embalsamado*, y se lo gasta con unas pendangas[125] de la calle del Bonetillo.

—¡Jesús me valga! Y su padre, ¿qué hace?

—Reprenderle, castigarle, si le coge a mano. Lo que es a ese no le enderezan ya. A la niña le mandan comida de casa de los padres; pero tan tasada, que no le llega al colmillo. Se moriría de hambre si no le llevara yo lo que le llevo. ¡Pobre ángel! Pues verá usted: estos días me la he encontrado contenta. Ya sabe usted que la niña es así. Cuando hay más motivos para que esté alegre, se pone a llorar; cuando debiera estar triste, se pone

---

[124] En estos razonamientos quijotescos y escuderiles aparece esta frase, que en la obra de Galdós resulta una de las frases claves para definir un estado de ánimo. Entre los escombros de la ruina nacional y la suya personal, Galdós debió repetirse reiteradamente esta pregunta; así lo hace también don Rodrigo de Arista-Potestad al final de *El abuelo*, versión dramática, y don Pío Coronado, el equivalente, junto con Dolly, de Benigna, finaliza así la novela dialogada: «¿El mal... es el bien?» Sin duda, la velada crítica anticlerical que conlleva varía un tanto el significado de la frase, pero sigue manteniendo las resonancias personales indicadas.

[125] *pendangas*. En el juego de naipes eran las sotas de oros. Se refiere, claro está, a las prostitutas.

como unas castañuelas. Sólo Dios entiende aquella zampoña[126] y la manera de templarla. Pues la he visto contenta, si señora, y es porque da en figurarse cosas buenas. Más vale así. Es de las que se creen todo lo que fabrican ellas mismas en su cabeza. De este modo, son felices cuando debieran ser desgraciadas.

—Pues si le da por lo contrario, ayúdame tú a sentir... ¿Y estaba sola, enteramente sola con la chica?

—No, señora: allí estaba ese caballero tan fino que la acompaña algunas mañanas; ese que es de la familia de los Delgados, paisanos de usted.

—Ya... Frasquito Ponte. Figúrate si lo conoceré. Es de mi tierra, o de Algeciras, que viene a ser lo mismo. Ha sido elegantón y se empeña en serlo todavía... porque te advierto que es más viejo que un palmar[127]... Buena persona, caballero de principios, y que sabe tratar con damas, de éstos que no se estilan ya, pues ahora todo es grosería y mala educación. Viene a ser Ponte cuñado de unas primas de mi esposo, porque su hermana casó con... en fin, ya no me acuerdo del parentesco. Me alegro de que trate a mi hija, pues a ésta le convienen relaciones de sujetos dignos, decentes y de buena posición.

—Pues la posición del tal D. Frasquito me parece a mí que es como la del que está montado al aire, lo mismo que los brillantes[128].

—En mis tiempos era un solterón que se daba buena vida. Tenía un buen empleo, comía en casas grandes, y se pasaba las noches en el Casino.

—Pues debe de estar ahora más pobre que una rata, porque las noches se las pasa...

—¿Dónde?

—En los palacios encantados de la *señá* Bernarda, calle de Mediodía Grande[129]... la casa de dormir, ¿sabe?

---

[126] *zampoña*. Este instrumento rústico es muy difícil de templar, como ocurre con la gaita, citada más arriba.

[127] *más viejo que un palmar*. Frase familiar con la que se señala la vejez de una persona, sin duda relacionada con la resistencia y longevidad de las palmeras.

[128] En la técnica de orfebrería, el brillante no va engarzado sino pegado a la pieza, es decir, al aire.

[129] La calle de Mediodía Grande va de la calle del Humilladero a la del Águila. Su nombre proviene de estar situada en los antiguos cerros llamados del Mediodía. Esta calle era célebre por haber en ella muchos hostales humildes y casas de dormir frecuentadas por hampones y miserables. Sobre esto último, *vid.* el libro de Carmen del Moral, ya citado.

—¿Qué me cuentas?

—Ese Ponte duerme allí cuando tiene los tres reales que cuesta la cama, en el dormitorio de primera.

—Tú estás trastornada, Benina.

—Le he visto, señora. La Bernarda es amiga mía. Fue la que nos prestó los ocho duros aquéllos, ¿sabe? cuando la señora tuvo que sacar cédula con recargo, y pagar un poder para mandarlo a Ronda.

—Ya... la que venía todos los días a reclamar la deuda y nos freía la sangre.

—La misma. Pues con todo, es buena mujer. No nos hubiera reclamado *por justicia*, aunque nos amenazaba. Otras son peores. Sepa usted que está rica, y con las seis casas de dormir que tiene, no le baja de cuarenta mil duros lo que ha ganado, sí señora, y todo ello lo ha puesto en el Banco, y vive del interés.

—¡Qué cosas se ven! Bueno está el mundo... Pues volviendo al *caballero Ponte*, que así le llamaban en Andalucía, si es tan pobre como dices, dará lástima verle... Y más vale así, porque la reputación de la niña podría sufrir algo, si en vez de ser el tal una ruina, un pobre mendigo de levita, fuera un galán de posibles, aunque viejo.

—Yo creo —dijo Benina riendo, pues su condición jovial se mostraba en cuantito que los afanes de la vida le daban un respiro—, que va allá... para que le embalsamen.. Buena falta le hace. Y que se den prisa, antes que esté *corruto*.»

Doña Paca se rio un poco con aquellas ocurrencias, y después pidió informes de la otra familia.

«Al niño no le he visto ni hoy ni ayer —respondió Benina—; pero me ha dicho la Juliana que anda corriendo ahora como las mismas exhalaciones, porque, con esto del trancazo[130], le han salido muchos anunciantes de medicinas. Piensa ganar mucho dinero y *echar* él un periódico, todo de cosas de tienda, poniendo, un suponer, dónde venden este artículo o el otro artículo. Los dos mellizos parecen dos rollos de manteca; pero buenos cocidos y buenos guisados les cuestan, que el ama se sabe cuándo empieza a comer, pero no cuándo acaba. La Juliana me dijo que probaremos algo de la *matanza*[131] que le ha

---

[130] *trancazo*. Denominación popular de «gripe». Se generalizó el uso de este término a finales del siglo XIX. Galdós lo utiliza en sus cartas familiares con tanta frecuencia como la padecía.

[131] Se refiere a la *matanza* del cerdo, acontecimiento importante en muchos pueblos, que va en algunos acompañado de fiestas familiares o interfamiliares.

de mandar su tío el día del santo, y además dos cortes de botinas, de las echadas a perder en la zapatería para donde ella pespunta.

—Es buena esa chica —dijo con gravedad Doña Paca—, aunque tan ordinaria, que no empareja ni emparejará nunca conmigo. Sus regalos me ofenden, pero se los agradezco por la buena voluntad... En fin, es hora de que nos acostemos. Pues ya me parece que va medio hecha la digestión, prepárame la medicina para dentro de media hora. Esta noche me siento más cargada de las piernas, y con la vista muy perdida. ¡Santo Dios, si me quedaré ciega![132]. Yo no sé qué es esto. Como bien, gracias a Dios, y la vista se me va de día en día, sin que me duelan los ojos. Ya no paso las noches en vela, gracias a ti, que todo lo discurres por mí, y al despertar, veo las cosas borradas y las piernas se me hacen de algodón. Yo digo: ¿qué tiene que ver el reúma con la visual? Me mandan que pasee. ¿Pero a dónde voy yo con esta facha, sin ropa decente, temiendo tropezarme a cada paso con personas que me conocieron en otra posición, o con esos tipos ordinarios y soeces a quien se debe alguna cantidad?»

Acordóse al oír esto Benina de lo más importante que tenía que decir a su señora aquella noche, y no queriendo dejarlo para última hora, por temor a que se desvelara, antes de que salieran de la cocina, y mientras una y otra recogían las escasas piezas de loza para fregarlas, no desdeñándose Doña Francisca de este bajo servicio, le dijo en el tono más natural que usar sabía:

«¡Ah! ya no me acordaba... ¡qué cabeza tengo! Hoy me encontré al Sr. D. Carlos Moreno Trujillo.»

Quedóse Doña Paca suspensa, y poco faltó para que se le cayera de las manos el plato que estaba lavando.

«D. Carlos... Pero ¿has dicho D. Carlos? Y qué... ¿te habló, te preguntó por mí?

—Naturalmente, y con un interés que...

—¿Es de veras? A buenas horas se acuerda de mí ese avaro, que me ha visto caer en la miseria, a mí, a la cuñada de su mujer...

---

[132] Aunque la primera noticia clara sobre las deficiencias visuales de Galdós data del mes de agosto de 1906, es de suponer que el proceso de sus cataratas seniles se iniciara años antes. De la correspondencia que este año mantiene con su hija María, se deduce que ya estaba en tratamiento. No es, pues, mera coincidencia o creación imaginativa esta ceguera de Almudena y de don Rodrigo de Arista-Potestad en estas novelas de 1896-1897 y las semejanzas entre ambos a efectos de invalidez.

124

pues Purita y mi Antonio eran hermanos, ya sabes... y no ha sido para tenderme una mano...

—El año pasado, tal día como hoy, cuando se quedó viudo, mandó a la señora un socorrito.

—¡Seis duros! ¡Qué vergüenza! —exclamó Doña Paca, dando vueltas a su indignación y a la inquina y despecho acumulados en su alma durante tantos años de oprobio y escasez—. La cara se me pone como fuego al decirlo. ¡Seis duros! y unos pingajos de Purita, guantes sucios, faldas rotas, y un traje de sociedad, antiquísimo; de cuando se casó la Reina [133]... ¿Para qué me sirvieron aquellas porquerías?... En fin, sigue contando: le encontraste, ¿a qué hora, en qué sitio?

—Serían las doce y media. Él salía de San Sebastián...

—Ya sé que se pasa toda la mañana de iglesia en iglesia, royendo peanas [134]. ¿Dices que a las doce y media? ¡Pues si a esa hora estabas tú sirviendo el almuerzo a D. Romualdo!»

No era Benina mujer que se acobardaba por esta cogida. Su mente, fecunda para el embuste, y su memoria felicísima para ordenar las mentiras que antes había dicho y hacerlas valer en apoyo de la mentira nueva, la sacaron del apuro.

«¿Pero no dije a usted que cuando ya habían puesto la mesa, faltaba una ensaladera, y tuve que ir a comprarla de prisa y corriendo a la plaza del Angel, esquina a Espoz y Mina?

—Si me lo dijiste, no me acuerdo. ¿Pero cómo dejabas la cocina momentos antes de servir el almuerzo?

—Porque la zagala [135] que tenemos no sabe las calles, y además, no entiende de compras. Hubiera tardado un siglo, y de fijo nos trae una jofaina [136] en vez de una ensaladera... Yo fui volando, mientras la Patros se quedaba en la cocina... que lo entiende, crea usted que lo entiende tanto como yo, o más... En fin, que me encontré al vejestorio de D. Carlos.

—Pero si para ir de la calle de la Greda [137] a Espoz y Mina no tenías que pasar por San Sebastián, mujer.

---

[133] Isabel II se casó con su primo Francisco de Asís el 10 de octubre de 1846. Galdós no duda en retroceder décadas a la hora de calificar de viejo el pobre traje.

[134] *royendo peanas*. La peana es la base o pedestal sobre la que está colocada una imagen o estatua y también la tarima que hay delante del altar. El sentido peyorativo de la expresión es evidente.

[135] La *zagala* es chica que ayuda en la cocina y en la limpieza de la casa.

[136] *jofaina*, «palangana».

[137] *calle de la Greda*. Galdós debe referirse a la calle de Los Madrazo,

—Digo que él salía de San Sebastián. Le ví venir de allá, mirando al reloj de Canseco[138]. Yo estaba en la tienda. El tendero salió a saludarle. D. Carlos me vio; hablamos...

—¿Y qué te dijo? Cuéntame qué te dijo.

—¡Ah!... Me dijo, me dijo... Preguntóme por la señora y por los niños.

—¡Qué le importarán a ese corazón de piedra la madre ni los hijos! ¡Un hombre que tiene en Madrid treinta y cuatro casas, según dicen, tantas como la edad de Cristo y una más; un hombre que ha ganado dinerales haciendo contrabando de géneros, untando a los de la Aduana[139] y engañando a medio mundo, venirse ahora con cariñitos! A buenas horas, mangas verdes[140]... Le dirías que le desprecio, que estoy por demás orgullosa con mi miseria, si miseria es una barrera entre él y yo... Porque ese no se acerca a los pobres sino con su cuenta y razón[141]. Cree que repartiendo limosnas de ochavo[142], y proporcionándose por poco precio las oraciones de los humildes, podrá engañar al de arriba y estafar la gloria eterna, o colarse en el cielo de contrabando, haciéndose pasar por lo que no es, como introducía el hilo de Escocia declarándolo percal de a real y medio la vara[143], con marchamos falsos, facturas falsas, certificados de origen falsos también... ¿Le has dicho eso? Di, ¿se lo has dicho?

---

aunque por todos era denominada por su nombre tradicional de calle de la Greda.

[138] La relojería de Canseco, situada en la Plaza del Ángel, gozaba de gran admiración popular. En su escaparate se exhibía el famoso *reloj de los chinos*. Dos chinos, situados a ambos lados de la esfera, se tiraban de las trenzas al dar las horas (Cfr. Juan Antonio Cabezas, *Diccionario de Madrid*, 2.ª ed., Madrid, Cía, Bibliográfica Española, 1972, pág. 48.)

[139] *untando a los de la Aduana*. Dando dinero a los empleados de la Aduana para obtener privilegios. Hoy es expresión muy empleada con el mismo sentido.

[140] *A buenas horas mangas verdes*... Expresión figurada y familiar, de tradición popular y de intensa carga negativa y crítica. Nació del sentimiento del pueblo ante la ineficacia de la Santa Hermandad. Se ha generalizado para expresar que algo no sirve por carecer de oportunidad.

[141] *con su cuenta y razón*. Por interés previamente calculado.

[142] *ochavo*. Moneda de cobre de ínfimo valor de la época de Fernando VII e Isabel II. Venía a equivaler a los dos céntimos de la Restauración.

[143] El *percal* es una tela de algodón, no muy fina. Los 84 centímetros, aproximadamente, que medía una vara, costaban, pues, 37,5 céntimos.

XI

—No le he dicho eso, señora, ni había para qué —replicó Benina, viendo que Doña Francisca se excitaba demasiado, y que toda la sangre al rostro se le subía.

—Pero tú no recordarás lo que hicieron conmigo él y su mujer, que también era *Alejandro en puño*[144]. Pues cuando empezaron mis desastres, se aprovechaban de mis apuros para hacer su negocio. En vez de ayudarme, tiraban de la cuerda para extrangularme más pronto. Me veían devorada por la usura, y no eran para ofrecerme un préstamo en buenas condiciones. Ellos pudieron salvarme y me dejaron perecer. Y cuando me veía yo obligada a vender mis muebles, ellos me compraban, por un pedazo de pan, la sillería dorada de la sala y los cortinones de seda... Estaban al acecho de las gangas, y al verme perdida, amenazada de un embargo, claro... se presentaban como salvadores... ¿Qué me dieron por el San Nicolás de Tolentino[145], de escuela sevillana, que era la joya de la casa de mi esposo, un cuadro que él estimaba más que su propia vida? ¿Qué me dieron? ¡Veinticuatro duros, Benina de mi alma, veinticuatro duros! Como que me cogieron en una hora tonta, y yo, muerta de ansiedad y de susto, no sabía lo que me hacía. Pues un señor del Museo me dijo después que el cuadro no valía menos de diez mil reales... ¡Ya ves qué gente! No sólo desconocieron siempre la verdadera caridad, sino que ni por el forro conocían la delicadeza. De todo lo que recibíamos de Ronda, peros, piñonate y alfajores[146], le mandábamos a Pura una buena parte. Pues ellos cumplían con una bandejita de dulces el día de San Antonio, y alguna cursilería de bazar en mi cumpleaños. D. Carlos era tan gorrón, que casi todos los días se dejaba

---

[144] *Alejandro en puño*, «cicatero, tacaño, aprovechado».

[145] Con este mismo título compuso Lope una comedia hagiográfica. Se imprimió en 1641 en la parte 24 de las *Comedias* de Lope (Zaragoza, 1641).

[146] El *pero* es una variedad de la manzana común, el *piñonate* un dulce compuesto de piñones y azúcar y los *alfajores* también dulces compuestos de almendra, nueces y, a veces, piñones, pan rallado y tostado, especia fina y miel bien cocida. Galdós sentía verdadera debilidad por los postres dulces.

caer en casa a la hora a que tomábamos café... ¡y cómo se relamía! Ya sabes que el de su casa no era más que agua de fregar. Y si íbamos al teatro juntos, convidados a mi palco, siempre se arreglaban de modo que comprase Antonio las entradas... De la grosería con que utilizaban a todas horas nuestro coche, nada te digo. Ya recordarás que el mismo día en que ajustamos la venta de la sillería, se estuvieron paseando en él todita la tarde, dándose un pisto[147] estrepitoso en la Castellana y Retiro»[148].

No quiso Benina quitarle la cuerda[149] con interrupciones y negativas, porque sabía que cuando se disparaba en aquel tema, era mejor dejar que le diese todas las vueltas. Hasta que no puso la señora el punto, sofocada y casi sin aliento, no se aventuró a decirle: «Pues D. Carlos me mandó que fuera a su casa mañana.

—¿Para qué?

—Para hablar conmigo...

—Como si lo viera. Querrá mandarme una limosna... Justamente: hoy es el aniversario de la muerte de Pura... Se saldrá con alguna porquería.

—¡Quién sabe, señora! Puede que se arranque...

—¿Ese? Ya estoy viendo que te pone en la mano un par de pesetas o un par de duros, creyendo que por este rasgo han de bajar los ángeles, tocando violines y guitarras, a ensalzar su caridad. Yo que tú, rechazaría la limosna. Mientras tengamos a nuestro D. Romualdo, podemos permitirnos un poquito de dignidad, Nina.

—No nos conviene. Podría incomodarse y decir, un suponer, que es usted orgullosa y qué se yo qué.

---

[147] *dándose un pisto*. Hoy se dice aún por «presumir».

[148] La *Castellana* va de la Plaza de Colón hacia el Norte, hoy hasta la Plaza de Castilla. Se comenzó a urbanizar este Paseo durante el reinado de Fernando VII. Su primitivo nombre fue el de Paseo nuevo de las Delicias de la Princesa, en honor de la heredera del monarca, y luego directamente Isabel II. La denominación que prevaleció fue, sin embargo, la de Paseo de la Fuente Castellana por la que se hallaba en él. Hoy y en tiempos de Galdós, el *Retiro* es el Parque por excelencia de Madrid.

[149] Alusión clara a los juguetes mecánicos de la época. Hay que indicar que la industria del juguete comenzó a tener éxito en Levante en los últimos años del siglo pasado. De alguna manera vino a compensar el desastre de la industria textil con la emancipación de las colonias.

—Que lo diga. ¿Y a quién se lo va a decir?

—Al propio D. Romualdo, de quien es amigote. Todos los días le oye la misa, y después echan un parrafito en la sacristía.

—Pues haz lo que quieras. Y por lo que pueda sobrevenir, cuéntale a D. Romualdo quién es D. Carlos, y hazle ver que sus devociones de última hora no son de recibo. En fin, yo sé que no has de dejarme mal, y ya me contarás mañana lo que saques de la visita, que será lo que el negro del sermón»[150].

Algo más hablaron. Benina procuraba extinguir y enfriar la conversación, evitando las réplicas y dando a éstas tono conciliador. Pero la señora tardó en dormirse, y la criada también, pasándose parte de la noche en la preparación mental de sus planes estratégicos para el día siguiente, que sería, sin duda, muy dificultoso, si no tenía la suerte de que D. Carlos le pusiera en la mano una buena porrada de duros... que bien podría ser.

A la hora fijada por el Sr. de Moreno Trujillo, ni minuto más ni minuto menos, llamaba Benina a la puerta del principal de la calle de Atocha, y una criada la introdujo en el despacho, que era muy elegante, todos los muebles igualitos en color y hechura. Mesa de ministro ocupaba el centro, y en ella había muchos libros y fajos de papeles. Los libros no eran *de leer*, sino de cuentas, todo muy limpio y ordenadito. La pared del centro ostentaba el retrato de Doña Pura, cubierto con una gasa negra, en marco que parecía de oro puro. Otros retratos de fotografía, que debían de ser de las hijas, yernos y nietecillos de D. Carlos, veíanse en diversas partes de la estancia. Junto al cuadro grande, y pegadas a él, como las ofrendas o ex-votos en el altar, pendían multitud de coronas de trapo con figuradas rosas, violetas y narcisos, y luengas cintas negras con letras de oro. Eran las coronas que había llevado la señora en su entierro, y que D. Carlos quiso conservar en casa, porque no se estropeasen en la intemperie del camposanto. Sobre la chimenea, nunca encendida, había un reloj de bronce con figuras, que no andaba, y no lejos de allí un almanaque americano, en la fecha del día anterior.

Al medio minuto de espera entró D. Carlos, arrastrando los pies, con gorro de terciopelo calado hasta las orejas, y la capa de *andar por casa*, bastante más vieja que la que usaba para salir.

---

[150] Frase con que se expresa el poco provecho que uno saca de escuchar o leer algo que no entiende.

El uso continuo de esta prenda, aun más allá del 40 de mayo [151], se explica por su aborrecimiento de estufas y braseros que, según él, son la causa de tanta mortandad. Como no estaba embozado, pudo Benina observar que traía cuellos y puños limpios, y gruesa cadena de reloj, galas que sin duda respondían a la etiqueta del aniversario. Con un inconmensurable pañuelo de cuadros se limpiaba la continua destilación de ojos y narices; después se sonó con estrépito dos o tres vesces, y viendo a Benina en pie, la mandó sentar con un gesto, y él ocupó gravemente su sitio en el sillón, compañero de la mesa, el cual era de respaldo alto y tallado, al modo de sitial de coro. Benina descansó en el filo de una silla, como todo lo demás, de roble con blando asiento de terciopelo verde.

«Pues la he llamado a usted para decirle...»

Pausa. La cabeza de D. Carlos hallábase afectada de un crónico temblor nervioso, movimiento lateral como el que usamos para la denegación. Este *tic* se acentuaba o era casi imperceptible, según los grados de excitación del individuo [152].

«Para decirle...»

Otra pausa, motivada por un golpe de destilación. D. Carlos se limpió los ojos ribeteados de rojo, y se frotó la recortada barba, la cual no tenía más razón de ser que la pereza de afeitarse. Desde la muerte de su esposa, el buen señor, que sólo por ella y para ella se rapaba la cara, quiso añadir a tantas demostraciones de duelo el luto de su rostro, dejándolo cubrir, como de una gasa, de pelos blancos, negros y amarillos [153].

---

[151] Alude Galdós al dicho popular, «hasta el 40 de mayo no te quites el sayo»; algunos añaden: «y si volviese a llover, vuélvetelo a poner».

[152] Ya hemos aludido al valor simbólico de las enfermedades de los hijos de doña Paca. Ahora tenemos ocasión casi de palpar la degradación física y moral de uno de los tipos más constantes de las novelas contemporáneas, el usurero Torquemada. A la ruina física une don Carlos una enfermedad simbólica, en cuanto que es la expresión última e incontrolada de un espíritu mezquino y carroñero. Ese continuo negar tiene toda la apariencia de ser lo que hoy llamaríamos una deformación profesional, como su exagerado y escrupuloso metodismo.

[153] El estilo indirecto libre es continuo en esta novela, como ya hemos visto. Es fácil notar cuándo Galdós hace pasar a primer plano, aun hablando de él, a las figuras que no tienen su mismo uso lingüístico. Entonces aparecen los subrayados, que tipográficamente ya nos informan. Pero también es fácil que pase inadvertido cuando estos rasgos no están presentes, como suele ocurrir cuando el personaje tiene el mismo idiolecto que el narrador. En este caso, Galdós utiliza tiempos

«Pues para decirle a usted que lo que le pasa a la Francisca [154], y el encontrarse ahora en condición tan baja, es por no haber querido llevar cuentas. Sin buen arreglo, no hay riqueza que no venga a parar en la mendicidad. Con orden, los pobres se hacen ricos. Sin orden, los ricos...

—Paran en pobres, sí, señor, —dijo humildemente Benina, que, aunque ya sabía todo aquello, quiso recibir la máxima como si fuera descubrimiento reciente de D. Carlos.

—Francisca ha sido siempre una mala cabeza. Bien se lo decíamos mi señora y yo: «Francisca, que te pierdes, que te vas a ver en la miseria», y ella... tan tranquila. Nunca pudimos conseguir que apuntara sus gastos y sus ingresos. ¿Hacer ella un número? Antes la mataran. Y el que no hace números, está perdido. ¡Con decirle a usted que no supo jamás lo que debía, ni en qué fecha vencían los pagarés!

—Verdad, señor, mucha verdad —dijo Benina suspirando en expectativa de lo que D. Carlos le daría después de aquel sermón.

—Porque usted calcule... si yo tengo en mi vejez un buen pasar para mí y para mis hijos; si no me falta una misa en sufragio del alma de mi querida esposa, es porque llevé siempre con método y claridad los negocios de mi casa. Hoy mismo, retirado del comercio, llevo al día la contabilidad de mis gastos particulares, y no me acuesto sin pasar todos los apuntes a la agenda, y luego, en los ratitos libres, lo paso al Mayor [155]. Vea usted, véalo para que se convenza —añadió marcando más el temblor negativo—. Lo que yo quisiera es que Francisca pudiera aprovechar esta lección. Aún no es tarde... Entérese usted.»

Y cogió un libro, y después otro, y los fue mostrando a la Benina, que se acercó para ver tanta maravilla numérica.

«Fíjese usted. Aquí apunto el gasto de la casa, sin que se me

---

verbales simples, «rapaba», «quiso», en lugar de los compuestos que le hubieran correspondido a la narración. Así, el párrafo quedaría organizado como una escena teatral: acotación inicial, movimiento del personaje y proyección del sentimiento del mismo en la palabra del narrador.

[154] *la Francisca.* Forma vulgar que habla por sí sola de la poca cultura del personaje, ya insinuada antes cuando Benina se percató de que «los libros no eran *de leer*», y de la actitud altanera que ella ha de soportar.

[155] *Mayor.* Libro principal en que se anota y registra todo el movimiento económico de una casa.

pase nada, ni aun los cinco céntimos de una caja de fósforos; los cuartos del cartero, todo, todo... En este otro chiquitín, las limosnas que hago y lo que empleo en sufragios. Limosnas diarias, tanto. Limosnas mensuales, cuánto. Después lo paso todo al Mayor, donde se puede saber, día por día, lo que gasto, y hacer el balance... Usted calcule: si Francisca hubiera hecho balance, no estaría como está.

—Cierto, señor, muy cierto. Y yo le digo a la señora que haga balance, que lleve todo por apuntación, lo que entra como lo que sale. Mas ella, como ya no es niña, no puede apencar [156] por la buena costumbre. Pero es un ángel, señor, y no hay que reparar en si apunta o no apunta para socorrerla.

—Nunca es tarde para entrar por el aro, como quien dice. Yo le aseguro a usted que si hubiera visto en Francisca siquiera intenciones o deseos de llevar sus cuentas en regla, le hubiera prestado... prestar no, le hubiera facilitado medios de llegar a la nivelación. Pero es una cabeza destornillada; convenga usted conmigo en que es una cabeza destornillada.

—Sí, señor, convengo en ello.

—Y se me ha ocurrido... para eso la he llamado a usted... se me ha ocurrido que el mejor donativo que puedo hacer a esa desgraciada es este.»

Diciéndolo, D. Carlos cogió un libro largo y estrecho, nuevecito, y lo puso delante de sí para que Benina lo cogiera. Era una agenda.

«Vea usted —dijo el buen señor hojeando el libro—: aquí están todos los días de la semana. Fíjese bien: a un lado, la columna del *Debe;* a otro, la del *Haber*. Vea cómo en los gastos se marcan los artículos: carbón, aceite, leña, etc... Pues ¿qué trabajo cuesta ir poniendo aquí lo que se gasta, y en esta otra parte lo que ingresa?

—Pero si a la señora no le ingresa nada.

—¡Caramelos! —exclamó Trujillo dando una palmada sobre el libro—. Algo habrá, porque su poco de consumo hacen ustedes, y para ese consumo alguna cantidad, corta o larga, chica o grande, han de tener. Y lo que usted saca de las limosnas, ¿por qué no ha de anotarse? Vamos a ver, ¿por qué no ha de anotarse?»

Benina le miró entre colérica y compadecida. Pero más pudo

---

[156] *no puede apencar*, no está en condiciones, por su edad, de hacer el trabajo, de cumplir lo que es lo mejor.

la ira que la lástima, y hubo un momento, un segundo no más, en que le faltó poco para coger el libro y estampárselo en la cabeza al Sr. D. Carlos. Conteniendo su furor, y para que el monomaniaco de la contabilidad no se lo conociera, le dijo con forzada sonrisa: «De modo que el señor apunta las perras que nos da a los pobres de San Sebastián.

—Día por día —replicó el anciano con orgullo, moviendo más la cabeza—. Y puedo decirle a usted, si quiere saberlo, lo que he dado en tres meses, en seis, en un año.

—No, no se moleste, señor —indicó Benina, sintiendo otra vez ganas de darle un papirotazo[157]—. Llevaré el libro, si usted quiere. La señora se lo agradece mucho, y yo también. Pero no tenemos pluma ni lápiz para un remedio.

—Todo sea por Dios. ¿En qué casa, por pobre que esté, no hay recado de escribir?[158]. Se ofrece echar una firma, tomar una cuenta, apuntar un nombre o señas de casa para que no se olviden... Tome usted este lápiz, que ya está afilado, y lléveselo también, y cuando se le gaste la punta, se la saca usted con el cuchillo de la cocina.»

Y a todas éstas, D. Carlos no hablaba de darle ningún socorro positivo, concretando su caridad a la ofrenda del libro, que debía ser fundamento del orden administrativo en la desquiciada hacienda de Doña Francisca Juárez. Al verle mover los labios para seguir hablando, y echar mano a la llave puesta en el cajón de la izquierda, Benina sintió grande alegría.

«No hay ni puede haber prosperidad sin administración —afirmó D. Carlos, abriendo la gaveta[159] y mirando dentro de ella—. Yo quiero que Francisca administre, y cuando administre...

—Cuando administre, ¿qué? —dijo Benina con el pensamiento—. ¿Qué nos va usted a dar, viejo loco, más loco que los que están en Leganés? Así se te pudra todo el dinero que guardas,

---

[157] *papirotazo*. Habría que destacar en el uso de este término sus resonancias de chanza de carácter popular hechas en personas simples y obcecadas, como la misma raíz de la palabra indica. Esto connotaría una actitud en Benina y en el mismo Galdós humorística, hasta cierto punto cariñosa, que siempre está presente en el narrador aun con los personajes más odiosos.

[158] *recado de escribir*. Se llamaba «recado» al conjunto de instrumentos u objetos necesarios para hacer ciertas cosas; así: recado de coser, de escribir, etc.

[159] *gaveta*. Cajoncito que tienen algunos escritorios, neceser, etc., para guardar objetos que se quieren tener a mano.

y se te convierta en pus dentro del cuerpo para que revientes, zurrón de avaricia.

—Coja usted el libro y el lápiz, y lléveselo con mucho cuidado... no se le pierda por el camino. Bueno : ¿se ha hecho usted cargo? ¿Me responde de que apuntarán todo?

—Sí, señor... no se escapará ni un verbo.

—Bueno. Pues ahora, para que Francisca se acuerde de mi pobre Pura y rece por ella... ¿Me promete usted que rezarán por ella y por mí?

—Sí, señor : rezaremos a voces, hasta que se nos caiga la campanilla [160].

—Pues aquí tengo doce duros, que destino al socorro de los necesitados que no se determinan a pedir limosna porque les da vergüenza... ¡pobrecitos! son los más dignos de conmiseración.»

Al oir *doce duros*, Benina abrió cada ojo como la puerta de una casa. ¡Cristo, lo que ella haría con doce duros! Ya estaba viendo el descanso de muchos días, atender a tantas necesidades, tapar algunas bocas, vivir, respirar, dando de mano al petitorio humillante, y al suplicio de la busca por medios tan fatigosos. La pobre mujer vio el cielo abierto, y por el hueco la docena de pesos, compendio hermosísimo de su felicidad en aquellos días.

«Doce duros —repitió D. Carlos pasando las monedas de una mano a otra—; pero no se los doy en junto, porque sería fomentar el despilfarro: se los asigno...»

A Benina se le cayeron las alas del corazón.

«Si se los diera, mañana a estas horas no tendría ya ni un céntimo. Le señalo dos duros al mes, y todos los días 24 puede usted venir a recogerlos, hasta que se cumplan los seis meses, y pasado Septiembre yo veré si debo aumentar o no la asignación. Eso depende, fíjese usted, de que yo me entere, tocante a si se administra o no se administra, si hay orden o sigue el... el caos. Mucho cuidado con el caos [161].

---

[160] *la campanilla*. Es la úvula, situada en la parte media y posterior del velo palatino. Hoy sigue empleándose en el habla familiar. Es destacable la hilaridad que produce, en el contexto y en la situación real que estamos casi viviendo, esta donosa respuesta de la jovial Benina.

[161] *Mucho cuidado con el caos.* Las mismas condiciones, y en circunstancias económicas parecidas para Galdós, pone Jacobo Mendrugo a su hermano Pelegrín Mendrugo a través de su administrador Salomón en *El tacaño Salomón* (1616), para que pueda disfrutar de la

—Bien, señor —manifestó Benina con humildad, pensando que más cuenta le tenía conformarse, y coger lo que se le daba, sin meterse en cuestiones con el estrafalario y ruin vejete—. Yo le respondo de que se llevarán los apuntes con *ministración*, y no se nos escapará ni una hilacha... ¿Con que pasaré los días 24? Nos viene bien para ayuda de la casa. El Señor se lo aumente, y a la señora difunta téngala en su santo descanso... por jamás amén.»

D. Carlos, después de anotar, gozando mucho en ello, la cantidad desembolsada, despidió a Benina con un gesto, y mudándose de capa y encasquetándose el sombrero nuevo, prenda que no salía de la caja sino en días solemnes, se dispuso a salir y emprender con voluntad segura y firme pie las devociones de aquel día, que empezaban en Montserrat y terminaban en la Sacramental de San Justo.

XII

«El demontre del viejo —se decía la *señá* Benina, metiéndose a buen andar por la calle de las Urosas—, no puede hacer más que lo que le manda su natural. Válgate Dios: si cosas muy raras cría Nuestro Señor en el aquél de plantas y animales, más raras las hace en el aquel de personas. No acaba una de ver verdades que parecen mentiras... En fin, otros son peores que este D. Carlos, que al cabo da algo, aunque sea por cuenta y apuntación... Peores los hay, y tan peores... que ni apuntan ni dan... El cuento es que con estos dos duros se me arregla el día, porque quiero devolverle a Almudena el suyo, que bueno es tener con él palabra. Vendrán días malos, y él me servirá... Me quedan veinte reales, de los cuales habré de dar parte a *la niña*, que está pereciendo, y lo demás para comer hoy, y... Tendré que decirle a la señora que su pariente no me ha dado más que el libro de cuentas, con el cual y el lápiz pondremos un puchero que será muy rico... caldo de números y substancia de imprenta... ¡qué risa!... En fin, para las mentiras que he de

herencia que piensa legarle. Pelegrín es incapaz de retener una peseta en el bolsillo, pero ya no es por derrochar dinero sino por derroche de caridad.

decirla a Doña Paca, Dios me iluminará, como siempre, y vamos tirando. A ver si encuentro a Almudena por el camino, que ésta es la hora de subir él a la iglesia. Y si no nos tropezamos en la calle, de fijo está en el café de la Cruz del Rastro»[162].

Dirigióse allá, y en la calle de la Encomienda se encontraron: «Hijo, en tu busca iba —le dijo la Benina cogiéndole por el brazo—. Aquí tienes tu duro. Ya ves que sé cumplir.

—*Amri*, no tener priesa.

—No te debo nada... Y hasta otra, Almudenilla, que días vendrán en que yo carezca y tú me sirvas, como te serviré yo viceversa... ¿Vienes del café?

—Sí, y *golvier* si querer tú *migo*. Convidar *tigo*.»

Asintió Benina al convite, y un rato después hallábanse los dos sentaditos en el *café económico*, tomándose sendos vasos de a diez céntimos. El local era una taberna retocada, con ridículas elegancias entre pueblo y señorío; dorados chillones; las paredes pintorreadas de marinas y paisajes; ambiente fétido, y parroquia mixta de pobretería y vendedores del Rastro, locuaces, indolentes, algunos agarrados a los periódicos, y otros oyendo la lectura, todos muy a gusto en aquel vagar bullicioso, entre salivazos, humo de mal tabaco y olores de aguardiente. Solos en una mesa Benina y el marroquí, charlaron de sus cosas: el ciego le contó las barrabasadas de su compañera de vivienda, y ella su entrevista con D. Carlos, y el ridículo obsequio del libro de cuentas y de los dos duros mensuales. De las riquezas que, según voz pública, atesoraba Trujillo (treinta y cuatro casas, la mar de dinero en papelorios del Gobierno, *muchismos* miles de miles en el Banco), charlaron extensamente, corriéndose luego a considerar, *verbigracia*, el sinnúmero de pobres que podrían ser felices con toda aquella *guita*[163], que a D. Carlos le venía tan ancha, pues descontando una parte para sus hijos, que *de natural* debían poseerlo, con lo demás se apañarían tantos y tantos que andan por estas calles de Dios ladrando de hambre. Pero como ellos no habían de arreglarlo a su gusto, más cuenta les tenía no pensar en tal cosa, y buscarse cada cual su mendrugo de pan como pudiera, hasta que viniese la muerte y después Dios a dar a cada uno su merecido. Por fin, con extraordinaria gravedad

---

[162] *el café de la Cruz del Rastro*. Existe todavía, aunque modernizado, en la Plaza de Nicolás Salmerón esquina a la calle de la Ruda.

[163] *guita*, «dinero», aún hoy.

y tono de convicción profunda, Almudena dijo a su amiga que todos los dinerales de D. Carlos podían ser de ella, si quisiera.

«¿Míos? ¿Has dicho que todo lo de D. Carlos puede ser mío? Tú estás loco, Almudenilla.

—*Tudo* tuya... por la bendita luz. Si no creer mí, *priebar* tú y ver.

—Vuélvemelo a decir: que todo el dinero de D. Carlos puede ser mío, ¿cuándo?

—Cuando querer ti.

—Lo creeré, si me explicas cómo ha de ser ese milagro.

—Mí *sabier* cómo... *Dicir* ti secreto.

—Y si tú puedes hacer que todo el caudal de ese viejo loco, un suponer, pase a ser de otra persona, ¿por qué te conformas con la miseria, por qué no lo coges para ti?».

Replicó a esto Almudena que la persona que hiciera el milagro, cuyo secreto él poseía, había de tener vista. Y el milagro era seguro, por la bendita luz; y si ella dudaba, no tenía más que probarlo, haciendo puntualmente todo cuanto él le dijera.

Siempre fue Benina algo supersticiosa, y solía dar crédito a cuantas historias sobrenaturales oía contar; además, la miseria despertaba en ella el respeto de las cosas inverosímiles y maravillosas, y aunque no había visto ningún milagro, esperaba verlo el mejor día. Un poco de superstición, un mucho de ansia de fenómenos estupendos y nunca vistos, y otro tanto de curiosidad, la impulsaron a pedir al marroquí explicaciones concretas de su ciencia o arte de magia, pues esto había de ser seguramente. Díjole el ciego que todo consistía en saber el arte y modo de pedir lo que se quisiera a un ser llamado *Samdai*.

«¿Y quién es ese caballero?

—El Rey de *baixo terra*.

—¿Cómo? ¿Un Rey que está debajo de la tierra? Pues el diablo será.

—Diablo no: Rey *bunito*.

—¿Eso es cosa de tu religión? ¿Tú qué religión tienes?

—Ser *eibrío*[164].

—Vaya por Dios —dijo Benina, que no había entendido el término—. ¿Y a ese Rey le llamas tú, y viene?

—Y dar ti *tuda* que pedir él.

—¿Me da todo lo que le pida?

---

[164] *Ser eibrío.* Véase Introducción, págs. 39-42.

—*Siguro*.»

La convicción profunda que Almudena mostraba hizo efecto en la infeliz mujer, quien, después de una pausa en que interrogaba los ojos muertos de su amigo y su frente amarilla lustrosa, rodeada de negros cabellos, saltó diciendo:

«¿Y qué se hace para llamarlo?

—Yo diciendo ti.

—¿Y no me pasa nada por hacerlo?

—*Naida*.

—¿No me condeno, ni me pongo mala, ni me cogen los demonios?

—No.

—Pues ve diciendo; pero no engañes, no engañes, te digo.

—*N'gañar* no ti...

—¿Podemos hacerlo ahora?

—No: *hacirlo* a las doce del noche.

—¿Tiene que ser a esa hora?

—*Siguro*, *siguro*...

—¿Y cómo salgo yo de casa a media noche?... *Amos*, déjame a mí de pamplinas. Verdad que podría decir, un suponer, que se ha puesto malo D. Romualdo y tengo que velarlo... Bueno: ¿qué hay que hacer?

—*N'cesitas* cosas *mochas*. Comprar tú cosas. Lo *primier* candil de barro. Pero comprarlo has tú sin hablar *paliabra*.

—Me vuelvo muda.

—Muda tú... Comprar cosa... y si hablar no valer.

—Válgate Dios... Pues bueno: compro mi candil de barro sin chistar, y luego...»

Almudena ordenó después que había de buscar una olla de barro con siete agujeros, con siete nada más, todo sin hablar, porque si hablaba no valía. ¿Pero dónde demontres estaban esas ollas con siete agujeros? A esto replicó el ciego que en su tierra las había, y que aquí podían suplirse con los tostadores que usan las castañeras, buscando el que tuviese siete *bujeros*, ni uno más ni uno menos.

«¿Y ello ha de comprarse también sin hablar?

—Sin hablando *naida*.»

Luego era forzoso procurarse un palo de *carrash*, madera de África, que aquí llaman laurel. Un vendedor de garrotes, en el primer tinglado *cabe* las Américas[165], lo tenía. Había que

---

[165] *cabe las Américas*. «al lado de las Américas». En *La Celestina* recordemos que Melibea vive «cabe al río». La calle de las Américas

comprárselo sin pronunciar palabra. Bueno: pues reunidas estas cosas, se pondría el palo al fuego hasta que se prendiera bien... Esto había de ser el viernes a las cinco en punto. Si no, no valía. Y el palo estaría ardiendo hasta el sábado, y el sábado a las cinco en punto se le metía en el agua siete veces, ni una más ni una menos.

«¿Todo callandito?

—Hablar *naida, naida*.»

Luego se vestía el palo con ropas de mujer, como una muñeca, y bien vestidito se le arrimaba a la pared, poniéndole derecho, *amos*, en pie. Delante se colocaba el candil de barro, encendido con aceite, y se le tapaba con la olla, de modo que no se viese más luz que la que saldría por los siete *bujeros*, y a corta distancia se ponía la cazuela con lumbre para echar los sahumerios, y se empezaba a decir la oración una y otra vez con el pensamiento, porque hablada no valía. Y así se estaba la persona, sin distraerse, sin descuidarse, viendo subir el humo del benjuí, y mirando la luz de los siete agujeros, hasta que a las doce...

«¡A las doce! —repitió Benina sobresaltada—. ¡Y al dar las doce campanadas viene... sale, se me aparece!...

—El Rey de *baixo terra:* pedir tú lo que *quierer*, y darlo ti él.

—Almudena, ¿tú crees eso? ¿Cómo es posible que *ese señor*, sin más que las *cirimonias* que has contado, me dé a mí lo que ahora es de D. Carlos Trujillo?

—Verlo tú, si queriendo.

—Pero con tanto *requesito*, si una se descuida un poco, o se equivoca en una sola palabra del rezo mental...

—Tener tú cuidado *mocha*.

—¿Y la oración?

—Mi enseñarla ti; *decir* tú: *Semá Israel Adonai Elohino Adonai Ishat*[166]...

—Calla, calla: en la vida digo yo eso sin equivocarme. Como no sea castellano neto yo no atino... Y también te aseguro que tengo mieditis de esas suertes de brujería... quita, quita... Pero ¡ah! ¡si fuera verdad, qué gusto, cogerle a ese zorrocloco[166bis].

---

iba de la Ronda de Toledo al paseo de las Acacias. «Debe el nombre —dice Répide— a su proximidad a las Américas, designación popular del recinto que, en la parte más baja de la Ribera de Curtidores, ocupan los chamarileros y anticuarios, que no caben en el Rastro.» Hoy puede testimoniarse perfectamente la afirmación de Répide.

[166] Así comienza el capítulo 6, vers. 4 del *Deuteronomio:* «Oye Israel: Yavé es único.»

[166bis] *zorrocloco*, «taimado y oportunista».

de D. Carlos todo su dinero... *amos*, la mitad que fuera, para repartirlo entre tantos pobrecitos que perecen de hambre!... Si se pudiera hacer la prueba, comprando los cacharros y el palitroque sin hablar, y luego... Pero no, no... cualquier día iba a venir acá ese Rey Mago... También te digo que suceden a veces cosas muy *fenómenas*[167], y que andan por el aire los que llaman espíritus o, verbigracia, las ánimas, mirando lo que hacemos y oyéndonos lo que hablamos. Y otra: lo que una sueña, ¿qué es? Pues cosas verdaderas de otro mundo, que se vienen a éste... Todo puede ser, todo puede ser... Pero yo, qué quieres que te diga, dudo mucho que le den a una tanto dinero, sin más ni más. Que para socorrer a los pobres, un suponer, se quite a los ricos medio millón, o la mitad de medio millón, pase; pero tantas, *tantísimas* talegas para nosotros... no, esa no cuela.

—*Tuda, tuda* la que haber en el Banco, *millonas mochas, lotería, tuda pa ti, hiciendo* lo que decir ti.

—Pues si eso es tan fácil, ¿por qué no lo hacen otros? ¿O es que tú solo tienes el secreto? ¡El secreto tú solo! *Amos*, cuéntaselo al Nuncio, que aquí no nos tragamos esas papas[168]... Yo no te digo que no sea posible... y si supiera yo hacer la prueba, la haría, con mil pares... Vuélveme a decir la receta de lo que ha de comprar una sin hablar...»

Repitió Almudena las fórmulas y reglas del conjuro, añadiendo descripción tan viva y pintoresca del Rey *Samdai*, de su rostro hermosísimo, apostura noble, traje espléndido, de su séquito, que formaban *arregimientos* de príncipes y magnates, montados en camellos blancos como la leche, que la pobre Benina se embelesaba oyéndole, y si a pie juntillas no le creía, se dejaba ganar y seducir de la ingenua poesía del relato, pensando que si aquello no era verdad, debía serlo. ¡Qué consuelo para los miserables poder creer tan lindos cuentos! Y si es verdad que hubo Reyes Magos que traían regalos a los niños, ¿por qué no ha de haber otros Reyes *de ilusión*, que vengan al socorro de los ancianos, de las personas honradas que no tienen más que una muda de camisa, y de las *almas* decentes que no se atreven a salir a la calle porque deben tanto más cuanto a tenderos y prestamistas? Lo que contaba Almudena

---

[167] *fenómenas*. El subrayado de este término apunta ya a la evolución de su significado en el uso popular hacia cosas extraordinarias y espectaculares, tal y como se conserva hoy.

[168] *no nos tragamos esas papas*. No nos creemos esas mentiras.

era de lo que *no se sabe*[169]. ¿Y no puede suceder que alguno sepa lo que no sabemos los demás?... ¿Pues cuántas cosas se tuvieron por mentira y luego salieron verdades? Antes de que inventaran el telégrafo, ¿quién hubiera creído que se hablaría con las Américas del Nuevo Mundo, como hablamos de balcón a balcón con el vecino de enfrente? Y antes de que inventaran la fotografía, ¿quién hubiera pensado que se puede una retratar sólo con *ponerse*? Pues lo mismo que esto es aquello. Hay misterios, secretos que no se entienden, hasta que viene uno y dice tal por cual, y lo descubre... ¡Pues qué más, Señor!... Allá estaban las Américas desde que Dios hizo el mundo, y nadie lo sabía... hasta que sale ese Colón, y con no más que poner un huevo en pie, lo descubre todo y dice a los países: «Ahí tenéis la América y los americanos, y la caña de azúcar, y el tabaco bendito... ahí tenéis Estados Unidos, y hombres negros, y onzas de diez y siete duros»[170]. ¡A ver!

XIII

No había acabado el marroquí su oriental leyenda, cuando Benina vio entrar en el café a una mujer vestida de negro. «Ahí tienes a esa fandangona[171], tu compañera de casa.

—¿Pedra? Maldita ella. Sacudir ella yo esta mañana. Venir, *siguro*, con la Diega...

—Sí, con una viejecica, muy chica y muy flaca, que debe de ser más borracha que los mosquitos[172]. Las dos se van al mostrador, y piden dos *tintas*[173].

---

[169] *de lo que no se sabe.* Hay que reconocer en el subrayado el sentido ponderativo que el habla popular concede a estas construcciones, sin duda por su relación con lo misterioso o lo maravilloso y desconocido.

[170] *Vid.* más adelante nota 365.

[171] *fandangona,* mujer de alegre y despreocupada vida.

[172] Se refiere a los mosquitos del vino, que rondan en torno a las partes húmedas de las cubas cuando el vino y la cuba son naturales.

[173] *tintas.* Hoy diríamos «dos tintos», dos vasos de vino tinto. Recordemos que se denominaba también «tinta» a una variedad de uva negra y de sabor dulce, cultivada en Andalucía. Para un juego de palabras entre «tinta» y «blanca», referidas al vino, *vid. En la taberna*, de José López Silva, Madrid, Librería de Fernando Fe, 1901, 5.ª ed., página 191.

—*Señá* Diega enseñar vicio ella.

—¿Y por qué tienes contigo a esa gansirula[174], que no sirve para nada?»

Contóle el ciego que Pedra era huérfana; su padre fue empleado en el Matadero de cerdos[175], con perdón, y su madre *cambiaba*[176] en la calle de la Ruda. Murieron los dos, con diferencia de días, por haber comido gato. Buen plato es el micho; pero cuando está rabioso, le salen pintas en la cara al que lo come, y a los tres días, muerte natural por calenturas *perdiciosas*. En fin, que espicharon[177] los padres, y la chica se quedó en la puerta de la calle, sentadita. Era hermosa: por tal la celebraban; su voz sonaba como las músicas bonitas. Primero se puso a cambiar, y luego a vender churros, pues tenía tino de comercianta; pero nada le valió su buena voluntad, porque hubo de cogerla de su cuenta la Diega, que en pocos días la enseñó a embriagarse, y otras cosas peores. A los tres meses, Pedra no era conocida. La enflaquecieron, dejándola en los puros pellejos, y su aliento apestaba. Hablaba como una carreterona, y tenía un toser perruno y una carraspera que tiraban para atrás. A veces pedía por el camino de Carabanchel[178], y de noche se quedaba a dormir en cualquier parador. De vez en cuando se lavaba un poco la cara, compraba *agua de olor*, y rociándose las flaquezas, pedía prestada una camisa, una falda, un pañuelo, y se ponía *de puerta*[179] en la casa del *Comadreja*, calle de Mediodía Chica. Pero no tenía constancia para nada, y ningún acomodo le duró más de dos días. Sólo duraba en ella el gusto del aguardiente; y cuando se *apimplaba*[180], que era un día sí y otro también, hacía figuras en medio del arroyo, y la toreaban los chicos. Dormía sus monas en la calle o donde

---

[174] *gansirula*, «vaga, perdida».

[175] *Matadero de cerdos*. Existían dos mataderos: el de reses vacunas y ganado lanar, llamado «Casa Matadero» y que se encontraba en la calle Toledo, 141, y el Matadero de cerdos, de aspecto exterior e interior muy deficiente, situado en la calle del Peñón, 3. Esta calle es ahora Carlos Arniches.

[176] *cambiaba*. En germanía, y relacionado con las casas de mancebía, debe entenderse «alternaba».

[177] *espicharon*, «murieron».

[178] *Carabanchel* era entonces un pueblecito cercano a Madrid; hoy es un barrio más.

[179] *ponerse de puerta* era exhibirse a la puerta del establecimiento para llamar la atención de los hombres.

[180] *apimplaba*, «se emborrachaba», aún hoy.

le cogía, y más bofetadas tenía en su cara que pelos en la cabeza. Cuerpo más asistido de cardenales no se conoció jamás, ni persona que en su corta edad, pues no tenía más que veintidós años, aunque representaba treinta, hubiera visitado tan a menudo las prevenciones de la Inclusa y Latina. Almudena la trataba, con buen fin, desde que se quedó huérfana, y al verla tan arrastrada, dábale de tres cosas un poco: consejos, limosna y algún palo. Encontróla un día curándose sus lamparones[181] con zumo de higuera chumbo, y aliñándose las greñas al sol. Propúsole que se fuera con él, poniendo cada cual la mitad del alquiler de la casa, y comprometiéndose ella a cortar de raíz el vicio de la bebida. Discutieron, parlamentaron; diose solemnidad al convenio, jurando los dos su fiel observancia ante un emplasto viscoso y sobre un peine de rotas púas, y aquella noche durmió Pedra en el cuarto de Santa Casilda. Los primeros días todo fue concordia, sobriedad en el beber; pero la cabra no tardó en tirar al monte, y... otra vez la endiablada hembra divirtiendo a los chicos y dando que hacer a los del Orden.

«No poder mí con ella. *B'rracha* siempre. Es un dolor... un dolor. Yo estar ella migo por lástima...»

Al ver que las dos mujeres, después de atizarse un par de *tintas*, miraban burlonas al ciego y a Benina, ésta tuvo miedo y quiso retirarse.

«*Dir* tú no, *Amri*. Quedar migo —le dijo el ciego cogiéndola de un brazo.

—Temo que armen bronca estas indinas... Acá vienen ya.»

Aproximáronse las tales, y pudo la Benina ver y examinar a su gusto el rostro de Pedra, de una hermosura desapacible y que despedía. Morena, de facciones tan regulares como pronunciadas, magníficos ojos negros, cejas que al juntarse culebreaban, boca sucia y bien rasgueada, que no parecía hecha para sonreír, cuerpo derecho y esbeltísimo en su flaqueza y desaliño, la compañera de Almudena era una figura trágica, y como tal impresionó a Benina, aunque ésta no expresaba su

---

[181] *lamparones* o «escrófulas»: «Enfermedad que consiste en una degeneración de los ganglios linfáticos superficiales, y particularmente de los del cuello, con alteración de los fluidos que los atraviesan. Se manifiesta esta enfermedad por unos tumores irregulares, duros y móviles que ocupan las glándulas o ganglios linfáticos del cuello, de la axila, etcétera, sin alteración de color en la piel» *(DNLE)*.

juicio sino pensando que le daría miedo encontrarse con tal persona, de noche, en lugar solitario.

De la Diega no podía determinarse si era joven o entre-vieja. Por la estatura parecía una niña; por la cara escuálida y el cuello rugoso, todo pliegues, una anciana decrépita; por los ojos, un animalejo vivaracho. Su flaqueza era tan extremada, que Benina no pudo menos de comentarla mentalmente con una frase andaluza que usar solía su señora: «Esta es de las que sacan espinas con los codos»[182].

Pedra se sentó, dando los buenos días, y la otra quedóse en pie, sin alzar del suelo más que la cabeza de Almudena, en cuyos hombros dio fuertes palmetazos.

«*Tati* quieta —le dijo éste enarbolando el palo.

—Cuidado con él, que es malo y traicionero... —indicó la otra.

—*Jai*... ¿verdad que eres malo y pegar *tú mi*?

—Yo *ero beno;* tú mala, *b'rracha.*

—No lo digas, que se escandalizará la señora anciana.

—Anciana no ser ella.

—¿Tú qué sabes, si no la ves?

—Decente ella.

—Sí que lo será, sin agraviar. Pero a ti te gustan las viejas.

—Ea, yo me voy, señora, que lo pasen bien —dijo Benina, azaradísima, levantándose.

—Quédese, quédese... ¡Si es *groma!*»[183].

La Diega la instó también a quedarse, añadiendo que habían comprado un décimo de la Lotería, y ofreciéndole participación.

«Yo no juego —replicó Benina—: no tengo cuartos.

—Yo sí —dijo el marroquí—: dar vos una *pieseta.*

—Y la señora, ¿por qué no juega?

—Mañana sale. Seremos ricas, ricachonas en *efetivo* —dijo la Diega—. Yo, si me la saco, San Antonio me oiga, volveré a establecerme en la calle de la Sierpe. Allí te conocí, Almudena. ¿Te acuerdas?

—No *mi cuerda,* no...

—Vos conocisteis en Mediodía Chica, por la casa de atrás.

—A este le llamaban Muley Abbas.

---

[182] *Esta es de las que sacan espinas con los codos.* Frase proverbial para expresar la extrema delgadez de una persona.

[183] *groma,* «broma».

—Y a ti *Cuarto e kilo*, por lo chica que eres.

—Poner motes es cosa fea. ¿Verdad, Almudenita? Las personas decentes se llaman por el santo bautismo, con sus nombres de cristiano. Y esta señora, ¿qué gracia tiene?

—Yo me llamo Benina.

—¿Es usted de Toledo, por casualidad?

—No, señora: soy... dos leguas de Guadalajara.

—Yo de Cebolla [184], en tierra de Talavera... y dime una cosa: ¿por qué esta gorrinaza de Pedrilla te llama a ti *Jai*? ¿Cuál es tu nombre en tu religión y en tu tierra cochina, con perdón?

—Llamarle *mi Jai* porque ser morito él —dijo la trágica remedando su habla.

—Nombre mío *Mordejai* —declaró el ciego—, y ser yo nacido en un *puebro mu bunito* que llamar allá Ullah de Bergel [185], *terra* de Sus... ¡oh! *terra* divina, *bunita... mochas arbolas, aceita mocha, miela, frores, támaras* [186], *mocha güena*.»

El recuerdo del país natal le infundió un candoroso entusiasmo, y allí fue al pintarlo y describirlo con hipérboles graciosas, y un colorido poético que con gran entretenimiento y gozo saborearon las tres mujeres. Incitado por ellas, contó algunos pasajes de su vida, toda llena de estupendos casos, peligrosas empresas y fantásticas aventuras. Refirió primero cómo se había fugado del hogar paterno, de edad de quince años, lanzándose a correr mundo, sin que en todo el tiempo transcurrido desde aquel suceso, tuviese noticia alguna de su patria y familia. Mandóle su padre a casa de un mercader amigo suyo con este recado: «Dile a Ruben Toledano que te dé doscientos duros que necesito hoy.» El tal debía de ser al modo de banquero, y entre ambos señores reinaba sin duda patriarcal confianza; porque el encargo se hizo efectivo sin ninguna dificultad, cogiendo Mordejai los doscientos pesos en cuatro pesados cartuchos de moneda española. Pero en vez de ir con ellos a la casa paterna, tomó el caminito de Fez, ávido de ver mundo, de trabajar por su cuenta, y de ganar mucho dinero para el

---

[184] *Cebolla*, pueblo de la provincia de Toledo que tenía alrededor de 500 vecinos en 1897.

[185] *Ullah de Bergel*. Es Ouled Berzhil o Brahil, lugar de la región de Sus, en el Marruecos meridional. ((*Vid.*, para más datos, Robert Ricard, *Galdós et ses romans*, pág. 62.)

[186] *támaras*. Palmeras datileras de Canarias o del Norte de África. El resto de la flora citada en el Ullah de Bergel puede aplicarse también a las islas, en una de las cuales nació Galdós.

autor de sus días, no los doscientos duros, sino dos mil o cientos de miles. Comprando dos borricos, se puso a portear mercaderías y pasajeros entre Fez y Mequínez, con buenas ganacias. Pero un día de mucho calor, ¡castigo de Dios!, pasó junto a un río y le entraron ganas de darse un baño. En el agua flotaban dos caballos muertos, cosa mala. Al salir del baño le dolían los ojos: a los tres días era ciego.

Como aún tenía dinero, pudo algún tiempo vivir sin implorar la caridad pública, con la tristeza inherente al no ver, y la no menos honda producida por el brusco paso de la vida activa a la sedentaria. El muchacho ágil y fuerte se hizo de la noche a la mañana hombre enclenque y achacoso[187], y sus ambiciones de comerciante y sus entusiasmos de viajero quedaron reducidos a un continuo meditar sobre lo inseguro de los bienes terrenos, y la infalible justicia con que Dios Nuestro Padre y Juez sienta la mano al pecador. No se atrevía el pobre ciego a pedirle que le devolviese la vista, pues esto no se lo había de conceder. Era castigo, y el Señor no *se vuelve atrás* cuando pega de firme. Pedíale que le diera dinero abundante para poder vivir con desahogo, y una *muquier* que le amara; mas nada de esto le fue concedido al pobre Mordejai, que cada día tenía menos dineros, pues éstos iban saliendo, sin que entraran otros por ninguna parte, y de *muquieres* nada. Las que se acercaban a él fingiéndole cariño, no iban a su covacha más que a robarle. Un día estaba el hombre muy molesto por no poder cazar una pulga que atrozmente le picaba, burlándose de él con audacia insolente, cuando... no es broma... se le aparecieron dos ángeles.

XIV

«¿Pero tú ves algo, Almudena? —le preguntó *Cuarto e kilo.* —*Ver mí burtos ellos.*»
Explicó que distinguía las masas de obscuridad en medio de la luz: esto por lo tocante a las cosas del mundo de acá. Pero en

---

[187] Ante estas palabras, hay que recordar aquellas otras en las que se ponía de manifiesto la belleza y armonía física del ciego Pablo en *Marianela*. El proceso será ahora inverso. Aquella vida llena de hermosura, optimismo y lucidez después de la intervención quirúrgica de Teodoro Golfín, viene ahora a apagarse definitivamente en este Almudena que pierde la vista y que busca ahora a su nueva Nela, Benina.

lo de los mundos misteriosos que se extienden encima y debajo, delante y detrás, fuera y dentro del nuestro, sus ojos veían claro, cuando veían, *mismo como vosotras ver migo*. Bueno: pues se le aparecieron dos ángeles, y como no era cosa de aparecérsele para no decir nada, dijéronle que venían de parte del Rey de *baixo terra* con una embajada para él. El señor *Samdai* tenía que hablarle, para lo cual era preciso que se fuese mi hombre al Matadero por la noche, que estuviese allí quemando *ilcienso*, y rezando en medio de los despojos de reses y charcos de sangre, hasta las doce en punto, hora invariable de la entrevista. No hay que añadir que los ángeles se marcharon con viento fresco en cuanto dieron conocimiento de su mensaje a Mordejai, y éste cogió sus trebejos de sahumar, la pipa, la ración de *cáñamo* en un papel, y se fue caminito del Matadero: el largo plantón que le esperaba, se le haría menos aburrido fumando.

Allí se estuvo, sentado en cuclillas, aspirando los vahos olorosos del sahumerio, y fumando pipa tras pipa, hasta que llegó la hora, y lo primerito que vio fue un par de perros, más grandes que *el cameio, brancos*, con ojos de fuego. Él, Mordejai, *mocha medo*, un *medo* que le quitaba el respirar. Vino después un *arregimento* de jinetes con mucho cantorio[188], galas *mochas;* luego empezó a caer lluvia espesísima de arena y piedras, tanto, tanto, que se vio enterrado hasta el pescuezo... y no respiraba. Cada vez más *medo*... Por encima de toda aquella escoria pasó velocísimo otro escuadrón de jinetes, dando al viento los blancos alquiceles[189], y sin cesar disparando tiros. Siguió un diluvio de culebras y *alcranes*, que caían silbando y enroscándose. El pobre ciego se moría de *medo*, sintiéndose envuelto en la horrorosa nube de inmundos animales... Pero luego vinieron hombres y mujeres a pie, en pausada procesión, todos con blancas vestiduras, llevando en la mano canastillas y bateas[190] de oro, y pisando sobre flores, pues en rosas y azucenas se habían convertido mágicamente las serpientes y alacranes, y en olorosas ramas de menta y laurel todo aquel material llovido de arena cálida y puntiagudos guijarros.

Para no cansar, apareció por fin el Rey, hermoso, con humana y divina hermosura, barba larga y negra, aretes en las

---

[188] *cantorio*, familiarmente «canto».

[189] *alquiceles*, vestiduras moriscas a modo de capa y que generalmente son de lana blanca.

[190] *bateas*, «bandejas».

orejas, corona de oro que parecía tener por pedrería el sol, la luna y las estrellas. Verde era su traje, que por lo fino debía de ser obra de unas arañas muy pulidas que en los profundos senos de la tierra tejen con hebras de fuego. El séquito de *Samdai* era tan vistoso y brillante que deslumbraba. Como le preguntara la Petra si no venía también Su Majestad la Reina, quedóse un momento parado el narrador, recordando, y al fin dio cuenta de que *vido* también a la señora del Rey, pero con la cara muy tapada, como la luna entre nubes, y por esta razón Mordejai no pudo distinguirla bien. La Soberana vestía de amarillo, de un color así como nuestros pensamientos cuando estamos entre alegres y tristes. Expresaba esto el ciego con dificultad, supliendo las torpezas de su lenguaje con el juego fisonómico de la convicción, y los mohínes y gestos elocuentes.

Total: que a una orden del Rey le fueron poniendo delante todas aquellas bateas y canastos de oro que traían las mujeres de blanco vestidas. ¿Qué era? *Pieldras* de diversas clases, *mochas, mochas,* que pronto formaron montones que no cabrían en ninguna casa: *rubiles* como garbanzos, perlas del tamaño de huevos de paloma, *tudas, tudas* grandes, *diamanta fina* en tal cantidad, que había para llenar de ellos sacos *mochas,* y con los sacos un carro de mudanzas; esmeraldas como nueces y *trompacios* como *poño mío...*

Oían esto las tres mujeres embobadas, mudas, fijos los ojos en la cara del ciego, entreabiertas las bocas. Al comienzo de la relación, no se hallaban dispuestas a creer, y acabaron creyendo, por estímulo de sus almas, ávidas de cosas gratas y placenteras, como compensación de la miseria bochornosa en que vivían. Almudena ponía toda su alma en su voz, y con la lengua hablaban todos los pliegues movibles de su cara, y hasta los pelos de su barba negra. Todo era signos, jeroglífico descifrable, oriental escritura que los oyentes entendían sin saber por qué. El fin de la espléndida visión fue que el Rey le dijo al bueno de Mordejai que de las dos cosas que deseaba, riquezas y mujer, no podía darle más que una; que optase entre las pedrerías de gran valor que delante miraba, y con las cuales gozaría de una fortuna superior a la de todos los soberanos de la tierra, y una mujer buena, bella y laboriosa, joya sin duda tan rara que no se podía encontrar sino revolviendo toda la tierra[191].

---

[191] En la clave simbólica de este texto se puede seguir leyendo y conociendo el cambio de actitud que ha sufrido el autor. Resucita

Mordejai no vaciló un momento en la elección, y dijo a Su Majestad de *baixo terra*, que para nada quería tanta pedrería *por fanegas*, si no le daban *muquier*... «Querer mi ella... gustar mí *muquier*, y sin *muquier* migo, no querer *pieldras* finas, ni *diniero* ni *naida*.»

Señalóle entonces el Rey una hembra que bien envuelta en un manto que la tapaba toda, el rostro inclusive, iba por el camino, y le dijo que aquélla era *la suya*, y que la siguiese hasta cogerla o más bien cazarla, pues a paso muy ligero iba la condenada. Y dicho esto por el Rey, se dignó Su Majestad desaparecerse, y con él se fueron todos los de su comitiva, y los *arregimentos* y las señoras de blanco, y *tudo, tudo*, no quedando más que un olor penetrante del *ilcienso*, y los ladridos de los dos perrazos que se iban perdiendo en las lontananzas de la noche fría, cual si despavoridos huyeran hacia los montes. Tres meses estuvo enfermo Mordejai después de este singular suceso, y no comía más que agua y harina de cebada sin sal. Quedóse tan flaco que se contaba al tacto todos los huesos, sin que se le escapara uno en la cuenta. Por fin, arrastrándose como pudo, emprendió su camino por toda la grandeza del mundo en busca de la mujer que, según dicho del divino *Samdai*, era suya.

«Y no la encontrastes hasta *tantismos* años de correr, y se llamaba Nicolasa —dijo la Petra, queriendo ayudar al biógrafo de sí mismo.

—¿Tú qué saber? No ser Nicolasa.

—Entonces será *la señora*, —apuntó la Diega, señalando no sin cierta impertinencia a la pobre Benina, que no chistaba.

—¿Yo?... ¡Jesús me valga! Yo no soy ninguna tarascona[192] que anda por los caminos.»

Contó Almudena que desde Fez había ido a la Argelia; que vivió de limosna en Tlemcén primero, después en Constantina y Orán; que en este punto se embarcó para Marsella, y recorrió toda Francia, Lyon, Dijon, París, que es *mu* grande, con tantos *olivares* y buenos pisos de calle[193], todo como la palma de la mano. Después de subirse hasta un pueblo que le llaman

---

ahora aquel amoroso y humilde lazarillo, que moría consumido hace treinta años entre su impotencia y los afanes materialistas de sus vecinos (*Marianela*), y resucita en Benina con la luminosidad espiritual que ya tenía, aumentada por la experiencia.

[192] *tarascona*. Mujer fea, desenvuelta y de mal natural, como la Pedra o la Diega.

[193] *pisos de calle*, «adoquinado o empedrado».

Lila[194], volvióse a Marsella y a Cette[195], donde se embarcó para Valencia.

«Y en Valencia encontrastes a la Nicolasa, con quien veniste por *badajes*[196], que vos daban los *aiuntamientos*, con dos *riales de tapa*[197] —dijo la Petra—, y de Madrid vos fuisteis a los *Portugales*, y tres años te duró el contento, camastrón[198], hasta que la *golfa* se te fue con otro.

—Tú no saber.

—Que cuente la historia de Nicolasa y cómo a él le cogieron en Madrid para llevarle a San Bernardino, y ella fue al *espital;* y estando él una noche durmiendo, se le aparecieron dos mujeres del otro mundo, verbigracia, *ánimas*, para decirle que la Nicolasa *hablaba* en el *espital* con uno que le iban a dar de alta...

—No ser eso, no ser eso: cállate tú.

—Otro día nos lo contará —indicó Benina, que, aunque gustaba de oír aquellos entretenidos relatos, no quería detenerse más, recordando sus apremiantes quehaceres.

—Espérese, señora: ¿qué prisa tiene? —le dijo la Diega—. ¿A dónde irá usted que más valga?

—Otro día contar más —indicó el ciego sonriendo—. Mí ver mundo *mocha*.

—Estás cansadito, Jai. Convídanos a un medio para que se te remoje la lengua, que la tienes más seca que suela de zapato.

—Yo no convidar mí ellas, *b'rrachonas*. No tener *diniero migo*.

—Por eso no quede —dijo la Diega, rumbosa.

—Yo no bebo —declaró la Benina—, y además tengo prisa, y con permiso de la compañía me voy.

—Quedar tí rato más. Dar once *reloja*.

—Dejarla —manifestó con benevolencia la Petra—, por si tiene que ir a ganarlo; que nosotras ya lo hemos ganado.»

---

[194] *Lila*. Se refiere a la ciudad francesa de Lille.

[195] *Cette*. Ciudad francesa del departamento de Herault, en el distrito de Montpellier. Su puerto de mar le hace la ciudad comercial más importante de la zona después de Marsella.

[196] *badajes*. Por el contexto y sus características fónicas no puede ser más que una deformación vulgar de *peajes < pedajes < badajes:* ayudas que les daban los Ayuntamientos para que se desplazaran a otras ciudades.

[197] *dos riales de tapa*. Cincuenta céntimos de este tipo de carne del centro de la pierna trasera.

[198] *camastrón*. «Persona disimulada y doble que espera oportunidad para hacer o dejar de hacer las cosas, según le conviene» *(DRAE)*.

Interrogadas por Almudena, refirieron que habiendo cogido la Diega unos dineros que le debían dos mozas de la calle de la Chopa[199], se habían lanzado al comercio, pues una y otra tenían suma disposición y travesura para el compra y vende. La Petra no se sentía mujer honrada y cabal sino cuando se dedicaba al tráfico, aunque fuese en cosas menudas, como palillos, mondarajas de tea, y *torraé*[200]. La otra era un águila para pañuelos y puntillas. Con el dinero aquél, venido a sus manos por milagro, compraron género en una casa de saldos, y en la mañana de aquel día pusieron sus bazares junto a la Fuentecilla de la Arganzuela[201], teniendo la suerte de colocar muchas carreras de botones, varas muchas de puntilla y dos chalecos de bayona. Otro día *sacarían* loza, *imágenes*, y caballos de cartón de los que daban, *a partir ganancias*, en la fábrica de la calle del Carnero. Largamente hablaron ambas de su negocio, y se alababan recíprocamente, porque si *Cuarto e kilo* era de lo que no hay para la adquisición de género *por gruesas*[202], a la otra nadie aventajaba en salero y malicia para la venta al menudeo. Otra señal de que había venido al mundo para ser o *comerciante* o nada, era que los cuartos ganados en la compraventa se le pegaban al bolsillo, despertando en ella vagos anhelos de ahorro, mientras que los que por otros medios iban a sus flacas manos, se le escapaban por entre los dedos antes de que cerrar pudiera el puño para guardarlos.

Oyó Benina muy atenta estas explicaciones, que tuvieron la virtud de infundirle cierta simpatía hacia la borracha, porque también ella, Benina, se sentía *negocianta;* también acarició

---

[199] *calle de la Chopa*, de la calle de Santa Ana a la de Mira el Río Alta. Viene su nombre —según Répide— de estar esta calle situada en el lugar en que antes había una huerta, a cuyo dueño lo llamaban «el chopa». Según Répide era una de las más angostas de Madrid. Hoy se llama esta calle Rodrigo de Guevara.

[200] *mondarajas de tea y torraé*. El negocio de la Pedra y la Diega consistía en la venta de cosas pequeñas (el menudeo). Aquí se refiere a los palillos o mondadientes, las astillas o mondarajas de tea —madera de un pino muy resinoso— y las astillas de esta madera, que se utilizaban para encender el fuego o antorcha. *Torraé* debe ser una denominación deformada de algún tipo de madera o combustible tostado para el fuego.

[201] *Fuentecilla de la Arganzuela*. Existía tal fuente y hoy el lugar es el parque del mismo nombre.

[202] *por gruesas*, «al por mayor», diríamos hoy, pero era expresión corriente entonces decir «por grueso».

su alma alguna vez la ilusión del compra-vende. ¡Ah! si, en vez de dedicarse al servicio, trabajando como una negra, hubiera tomado *una puerta de calle*[203], otro gallo le cantara. Pero ya su vejez y la indosluble sociedad moral con Doña Paca la imposibilitaban para el comercio.

Insistió la buena mujer en abandonar la grata tertulia, y cuando se levantó para despedirse cayósele el lápiz que le había dado D. Carlos, y al intentar recogerlo del suelo, cayósele también la agenda.

«Pues no lleva usted ahí pocas cosas —dijo la Petra, cogiendo el libro y hojeándolo rápidamente, con mohines de lectora, aunque más bien deletraba que leía—. ¿Esto qué es? Un libro para llevar cuentas. ¡Cómo me gusta! *Marzo*, dice aquí, y luego *Pe...setas*, y luego *céntimos*. Es *mu* bonito apuntar aquí todo lo que sale y entra. Yo escribo tal cual[204]; pero en los números me atasco, porque los ochos se me enredan en los dedos, y cuando sumo no me acuerdo nunca de lo que *se lleva*.

—Ese libro —dijo Benina, que al punto vislumbró un negocio—, me lo dio un pariente de mi señora, para que lleváramos por apuntación el gasto; pero no sabemos. Ya no está la Magdalena para estos tafetanes[205], como dijo el otro... Y ahora pienso, señoras, que a ustedes, que comercian, les conviene este libro. Ea, lo vendo, si me lo pagan bien.

—¿Cuánto?

—Por ser para ustedes, dos reales.

—Es mucho.—dijo *Cuarto e kilo*, mirando las hojas del libro, que continuaba en manos de su compañera—. Y ¿para qué lo queremos nosotras, si nos estorba lo negro?[206].

—Toma —indicó Petra, acometida de una risa infantil al repasar, con el dedo mojado en saliva, las hojas—. Se marca con rayitas: tantas cantidades, tantas rayas, y así es más claro... Se da un real, ea.

—¿Pero no ven que está nuevo? Su valor, aquí, lo dice: «dos pesetas».

Regatearon. Almudena conciliaba los intereses de una y otra parte, y por fin quedó cerrado el trato en cuarenta céntimos,

---

[203] *una puerta de calle*. Una tienda.

[204] *tal cual*, «regular» en el lenguaje popular.

[205] *Ya no está la Magdalena para estos tafetanes*. Hoy decimos más habitualmente «... ya no está para esos trotes».

[206] *nos estorba lo negro*, nos estorba la letra impresa, los libros y la cultura en general.

con lápiz y todo. Salió del café la Benina, gozosa, pensando que no había perdido el tiempo, pues si resultaban fantásticas las *pieldras* preciosas que en montones Mordejai pusiera ante su vista, positivas y de buena ley eran las cuatro perras, como cuatro soles, que había ganado vendiendo el inútil regalo del monomaniaco Trujillo.

XV

El largo descanso en el café le permitió recorrer *como una exhalación* la distancia entre el Rastro y la calle de la Cabeza, donde vivía la señorita Obdulia, a quien deseaba visitar y socorrer antes de irse a casa, pues era indudable que a la niña correspondía la mitad, perra más o menos, de uno de los duros de D. Carlos. A las doce menos cuarto entraba en el portal, que por lo siniestro y húmedo parecía la puerta de una cárcel. En lo bajo había un establecimiento de *burras de leche*[207], con borriquitas pintadas en la muestra, y dentro vivían, sin aire ni luz, las pacíficas nodrizas de tísicos, encanijados y catarrosos. En la portería daban asilo a un conocido de Benina, el ciego Pulido, que era también punto fijo en San Sebastián. Con él y con el burrero charló un rato antes de subir, y ambos le dieron dos noticias muy malas: que iba a subir el pan y que había bajado mucho la Bolsa, señal lo primero de que no llovía, y lo segundo de que estaba al caer una revolución gorda, todo porque los *artistas*[208] pedían *las ocho horas* y los *amos* no querían darlas. Anunció el burrero con profética gravedad que pronto se quitaría todo el dinero metálico y no quedaría más que papel, hasta para las pesetas, y que echarían nuevas contribuciones, *inclusive*, por rascarse y por darse de quién a quién los buenos días. Con estas malas impresiones subió Benina la escalera, tan descansada como lóbrega[209], con los peldaños en panza, las

---

[207] La leche de burra era especialmente nutritiva y se utilizaba como reconstituyente.

[208] *artistas*. Se refiere, evidentemente, al mundo obrero. La denominación «artista» refiriéndose a la calidad de algunos trabajadores manuales está aún hoy muy viva en el habla popular.

[209] *lóbrega*, «melancólica, triste». Debe observarse la identificación que realiza el escritor en el nivel sintáctico con el conjunto de la frase, y en

paredes desconchadas, sin que faltaran los letreros de carbón o lápiz garabateados junto a las puertas de cuarterones, por cuyo quicio inferior asomaba el pedazo de estera, ni los faroles sucios que de día semejaban urnas de santos. En el primer piso, bajando del cielo[210], con vecindad de gatos y vistas magníficas a las tejas y buhardillones, vivía la señorita Obdulia; su casa, por la anchura de las habitaciones destartaladas y frías, hubiera parecido convento, a no ser por la poca elevación de los techos, que casi se cogían con la mano. Esteras y alfombras allí eran tan desconocidas, como en el Congo las levitas y chisteras; sólo en lo que llamaban gabinete había un pedazo de fieltro raído, rameado de azul y rojo, como de dos varas en cuadro. Los muebles de baratillo declaraban con sus chapas rotas, sus patas inválidas, sus posturas claudicantes, el desastre de sus infinitas peregrinaciones en los carros de mudanza.

La misma Obdulia abrió la puerta a Benina, diciéndole que la había sentido subir, y al punto se vio la buena mujer como asaltada de una pareja de gatos muy bonitos, que mayando la miraban, el rabo tieso, frotando su lomo contra ella. «Los pobres animalitos —dijo la *niña* con más lástima de ellos que de sí misma— no se han desayunado todavía.»

Vestía la hija de Doña Paca una bata de franela color rosa, de corte elegante, ya descompuesta por el mucho uso, las delanteras manchadas de chocolate y grasa, algún siete en las mangas, la falda arrastrada[211], revelándose en todo, como prenda adquirida de lance, que a su dueña le venía un poco ancha, por *aquello de que la difunta era mayor*[212]. De todos modos, tal vestimenta se avenía mal con la pobreza de la esposa de Luquitas.

«¿No ha venido anoche tu marido?—le dijo Benina, sofocada de la penosa ascensión.

—No, hija, ni falta que me hace. Déjale en su café, y en sus

---

el semántico con el especial significado de la palabra, entre el estado psíquico de Benigna y el físico de la escalera.

[210] *en el primer piso bajando del cielo*. Forma humorística de localizar por parte de Galdós el sotabanco en que vivía Obdulia, anticipándose al sentimentalismo y mundo de fantasía en el que vegetaba esta neorromántica.

[211] *falda arrastrada*, «desastrada, descompuesta».

[212] *aquello de que la difunta era mayor*. Aún hoy lo decimos para referirnos a la antigua propietaria, sobre todo de una prenda de vestir.

casas de perdición, con las *socias*[213] que le han sorbido el seso.

—¿No te han traído nada de casa de tus suegros?

—Hoy no toca. Ya sabes que lo dejaron en un día sí y otro no. No ha venido más que Juana Rosa a peinarme, y con ella se fue mi Andrea. Van a comer juntas en casa de su tía.

—De modo que estás como los camaleones[214]. No te apures, que Dios aprieta, pero no ahoga, y aquí estoy yo para que no ayunes más de la cuenta, que el cielo bien ganado te lo tienes ya... Siento una tosecilla... ¿Ha venido ese caballero?

—Sí: ahí está desde las diez. Con las cosas bonitas que cuenta me entretiene, y casi no me acuerdo de que no hay en casa más que dos onzas de chocolate, media docena de dátiles, y algunos mendrugos de pan... Si has de traerme algo, sea lo primero para estos pobres gatos aburridos, que desde el amanecer no me dejan vivir. Parece que me hablan, y dicen: «Pero ¿qué es de nuestra buena Nina, que no viene con nuestra cordillita?»[215].

—En seguida traeré para remediaros a todos —dijo la anciana—. Pero antes quiero saludar a ese caballero rancio, que es tan fino y atento con las señoras.»

Entró en el llamado gabinete, y el señor de Ponte y Delgado se deshizo con ella en afectuosos cumplidos de buena sociedad. «Siempre echándola a usted de menos, Benina... y muy desconsolado cuando *brilla usted por su ausencia.*

—¡Que brillo por mi ausencia!... ¿Pero qué disparates está usted diciendo, Sr. de Ponte? O es que no entendemos nosotras, las mujeres de pueblo, esos términos tan *fisnos*... Ea, quédense con Dios. Yo vuelvo pronto, que tengo que dar de almorzar a la niña y a los señores gatos. Y aunque el Sr. D. Frasquito no quiera, ha de hacer aquí penitencia. Le convido yo... no, le convida la señorita.

—¡Oh, cuánto honor!... Lo agradezco infinito. Yo pensaba retirarme.

—Sí, ya sabemos que siempre está usted convidado en casas

---

[213] *socias* es otro sinónimo de «prostitutas», aún empleado hoy.

[214] *...como los camaleones.* El dicho popular completo es «estar lampando como los camaleones» y se refiere a las excitaciones gástricas y salivares que produce el hambre, con alguna relación de semejanza con los movimientos realizados por estos animales cuando están en expectativa de caza.

[215] *cordillita*, diminutivo de «cordilla». Tripas de carnero trenzadas; es el alimento favorito de los gatos.

de la grandeza. Pero como es tan bueno, se *dizna* sentarse a la mesa de los pobres.

—Consideración que tanto le agradecemos —dijo Obdulia—. Ya sé que para el Sr. de Ponte es un sacrificio aceptar estas pobrezas...

—¡Por Dios, Obdulia!...

—Pero su mucha bondad le *inspira* éstos y otros mayores sacrificios. ¿Verdad, Ponte?

—Ya la he reñido a usted, amiga mía, por ser tan paradójica. Llama sacrificio al mayor placer que puede existir en la vida.

—¿Tienes carbón?... —preguntó Benina bruscamente como quien arroja una piedra en un macizo de flores.

—Creo que hay algo —replicó Obdulia—; y si no, lo traes también.»

Fue Nina para adentro, y habiendo encontrado combustible, aunque escaso, se puso a encender lumbre y a preparar sus pucheros. Durante la prosáica operación, conversaba con las astillas y los carbones, y sirviéndose del fuelle como de un conducto fonético, les decía: «Voy a tener otra vez el gusto de dar de comer a ese pobre hambriento, que no confiesa su hambre por la vergüenza que le da... ¡Cuánta miseria en este mundo, Señor! Bien dicen que quien más ha visto, más ve. Y cuando se cree una que es el acabóse de la pobreza, resulta que hay otros más miserables, porque una se echa a la calle, y pide, y le dan, y come, y con medio panecillo se alimenta... Pero éstos que juntan la vergüenza con la gana de comer, y son delicados y medrosicos para pedir; éstos que tuvieron posibles y educación, y no quieren rebajarse... ¡Dios mío, qué desgraciados son! lo que discurrirán para matar el gusanillo... Si me sobra dinero, después de darle de almorzar, he de ver cómo me las compongo para que tome la peseta que necesita para pagar el catre de esta noche. Pero ¡ay! no.. que necesitará ocho reales. Me da el corazón que anoche no pagó... y como esa condenada Bernarda no fía más que una vez... será preciso pagarle toda la cuenta... y a saber si le ha fiado dos o tres noches... No, aunque yo tuviera el dinero, no me atrevería a dárselo; y aunque se lo ofreciese, primero dormía al raso que cogerlo de estas manos pobres... ¡Señor, qué cosas, qué cosas se van viendo cada día en este mundo tan grande de la miseria!»

En tanto, el lánguido Frasquito y la esmirriada Obdulia platicaban gozosos de cosas gratas, harto distantes de la triste realidad. Desde que vio entrar a la Providencia, en figura de Benina, sintióse la niña calmada de su ansiedad y sobresalto,

156

y el caballero también respiró por el propio motivo feliz, y se le alegraron las pajarillas[216] viendo conjurado, por aquel día, un grave conflicto de subsistencias. Uno y otro, marchita dama y galán manido, poseían, en medio de su radical penuria, una *riqueza* inagotable, eficacísima, casi acuñable, extraída de la mina de su propio espíritu; y aunque usaban de los productos de este venero con prodigalidad, mientras más gastaban, más superabundancia tenían sus caudales. Consistía, pues, esta riqueza, en la facultad preciosa de desprenderse de la realidad, cuando querían, trasladándose a un mundo imaginario, todo bienandanzas, placeres y dichas. Gracias a esta divina facultad, se daba el caso de que ni siquiera advirtiesen, en muchas ocasiones, sus enormes desdichas, pues cuando se veían privados absolutamente de los bienes positivos, sacaban de la imaginación el cuerno de Amaltea[217], y lo agitaban para ver salir de él los bienes ideales. Lo extraño era que el Sr. de Ponte Delgado, con tener tres veces lo menos la edad de Obdulia, casi la superaba en poder imaginativo, pues en la declinación de la vida, se renovaban en él los aleteos de la infancia.

D. Frasquito era lo que vulgarmente se llama *un alma de Dios*. Su edad no se sabía, ni en parte alguna constaba, pues se había quemado el archivo de la iglesia de Algeciras donde le bautizaron. Poseía el raro privilegio físico de una conservación que pudiera competir con la de las momias de Egipto, y que no alteraban contratiempos ni privaciones. Su cabello se conservaba negro y abundante; la barba, no; pero con un poco de betún[218] casi armonizaban una con otro. Gastaba melenas, no de las románticas, desgreñadas y foscas, sino de las que se usaron hacia el 50, lustrosas, con raya lateral, los mechones bien ahuecaditos sobre las orejas. El movimiento de la mano para ahuecar los dos mechones y modelarlos en su sitio, era uno de esos resabios fisiológicos, de *segunda naturaleza*, que llegan a ser parte integrante de la primera. Pues con su melenita de

---

[216] *se le alegraron las pajarillas*, «se le alegraron las entrañas».

[217] *cuerno de Amaltea.* Amaltea fue la nodriza de Júpiter; unas veces se la representa en forma de cabra amamantando al dios; otras, está representada por una ninfa que le crió con la leche de una cabra. Júpiter, agradecido, le regaló uno de los cuernos de esta cabra, con la promesa de que en él encontraría todo cuanto quisiere. De aquí que este cuerno se convirtiera en el símbolo de la abundancia.

[218] *betún.* Se refiere al tinte que se daban algunos hombres en su pelo y en su barba para disimular las canas.

cocas[219] y su barba pringosa y retinta, el rostro de Frasquito Ponte era de los que llaman *aniñados*, por no sé qué expresión de ingenuidad y confianza que veríais en su nariz chica, y en sus ojos que fueron vivaces y ya eran mortecinos. Miraban siempre con ternura, lanzando sus rayos de ocaso melancólico en medio de un celaje de lagrimales pitañosos, de pestañas ralas, de párpados rugosos, de extensas patas de gallo. Dos presunciones descollaban entre las muchas que constituían el orgullo de Ponte Delgado, a saber: la melena y el pie pequeño. Para las mayores desdichas, para las abstinencias más crueles y mortificantes, tenía resignación; para llevar zapatos muy viejos o que desvirtuaran la estructura perfecta y las lindas proporciones de sus piececitos, no la tenía, no.

XVI

Del arte exquisito para conservar la ropa no hablemos. Nadie como él sabía encontrar en excéntricos portales sastres económicos, que por poquísimo dinero *volvían* una pieza[220]; nadie como él sabía tratar con mimo las prendas de uso perenne para que desafiaran los años, conservándose en los puros hilos; nadie como él sabía emplear la bencina para limpieza de mugres, planchar arrugas con la mano, estirar lo encogido y enmendar rodilleras. Lo que le duraba un sombrero de copa no es para dicho. Para averiguarlo no valdría compulsar todas las cronologías de la moda, pues a fuerza de ser antigua la del chisterómetro[221] que usaba, casi era moderna, y a esta ilusión contribuía el engaño de aquella felpa, tan bien alisada con amorosos cuidados maternales. Las demás prendas de ropa, si al sombrero igualaban en longevidad, no podían emular con él en el disimulo de años de servicio, porque con tantas vueltas y transfor-

---

[219] *...su melenita de cocas.* Derivado de la palabra «concha», viene a significar un tipo de peinado, que separa el pelo en dos porciones en forma de conchas, sujeto o recogido en las orejas y libre la frente.

[220] *volvían una pieza.* Dar la vuelta a un traje, vestido, etc., es sacar al exterior la parte que antes estaba cubierta por el forro y en consecuencia conservada en mejor estado.

[221] *chisterómetro.* Nótese la formación de esta palabra por Galdós, que demuestra una vez más su dominio del lenguaje.

maciones, y tantos recorridos de aguja y pases de plancha, ya no eran sino sombra de lo que fueron. Un gabancillo de verano, clarucho, usaba D. Frasquito en todo tiempo: era su prenda menos inveterada, y le servía para ocultar, cerrado hasta el cuello, todo lo demás que llevaba, menos la mitad de los pantalones. Lo que se escondía debajo de la tal prenda, sólo Dios y Ponte lo sabían.

Persona más inofensiva no creo haya existido nunca; más inútil, tampoco. Que Ponte no había servido nunca para nada, lo atestiguaba su miseria, imposible de disimular en aquel triste occidente de su vida. Había heredado una regular fortunilla, desempeñó algunos destinos buenos, y no tuvo atenciones ni cargas de familia, pues se petrificó en el celibato, primero por adoración de sí mismo, después por haber perdido el tiempo buscando con demasiado escrúpulo y criterio muy rígido un matrimonio de conveniencia, que no encontró, ni encontrar podía, con las gollerías y perendengues [222] que deseaba. En la época en que aún no existía la palabra *cursi*, Ponte Delgado consagró su vida a la sociedad, vistiendo con afectada elegancia, frecuentando, no diré los salones, porque entonces poco se usaba esta denominación, sino algunos estrados de casas buenas y distinguidas. Los verdaderos salones eran pocos, y Frasquito, por más que en su vejez hacía gala de haber entrado en ellos, la verdad era que ni por el forro los conocía. En las tertulias que frecuentaba y bailes a que asistía, así como en los casinos y centros de reunión masculina, no digamos que desentonaba; pero tampoco se distinguía por su ingenio, ni por esa hidalga mezcla de corrección y desgaire que constituye la elegancia verdadera. Muy estiradito siempre, eso sí; muy atento a sus guantes, a su corbata, a su pie pequeño, resultaba grato a las damas, sin interesar a ninguna; tolerable para los hombres, algunos de los cuales verdaderamente le estimaban.

Sólo en nuestra sociedad heterogénea, libre de escrúpulos y distinciones, se da el caso de que un hidalguete, poseedor de cuatro terruños, o un empleadillo de mediano sueldo, se confundan con marqueses y condes de sangre azul, o con los próceres del dinero, en los centros de falsa elegancia; que se junten y alternen los que explotan la vida suntuaria por sus negocios, o sus vanidades, o bien por audaces amoríos, y los

---

[222] *gollerías y perendengues*. Frasquito pedía demasiado para lo que podía ofrecer a las mujeres.

que van a bailar y a comer y departir con las señoras, sin más objeto que procurarse recomendaciones para un ascenso, o el favor de un jefe para faltar impunemente a las horas de oficinas[223]. No digo esto por Frasquito Ponte, el cual era algo más que un pelagatos fino en los tiempos de su apogeo social. Su decadencia no empezó a manifestarse de un modo notorio hasta el 59; se defendió heroicamente hasta el 68, y al llegar este año, marcado en la tabla de su destino con trazo muy negro, desplomóse el desdichado galán en los abismos de la miseria, para no levantarse más[224]. Años antes se había comido los últimos restos de su fortuna. El destino que con grandes fatigas pudo conseguir de González Bravo[225], se lo quitó despiadadamente la revolución; no gozaba cesantía[226], no había sabido ahorrar. Quedóse el cuitado sin más rentas que el día y la noche, y la compasión de algunos buenos amigos que le sentaban a su mesa. Pero los buenos amigos se murieron o se cansaron, y los parientes no se mostraban compasivos. Pasó hambres, desnudeces, privaciones de todo lo que había sido su mayor gusto, y en tan tremenda crisis, su delicadeza innata y su amor propio fueron como piedra atada al cuello para que más pronto se hundiera y se ahogara: no era hombre capaz de importunar a los amigos con solicitudes de dinero, vulgo *sablazos*[227], y sólo en contadísimas ocasiones, verdaderos casos críticos o de peligro de muerte, en la lucha con la miseria, se aventuró a extender la

[223] Sobre la degradante mezcla y nivelación social escribió Galdós en repetidas ocasiones en sus artículos periodísticos, desde la década de los 80, y ahora viene a ser el punto principal de su discurso de ingreso y recepción en la R. A. E., el cual está componiendo cuando redacta estas líneas.

[224] Este es el último personaje cuya decadencia, paralela por lo demás o la de los anteriores, describe Galdós y lo hace con el mismo valor simbólico.

[225] Luis González Bravo (1811-1871) fue uno de los políticos más influyentes en la tumultuosa política española del XIX, llegando a ser Presidente del Consejo de Ministros, Ministro de Estado, Notario Mayor del Reino y luego Ministro de la Gobernación. El destino de que habla Galdós lo conseguiría Ponte a raíz del nombramiento en 1843 de los primeros cargos que hemos citado.

[226] *gozaba cesantía*. El dinero que percibe el funcionario apartado de su trabajo. Para los cesantes y su tragedia personal, familiar, etc. léase *Miau*, una de las mejores novelas de Galdós.

[227] *sablazos*. Aún hoy, las peticiones de dinero por préstamo, pero que generalmente no se devuelven.

160

mano en demanda de auxilio, revistiéndola, eso sí, para guardar las formas, de un guante, que aunque descosido y roto, guante era al fin. Antes se muriera de hambre Frasquito, que hacer cosa alguna sin dignidad. Se dio el caso de entrar disfrazado en el figón de Boto[228], a comer dos reales de cocido, antes que presentarse en una buena casa, donde si le admitían con agasajo, también lastimaban con crueles bromas su decoro, refregándole en el rostro su gorronería y parasitismo.

Con angustioso afán buscaba el infeliz medios de existencia, aunque fueran de los menos lucrativos; pero la cortedad de sus talentos dificultaba más lo que en todos los casos es difícil. Tanto revolvió, que al fin pudo encontrar algunos empleíllos, indignos ciertamente de su anterior posición, pero que le permitieron vivir algún tiempo sin *rebajarse*. Su miseria, al cabo, podía decorarse con un barniz de dignidad. Recibir un corto auxilio pecuniario como pasante de un colegio[229], o como escribiente de unos boteros de la calle de Segovia[230], para llevarles las cuentas y *ponerles* las cartas, era limosna ciertamente, pero tan bien disimulada, que no había desdoro en recibirla. Arrastró vida mísera durante algunos años, solitario habitante de los barrios del Sur[231], sin atreverse a pasar a los del Centro y Norte, por miedo de encontrar *conocimientos* que le vieran mal calzado y peor vestido; y habiendo perdido aquellos acomodos, buscó otros, aceptando al fin, no sin escrúpulos y crispaduras de nervios, el cargo de comisionista o viajante de una fábrica de jabón, para ir de tienda en tienda y de casa en casa ofreciendo el género, y colocando las partidas que pudiera. Mas tan poca labia y malicia el pobrecillo desplegaba en este oficio chalanesco[232], que pronto hubo de quedarse en la calle. Últimamente le deparó el cielo unas señoras viejas de

[228] *figón de Boto*. En la Cava Baja, 39, había un bodegón de Salvador Botos, pero Galdós, como nos dirá en el capítulo 26, se refiere a una taberna existente en la calle Avemaría.

[229] El *pasante de un colegio* era un ayudante del maestro, bien en el aspecto de la disciplina escolar o en el académico, para la corrección de tareas o sustitución del maestro en ejercicios prácticos y de repaso.

[230] *boteros de la calle de Segovia*. Efectivamente, había una botería en la calle Segovia, 26, que pertenecía a Pablo Cisnal.

[231] Hoy todavía los barrios más pobres de Madrid se encuentran al sur de la ciudad.

[232] El *chalán* es el que trata, especula o comercia en compras y ventas, y tiene para ello cierta habilidad, maña y persuasión.

suegro ?

la Costanilla de San Andrés, para que les llevara las cuentas de un resto de comercio de cerería, que liquidaban, cediendo en pequeñas partidas las existencias a las parroquias y congregaciones. Escaso era el trabajo; mas por él le daban tan sólo dos pesetas diarias, con las ·cuales realizaba el milagro de vivir, agenciándose comida y lecho, y no se dice casa, porque en realidad no la tenía.

Ya desde el 80[233], que fue el año terrible para el sin ventura Frasquito, se determinó a no tener domicilio, y después de unos días de horrorosa crisis en que pudo compararse al caracol, por el aquél de llevar su casa consigo, entendióse con la *seña* Bernarda, la dueña de los dormitorios de la calle del Mediodía Grande[234], mujer muy dispuesta y que sabía distinguir. Por tres reales le daba cama de a peseta, y en obsequio a la excepcional decencia del parroquiano, por sólo un real de añadidura le dejaba tener su baúl en un cuartucho interior, donde, además, le permitía estar una hora todas las mañanas arreglándose la ropa, y acicalándose con sus lavatorios, cosméticos y manos de tinte. Entraba como un cadáver, y salía desconocido, limpio, oloroso y reluciente de hermosura.

La restante peseta la empleaba en comer y en vestirse... ¡Problema inmenso, álgebra imposible! Con todos sus apuros, aquella temporada le dio relativo descanso, porque no sufría la humillación de pedir socorro, y malo o bueno, tuerto o derecho, tenía el hombre un medio de vivir, y vivía y respiraba, y aún le sobraba tiempo para dar algunas volteretas por los espacios imaginarios. Su honesto trato con Obdulia, que vino del conocimiento con Doña Paca y de las relaciones comerciales de las viejas cereras con el *funerario*, suegro de la niña, si llevó al espíritu de Ponte el consuelo de la concordancia de ideas, gustos y aficiones, le puso en el grave compromiso de desatender las necesidades de boca para comprarse unas botas nuevas, pues las que por entonces prestaban servicio exclusivo hallábanse horrorosamente desfiguradas, y por todo pasaba el menesteroso, menos por entrar con feo pie en las regiones de lo ideal.

---

[233] *Ya desde el 80... Frasquito.* Ver nota 97 dedicada a doña Francisca en este periodo.
[234] *calle de Mediodía Grande. Vid.* nota, 129.

XVII

Con el espantoso desequilibrio que trajeron al menguado presupuesto, las botas nuevas y otros artículos de verdadera superfluidad, como pomada[235], tarjetas, etc., en los cuales fue preciso invertir sumas de relativa consideración, se quedó Frasquito enteramente vacío de barriga y sin saber dónde ni cómo había que llenarla. Pero la Providencia, que no abandona a los buenos, le deparó su remedio en la casa misma de Obdulia, que le mataba el hambre algunos días, rogándole que la acompañase a almorzar; y por cierto que tenía que gastar no poca saliva para reducirle, y vencer su delicadeza y cortedad. Benina, que le leía en el rostro la inanición, gastaba menos etiquetas que su señorita, y le servía con brusquedad, riéndose de los melindres y repulgos[236] con que daba delicada forma a la aceptación.

Aquel día, que tan siniestro se presentaba, y que la aparición de Benina trocó en uno de los más dichosos, Obdulia y Frasquito, en cuanto comprendieron que estaba resuelto el problema de la reparación orgánica, se lanzaron a cien mil leguas de la realidad, para espaciar sus almas en el rosado ambiente de los bienes fingidos. Las ideas de Ponte eran muy limitadas: las que pudo adquirir en los veinte años de su apogeo social se petrificaron, y ni en ellas hubo modificación, ni las adquirió nuevas. La miseria le apartó de sus antiguas amistades y relaciones, y así como su cuerpo se momificaba, su pensamiento se iba quedando fósil. En su manera de pensar, no había rebasado las líneas del 68 y 70[237]. Ignoraba cosas que sabe todo el

---

[235] *pomada*. Aunque hoy se emplea fundamentalmente designando ciertos tipos de medicamentos, todavía se emplea la pomada para referirse a algunas clases de cosméticos o afeites; éste es el sentido que tiene aquí.

[236] *repulgos*, escrúpulos vanos y ridículos.

[237] Pocas veces ha expuesto Galdós con tanta claridad la impresión de exotismo y de rareza antropológica que supone el mantenimiento inalterado de actitudes isabelinas, anteriores a la Revolución de 1868 y durante todo el periodo siguiente de la Restauración. Por otro lado, son muchos sus personajes románticos, que viven anclados en aquel momento y en todos ellos siempre hay algo de autobiográfico.

mundo; parecía hombre caído de un nido o de las nubes; juzgaba de sucesos y personas con candorosa inocencia. La vergüenza de su aflictivo estado y el retraimiento consiguiente, no tenían poca parte en su atraso mental y en la pobreza de sus pensamientos.

Por miedo a que le viesen hecho una facha, se pasaba semanas y aun meses sin salir de sus barrios; y como no tuviera necesidad imperiosa que al centro le llamase, no pasaba de la Plaza Mayor. Le azaraba continuamente la monomanía centrífuga; prefería para sus divagaciones las calles obscuras y extraviadas, donde rara vez se ve un sombrero de copa[238]. En tales sitios, y disfrutando de sosiego, tiempo sin tasa y soledad, su poder imaginativo hacía revivir los tiempos felices, o creaba en los presentes seres y cosas al gusto y medida del mísero soñador.

En sus coloquios con Obdulia, Frasquito no cesaba de referirle su vida social y elegante de otros tiempos, con interesantes pormenores: cómo fue presentado en las tertulias de los señores de Tal, o de la Marquesa de Cuál; qué personas distinguidas allí conoció, y cuáles eran sus caracteres, costumbres y modos de vestir. Enumeraba las casas suntuosas donde había pasado horas felices, conociendo lo mejorcito de Madrid en ambos sexos, y recreándose con amenos coloquios y pasatiempos muy bonitos. Cuando la conversación recaía en cosas de arte, Ponte, que deliraba por la música y por el *Real*[239], tarareaba trozos de *Norma* y de *María di Rohan*[240], que Obdulia escuchaba con éxtasis. Otras veces, lanzándose a la poesía, recitábale versos de D. Gregorio Romero Larrañaga[241] y de otros vates de aquellos tiempos bobos. La radical ignorancia

---

[238] El *sombrero de copa* era signo de buena posición social.

[239] Se refiere al Teatro Real, situado en la Plaza de Isabel II. Estaba destinado a representaciones de ópera y hoy a sala de conciertos.

[240] *Norma*. Tragedia lírica en dos actos, sobre texto de Felice Romani y música de Vincenzo Bellini. Se estrenó en Milán en el teatro de la Scala el 26 de diciembre de 1831. *María di Rohan*, o *Il Conte di Chalais* de Donizetti, es una ópera italiana sobre este enérgico personaje, que tuvo parte muy activa en los conflictos sociopolíticos franceses, como el de La Fronda (1650-1651).

[241] *Gregorio Romero Larrañaga*. Poeta y escritor romántico español (1815-1872), sentimental y apasionado. *(Vid.* el libro de José Luis Varela, *Vida y obra literaria de Gregorio Romero de Larrañaga*, Madrid, CSIC, 1948.).

de la joven era terreno propio para estos ensayos de literaria educación, pues en todo hallaba novedad, todo le causaba el embeleso que sentiría una criatura al ver juguetes por primera vez.

No se saciaba nunca la *niña* (a quien es forzoso llamar así, a pesar de ser casada, con su aborto correspondiente) de adquirir informes y noticias de la vida de sociedad, pues aunque algunos conocimientos de ello tuviera, por recuerdos vagos de su infancia, y por lo que su madre le había contado, hallaba en las descripciones y pinturas de Ponte mayor encanto y poesía. Sin duda, la sociedad del tiempo de Frasquito era más bella que la coetánea, más finos los hombres, las señoras más graciosas y espirituales. A ruego de ella, el elegante fósil describía los convites, los bailes, con todas sus magnificencias; el *buffet* o *ambigú*[242], con sus variados manjares y refrigerios; contaba las aventuras amorosas que en su tiempo dieron que hablar; enumeraba las reglas de buena educación que entonces, hasta en los ínfimos detalles de la vida suntuaria, estaba en uso, y hacía el panegírico de las bellezas que en su tiempo brillaron, y ya se habían muerto o eran arrinconados vejestorios. No se dejó en el tintero sus propias aventurillas, o más bien pinitos amorosos, ni los disgustos que por tales excesos tuvo con maridos escamones o hermanos susceptibles. De las resultas, había tenido también su duelo correspondiente, ¡vaya! con padrinos, condiciones, elección de armas, dimes y diretes, y, por fin, choque de sables, terminando todo en fraternal almuerzo. Un día tras otro, fue contando las varias peripecias de su vida social, la cual contenía todas las variedades del libertinaje candoroso, de la elegancia pobre y de la tontería honrada. Era también Frasquito un excelente aficionado al arte escénico, y representó en distintos teatros caseros papeles principales en *Flor de un día* y *La trenza de sus cabellos*[243].

---

[242] *ambigú*. Sustantivo aplicado a ciertas barras de bar, sobre todo dentro de salas de baile o restaurante y otros sitios públicos.

[243] *Flor de un día*. Drama en tres actos y un prólogo de Francisco Camprodón, poeta catalán que con esta obra se presentó por vez primera al público madrileño. Se inscribe esta pieza dentro de la comedia sentimental postromántica. Hay otra obra, titulada ¡*Flor de un día!*, de Hartzenbusch, de cuyo estreno da noticia *El Heraldo*, del 5 de febrero de 1851.

La trenza de sus cabellos. Drama de Tomás Rodríguez Rubí, estrenado en el teatro del Príncipe el 15 de febrero de 1848.

Aún recordaba parlamento y *bocadillos*[244] de ambas obras, que repetía con énfasis declamatorio, y que Obdulia oía con arrobamiento, *arrasados los ojos en lágrimas*, dicho sea con frase de la época. Refirió también, y para ello tuvo que emplear dos sesiones y media, el baile de trajes que dio, allá por los años de Maricastaña[245], una señora Marquesa o Baronesa de No sé cuántos. No olvidaría Frasquito, si mil años viviese, aquella grandiosa fiesta, a la que asistió de *bandido calabrés*. Y se acordaba de todos, absolutamente de todos los trajes, y los describía y especificaba, sin olvidar cintajo ni galón. Por cierto que los preparativos de su vestimenta, y los pasos que tuvo que dar para procurarse las prendas características, le robaron tanto tiempo día y noche, que faltó semanas enteras a la oficina, y de aquí le vino la primera cesantía, y con la cesantía sus primeros atrasos.

Aunque en muy pequeña escala, también podía Frasquito satisfacer otra curiosidad de Obdulia: la curiosidad, o más bien ilusión, de los viajes. No había dado la vuelta al mundo; pero ¡había estado en París! y para un elegante, esto quizás bastaba. ¡París! ¿Y cómo era París? Obdulia devoraba con los ojos al narrador, cuando este refería con hiperbólicos arranques las maravillas de la gran ciudad, nada menos que en los esplendorosos tiempos del segundo Imperio[246]. ¡Ah! ¡la Emperatriz Eugenia, los Campos Elíseos, los bulevares, Nôtre Dame, Palais Royal... y para que en la descripción entrara todo, Mabille, las loretas![247]... Ponte no estuvo más que mes y medio, vi-

---

[244] *Bocadillos de ambas obras*. En el lenguaje teatral, se utiliza esta denominación para referirse a las breves intervenciones de un tercer personaje en el diálogo. Alude Galdós a las breves recitaciones y citas textuales que Ponte intercala en sus referencias a estas dos obras. Algo parecido al estilo libre indirecto que el autor viene utilizando en la obra y que tiene muchos puntos de contacto con sus obras teatrales.

[245] *Maricastaña* es un personaje proverbial, símbolo de antigüedad muy remota.

[246] *segundo Imperio*. Periodo que va de 1852 a 1871, bajo Napoleón III y su esposa Eugenia de Montijo, condesa de Teba. Fue un periodo medianamente conservador en el que París se convirtió en la capital más elegante del mundo occidental.

[247] El *Baile Mabille* era un lugar de recreo fundado por el bailarín Mabille en 1840, en París. Estaba situado en la Avenida Montaigne. La sala desapareció en 1875. Las *loretas* eran personajes femeninos de unas novelas de aventuras de Pablo Enrique Kock (1819-1892), hijo de Pablo Kock, que se hicieron famosas a mediados del siglo: *Lorettes et gentils hommes* (1847), *Les lorettes vengées* (1853).

viendo con grande economía, y aprovechando muy bien el tiempo, día y noche, para que no se le quedara nada por ver. En aquellos cuarenta y cinco días de libertad parisiense, gozó lo indecible, y se trajo a Madrid recuerdos e impresiones que contar para tres años seguidos. Todo lo vio, lo grande y lo chico, lo bello y lo raro; en todo metió su nariz chiquita, y no hay que decir que se permitió su poco de libertinaje, deseando conocer los encantos secretos y seductoras gracias que esclavizan a todos los pueblos, haciéndoles tributarios de la voluptuosa Lutecia[248].

Precisamente aquel día, mientras Benina con diligencia suma trasteaba en la cocina y comedor, Frasquito contaba a Obdulia cosas de París, y tan pronto, en su pintoresco relato, descendía a las alcantarillas, como se encaramaba en la torre del pozo artesiano de Grenelle[249].

—Muy cara ha de ser la vida en París —le dijo su amiga—. ¡Ah! Sr. de Ponte, eso no es para pobres.

—No, no lo crea usted. Sabiendo manejarse, se puede vivir como se quiera. Yo gastaba de cuatro a cinco napoleones[250] diarios, y nada se me quedó por ver. Pronto aprendí las *correspondencias*[251] de los ómnibus, y a los sitios más distantes iba por unos cuantos *sus*[252]. Hay *restauranes* económicos, donde le sirven a usted por poco dinero buenos platos. Verdad es que en propinas, que allí llaman *pour boire*, se gasta más de la cuenta; pero créame usted, las da uno con gusto por verse tratado con tanta amabilidad. No oye usted más que *pardon*, *pardon* a todas horas.

—Pero entre las mil cosas que usted vio, Ponte, se olvida de lo mejor. ¿No vio usted a los grandes hombres?

---

248 *Lutecia* es el nombre antiguo de París, más concretamente de una isla del Sena. Galdós describe el tópico del París de entonces, conservado incluso hasta hoy y el adjetivo «voluptuoso» cierra adecuadamente el cuadro de la capital francesa pintado por el autor.

249 El *pozo artesiano de Grenèlle* fue excavado en París, en el centro de la plaza de Breteuil, entre 1834 y 1841. Sobre la estructura de hierro del pozo se erigió la estatua de Pasteur, demolida en 1904.

250 *napoleones*. Era una moneda que llevaba grabado el busto de Napoleón. Tenía el valor de cinco francos y equivalía a diecinueve reales en España.

251 *correspondencias*, en francés «correspondances», se refiere a los enlaces entre las diversas líneas de comunicaciones urbanas.

252 *sus*, «sous». Denominación popular francesa de la calderilla o dinero de escaso valor.

—Le diré a usted. Como era verano, los grandes hombres se habían ido a tomar baños. Víctor Hugo, como usted sabe, estaba en la emigración[253].

—Y a Lamartine, ¿no le vio usted?

—En aquella época, ya el autor de *Graziella* había fallecido[254]. Una tarde, los amigos que me acompañaban en mis paseos me enseñaron la casa de Thiers[255], el gran historiador, y también me llevaron al café donde, por invierno, solía ir a tomarse su copa de cerveza Paul de Kock[256].

—¿El de las novelas para reír? Tiene gracia; pero sus indecencias y porquerías me fastidian.

También vi la zapatería donde le hacían las botas a Octavio Feuillet[257]. Por cierto que allí me encargué unas, que me costaron seis napoleones... ¡pero qué hechura, qué género! Me duraron hasta el año de la muerte de Prim[258]...

—Ese Octavio, ¿de qué es autor?

—De *Sibila* y otras obras lindísimas.

—No le conozco... Creo confundirle con Eugenio Sué, que escribió, si no recuerdo mal, los *Pecados capitales* y *Nuestra Señora de París*[259].

---

[253] Víctor Hugo estuvo desterrado de 1851 a 1870, durante el reinado de Napoleón III, que subió al trono el 3 de diciembre de 1851, como consecuencia de un golpe de estado al que se opuso el poeta. Por la nómina de libros de la biblioteca galdosiana, podemos saber que Hugo fue uno de los escritores más leídos por nuestro novelista.

[254] El gran poeta francés Lamartine murió en 1869.

[255] *Thiers*. Historiador y político francés, que participa en los vaivenes de la política de su país desde 1830 hasta mediados de siglo en que es encarcelado. Fue redactor de *Le National* y tuvo una especial importancia en la revolución burguesa de julio de 1830. En 1864 propuso el programa de las «libertades necesarias» frente a Napoleón III y exigió responsabilidades a los ministros. En la Tercera República (1870) es nombrado jefe del poder ejecutivo. Thiers será también el sobrenombre de don Francisco de Bringas en la obra galdosiana.

[256] Paul de Kock fue un novelista francés de mediano ingenio pero de gran popularidad: influyó estilísticamente en un sector de la novelística española y Pedro Antonio de Alarcón, entre otros escritores, le imitó en su primera época.

[257] Las novelas de Octavio Feuillet fueron muy apreciadas por el público femenino de su tiempo. Más adelante, don Frasquito cita una de sus obras narrativas más populares: *Histoire de Sybille*, publicada en 1862.

[258] Hasta 1870, pues el general Prim murió asesinado el 30 de diciembre de dicho año.

[259] Eugenio Sué, fecundo novelista francés (1804-1857) fue uno de

—*Los Misterios de París*, quiere usted decir.

—Eso... ¡Ay, me puse mala cuando leí esa obra, de la gran impresión que me produjo!

—Se identificaba usted con los personajes, y vivía la vida de ellos.

—Exactamente. Lo mismo me ha pasado con *María o la hija de un jornalero*[260]...

En esto les avisó Benina que ya tenía preparada la pitanza[261], y les faltó tiempo para caer sobre ella y hacer los debidos honores a la tortilla de escabeche y a las chuletas con patatas fritas. Dueño de su voluntad en todo acto que requiriese finura y buenas formas, Ponte se las compuso admirablemente con sus nervios para no dar a conocer la ferocidad de su hambre atrasada. Con bondadosa confianza, Benina le decía: «Coma, coma, Sr. de Ponte, que aunque ésta no es comida fina, como las que a usted le dan en otras casas, no le viene mal ahora... Los tiempos están malos. Hay que apencar con todo...

—Señora Nina —replicaba el *proto-cursi*—, yo aseguro, bajo mi palabra de honor, que es usted un ángel; yo *me inclino a creer* que en el cuerpo de usted se ha encarnado un ser benéfico y misterioso, un ser que es *mera* personificación de la Providencia, según la entendían y entienden los pueblos antiguos y modernos.

—¡Válgate Dios lo que sabe, y qué tonterías tan saladas dice!»

los más leídos del siglo XIX y su obra *El judío errante* hizo las delicias de los lectores decimonónicos. Efectivamente, Obdulia confunde a Sué con Víctor Hugo, autor de *Nuestra Señora de París*. Sué escribió *Los misterios de París*.

[260] *María o La hija de un jornalero*, de Wenceslao Ayguals de Izco, fue una de las novelas más populares de su tiempo. *Vid.* Leonardo Romero Tobar, «Forma y contenido en la novela popular: Ayguals de Izco», en *Prohemio*, III, 1, 1972, págs. 45-90; y Rubén Benítez, *Ideología del folletín español: Wenceslao Ayguals de Izco (1801-1873)*, Madrid, José Porrúa Turanzas, 1979.

[261] *pitanza*. Galdós utiliza conscientemente este término con el matiz religioso de su raíz «pietas». Es la ración de comida que se distribuye a los que viven en comunidad o a los pobres. Ambas cosas son Obdulia y Frasquito.

XVIII

Con la reparadora substancia del almuerzo, los cuerpos parecía que resucitaban, y los espíritus fortalecidos levantaron el vuelo a las más altas regiones. Instalados otra vez en el gabinete, Ponte Delgado contó las delicias de los veranos de Madrid en su tiempo. En el Prado se reunía toda la nata y flor. Los pudientes iban de estación a la Granja[262]. Él había visitado más de una vez el Real Sitio, y había visto correr las fuentes.

«¡Y yo que no he visto nada, nada! —exclamaba Obdulia con tristeza, poniendo en sus bellos ojos un desconsuelo infantil—. Crea usted, amigo Ponte, que ya me habría vuelto tonta de remate, si Dios no me hubiera dado la facultad de figurarme las cosas que no he visto nunca. No puede usted imaginar cuánto me gustan las flores: me muero por ellas. En su tiempo, mamá me dejaba tener tiestos en el balcón: después me los quitaron, porque un día regué tanto, que subió el policía y nos echaron multa. Siempre que paso por un jardín, me quedo embobada mirándolo. ¡Cuánto me gustaría ver los de Valencia, los de la Granja, los de Andalucía!... Aquí apenas hay flores, y las que vemos vienen por ferrocarril, y llegan mustias. Mi deseo es admirarlas en la planta. Dicen que hay tantísimas clases de rosas: yo quiero verlas, Ponte; yo quiero *aspirar su aroma*. Se dan grandes y chicas, encarnadas y blancas, de muchas variedades. Quisiera ver una planta de jazmín grande, grande, que me diera sombra. ¡Y cómo me quedaría yo embelesada, viendo las mil florecillas caer sobre mis hombros, y prendérseme en el pelo... Yo sueño con tener un magnífico jardín y una estufa[263]... ¡Ay! esas estufas con plantas tropicales y flores rarísimas, quisiera verlas yo. Me las figuro; las estoy viendo... me muero de pena por no poder poseerlas.

---

[262] La Granja de San Ildefonso, situada en la provincia de Segovia, fue residencia de verano de la familia real y a ella acudía una buena parte de la alta sociedad madrileña. Ver correr el agua de las fuentes en los versallescos jardines de La Granja es hoy, como entonces, un hermoso espectáculo.

[263] *estufa.* Hoy diríamos «invernadero». Se trata de un lugar cubierto y abrigado artificialmente con el fin de defender las plantas de la acción del frío.

—Yo he visto —dijo Ponte— la de D. José Salamanca en sus buenos tiempos. Figúresela usted más grande que esta casa y la de al lado juntas. Figúrese usted palmeras y helechos de gran altura, y piñas de América con fruto. Me parece que la estoy viendo[264].

—Y yo también. Todo lo que usted me pinta, lo veo. A veces, soñando, soñando, y viendo cosas que no existen, es decir, que existen en otra parte, me pregunto yo: «¿Pero no podría suceder que algún día tuviera yo una casa magnífica, elegante, con salones, estufa... y que a mi mesa se sentaran *los grandes hombres*... y yo hablara con ellos y con ellos me instruyera?»

—¿Por qué no ha de poder ser? Usted es muy joven, Obdulia, y tiene aún mucha vida por delante. Todo eso que usted ve en sueños, véalo como una realidad posible, probable. Dará usted comidas de veinte cubiertos, una vez por semana, los miércoles, los lunes... Le aconsejo a usted, como perro viejo en sociedad, que no ponga más de veinte cubiertos, y que invite para esos días gente muy escogida.

—¡Ah!... bien... lo mejor, la *crema*...

—Los demás días, seis cubiertos, los convidados íntimos y nada más; personas de alcurnia, ¿sabe?, personas allegadas a usted y que le tengan cariño y respeto. Como es usted tan hermosa, tendrá adoradores... eso no lo podrá evitar... No dejará de verse en algún peligro, Obdulia. Yo le aconsejo que sea usted muy amable con todos, muy fina, muy cortés: pero en cuanto se propase alguno, revístase de dignidad, y vuélvase más fría que el mármol, y desdeñosa como una reina.

—Eso mismo he pensado yo, y lo pienso a todas horas. Estaré tan ocupada en divertirme, que no se me ocurrirá ninguna cosa mala. ¡Qué gusto ir a todos los teatros, no perder ópera, ni concierto, ni función de drama o comedia, ni estreno, ni nada, Señor, nada! Todo lo he de ver y gozar... Pero crea usted una cosa, y se la digo con el corazón. En medio de

---

264 Don José de Salamanca y Mayol (1811-1883) fue uno de los hombres de negocios más importantes de la España de su tiempo. Llegó a ser ministro de Hacienda y su poder como banquero influía en las decisiones políticas de entonces. Fue el promotor del barrio que lleva su nombre en la capital de España. *Vid.* José María Sanz García, *La Banca y los banqueros madrileños en el siglo XIX*, Madrid, Aula de Cultura del Ayuntamiento, 1967. Frasquito se refiere aquí a la frondosidad de los jardines del palacio del Marqués de Salamanca, llamado de Vista Alegre, situado en la plaza que hoy lleva su nombre.

todo ese barullo, yo gozaría extremadamente en repartir muchas limosnas; iría yo en busca de los pobres más desamparados, para socorrerles y... En fin, que yo no quiero que haya pobres... ¿Verdad, Frasquito, que no debe haberlos?

—Ciertamente, señora. Usted es un ángel, y con la *varilla mágica de su bondad* hará desaparecer todas las miserias.

—Ya se me figura que es verdad cuanto usted me dice. Yo soy así. Vea usted lo que me pasa: hace un rato hablábamos de flores; pues ya se me ha pegado a la nariz un olor riquísimo. Paréceme que estoy dentro de mi estufa, viendo tantos primores, y oliendo fragancias deliciosas. Y ahora, cuando hablábamos de socorrer la miseria, se me ocurrió decirle: «Frasquito, tráigame una lista de los pobres que usted conozca, para empezar a distribuir limosnas.»

—La lista pronto se hace, señora mía —dijo Ponte contagiado del delirio imaginativo, y pensando que debía encabezar la propuesta con el nombre del primer menesteroso del mundo: *Francisco Ponte Delgado*.

—Pero habrá que esperar —añadió Obdulia, dándose de hocicos contra la realidad, para volver a saltar otra vez, cual pelota de goma, y remontarse a las alturas—. Y diga usted: en ese correr por Madrid buscando miserias que aliviar, me cansaré mucho, ¿verdad?

—¿Pero para qué quiere usted sus coches?... Digo, yo *parto de la base* de que usted tiene una gran posición.

—Me acompañará usted.

—Seguramente.

—¿Y le veré a usted paseando a caballo por la Castellana?

—No digo que no. Yo he sido regular jinete. No gobierno mal[265]... Ya que hemos hablado de carruajes, le aconsejo a usted que no tenga cocheras... que se entienda con un alquilador. Los hay que sirven muy bien. Se quitará usted muchos quebraderos de cabeza.

—¿Y qué le parece a usted? —dijo Obdulia ya desbocada y sin freno—. Puesto que he de viajar, ¿a dónde debo ir primero, a Alemania o a Suiza?

—Lo primero a París...

—Es que yo me figuro que ya he visto a París... Eso es de clavo pasado... Ya estuve: quiero decir, ya estoy en que estuve, y que volveré, de paso para otro país.

---

[265] *no gobierno mal.* En el lenguaje de equitación «gobernar» es conducir, saber llevar el caballo.

—Los lagos de Suiza son linda cosa. No olvide usted las ascensiones a los Alpes para ver... los perros del Monte San Bernardo, los grandes témpanos de hielo, y otras maravillas de la Naturaleza.

—Allí me hartaré de una cosa que me gusta atrozmente: manteca de vacas bien fresca... Dígame, Ponte, con franqueza: ¿qué color cree usted que me sienta mejor, el rosa o el azul?

—Yo afirmo que a usted le sientan bien todos los colores *del iris;* mejor dicho: no es que éste o el otro color hagan valer más o menos su belleza; es que su belleza tiene bastante poder para dar realce a cualquier color que se le aplique.

—Gracias... ¡Qué bien dicho!

—Yo, si usted me lo permite —manifestó el galán marchito, sintiendo el vértigo de las alturas—, haré la comparación de su figura de usted con la figura y rostro... ¿de quién creerá?... pues de la Emperatriz Eugenia [266], ese prototipo de elegancia, de hermosura, de distinción...

—¡Por Dios, Frasquito!

—No digo más que lo que siento. Esa mujer *ideal* no se me ha olvidado, desde que la vi en París, paseando en el *Bois* [267] con el Emperador. La he visto mil veces después, cuando *flaneo* [268] solito por esas calles soñando despierto, o cuando me entra el insomnio, encerrado las horas muertas *en mis habitaciones* [269]. Paréceme que la estoy viendo ahora, que la veo siempre... Es una idea, es un... no sé qué. Yo soy un hombre que adora los ideales, que no vive sólo de la *vil materia*. Yo desprecio la *vil materia*, yo sé desprenderme del *frágil barro*...

— Entiendo, entiendo... Siga usted.

—Digo que en mi espíritu vive la imagen de aquella mujer... y la veo como un ser real, como un ente... no puedo explicarlo... como un ente, no figurado, sino tangible y...

—¡Oh! sí... lo comprendo. Lo mismo me pasa a mí.

— ¿Con ella?

---

[266] El nombre completo de la Emperatriz Eugenia es Eugenia de Guzmán Portocarrero Palafox y Kirkpatrick. Era la segunda hija del Conde Cipriano Portocarrero y de María Manuela Kirkpatrik. Nació en Granada en 1826. Tuvo su palacio en la esquina de la plaza de Santa Ana y la del Ángel.

[267] *bois*, «bosque». Se refiere al bosque de Bolonia, en París.

[268] *flanear* es galicismo que significa caminar a la aventura, pasear.

[269] *en mis habitaciones*. La ingenua presunción de Frasquito Ponte se pone de manifiesto en este tópico acuñado por las clases altas de la época.

—No... con... no sé con quién.»

Por un momento, creyó Frasquito que el *ser ideal* de Obdulia era el Emperador. Incitado a completar su pensamiento, prosiguió así:

«Pues, amiga mía, yo que *conozco*, que *conozco*, digo, a Eugenia de Guzmán, sostengo que usted es como ella, o que ella y usted son una misma persona.

—Yo no creo que pueda existir tal semejanza, Frasquito —replicó la niña, turbada, echando lumbre por los ojos.

—La fisonomía, las facciones, así de perfil como de frente, la expresión, el aire del cuerpo, la mirada, el gesto, los andares, todo, todo es lo mismo. Créame usted, yo no miento nunca.

—Puede ser que haya cierto parecido... —indicó Obdulia, ruborizándose hasta la raíz del cabello—. Pero no seremos iguales; eso no.

—Como dos gotas de agua. Y si *se parecen ustedes* en lo físico... —dijo Frasquito, echándose para atrás en el sillón y adoptando un tonillo de franca naturalidad—, no es menor el parecido en lo moral, en el aire de persona que ha nacido y vive en la más alta posición, en algo que revela la conciencia de una superioridad a la que todos rinden acatamiento. En suma, yo sé lo que me digo. Nunca veo tan clara la semejanza como cuando usted manda algo a la Benina: se me figura que veo a Su Majestad Imperial dando órdenes a sus chambelanes[270].

—¡Qué cosas!... Eso no puede ser, Ponte... no puede ser.»

Entróle a la niña un reír nervioso, cuya estridencia y duración parecían anunciar un ataque epiléptico. Rióse también Frasquito, y desbocándose luego por los espacios imaginativos, dio un bote formidable, que, traducido al lenguaje vulgar, es como sigue:

«Hace poco indicó usted que me vería paseando a caballo por la Castellana. ¡Ya lo creo que podría usted verme! Yo he sido un buen jinete. En mi juventud, tuve una jaca torda[271], que era una pintura. Yo la montaba y la gobernaba admirablemente. Ella y yo *llamamos la atención* en La Línea[272] pri-

---

[270] *chambelanes* son los que cuidan de la persona real en todo lo que se refiere a su propia hacienda y administración.

[271] Se califica a la jaca de *torda* cuando tiene el pelo mezclado de blanco y negro, al igual que el plumaje del tordo.

[272] La línea de la Concepción, ciudad de la provincia de Cádiz y a escasos kilómetros de Algeciras, lugar de nacimiento de don Frasquito Ponte.

174

mero, después en Ronda, donde la vendí, para comprarme un caballo jerezano, que después fue adquirido... pásmese usted... por la Duquesa de Alba[273], hermana de la Emperatriz, mujer elegantísima también... y que también se le parece a usted, sin que las dos hermanas se parezcan.

—Ya, ya sé... —dijo Obdulia, haciendo gala de entender de linajes—. Eran hijas de *la Montijo*.

—Cabal, que vivía en la plazuela del Ángel, en aquel gran palacio[274] que hace esquina a la plaza donde hay tantos pajaritos... mansión de hadas... yo estuve una noche... me presentaron Paco Ustáriz y Manolo Prieto, compañeros míos de oficina... Pues sí, yo era un buen jinete, y créame, algo queda.

—Hará usted una figura arrogantísima...

—¡Oh! no tanto.

—¿Por qué es usted tan modesto? Yo lo veo así, y suelo ver las cosas bien claras. Todo lo que yo veo es verdad.

—Sí; pero...

—No me contradiga usted, Ponte, no me contradiga en esto ni en nada.

—Acato humildemente sus aseveraciones —dijo Frasquito humillándose—. Siempre hice lo mismo con todas las damas a

---

[273] Se refiere a la hermana mayor de Eugenia, María Francisca, nacida en 1825 y muerta en 1860.

[274] *gran palacio. Vid.* nota 266, que completamos con Pedro de Répide:

> «En la esquina de la Plaza de Santa Ana fue edificado, hacia 1810, y por el arquitecto don Silvestre Pérez, el elegante palacio de los condes de Montijo y de Teba... El Palacio de Montijo tuvo una importancia excepcional durante el siglo xix por las grandes fiestas que en él celebraba la condesa, cuyas dos hijas, Francisca y Eugenia, habían de ser, aquélla duquesa de Alba, y ésta emperatriz de los franceses. Todas las grandes figuras españolas de su tiempo y la mayor parte de las más insignes de Europa, frecuentaron aquella espléndida mansión, donde más de una vez se decidieron cuestiones políticas. El último episodio memorable de las fiestas de la condesa de Montijo en su casa fue la cena de Nochebuena de 1874, en que dio a conocer a sus invitados la próxima proclamación de Alfonso XII.»

Ofrecemos todos estos datos porque, como se puede observar, están en relación con muchos de los acontecimientos que Galdós expone en su novela.

quienes he tratado, que han sido muchas, Obdulia, pero muchas...

—Eso bien se ve. No conozco otra persona que se le iguale en la finura del trato. Francamente, es usted el prototipo de la elegancia... de la...

—¡Por Dios!...»

Al llegar a esta frase, el punto o vértice del delirio hízoles caer de bruces sobre la realidad la brusca entrada de Benina, que, concluidas sus faenas de fregado y arreglo de la cocina y comedor, se despedía. Cayó Ponte en la cuenta de que era la hora de ir a cumplir sus obligaciones en la casa donde trabajaba, y pidió licencia a la imperial dama para retirarse. Esta se la dio con sentimiento, mostrándose pesarosa de la soledad en que hasta el próximo día quedaba en sus palacios, habitados por sombras de chambelanes y otros guapísimos palaciegos. Que éstos, ante los ojos de los demás mortales, tomaran forma de gatos mayadores, a ella no le importaba. En su soledad, se recrearía discurriendo muy a sus anchas por la estufa, admirando las galanas flores tropicales, y aspirando sus embriagadoras fragancias.

Fuese Ponte Delgado, despidiéndose con afectuosas salutaciones y sonrisas tristes, y tras él Benina, que apresuró el paso para alcanzarle en el portal o en la calle, deseosa de echar con él un parrafito.

XIX

«Sí, D. Frasco —le dijo codeándose con él en la calle de San Pedro Mártir—. Usted no tiene confianza conmigo, y debe tenerla. Yo soy pobre, más pobre que las ratas; y Dios sabe las amarguras que paso para mantener a mi señora y a la niña, y mantenerme a mí... Pero hay quien me gana en pobreza, y ese pobre de más *solenidá* que nadie es usted... No diga que no.

—Señá Benina, repito que es usted un ángel.

—Sí... de cornisa... Yo no quiero que usted esté tan desamparado. ¿Por qué le ha hecho Dios tan vergonzoso? Buena es la vergüenza; pero no tanta, Señor... Ya sabemos que el Sr. de Ponte es persona decente; pero ha venido a menos, tan a menos, que no se lo lleva el viento porque no tiene por dónde agarrarlo.

Pues bueno: yo soy *Juan Claridades*[275]; después de atender a todo lo del día, me ha sobrado una peseta. Téngala...

—Por Dios, *señá* Benina —dijo Frasquito palideciendo primero, después rojo.

—No haga melindres, que le vendrá muy bien para que pueda pagarle a Bernarda la cama de anoche.

—¡Qué ángel, santo Dios, qué ángel!

—Déjese de *angelorios*, y coja la moneda. ¿No quiere? Pues usted se lo pierde. Ya verá como las gasta la *dormilera*[276], que no fía más que una noche, y apurando mucho, dos. Y no salga diciendo que a mí me hace falta. ¡Como que no tengo otra! Pero yo me gobernaré como pueda para sacar el diario de mañana de debajo de las piedras... Que la tome, digo.

—*Señá* Benina, he llegado a tal extremidad de miseria y humillación, que aceptaría la peseta, sí, señora, la aceptaría, olvidándome de quién soy y de mi dignidad, etc...; pero, ¿cómo quiere usted que yo *reciba* ese *anticipo*[277], sabiendo, como sé, que usted pide limosna para atender a su señora? No puedo, no... Mi conciencia se subleva...

—Déjese de sublevaciones, que no somos aquí *de tropa*[278].

---

[275] *Juan Claridades*. La identificación y personificación de una cualidad o acción, denominándola a través de un nombre propio, es una forma popular pintoresca y expedita de presentar una actitud decidida en breves palabras. Benina va a ser clara y sin rodeos aunque pueda herir la susceptibilidad de Frasquito.

[276] *dormilera*, «la dueña de los dormitorios». Es posible que el término se emplease con mayor o menor asiduidad, pero no lo hemos encontrado en los diccionarios de la época.

[277] La actitud escuderil (nos referimos al Escudero de *El Lazarillo de Tormes*) y su perentoria necesidad transforman de forma inexplicable lo que no es más que una limosna, en un adelanto de un dinero al que se tiene derecho. Es una de las pocas palabras que Galdós subraya en boca de Ponte. En realidad, su lenguaje, como ocurre en aquel escudero, ya es de por sí mismo una forma de autoconvencimiento y de ocultación del verdadero sentido de la realidad. Este sentido no lo recobrará hasta el final de la obra y entonces reivindicará con su propia vida la personalidad despreciada de Benina.

[278] Las sublevaciones de la suboficialidad con sus soldados por las ínfimas condiciones económicas y las discriminaciones en que se encontraban, mientras recaían sobre ellos todas las responsabilidades del mantenimiento del ejército, fueron constantes, crónicas, durante el siglo XIX, como la falta de fondos del Gobierno para mantener el desmesurado número de mandos, oficiales, suboficiales y soldados que habían producido las abundantes guerras.

O usted se lleva la pesetilla, o me enfado, como Dios es mi padre. D. Frasquito, no haga papeles, que es usted más mendigo que el inventor del hambre. ¿O es que necesita más dinero, porque le debe más a la Bernarda? En este caso, no puedo dárselo, porque no lo tengo... Pero no sea usted lila [279], D. Frasquito, ni se haga de mieles, que esa lagartona de la Bernarda se lo comerá vivo, si no le acusa [280] las cuarenta. A un parroquiano como usted, *de la aristocracia*, no se le niega el hospedaje porque deba, un suponer, tres noches, cuatro noches... Plántese el buen Frasquito, con cien mil pares, y verá cómo la Bernarda agacha las orejas... Le da usted sus cuatro reales a cuenta, y... échese a dormir tranquilo en el camastro.»

O no se convencía Ponte, o convencido de lo buena que sería para él la posesión de la peseta, le repugnaba el acto material de extender la mano y recibir la limosna. Benina reforzó su argumentación diciéndole: «Y puesto que es el niño tan vergonzoso, y no se atreve con su patrona, ni aun dándole a cuenta la *cantidá*, yo le hablaré a Bernarda, yo le diré que no le riña, ni le apure... Vamos, tome lo que le doy, y no me fría más la sangre [281], Sr. D. Frasquito.»

Y sin darle tiempo a formular nuevas protestas y negativas, le cogió la mano, le puso en ella la moneda, cerróle el puño a la fuerza, y se alejó corriendo. Ponte no hizo ademán de devolverle el dinero, ni de arrojarlo. Quedóse parado y mudo; contempló a la Benina como a visión que se desvanece en un rayo de luz, y conservando en su mano izquierda la peseta, con la derecha sacó el pañuelo y se limpió los ojos, que le lloraban horrorosamente. Lloraba de irritación oftálmica senil, y también de alegría, de admiración, de gratitud.

Aún tardó Benina más de una hora en llegar a la calle Imperial, porque antes pasó por la de la Ruda a hacer sus compras. Éstas hubieron de ser al fiado, pues se le había concluido el dinero. Recaló en su casa después de las dos, hora no intempestiva ciertamente: otros días había entrado más tarde, sin que la señora por ello se enfadara. Dependía el ser bien o

---

[279] *lila*, «tonto, fatuo».

[280] *acusa los cuarenta*. Hoy decimos «cantas las cuarenta».

[281] *no me fría más la sangre*, «no me haga perder la paciencia». Por usarse hoy esta frase en algunos ambientes sociales y ser relativamente familiar para el hablante, no nos detenemos quizá lo suficiente en analizar su literal sentido, que es, como otras muchas de nuestra lengua, de una asombrosa expresividad.

178

mal recibida de la racha de humor con que a Doña Paca cogía en el momento de entrar. Aquella tarde, por desgracia, la pobre señora rondeña se hallaba en una de sus más violentas crisis de irritabilidad nerviosa. Su genio tenía erupciones repentinas, a veces determinadas por cualquier contrariedad insignificante, a veces por misterios del organismo difíciles de apreciar. Ello es que antes de que Benina traspasara la puerta, Doña Francisca le echó esta rociada: «¿Te parece que son éstas horas de venir? Tengo yo que hablar con D. Romualdo, para que me diga la hora a que sales de su casa... Apuesto a que te descuelgas ahora con la mentira de que fuiste a ver a la niña, y que has tenido que darle de comer... ¿Piensas que soy idiota, y que doy crédito a tus embustes? Cállate la boca... No te pido explicaciones, ni las necesito, ni las creo; ya sabes que no creo nada de lo que me dices, embustera, enredadora.»

Conocedora del carácter de la señora, Benina sabía que el peor sistema contra sus arrebatos de furor era contradecirla, darle explicaciones, sincerarse y defenderse. Doña Paca no admitía razonamientos, por juiciosos que fuesen. Cuanto más lógicas y justas eran las aclaraciones del contrario, más se enfurruñaba ella. No pocas veces Benina, inocente, tuvo que declararse culpable de las faltas que la señora le imputaba, porque, haciéndolo así, se calmaba más pronto.

«¿Ves cómo tengo razón? —proseguía la señora, que cuando se ponía en tal estado, era de lo más insoportable que imaginarse puede—. Te callas... quien calla, otorga. Luego es cierto lo que yo digo; yo siempre estoy al tanto... Resulta lo que pensé: que no has subido a casa de Obdulia, ni ese es el camino. Sabe Dios dónde habrás estado de pingo[282]. Pero no te dé cuidado, que yo lo averiguaré... ¡Tenerme aquí sola, muerta de hambre!... ¡Vaya una mañana que me has hecho pasar! He perdido la cuenta de los que han venido a cobrar piquillos de las tiendas, cantidades que no se han pagado ya por tu desarreglo... Porque la verdad, yo no sé dónde echas tú el dinero... Responde, mujer... defiéndete siquiera, que si a todo das la callada por respuesta, me parecerá que aún te digo poco.»

Benina repitió con humildad lo dicho anteriormente: que había concluido tarde en casa de D. Romualdo; que D. Carlos Trujillo la entretuvo la mar de tiempo; que había ido después a la calle de la Cabeza...

---

[282] *pingo*. Así son calificadas las mujeres aficionadas más a los paseos y a las visitas que a las labores domésticas.

«Sabe Dios, sabe Dios lo que habrás hecho tú, correntona, y en qué sitios habrás estado... A ver, a ver si hueles a vino.»

Oliéndole el aliento, rompió en exclamaciones de asco y horror: «Quita, quítate allá, borracha. Apestas a aguardiente.

—No lo he catado, señora; me lo puede creer.»

Insistía Doña Paca, que en aquellas crisis convertía en realidades sus sospechas, y con su terquedad forjaba su convicción.

«Me lo puede creer —repitió Benina—. No he tomado más que un vasito de vino con que me obsequió el Sr. de Ponte.

—Ya me está dando a mí mala espina ese señor de Ponte, que es un viejo verde muy zorro y muy tuno. Tal para cual, pues también tú las matas callando... No pienses que me engañas, hipócrita... Al cabo de la vejez, te da por la disolución, y andas de picos pardos[283]. ¡Qué cosas se ven, Señor, y a qué desarreglos arrastra el maldito vicio!... Te callas: luego es cierto. No; si aunque lo negaras no me convencerías, porque cuando yo digo una cosa, es porque la sé... Tengo yo un ojo...»

Sin dar tiempo a que la delincuente se explicara, salió por este otro registro:

«¿Y qué me cuentas, mujer? ¿Qué recibimiento te hizo mi pariente D. Carlos? ¿Qué tal? ¿Está bueno? ¿No revienta todavía? No necesitas decirme nada, porque, como si hubiera estado yo escondidita detrás de una cortina, sé todo lo que hablasteis... ¿A que no me equivoco? Pues te dijo que lo que a mí me pasa es por mi maldita costumbre de no llevar cuentas. No hay quien le apee de esa necedad. Cada loco con su tema; la locura de mi pariente es arreglarlo todo con números... Con ellos se ha enriquecido, robando a la Hacienda y a los parroquianos; con ellos quiere al fin de la vida salvar su alma, y a los pobres nos recomienda la medicina de los números, que a él no le salva ni a nosotros nos sirve para nada. ¿Con que acierto? ¿Fue esto lo que te dijo?

—Sí, señora. Parece que lo estaba usted oyendo.

—Y después de machacar con esa monserga del Debe y Haber, te habrá dado una limosna para mí... Ignora que mi dignidad se subleva al recibirla. Le estoy viendo abrir las gavetas como quien quiere y no quiere, coger el taleguito en que tiene los billetes, ocultándolo para que no lo vieras tú; le veo sobar el saquito, guardarlo cuidadosamente; le veo echar la llave... Y el muy cochino se descuelga con una porquería. No

---

[283] *andar de picos pardos.* Estar siempre en la calle y haciendo una vida poco decente.

puedo precisar la cantidad que te habrá dado para mí, porque es tan difícil anticiparse a los cálculos de la avaricia; pero desde luego te aseguro, sin temor de equivocarme, que no ha llegado a los cuarenta duros.»

La cara que puso Benina al oír esto no puede describirse. La señora, que atentamente la observaba, palideció, y dijo después de breve pausa:

«Es verdad: me he corrido mucho. Cuarenta, no; pero, aun con lo cicatero y mezquino que es el hombre, no habrá bajado de los veinticinco duros. Menos que eso no lo admito, Niña; no puedo admitirlo.

—Señora, usted está delirando —replicó la otra, plantándose con firmeza en la realidad—. El Sr. D. Carlos no me·ha dado nada, lo que se llama nada. Para el mes que viene empezará a darle a usted una *paga* de dos duros mensuales.

—Embustera, trapalona... ¿Crees que me embaucas a mí con tus enredos? Vaya, vaya, no quiero incomodarme... Me tiene peor cuenta, y no estoy yo para coger berrinches... Comprendido, Nina, comprendido. Allá te entenderás con tu conciencia. Yo me lavo las manos, y dejo a Dios que te dé tu merecido.

—¿Qué, señora?

—Hazte ahora la simple y la gatita Marirramos [284]. ¿Pero no ves que yo te calo al instante y adivino tus *infundios*? Vamos, mujer, confiésalo; no trates de añadir a la infamia el engaño.

—¿Qué, señora?

—Pues que has tenido una mala tentación [285]... Confiésamelo, y te perdono... ¿No quieres declararlo? Pues peor para ti y para tu conciencia, porque te sacaré los colores a la cara. ¿Quieres verlo? Pues los veinticinco duros que te dio para mí D. Carlos, se los has dado a ese Frasquito Ponte para que pague sus dcudas, y vaya a comcr dc fonda, y sc comprc corbatas, pomada y un bastoncito nuevo... Ya ves, ya ves, bribonaza, cómo todo te lo adivino, y conmigo no te valen ocultaciones.

---

[284] *la gatita Marirramos:* «La gatita de Mari-Ramos, que hacía asco a los ratones y se engullía los gusanos.» Aplícase a las personas gazmoñas que aparentan escandalizarse de cosas sencillas y luego las ejecutan tranquilamente, por punibles que sean.

[285] *has tenido una mala tentación.* Forma expresiva, como «caíste en una tentación», tomada del lenguaje religioso penitencial. Según el contexto en el que aparece en esta novela, parece significar una mezcla de robo y de concupiscencia. Benina, y después la Pitusa, serán acusadas de haber robado dinero para dárselo a algún enamorado.

Si sé yo más que tú. Ahora te ha dado por proteger a ese Tenorio fiambre, y le quieres más que a mí, y a él le atiendes y a mí no, y de él te da lástima, y a mí, que tanto te quiero, que me parta un rayo.»

Rompió a llorar la señora, y Benina que ya sentía ganas de contestar a tanta impertinencia dándole azotes como a un niño mañoso[286], al ver las lágrimas se compadeció. Ya sabía que el llanto era la terminación de la crisis de cólera, la sedación del acceso, mejor dicho, y cuando tal sucedía, lo mejor era soltar la risa, llevando la disputa al terreno de las burlas sabrosas.

«Pues sí, señora Doña Francisca —le dijo abrazándola—. ¿Creía usted que habiéndome salido ese novio tan hechicero y tan saleroso, le había de dejar yo en necesidad, sin darle para el pelo?

—No creas que me engatusas con tus bromitas, trapalona[287], zalamera... —decía la señora, ya desarmada y vencida—. Yo te aseguro que no me importa nada lo que has hecho, porque el dinero de Trujillete yo no lo había de tomar... Preferiría morirme de hambre, a manchar mis manos con él... Dáselo, dáselo a quien quieras, ingratona, y déjame a mí en paz; déjame que me muera olvidada de ti y de todo el mundo.

—Ni usted ni yo nos moriremos tan pronto, porque aún hemos de dar mucha guerra —le dijo la criada, disponiéndose con gran diligencia a darle de comer.

—Veremos qué porquerías me traes hoy... Enséñame la cesta... Pero, hija, ¿no te da vergüenza de traerle a tu ama estas piltrafas asquerosas?... ¿Y qué más? coliflor... Ya me tienes apestada con tus coliflores, que me dan flato, y las estoy repitiendo tres días... En fin, ¿a qué estamos en el mundo más que a padecer? Dame pronto estos comistrajos... ¿Y huevos no has traído? Ya sabes que no los paso, como no sean bien frescos.

—Comerá usted lo que le den, sin refunfuños, que el poner tantos peros a la comida que Dios da, es ofenderle y agraviarle.

—Bueno, hija, lo que tú quieras. Comeremos lo que haya, y daremos gracias a Dios. Pero come tú también, que me da pena verte tan ajetreada, desviviéndote por los demás, y olvidada de ti misma y del alivio de tu cuerpo. Siéntate conmigo, y cuéntame lo que has hecho hoy.»

---

[286] *mañoso.* Vid. nota 108.
[287] *trapalona,* «habladora, embustera».

182

A media tarde, comían las dos, sentaditas a la mesa de la cocina. Doña Paca, suspirando con toda su alma, entre un bocado y otro, expresó en esta forma las ideas que bullían en su mente:

«Dime, Nina, entre tantas cosas raras, incomprensibles, qué hay en el mundo, ¿no habría un medio, una forma... no sé cómo decirlo, un sortilegio por el cual nosotras pudiéramos pasar de la escasez a la abundancia; por el cual todo eso que en el mundo está de más en tantas manos avarientas, viniese a las nuestras que nada poseen?

—¿Qué dice la señora? ¿Que si podría suceder que en un abrir y cerrar de ojos pasáramos de pobres a ricas, y viéramos, un suponer, nuestra casa llena de dinero, y de cuanto Dios crió?

—Eso quiero decir. Si son verdad los milagros, ¿por qué no *sucede* uno para nosotras, que bien merecido nos lo tenemos?

—¿Y quién dice que no *suceda*, que no tengamos esa *ocurrencia*?[288] —respondió Benina, en cuya mente surgió de improviso, con poderoso relieve y extraordinaria plasticidad, el conjuro que Almudena le había enseñado, para pedir y obtener todos los bienes de la tierra.

XX

De tal modo se posesionaron de su espíritu la idea y las imágenes expresadas por el ciego africano, que a punto estuvo de contarle a su ama el maravilloso método de conjurar y hacer venir al *Rey de baixo terra*. Pero recelando que aquel secreto sería menos eficaz cuanto más se divulgara, contúvose en su locuacidad, y tan sólo dijo que bien podría suceder que de la noche a la mañana se les metiera por las puertas la fortuna. Al acostarse junto a Doña Paca, pues dormían en la misma alcoba, pensó que todo aquello de Almudena era una *papa*[289], y tomarlo en serio la mayor de las necedades. Quiso dormirse, mas no pudo; volvió su espíritu a dar agasajo a la idea, creyén-

---

[288] *ocurrencia.* Se emplea generalmente con el sentido de idea inesperada pero original y aguda humorísticamente. En este caso deriva directamente del verbo «ocurrir» con el significado de acontecimiento, suceso.

[289] *papa,* «tontería, necedad».

dola de posible realización, y si esfuerzos hacía por desecharla, con mayor tenacidad la pícara idea se le metía en el cerebro.

«¿Qué se pierde por probarlo? —se decía, arropándose en la cama—. Podrá no ser verdad... ¿Pero y si lo fuese? ¡Cuántas mentiras hubo que luego se volvieron verdades como puños!... Pues lo que es yo, no me quedo sin probarlo, y mañana mismo, con el primer dinero que saque, compro el candil de barro, sin hablar. El cuento es que no sé cómo puede tratarse un *artículo*[290] sin hablar... En fin, me haré la sordomuda... Luego buscaré el palitroque, también sin hablar... Falta que el moro me enseñe la oración, y que yo la aprenda sin que se me escape un verbo...»

Después de un breve sueño, despertó creyendo firmemente que en la salita próxima había unas esportonas o seretas[291] muy grandes, muy grandes, llenas de diamantes, *rubiles*[292], perlas y zafiros... En la obscuridad de las habitaciones nada podía ver; pero de que aquellas riquezas estaban allí no tenía la menor duda. Cogió la caja de fósforos, dispuesta a encender, para recrear su vista en el tesoro; mas por no despertar a Doña Paca, cuyo sueño era muy ligero, dejó para la mañana el examen de tantas maravillas... Pasado un rato, no tardó en reírse de su ilusión, diciéndose: «¡Pues no soy poco lila!... Es todavía pronto para que traigan eso...» Al amanecer, despertóse al ladrido de dos perrazos blancos que salían de debajo de las camas; sintió la campanilla de la puerta; echóse al suelo, y en camisa corrió a abrir, segura de que llamaba algún *ayudante* o gentilhombre del Rey de luenga barba y vestido verde... Pero no era nadie; no había ser viviente en la puerta.

Arreglóse para salir, disponiendo el desayuno de la señora, y dando el primer barrido a la casa, y a las siete salía ya con su cesta al brazo por la calle Imperial. Como no tenía un céntimo ni de dónde le viniera, encaminóse a San Sebastián, pensando por el camino en D. Romualdo y su familia, pues de tanto hablar de aquellos señores, y de tanto comentarlos y describirlos, había llegado a creer en su existencia. «¡Vaya que ˙

---

[290] *tratarse un artículo*, «comprar», pero, acostumbrada al regateo, Nina se pregunta cómo hacerlo sin decir una sola palabra.

[291] *esportonas, seretas*. Especie de cestos, pero de mayores dimensiones, con dos pequeñas asas que tienen como principal empleo el transporte del carbón.

[292] *rubiles*, «rubíes».

soy *gili!*[293] —se decía—. Invento yo al tal D. Romualdo, y ahora se me antoja que es persona *efetiva* y que puede socorrerme. No hay más D. Romualdo que el pordioseo bendito, y a eso voy, y veremos si cae algo, con permiso de la *Caporala*.» El día era bueno; al entrar, díjole Pulido que había funeral de primera, y boda en la sacristía. La novia era sobrina de un ministro *pleniputenciano*[294], y el novio... *cosa de periódicos*[295]. Ocupó Benina su puesto, y se estrenó con dos céntimos que le dio una señora. Sus compañeras trataron de *hacerla cantar* el para qué la había llamado D. Carlos; pero sólo contestó con evasivas y medias palabras. Suponiendo la Casiana que el señor de Trujillo había tratado con *señá* Benina el darle los restos de comida de su casa, la trató con miramiento, sin duda por llamarse a la parte[296].

Al fin los del funeral no repartieron cosa mayor; y si los del bodorrio[297] se corrieron algo más, acudió tanta pobretería de otros cuadrantes, y se armó tal barullo y confusión, que unos cogieron por cinco, y otros se quedaron *in albis*[298]. Al ver salir a la novia, tan emperifollada, y a las señoras y caballeros de su compañía, cayeron sobre ellos como nube de langosta, y al padrino le estrujaron el gabán, y hasta le chafaron el sombrero. Trabajo le costó al buen señor sacudirse la terrible plaga, y no tuvo más remedio que arrojar un puñado de calderilla en medio del patio. Los más ágiles hicieron su agosto; los más torpes gatearon inútilmente. La *Caporala* y Eliseo trataban de poner orden, y cuando los novios y todo el acompañamiento se metieron en los coches, quedó en las inmediaciones de la iglesia la turbamulta mísera, gruñendo y pataleando. Se dispersaba, y otra vez se reunía con remolinos zumbadores. Era

---

[293] *gili*, «bobo, tonto». Aunque se emplea en toda España, en Madrid es habitual en el lenguaje achulapado.

[294] *ministro pleniputenciano*, «ministro plenipotenciario», con todos los poderes. La resonancia insultante subyace clara debajo de este supuesto vulgarismo.

[295] *cosa de periódicos*. Evidentemente, periodista o asiduo colaborador de periódicos y revistas.

[296] *por llamarse a la parte*, reclamar el derecho a intervenir o participar en un asunto.

[297] *bodorrio* o «bodijo» tenía, según el *Diccionario de la Real Academia* dos sentidos: «boda desigual» y «boda sin aparato ni concurrencia». De atenernos a alguno de los dos, sería el primero, pues la vida de los periodistas de entonces no era económicamente muy halagüeña.

[298] *in albis*, «sin nada», tomado de la terminología litúrgica.

como un motín, vencido por su propio cansancio. Los últimos disparos eran: «*Tú cogiste más... me han quitado lo mío... aquí no hay decencia... cuánto pillo...*» La Burlada, que era de las que más habían apandado[299], echaba sapos y culebras de su boca, concitando los ánimos de toda la cuadrilla contra la *Caporala* y Eliseo. Por fin, intervino la policía, amenazándoles con *recogerles*[300] si no callaban, y esto fue como la palabra de Dios. Los intrusos se largaron; los de casa se metieron en el pasadizo. Benina sacó de toda la campaña del día, comprendido funeral y boda, 22 céntimos, y Almudena, 17. De Casiana y Eliseo se dijo que habían sacado peseta y media cada uno.

Al retirarse juntos el ciego marroquí y Benina, lamentándose de su mala sombra, fueron a parar, como la otra vez, a la plaza del Progreso, y se sentaron al pie de la estatua para deliberar acerca de las dificultades y ahogos de aquel día. No sabía ya Benina a qué santo encomendarse: con la limosna de la jornada no tenía ni para empezar, porque érale forzoso pagar algunas deudillas en los establecimientos de la calle de la Ruda, a fin de sostener el crédito y poder trampear unos días más. Díjole Almudena que él se hallaba en absoluta imposibilidad de favorecerla; lo más que podía hacer era entregarle las perras de la mañana, y por la noche lo que sacar pudiera en el resto del día, pidiendo en su puesto de costumbre, calle del Duque de Alba, junto al cuartel de la Guardia Civil[301]. Rechazó la anciana esta generosidad, porque también él necesitaba vivir y alimentarse, a lo que repuso el marroquí que con

---

[299] *apandado*, «atrapado, cogido».

[300] *recogerles*, llevarles detenidos, «recogiéndolos en prisión».

[301] La calle del Duque de Alba va de la Plaza del Progreso (hoy Tirso de Molina) a la calle de los Estudios. Viene su denominación de haber construido allí el Duque de Alba su palacio en tiempos de Carlos V. Según Répide

> «la calle del Duque de Alba, llena de tráfago y animación constante, y convertida en una especie de mercadillo permanente por vendedores ambulantes, debe su continuo bullicio a ser la vía de comunicación más usada entre los barrios de Embajadores y del Rastro sirviendo de paso a los habitantes de aquella parte de Madrid para ir al centro de la villa.»

Efectivamente, un pequeño entrante de esta calle formaba la Plazuela del mismo nombre y en el número 2 estaba un Cuartel de la Guardia Civil.

un café con pan *migao*[302], en la Cruz del Rastro, tenía bastante para tirar hasta la noche. Resistiéndose a admitir la oferta, planteó Benina la cuestión de conjurar al Rey de *baixo terra*, mostrando una confianza y fe que fácilmente se explican por la grande necesidad en que estaba. Lo desconocido y misterioso busca sus prosélitos en el reino de la desesperación, habitado por las almas que en ninguna parte hallan consuelo.

«Ahora mismo —dijo la pobre mujer— quiero comprar las cosas. Hoy es viernes, y mañana sábado hacemos la prueba.

—*Compriar* ti cosas, sin hablar...

—Claro, sin decir una palabra. ¿Qué se pierde por hacer la prueba? Y dime otra cosa: ¿ha de ser precisamente a media noche?»

Contestó el ciego que sí, repitiendo las reglas y condiciones imprescindibles para la eficacia del conjuro, y Benina trató de fijarlo todo en su memoria.

«Ya sé —le dijo al fin— que estarás todo el día en la fuentecilla del Duque de Alba—. Si se me olvida algo, iré a preguntártelo, y a que me enseñes la oración. Eso sí que me ha de costar trabajo aprenderlo, sobre todo si no me lo pones en lengua cristiana, que lo que es en la tuya, hijo de mi alma, no sé cómo voy a componerme para no equivocarme.

—Si *quivoquiar* ti, Rey no *vinier*.»

Desalentada con estas dificultades, separóse Benina de su amigo, por la prisa que tenía de reunir algunas perras con que completar lo que para las obligaciones de aquel día necesitaba, y no pudiendo esperar ya cosa alguna del crédito, se puso a pedir en la esquina de la calle de San Millán, junto a la puerta del café de los Naranjeros, importunando a los transeúntes con el relato de sus desdichas: que acababa de salir del hospital, que su marido se había caído de un andamio, que no había comido en tres semanas, y otras cosas que partían los corazones. Algo iba pescando la infeliz, y hubiera cogido algo más, si no se pareciese por allí un maldito guindilla[303] que la conminó

---

[302] *migao*, por «migado»: trozos de pan que, echados en el café, forman una especie de sopa.

[303] *guindilla*, «guardia, agente de policía». Se les denominaba así por el pompón colorado, parecido a un pimiento encarnado, que llevaban en el tricornio. Este adorno fue sustituido por otro blanco, para evitar el insulto, pero, como éste continuara, se proclamó una real orden prohibiendo dicho mote. Esto dio lugar a que quienes antes no les llamaban «guindillas» les denominaran irónicamente «la gente sin mote». *Vid.* también nota 27.

con llevarla a los sótanos de la prevención de la Latina[304], si no se largaba con viento fresco. Ocupóse luego en comprar los adminículos para el conjuro, empresa harto engorrosa, porque todo había de hacerse por señas, y se fue a su casa pensando que sería gran dificultad efectuar allí la endiablada hechicería sin que se enterase la señora. Contra esto no había más recurso que *figurar* que D. Romualdo se había puesto muy malito, y salir de noche a velarle, yéndose a casa de Almudena... Pero la presencia de la Petra podría ser obstáculo: al peligro de que un testigo incrédulo imposibilitara la *cosa*, se añadía el inconveniente grave de que, en caso de éxito feliz, la borrachona quisiera apropiarse todos o una parte de los tesoros donados por el Rey... Por cierto que mejor que en piedras preciosas, sería que lo trajesen todo en moneda corriente, o en fajos de billetes de Banco, bien sujetos con una goma, como ella los había visto en las casas de cambio. Porque... no era floja pejiguera tener que ir a las platerías a proponer la venta de tantas perlas, zafiros y diamantes... En fin, que lo trajeran como les diese la gana: no era cosa de poner reparos, ni exigir muchos perendengues.

Halló a Doña Paca de mal temple, porque se había parecido en la casa, muy de mañana, un dependiente de la tienda, y habíala insultado con expresiones brutales y soeces. La pobre señora lloraba y se tiraba de los pelos, suplicando a su fiel amiga que arase la tierra en busca de los pocos duros que hacían falta, para tirárseles al rostro al bestia del tendero, y Benina se devanaba los sesos por encontrar la solución del terrible conflicto.

«Mujer, por piedad, discurre, inventa algo —le decía la señora, hecha un mar de lágrimas—. Para las ocasiones son los amigos. En circunstancias muy críticas, no hay más remedio que perder la vergüenza... ¿No se te ocurre, como a mí, que tu D. Romualdo podría sacarnos del compromiso?»

La criada no contestó. Preparando la comida de su ama, daba vueltas en su mente a las combinaciones más sutiles. Repetida la proposición por Doña Paca, pareció que Benina la encontraba razonable. «D. Romualdo... sí, sí. Iré a ver... Pero no respondo, señora, no repondo. Quizás desconfíen... Una cosa es hacer caridad, y otra prestar dinero... y no salimos

---

[304] La prevención o Asilo de la Inclusa estaba en la calle de Embajadores 38, y la Delegación de vigilancia de la Latina estaba en la Plaza de los Carros, 1.

del paso con menos de diez duros... ¿Qué dijo ese bruto de Gabino?, ¿que volvería mañana a darnos otro escándalo?... ¡Canalla, ladrón... que todo lo vende *adúltero!*[305]... Pues, sí, es cosa de diez duros, y no sé si D. Romualdo... Por él no quedaría; pero su hermana es *puño en rostro*... ¡Diez duros!... Voy a ver... Pero no extrañe la señora que tarde un poco. Estas cosas... no sabe una cómo tratarlas... Depende de la cara que pongan; a lo mejor salen con aquello de "vuelva usted"... Me voy, me voy; ya me entra la desazón... tardaré... pero no tarda quien a casa llega...

—Sobre todo si no trae las manos vacías. Vete, hija, vete, y el Señor te acompañe y te afine las entendederas. Si yo tuviera tu talento, pronto saldría de estas trapisondas. Aquí me quedo rezando a todos los santos del cielo para que te inspiren, y a las dos nos saquen de este Purgatorio. Adiós, hija.»

Habiéndose trazado un plan, el único que, en su certero juicio, le ofrecía remotas probabilidades de éxito, dirigióse Benina a la calle de Mediodía Grande, y a la casa de dormir propiedad de su amiga Doña Bernarda.

XXI

La dueña del establecimiento brillaba por su ausencia[306]. Fue recibida Benina por la *encargada*, y por un hombre llamado Prieto, que disfrutaba de toda la confianza de aquélla, y llevaba la contabilidad del alquiler diario de camas. No tuvo la anciana más remedio que esperar, pues aquel par de *congrios*[307] carecían de facultades para resolverle el problema que tan atrozmente la inquietaba. Hablando, hablando, del negocio de dormir (el año iba muy malo, y cada noche dormía menos gente, y los *micos*[308] menudeaban), ocurrióle a Benina pregun-

---

[305] *adúltero*, por «adulterado». Mezclado con productos malos o de menor calidad. Es usual hoy «adulterar la leche, el vino, etc.».
[306] *brillaba por su ausencia*. Es curioso que en el capítulo XV, Galdós haya subrayado esta misma frase al ponerla caricaturescamente en boca del retórico Don Frasquito y ahora la usa él al narrar en tercera persona.
[307] *congrios*, «inútiles», en lenguaje de germanía.
[308] *micos*, «ladronzuelos».

tar por Frasquito Ponte; a lo que respondió Prieto que la noche anterior se habían visto en el caso de no admitirle porque era deudor ya de *siete camas*, y no había dado nada a cuenta.

«¡Pobre señor! —dijo Benina—; habrá dormido al raso... Es un dolor... a sus años... Mejorando lo presente, es más viejo que la Cuesta de la Vega.»

Refirió la encargada que no sabiendo Don Frasquito dónde meterse, había conseguido ser albergado en la casa del *Comadreja*, calle de Mediodía Chica, dos pasos de allí. Por más señas, había corrido la noticia de que estaba enfermo. Al oír esto, olvidósele repentinamente a Benina el objeto principal que a tal sitio la llevara, y no pensó más que en averiguar qué había sido del desamparado Frasquito. Tiempo tenía de dar un salto a la casa del *Comadreja*, y volver a punto que regresase a su domicilio la Doña Bernarda. Dicho y hecho. Un momento después, entraba la diligente anciana en la fementida tabernuca que *da la cara* al público en el *establecimiento* citado, y lo primero que allí vio fue la abominable estampa de Luquitas, el esposo de Obdulia, que con otros perdidos y dos o tres mujeres zarrapastrosas, jugaba a las cartas en una sucia mesilla circular, entre copas de Cariñena y Pardillo [309]. En el momento de entrar Benina, acababan un juego, y antes de echar otra mano, el hijo de Doña Paca [310] tiró sobre la mesa los asquerosos naipes, que en mugre competían con las manos de los jugadores; se levantó tambaleándose, y con media lengua y finura desconcertada, de la que suelen emplear los borrachos, ofreció a la criada de su suegra un vaso de vino. «Quite allá, señorito, yo ya he bebido... Se agradece...» —dijo la anciana, rechazando el vaso.

Pero tan pesado se puso el señorito, y con tal insistencia le coreaban los demás pidiendo que bebiese *la señora*, que ésta tuvo miedo, y tomó la mitad del contenido del vaso pegajoso. No quería ponerse a mal con aquella gentuza, por lo que pudiera tronar, y sin perder tiempo ni meterse en dimes y diretes con el vicioso Luquitas, por el abandono en que a su mujer

---

[309] *Cariñena*, vino tinto, muy dulce y oloroso, que recibió el nombre de la ciudad de la provincia de Zaragoza donde se produce; *Pardillo*, vino entre blanco y tinto, más bien dulce que seco y de mala calidad.

[310] *el hijo de Doña Paca*. Debe entenderse el hijo político o yerno, a no ser que Galdós pretendiera establecer una relación de continuidad entre el comportamiento de doña Paca y el de Luquitas, en su aspecto de irresponsabilidad y de derroche.

tenía, se fue derecha a su objeto: «¿Y no está por aquí la *Pitusa?*

—Aquí está para servirla —dijo una mujer escuálida, saliendo por estrecha puertecilla, bien disimulada entre los estantes llenos de botellas y garrafas que había detrás del mostrador. Como grieta que da paso al escondrijo de una anguila, así era la puerta, y la mujer el ejemplar más flaco, desmedrado y escurridizo que pudiera encontrarse en la fauna a que tales hembras pertenecen. Tan flaco era su rostro, que al verlo de perfil podría tenérsele por construido de chapa, como las figuras de las veletas. En su cuello no cabían más costurones, y en una de sus orejas el agujero del pendiente era tan grande, que por él se podría meter con toda holgura un dedo. Los dientes mellados y negros, las cejas calvas, las pestañas pitañosas, los ojos tiernos, de mirada de lince, completaban su fisonomía. Del cuerpo no he de decir sino que difícilmente se encontrarían formas más exactamente comparables a las de un palo de escoba vestido, o, si se quiere, cubierto de trapos de fregar suelos; de los brazos y manos, que al gesticular parecía que azotaban, como los tirajos de un zorro [311] que quisiera limpiar el polvo a la cara del interlocutor; de su habla y acento, que sonaban como si estuviera haciendo gárgaras, y aunque parezca extraño, diré también, para dar completa idea de la persona, que de todas estas exterioridades desapacibles se desprendía un cierto airecillo de afabilidad, un moral atractivo, por lo que termino asegurando que la *Pitusa* no era antipática ni mucho menos.

—«¿Qué trae por acá la *señá* Benina? —le dijo sacudiéndole de firme en los dos hombros—. Oí contar que estaba usted en grande, en casa rica... Ya, ya sacará buenas rebañaduras... ¡Y que no tendrá usted mal *gato!* [312]...

—Hija, no... De eso hace un siglo. Ahora estamos en baja.

—¿Qué? ¿Le va mal?

—Tirando, tirando. Si sopas, comerlas, y si no, nada... Y el *Comadreja,* ¿está?

—¿Para qué le quiere, *señá* Benina?

—Hija, te pregunto por saber de él, si está con salud.

—Se defiende. La herida se le abre cuando menos lo piensa.

---

[311] *tirajo de un zorro.* Se refiere a los tirajos o las tiras que, unidas y atadas a un palo, formaban «el zorro» o utensilio que servía y sirve para limpiar el polvo de los muebles y de las paredes.

[312] *gato. Vid.* nota 104.

—Vaya por Dios... Dime otra cosa...

—Mándeme.

—Quiero saber si has recogido en tu casa a un caballero que le llaman Frasquito Ponte, y si le tienes aquí todavía, porque me dijeron que anoche se puso muy malo.»

Por toda respuesta, la *Pitusa* mandó a Benina que la siguiera, y ambas, agachándose, se escurrieron por el agujero que hacía las veces de puerta entre los estantillos del mostrador. De la otra parte arrancaba una escalera estrechísima, por la cual subieron una tras otra.

«Es una persona decente, como quien dice, personaje —añadía Benina, segura ya de encontrar allí al infortunado caballero.

—De la grandeza. *Vele* aquí a dónde vienen a parar los *títulos*.»

Por un pasillo mal oliente y sucio llegaron a una cocina, donde no se guisaba. Fogón y vasares[313] servían de depósito de botellas vacías, cajas deshechas, sillas rotas y montones de trapos. En el suelo, sobre un jergón mísero, yacía cuan largo era D. Francisco Ponte, en mangas de camisa, inmóvil, la fisonomía descompuesta. Dos mujeronas, de rodillas a un lado y otro, la una con un vaso de agua y vino, la otra atizándole friegas, le hablaban a gritos: «Vuelva en sí... ¿Qué demonios le pasa?... Eso no es más que maulería[314]. ¿No quiere beber más?»

Benina, de hinojos, se puso también a gritarle, sacudiéndole: «D. Frasquito de mi alma, ¿qué es eso? Abra los ojos y véame: soy la Nina.»

No tardaron las dos tarascas que, entre paréntesis, si apostaran a repugnantes y feas, no habría quien les ganara; no tardaron, digo, en dar a la anciana las explicaciones que del suceso pedía. No admitido Ponte en las alcobas de la Bernarda, arrimóse al quicio de la puerta de la capilla de Irlandeses[315] para pasar la noche. Allí le encontraron ellas, y se pusieron a darle bromas, a decirle cosas... *amos*... cosas que se dicen y que no eran para ofenderse. Total: que el pobre vejete mal pintado se hubo de incomodar, y al correr tras ellas con el

---

[313] *vasares.* Anaquel que sobresale de la pared y que sirve para poner vasos, platos, botellas, etc.; generalmente en las cocinas y despensas.

[314] *maulería,* «engaño, mentira».

[315] *capilla de Irlandeses.* La Iglesia, Hospital y Convento de San Patricio de los Irlandeses estaba en la calle Humilladero número 13 y fueron fundados en 1629 para acoger a los caballeros católicos que huían de la revolución de Inglaterra.

palo levantado para pegarles, pataplum, cayó redondo al suelo. Soltaron ellas la risa, creyendo que había tropezado; pero al ver que no se movía, acudieron; llegóse también el sereno, le echó a la cara la linterna, y entonces vieron que tenía un ataque. Húrgale por aquí, húrgale por allá, y el buen señor como cuerpo difunto. Llamado el *Comadreja*, lo *desanimó*[316], y dijo que todo era un *sincopiés*[317]; y como es *caritativo él, buen cristiano él*, y además había estudiado un año de Veterinaria, mandó que le llevaran a su casa para asistirle y devolverle el resuello[318] con friegas y sinapismos[319].

Así se hizo, cargándole entre las dos y otra compañera, pues el enfermo pesaba como un manojo de cañas, y en casa, a fuerza de pellizcos y restregones, volvió en sí, y les dio las gracias tan amable. La *Pitusa* le hizo unas sopas, que tomó con apetito, dando a cada momento *las más expresivas gracias*... tan fino, y así estuvo hasta la mañana, bien apañadito en su jergón. No podían ponerle en un cuarto, porque en toda la noche apenas los hubo desocupados, y allí, en la cocina vieja, estaba muy bien, por ser pieza de ventilación.

Lo peor fue que a la mañana, cuando se levantaba para marcharse, le repitió el ataque, y todo el santo día le daban de hora en hora unos *sincopieses* tan tremendos, que se quedaba como cadáver, y costaba Dios y ayuda volverle en sí. Le habían dejado en mangas de camisa, porque se quejaba de calor; pero allí estaba la ropa sin que nadie la tocase, ni le afanaran cosa alguna de lo que tenía en los bolsillos. Había dicho el *Comadreja* que si no se recobraba en la noche, daría parte a la Delegación para que le llevaran al Hospital.

Manifestó Benina a la *Pitusa* que era un dolor mandar al Hospital a tan ilustre señorón, y que ella se determinaría a llevarle a su casa, sí... Hirió la mente de la anciana una atrevida idea, y con la resolución que era cualidad primaria de su carácter, se apresuró a ponerla en práctica con toda prontitud. «¿Quieres oírme una palabrita? —dijo a la *Pitusa*, cogiéndola por el brazo para sacarla de la cocina. Y al extremo del pasillo, entraron en la única habitación *vividera* de la casa: una alcoba con cama camera de hierro, colcha de punto de gancho, espejos

---

[316] *desanimó*, vulgarismo por «examinó». Alteración producida por un falso prefijo.
[317] *sincopiés*, «síncope».
[318] *resuello*, «respiración».
[319] *sinapismos*, cataplasma de mostaza.

torcidos, láminas de odaliscas[320], cómoda derrengada, y un San Antonio en su peana, con flores de trapo y lamparilla de aceite. El diálogo fue rápido y nervioso:

«¿Qué se le ofrece?

—Pues poca cosa. Que me prestez diez duros.

—*Señá* Benina, ¿está usted en sus cabales?

—En ellos estoy, Teresa Conejo, como lo estaba cuando te presté los mil reales, y te salvé de ir a la cárcel... ¿No te acuerdas? Fue el año y el día del ciclón, que arrancó los árboles del Botánico... Tú habitabas en la calle del Gobernador; yo en la de San Agustín, donde servía...

—Sí que me acuerdo. Yo la conocí a usted de que comprábamos juntas...

—Te viste en un fuerte compromiso.

—Empezaba yo a rodar por el mundo...

—Y rodando, rodando, caíste en una tentación[321]...

—Y como servía usted en casa grande, yo calculé y dije: «Pues ésta, si quiere, podrá sacarme.»

—Te llegaste a mí con mucho miedo... lo que pasa... no querías levantarte el faldón, y que yo te dejara destapada.

—Pero usted me tapó... ¡Cuánto se lo agradecí, Benina!

—Y sin réditos... Luego tú, en cuanto hiciste las paces con el del almacén de vinos, me pagaste...

—Duro sobre duro.

—Pues bien: ahora soy yo la que se ha caído: necesito doscientos reales, y tú me los vas a dar.

—¿Cuándo?

—Ahora mismo.

—¡Mecachis... San Dios! ¡Como no se me vuelva dinero la chimenea de los garbanzos!

—¿No los tienes? ¿Ni tu *Comadreja* tampoco?

—Estamos como el gallo de Morón[322]... ¿Y para qué quiere los diez duros?

—Para lo que a ti no te importa. Di si me los das o no me los das. Yo te los pagaré pronto; y si quieres real por duro, no hay *incomeniente*.

---

[320] *odaliscas*, pinturas exóticas de bailarinas y harenes, de moda en estos años.

[321] *...caíste en una mala tentación. Vid.* nota 285.

[322] *gallo de Morón*... La expresión completa es «Salir como el gallo de Morón, sin plumas y cacareando», o lo que es lo mismo, «estar en cueros, sin nada».

—No es eso: es que no tengo ni un cuarto partido por medio. Este ganado indecente no trae más que miseria.

—¡Válgate Dios! ¿Y...?

—No, no tengo alhajas. Si las tuviera...

—Busca bien, *maestra*.

—Pues bueno. Hay dos sortijas. No son mías: son del *Rey de Bastos*, un amigo de Rumaldo, que se las dio a guardar, y Rumaldo me las dio a mí.

—Pues...

—Si usted me da su palabra de desempeñarlas dentro de ocho días y traérmelas, pero palabra formal, ¡San Dios! lléveselas... Darán los diez por largo, pues una de ellas tiene un brillante que da *la catarata*»[323].

Poco más se habló. Cerraron bien la puerta, para que nadie pudiera fisgonear desde el pasillo. Si alguien lo hiciera, no habría oído más que un abrir y cerrar de los cajones de la cómoda, un cuchicheo de Benina, y roncas gárgaras de la otra.

XXII

A poco de volver las dos mujeres al lado del desmayado Frasquito, entró el *Comadreja*, que era un mocetón achulado, de buen porte, con tez y facciones algo gitanescas, sombrero ancho, bien ceñido el talle, y lo primero que dijo fue que pronto sería conducido el *interfezto*[324] al Hospital. Protestó Benina, sosteniendo que la enfermedad de Ponte era de las que exigen trato casero y de familia; en el Hospital se moriría sin remedio, y así, valía más que ella se le llevara a la casa de su señora Doña Francisca Juárez, la cual, aunque había venido muy a menos, todavía se hallaba en posición de hacer una obra de caridad, albergando a su paisano el Sr. de Ponte, con quien tenía, si mal no recordaba, lejano parentesco. En esto volvió de su desvanecimiento el galán pobre, y reconociendo a su bienhechora, le besó las manos, llámandola *ángel* y qué sé yo qué, muy gozoso de verla a su lado. Con gesto

---

[323] *que da la catarata*, que se queda uno ciego al mirarla.

[324] *interfezto*. Vulgarismo tomado del lenguaje forense y periodístico. En su origen significa persona muerta violentamente y en su adaptación popular se reduce su significado al de persona a la que le ha sucedido alguna desgracia.

imperioso, al que siguió una patada, la *Pitusa* ordenó a las dos arrapiezas[325] que se fueran a su obligación en la puerta de la calle; el *Comadreja* bajó a despachar, y quedándose solas la Benina y su amiga con el pobre Ponte, le vistieron del levitín y gabán para llevársele.

«Aquí en confianza, D. Frasquito —le dijo la Benina— cuéntenos por qué no hizo lo que le mandé.

—¿Qué, señora?

—Dar a Bernarda la peseta, a cuenta·de noches debidas... ¿O es que se gastó la peseta en algo que le hacía falta, un suponer, en pintura para la fisonomía del bigote? En este caso, no digo nada.

—Cosmético, no... yo se lo juro —respondió Frasquito con lánguido acento, sacando de su boca las palabras como con un gancho—. Lo gasté... pero no en eso... Tenía que pro... pro... si lo diré al fin... que proporcionarme una foto... grafia.»

Rebuscó en el bolsillo de su gabán, y de entre sobadas cartas y papeles, sacó uno que desdobló, mostrando un retrato fotográfico, tamaño de tarjeta ordinaria.

«¿Quién es esta madama? —dijo la *Pitusa*, que con presteza lo cogió para examinarlo—. Como guapa, lo es...

—Quería yo —prosiguió Frasquito tomando aliento a cada sílaba— demostrarle a Obdulia su perfecta semejanza con...

—Pues este retrato no es de la niña —dijo Benina contemplándolo—. Algo se le parece en el corte de cara; pero no es mismamente.

—Digan ustedes si se parece o no. Para mí son idénticas... La una como la otra, ésta como aquélla.

—¿Pero quién es?

—La Emperatriz Eugenia... ¿Pero no la ven? No lo había más que en casa de Laurent[326], y no lo daban por menos de una peseta... Forzoso adquirirlo, demostrar a Obdulia la similitud...

—D. Frasquito, por la Virgen, mire que vamos a creer que está ido... ¡Gastar la peseta en un·retrato!...»

No se dio por convencido el caballero pobre, y guardando cuidadosamente la cartulina, se abrochó su gabán y trató de ponerse en pie; operación complicadísima que no pudo realizar, por la extraordinaria flojedad de sus piernas, no más

---

[325] *arrapiezas*, «despreciables, ruines».

[326] *Laurent*. Había una casa fotográfica llamada «Lurent» en la Carrera de San Jerónimo, 39.

gruesas que palillos de tambor. Con la prontitud que usar solía en casos como aquél, Benina salió a tomar un coche, para lo cual antes tenía que evacuar otra diligencia de suma importancia. Mas como era tan ejecutiva, pronto despachó: con sus diez duros en el bolsillo, volvió a Mediodía Grande en coche simón [327] tomado por horas, y en la puerta de la casa se tropezó con Petra la borrachera y su compañera *Cuarto e kilo*, que de la taberna vociferando salían.

—«Ya, ya sabemos que se le lleva consigo... –dijéronle con retintín—. Así se portan las mujeres de rumbo, que estiman a un hombre... Vaya, vaya, que eso es correrse [328]... Bien se ve que se puede.

—¡A ver!... Pero como a ustedes no les importa, yo digo... ¿Y qué?

—Pues ná... En fin, aliviarse.

—¡Contento que tiene usted al ciego Almudena!

—¿Qué le pasa?

—Que ha esperado a la señora toda la tarde... ¡Cómo había de ir, si andaba buscando al caballero canijo!...

—Un recadito nos dio para usted por si la veíamos.

—¿Qué dice?

—A ver si me acuerdo... ¡Ah! sí: que no compre la olla...

—La olla de los siete *bujeros*... que él tiene una que trajo de su tierra.

—¿Y qué? ¿Van a poner fábrica de coladores? Si no, ¿para qué son tantos *ujeros?* [329].

—Cállense las muy boconas. Ea, con Dios.

—Y estamos de coche. ¡Vaya un lujo! ¡Cómo se conoce que corre la guita!

—Que os calléis... Más valdría que me ayudarais a bajarle y meterle en el coche.

—Vaya que sí. Con alma y vida.»

De este divertimiento sirvió a todas las de casa y a las de fuera. Fue una ruidosa función el acto de bajar a Frasquito, cantándole coplas en son funerario, y diciéndole mil cuchufletas

---

[327] *coche simón* era el coche de alquiler de entonces, tirado por caballos.

[328] *correrse*. Uso familiar del verbo que equivale a significarse demasiado, excederse, volcarse en una cosa o por un individuo más de lo debido.

[329] *ujeros*. Nótese el proceso de acentuación del vulgarismo: agujero, bujero, ujero.

aplicadas a él y a la Benina, que insensible a los desahogos de la vil canalla, se metió en su coche, llevando al caballero andaluz como si fuera un lío de ropa, y mandó al cochero picar hacia la calle Imperial, cuidando de despabilar bien al caballo.

No fue, como es fácil suponer, floja sorpresa la de Doña Francisca al ver que le metían en la casa un cuerpo al parecer moribundo, transportado entre Benina y un mozo de cuerda[330]. La pobre señora había pasado la tarde y parte de la noche en mortal ansiedad, y al ver cosa tan extraña, creía soñar o tener trastornado el sentido. Pero la traviesa criada se apresuró a tranquilizarla, diciéndole que aquél no era cadáver, como de su aspecto lastimoso podía colegirse, sino enfermo gravísimo, el propio D. Frasquito Ponte Degado, natural de Algeciras, a quien había encontrado en la calle; y sin meterse en más explicaciones del inaudito suceso, acudió a confortar el atribulado espíritu de Doña Paca con la fausta-noticia de que llevaba en su bolso nueve duros y pico, suma bastante para atender al compromiso más urgente, y poder respirar durante algunos días.

—«¡Ah, qué peso me quitas de encima de mi alma! —exclamó la señora elevando las manos—. El Señor le bendiga. Ya estamos en situación de hacer una obra de caridad, recogiendo a éste desgraciado... ¿Ves? Dios en un solo punto y ocasión nos ampara y nos dice que amparemos. El favor y la obligación vienen aparejados.

—Hay que tomar las cosas como las dispone... *el que menea los truenos.*

—¿Y dónde ponemos a este pobre mamarracho? —dijo Doña Paca palpando a Frasquito, que, aunque no estaba sin conocimiento, apenas hablaba ni se movía, yacente en el santo suelo, arrimadito a la pared.»

Como después del casamiento de Obdulia y Antoñito habían sido vendidas las camas de éstos, surgió un conflicto de instalación doméstica, que Nina resolvió proponiendo armar su cama en el cuartito del comedor, para colocar en ella al pobre enfermo. Ella dormiría en un jergón sobre la estera, y ya verían, ya verían si era posible arrancar al cuitado viejo de las uñas de la muerte.

«Pero, Nina de mi alma, ¿has pensado bien en la carga que

---

[330] *mozo de cuerda.* Con un cordel al hombro se situaba en lugares públicos y se le contrataba para llevar alguna carga o cualquier otro servicio.

198

nos hemos echado encima?... Tú que no puedes, llévame a cuestas, como dijo el otro. ¿Te parece que estamos nosotras para meternos a protectoras de nadie?... Pero acaba de contarme: ¿fue D. Romualdo bendito quien...?

—Sí, señora, Rumaldo... —respondió la anciana, que en su aturdimiento no se había preparado para el embuste.

—¡Bendito, mil veces bendito señor!

—Ella... Teresa Conejo

—¿Qué dices, mujer?

—Digo que... ¿Pero usted no se entera de lo que hablo?

—Has dicho que... ¿Por ventura es cazador D. Romualdo?

—¿Cazador?

—Como has dicho no sé qué de un conejo.

—Él no caza; pero le regalan... qué sé yo... tantas cosas... la perdiz, el conejo de campo... Pues esta tarde...

—Ya; te dijo: «Benina, a vér cómo me pones mañana este conejo que me han traído...»

—Sobre si había de ser en salmorejo [331] o con arroz, estuvieron disputando; y como yo nada decía y se me saltaban las lágrimas, "Benina, ¿qué tienes? Benina, ¿qué te pasa?..." En fin, que del conejo tomé pie para contarle el apuro en que me veía...»

Convencida Doña Paca, ya no se pensó más que en instalar a Frasquito, el cual parecía no darse cuenta de lo que le pasaba. Al fin, cuando ya le habían acostado, reconoció a la viuda de Juárez, y mostrándole su gratitud con apretones de manos y un suspirar afectuoso, le dijo:

«Tal hija, tal madre... Es usted el vivo retrato de la Montijo.

—¿Qué dice este hombre?

—Le da porque todas nos parecemos a... no sé quién... a los emperadores de Francia... En fin, dejarlo.

—¿Estoy en el palacio de la plaza del Ángel? —dijo Ponte examinando la mísera alcoba con extraviados ojos.

—Sí, señor... Arrópese ahora; estése quietecito para que coja el sueño. Luego le daremos buen caldo... y a vivir.»

Dejáronle solo, y Benina se echó nuevamente a la calle, ávida de tapar la boca a los acreedores groseros, que con apremio impertinente y desvergonzado abrumaban a las dos mujeres. Dióse el gustazo de ponerles ante los morros los

---

[331] *salmorejo*, salsa compuesta de agua, vinagre, aceite, sal y pimienta.

duros que se les debían, hizo más provisiones, fue a la calle de la Ruda, y con su cesta bien repleta de víveres y el corazón de esperanzas, pensando verse libre de la vergüenza de pedir limosna, al menos por un par de días, volvió a su casa. Con presteza metódica se puso a trabajar en la cocina, en compañía de su ama, que también estaba risueña y gozosa. «¿Sabes lo que me ha pasado —dijo a Benina— en el rato que has estado fuera? Pues me quedé dormidita en el sillón, y soñé que entraban en casa dos señores graves, vestidos de negro. Eran D. Francisco Morquecho y D. José María Porcell, paisanos míos, que venían a participarme el fallecimiento de D. Pedro José García de los Antrines, tío carnal de mi esposo.

—¡Pobre señor; se ha muerto! —exclamó Nina con toda el alma.

—Y el tal D. Pedro José, que es uno de los primeros ricachos de la Serranía...

—Pero dígame: ¿es soñado lo que me cuenta o es verdad?

—Espérate, mujer. Venían esos dos señores, D. Francisco y D. José María, médico el uno, el otro secretario del Ayuntamiento... pues venían a decirme que el García de los Antrines, tío carnal de mi Antonio, les había nombrado testamentarios...

—Ya...

—Y que... la cosa es clara... como no tenía el tal sucesión directa, nombraba herederos...

—¿A quién?

—Ten calma, mujer... Pues dejaba la mitad de sus bienes a mis hijos Obdulia y Antoñito, y la otra mitad a Frasquito Ponte. ¿Qué te parece?

—Que a ese bendito señor debían de hacerle santo.

—Dijéronme D. Francisco y D. José María que hace días andaban buscándome para darme conocimiento de la herencia, y que preguntando aquí y acullá, al fin averiguaron las señas de esta casa... ¿por quién dirás? por el sacerdote D. Romualdo, propuesto ya para obispo, el cual les dijo también que yo había recogido al señor de Ponte... «De modo —me dijeron echándose a reír— que al venir a ofrecer a usted nuestros respetos, señora mía, matamos dos pájaros de un tiro.»

—Pero vamos a cuentas: todo eso es, como quien dice, soñado.

—Claro: ¿no has oído que me quedé dormida en el sillón?... Como que esos dos señores que estuvieron a visitarme, se murieron hace treinta años, cuando yo era novia de Antonio[332]... figúrate... y García de los Antrines era muy viejo entonces. No he vuelto a saber de él... Pues sí, todo ha sido obra de un sueño; pero tan a lo vivo que aún me parece que les estoy mirando[333]... Te lo cuento para que te rías... no, no es cosa de risa, que los sueños...

—Los sueños, los sueños, digan lo que quieran —manifestó Nina— son también de Dios; ¿y quién va a saber lo que. es verdad y lo que es mentira?

---

[332] *...cuando yo era novia de Antonio.* Como se puede ver, existe una ligera incongruencia cronológica en esta precisión de Galdós. Al principio de la novela, y por alusión a la muerte de don José Zorrilla, quedaba situada la acción en fechas cercanas, pero posteriores, a 1893. En la descripción de la familia Zapata indicaba el autor que el matrimonio estaba constituido en 1860 o antes. Ahora parece afirmar que don Antonio y doña Paca eran novios aún hacia 1863. Es esto una prueba de que Galdós, más que los años precisos, lo que tiene en mente como puntos de referencia son los periodos de la historia nacional, en este caso los de la decadencia de las clases medias isabelinas durante la Restauración.

[333] Desde 1860, fecha en la que doña Paca comenzó a ser devorada por la avaricia de las futuras clases medias de la Restauración, hasta 1897 en que la herencia llovida del estamento clerical sigue siendo devorada por el descontrol de Obdulia y el mangoneo de Juliana, no parece haber corrido el tiempo, sino un imperceptible cambio y transmisión de papeles. Así pues, lo que en el plano artístico parece ser la presencia de lo maravilloso, en el plano del simbolismo sociopolítico viene a ser la expresión de este círculo vicioso en el que se viene moviendo la sociedad, la economía y la política nacionales. Todo vuelve a estar en el mismo punto con la mayor degeneración y envejecimiento que producen los treinta años transcurridos. Así se lo dice pocos meses antes Galdós al pintor Beruete a raíz de las violencias clericales por el estreno de la adaptación dramática de *Doña Perfecta:*

«Es Orbajosa, sí, la verídica y auténtica *Urbs Augusta.* Con admirable intuición artística ha expresado usted en su cuadro el carácter y la fisonomía de la metrópolis de los ajos, patria de los Tafetanes y Caballucos. Veinte años ha que fue sacado de las tinieblas este castizo y turbulento poblachón y muy lejos de extinguirse su fama y de oscurecerse su historia, ha crecido una y otra a tal punto que ya no hay en España provinciana capital que no sea más o menos Orbajoroído. Orbajosa encontrará Vd. en las aldeas, Orbajosa en las ciudades ricas y populosas. Orbajosa revive en las cabañas y en los dorados palacios. Todo es y todo será mañana Orbajosa, si Dios no se apiada de nosotros... que no se apiadará. Madrijosa. Marzo 96.» (Citado por Manuel Hernández Suárez, *Bibliografía de Galdós* I, *op. cit.,* págs. 530-531.)

—Cabal... ¿Quién te dice a ti que detrás, o debajo, o encima de este mundo que vemos, no hay otro mundo donde viven los que se han muerto?... ¿Y quién te dice que el morirse no es otra manera y forma de vivir?...

—Debajo, debajo está todo eso —afirmó la otra meditabunda—. Yo hago caso de los sueños, porque bien podría suceder, una comparanza, que los que andan por allá vinieran aquí y nos trajeran el remedio de nuestros males. Debajo de tierra hay otro mundo, y el toque[334] está en saber cómo y cuándo podemos hablar con los vivientes *soterranos*. Ellos han de saber lo mal que estamos por acá, y nosotros soñando vemos lo bien que por allá lo pasan... No sé si me explico... digo que no hay justicia, y para que la *haiga*, soñaremos todo lo que nos dé la gana, y soñando, un suponer, traeremos acá la justicia.»

Contestó Doña Paca con una sarta de suspiros sacados de lo más hondo de su pecho, y Benina se lanzó con fiebre y tenacidad de idea fija, a pensar nuevamente en el maravilloso conjuro. Trasteando sin sosiego en la cocina, con los ojos del alma, no veía más que el cazuelo de los siete *bujeros*, el palo de laurel, vestido, y la oración... ¡demontres de oración! ¡Esto sí que era difícil!

XXIII

Todo iba bien a la mañana siguiente: Don Frasquito mejorando de hora en hora, y con las entendederas en estado de mediana claridad; Doña Paca contenta; la casa bien provista de vituallas; aquel día y el próximo asegurados, por lo cual la pobre Benina podría descansar de su penosa postulación en San Sebastián. Mas siéndole preciso sostener la comedia de su asistencia en la casa del eclesiástico, salió como todos los días, la cesta al brazo, dispuesta a no perder la mañana y hacer algo útil. Al salir le dijo su ama: «Me parece que ten-

---

[334] *toque*, punto fundamental en que consiste o estriba algo. La denominación procede del lenguaje de orfebrería y de la operación de probar la calidad de los metales, cuando se compara el efecto producido por el ácido nítrico en las dos rayas marcadas sobre una piedra dura (piedra de toque), una con el metal a probar y la otra con el metal conocido que sirve de punto de comparación.

dremos que hacer un obsequio a nuestro D. Romualdo...
Conviene demostrar que somos agradecidas y bien educadas.
Llévale de mi parte dos botellas de *Champagne* de buena marca,
para que acompañe con ellas el guisado, que le harás hoy, del
conejo.

—¿Pero está loca, señora? ¿Sabe lo que cuestan dos botellas de *Champaña?* Nos empeñaríamos para tres meses. Siempre ha de ser usted lo mismo. Por gustar tanto del quedar
bien, se ve ahora tan pobre. Ya le obsequiaremos cuando
nos caiga la lotería, pues de hoy no pasa que busque yo quien
me ceda una peseta en un décimo de los de a tres [335].

—Bueno, bueno: anda con Dios.»

Y se fue la señora a platicar con Frasquito, que animado
y locuaz estaba. Una y otro evocaron recuerdos de la tierra
andaluza en que habían nacido, resucitando familias, personas
y sucesos; y charla que te charla, Doña Francisca salió por el
registro de su sueño, aunque se guardó bien de contárselo
al paisano. «Dígame, Ponte: ¿qué ha sido de D. Pedro José
García de los Antrines?» Después de un penoso espurgo en
los obscuros cartapacios de su memoria, respondió Frasquito
que el D. Pedro se había muerto el año de la Revolución [336].

«Anda, anda; y yo creí que aún vivía. ¿Sabe usted quién
heredó sus bienes?

—Pues su hijo Rafael, que no ha querido casarse. Ya va
para viejo. Bien podría suceder que se acordara de nosotros,
de sus hijos de usted y de mí, pues no tiene parentela más
próxima.

—¡Ay! no lo dude usted: se acordará... —manifestó Doña
Paca con grande animación en los ojos y en la palabra—. Si
no se acordara, sería un puerco... Lo que me decían D. Francisco Morquecho y D. José María Porcell...

—¿Cuándo?

—Hace... no sé cuánto tiempo. Verdad que ya pasaron a
mejor vida. Pero me parece que les estoy viendo... Fueron
testamentarios de García de los Antrines, ¿no es cierto?

—Sí, señora. También yo les traté mucho. Eran amigos de

---

[335] *un décimo de los de a tres.* Cada número de la lotería se componía
y compone de billetes, a su vez divididos en décimos. Nina afirma que
encontrará a alguien que reparta con ella un décimo de tres pesetas,
participando nuestra buena mujer con una.

[336] *año de la Revolución.* Se refiere, evidentemente, a 1868.

mi casa, y les tengo muy presentes en mi memoria... Me parece
que les estoy viendo con sus levitas negras de corte antiguo...

—Así, así.

—Sus corbatines de suela[337], y aquellos sombreros de copa
que parecían la torre de Santa María...»

Prosiguió el coloquio con esta vaga fluctuación entre lo real
y lo imaginativo; y en tanto, Benina, calle arriba, calle abajo,
ya con la mente despejada, tranquilo el espíritu por la posesión de un caudal no inferior a tres duros y medio, pensaba
que toda la tracamundana[338] del conjuro de Almudena era
simplemente un engaña-bobos. Más probable veía el éxito en la
lotería, que no es, por más que digan, obra de la ciega casualidad, pues ¿quién nos dice que no anda por los aires un ángel
o demonio invisible que se encarga de sacar la bola del gordo,
sabiendo de antemano quién posee el número? Por esto se
ven cosas tan raras: verbigracia, que se reparte el premio
entre multitud de infelices que se juntaron para tal fin, poniendo
éste un real, el otro una peseta. Con tales ideas se dio a pensar
quién le proporcionaría una participación módica, pues adquirir ella sola un décimo parecíale mucho aventurar. Con la
Petra y su compañera *Cuarto e kilo*, que probaban fortuna
en casi todas las extracciones, no quería cuentas, mejor se
entendería para este negocio con Pulido, su compañero de
mendicidad en la parroquia, del cual se contaba que hacía
combinaciones de jugadas lotéricas con el burrero vecino de
Obdulia; y para cogerle en su morada antes de que saliese a
pedir, apresuró el paso hacia la calle de la Cabeza, y dio fondo
en el establecimiento de burras de leche. En los establos de
aquellas pacíficas bestias daban albergue a Pulido los honrados
lecheros, gente buena y humilde. Una hermana de la burrera
vendía décimos por las calles, y un tío del burrero, que tuvo
el mismo negocio en la misma calle y casa, años atrás, se había
sacado el gordo, retirándose a su pueblo, donde compró tierras.
La afición se perpetuó, pues, en el establecimiento, formando
hábito vicioso; y a la fecha de esta historia, con lo que los

---

[337] *corbatines de suela*, «Especie de corbata corta, que sólo da una
vuelta al cuello, apretándose con hebillas o broche por detrás o con lazo
por delante. Hay además la diferencia de que los corbatines suelen ser
de materia más dura, como de suela, etc., o de pergamino, cartón, tela
emballenada, etc., cubierta de raso, terciopelo u otra cosa análoga.»
(*DNLE.*)

[338] *tracamundana*, «alboroto, confusión».

burreros llevaban gastado en quince años de jugadas, habrían podido triplicar el ganado asnal que poseían.

Tuvo Benina la suerte de encontrar a toda la familia reunida, ya de regreso las pollinas de su excursión matinal. Mientras éstas devoraban el pienso de salvado, los racionales se entretenían en hacer cálculos de probabilidades, y en aquilatar las razones en que se podía fundar la certidumbre de que saliese premiado al día siguiente el 5.005, del cual poseían un décimo. Pulido, examinando el caso con su poderosa vista interior, que por la ceguera de los ojos corporales prodigiosamente se le aumentaba, remachó el convencimiento de los burreros, y en tono profético les dijo que tan cierto era que saldría premiado el 5.005, como que hay Dios en el Cielo y Diablo en los Infiernos. Inútil es decir que la pretensión de Benina cayó en aquella obcecada familia como una bomba, y que el primer impulso de todos fue negarle en absoluto la participación que solicitaba, pues ello equivalía a regalarle montones de dinero.

Picóse la mendiga, diciéndoles que no le faltaban tres pesetas para tirarlas en un decimito, *todo para ella*, y este golpe de audacia produjo su efecto. Por último, se convino en que, si ella compraba el décimo, ellos le tomarían la mitad, dándole una participación de dos reales en el mágico 5.005, número seguro, tan seguro como *estarlo viendo*. Así se hizo: salió Benina, y llevó al poco rato un décimo del 4.844, el cual, visto por los otros, y *oído cantar* por el ciego, produjo en toda la cuadrilla lotérica la mayor confusión y desconcierto, como si por arte misterioso la suerte se hubiera pasado del uno al otro número. Por fin, hiciéronse los tratos y combinaciones a gusto de todos, y el burrero extendió las papeletas de participación, quedándose la anciana con seis reales en el suyo y dos en el otro. Salió Pulido refunfuñando, y se fue a su parroquia de muy mal talante, diciéndose que aquella *eclesiástica pocritona*[339] había ido a quitarles la suerte; los burreros se despotricaron contra Obdulia, afirmando que no pagaba el pan y compraba tiestos de flores, y que el casero la iba a plantar en la calle; y Benina subió a ver a la *niña*, a quien encontró en manos de la peinadora, que trataba de arreglarle una bonita cabeza. Aquel día sus suegros le habían mandado albóndigas y sardinas en escabeche; Luquitas había entrado en casa a las seis de la mañana, y aún dormía como un cachorro. Pensaba

---

[339] *pocritona*, «hipocritona».

la *niña* irse de paseo, ansiosa de ver jardines, arboledas, carruajes, gente elegante, y su peinadora le dijo que se fuera al Retiro, donde vería estas cosas, y todas las fieras del mundo[340], y además cisnes, que son, una comparanza, gansos de pescuezo largo. Al saber que Frasquito, enfermo, se hallaba recogido en casa de Doña Paca, mostró la niña sincera aflicción, y quiso ir a verle; pero Benina se lo quitó de la cabeza. Más valía que le dejara descansar un par de días, evitándole conversaciones *deliriosas*[341], que le trastornaban el seso. Asintiendo a estas discretas razones, Obdulia se despidió de su criada, persistiendo en irse de paseo, y la otra tomó el olivo[342] presurosa hacia la calle de la Ruda, donde quería pagar deudillas de poco dinero. Por el camino pensó que le convendría ceder parte de la excesiva cantidad empleada en lotería, y a este fin hizo propósito de buscar al ciego moro para que jugase una peseta. Más seguro era esto que no la operación de llamar a los espíritus *soterranos*...

Esto pensaba, cuando se encontró de manos a boca con Petra y Diega, que de vender venían, trayendo entre las dos, mano por mano, una cesta con baratijas de mercería ordinaria. Paráronse con ganas de contarle algo estupendo y que sin duda la interesaba: «¿No sabe, *maestra*?[343]. Almudena la anda buscando.

—¿A mí? Pues yo quisiera hablar con él, por ver si quiere tomarme...

—Le tomará a usted medidas[344]. Eso dice...

—¿Qué?

—Que está furioso... Loco perdido. A mí por poco me mata esta mañana de la tirria que me tiene. En fin, el disloque.

---

[340] *Las fieras del mundo*. La Casa de Fieras, situada en el Noroeste del Retiro, fue creada en 1830. El Ayuntamiento le asignó una cuota anual para la adquisición de animales. Se trasladó como «Zoológico de Madrid» hace no muchos años a sus nuevas instalaciones en la Casa de Campo.

[341] *deliriosas*. «de delirio». Otro término más formado por Galdós o recogido en su tiempo del mundo social que tan bien conocía.

[342] *tomó el olivo*, «se encaminó».

[343] *maestra*. Apelativo popular repetidas veces utilizado en esta novela de Galdós. Sustituye a «tú» o «usted» y aún se mantiene en el lenguaje coloquial entre personas de poca o ninguna cultura, cuando se dirigen a personas que en algo se destacan y diferencian de ellas.

[344] *Le tomará a usted medidas*. Aún hoy «pegar, golpear en todo el cuerpo».

—Se muda de Santa Casilda... Se va a las Cambroneras[345].
—Le ha dado la tarantaina[346], y baila sobre un pie solo.»
Prorrumpieron en desentonadas risas las dos mujerzuelas, y Benina no sabía qué decirles. Entendiendo que el africano estaría enfermo, indicó que pensaba ir a San Sebastián en su busca, a lo que replicaron las otras que no había salido a pedir, y que si quería la *maestra* encontrarle, buscárale hacia la Arganzuela o hacia la calle del Peñón, pues en tal rumbo le habían visto ellas poco antes. Fue Benina hacia donde se le indicaba, despachados brevemente sus asuntos en la calle de la Ruda; y después de dar vueltas por la Fuentecilla, y subir y bajar repetidas veces la calle del Peñón[347], vio al marroquí, que salía de casa de un herrero. Llegóse a él, le cogió por el brazo y...

«Soltar mí, soltar mí tú... –dijo el ciego estremeciéndose de la cabeza a los pies, cual si recibiese una descarga eléctrica—. Mala tú, *gañadora* tú... matar yo ti.»

Alarmóse la pobre mujer, advirtiendo en el rostro de su amigo grandísima turbación: contraía y dilataba los labios con vibraciones convulsivas, desfigurando su habitual expresión fisonómica; manos y piernas temblaban; su voz había enronquecido.

«¿Qué tienes tú, Almudenilla? ¿Qué mosca te ha picado?
—Picar tú mí, mosca mala... *Viner migo*... Querer yo hablar tigo. *Muquier* mala ser ti...
—Vamos a donde quieras, hombre. ¡Si parece que estás loco!»

Bajaron a la Ronda, y el marroquí, conocedor de aquel terreno, guió hacia la fábrica del gas, dejándose llevar por su amiga cogido del brazo. Por angostas veredas pasaron al paseo de las Acacias, sin que la buena mujer pudiera obtener explicaciones claras de los motivos de aquella extraña desazón.

«Sentémonos aquí —dijo Benina al llegar junto a la Fábrica de alquitrán; estoy cansadita.
—Aquí no... más *abaixo*...»

---

345 *Cambroneras*. Una de las partes, al sur de Madrid, más miserables de la ciudad. Aparece en otras novelas de Galdós y es el escenario también de buena parte de *La busca* de Pío Baroja. Recibía su nombre de la gran cantidad de arbustos así llamados que allí había.

346 *tarantaina*, «acceso de locura, gran enfado».

347 La calle del Peñón es ahora la de Carlos Arniches e iba de la calle de Santa Ana al Campillo del Mundo Nuevo. Entonces y hoy era uno de los lugares fundamentales del Rastro madrileño.

Y se precipitaron por un sendero empinadísimo, abierto en el terraplén. Hubieran rodado los dos por la pendiente si Benina no le sostuviera moderando el paso, y asegurándose bien de dónde ponía la planta. Llegaron, por fin, a un sitio más bajo que el paseo, suelo quebrado, lleno de escorias que parecen lavas de un volcán; detrás dejaron casas, cimentadas a mayor altura que las cabezas de ellos; delante tenían techos de viviendas pobres, a nivel más bajo que sus pies. En las revueltas de aquella hondonada se distinguían chozas míseras, y a lo lejos, oprimida entre las moles del Asilo de Santa Cristina y el taller de Sierra Mecánica, la barriada de las Injurias, donde hormiguean familias indigentes [348].

Sentáronse los dos. Almudena, dando resoplidos, se limpió el copioso sudor de su frente. Benina no le quitaba los ojos, atenta a sus movimientos, pues no las tenía todas consigo, viéndose sola con el enojado marroquí en lugar tan solitario. «A ver... *amos*... a ver por qué soy tan mala y tan engañadora. ¿Por qué?

—*Poique* ti *n'gañar* mí. Yo *quiriendo* ti, tú *quirier* otro... Sí, sí... Señor *bunito*, *cabaiero* galán... ti queriendo él... Enfermo él casa *Comadreja*... tú llevar casa tuya él... *quirido* tuyo... *quirido*... rico él, señorito él...

—¿Quién te ha contado esas papas, Almudena? —dijo la buena mujer echándose a reír con toda su alma.

—No negar tú cosa... Tu *n'fadar* mí; *riyendo* tú mí...»

Al expresarse de este modo, poseído de súbito furor, se puso en pie, y antes de que Benina pudiera darse cuenta del peligro que la amenazaba, descargó sobre ella el palo con toda su fuerza. Gracias que pudo la infeliz salvar la cabeza apartándola vivamente; pero la paletilla, no. Quiso ella arrebatarle el palo; pero antes de que lo intentara recibió otro estacazo en el hombro, y un tercero en la cadera... La mejor defensa era la fuga. En un abrir y cerrar de ojos, se puso la anciana a diez pasos del ciego. Éste trató de seguirla; ella le buscaba las vueltas; se ponía en lugar seguro, y él descargaba sus furibundos garrotazos en el aire y en el suelo. En una de éstas cayó boca abajo, y allí se quedó cual si fuera la víctima, mordiendo la tierra, mientras la señora de sus pensamientos le

---

[348] *barriada de las Injurias*. Efectivamente, esta barriada era uno de los más tristes ejemplos de la miseria del Madrid suburbial de finales de siglo. Para toda esta descripción madrileña, *vid.* el libro de Carmen del Moral, ya citado.

decía: «Almudena, Almudenilla, si te cojo, verás... ¡tontaina, borricote!...»

XXIV

Después de revolcarse en el suelo con epiléptica contracción de brazos y·piernas, y de golpearse la cara y tirarse de los pelos, lanzando exclamaciones guturales en lengua arábiga, que Benina no entendía, rompió a llorar como un niño, sentado ya a estilo moro, y continuando en la tarea de aporrearse la frente y de clavar los dedos convulsos en su rostro. Lloraba con amargo desconsuelo, y las lágrimas calmaron sin duda, su loca furia. Acercóse Benina un poquito, y vio su rostro inundado de llanto que le humedecía la barba. Sus ojos eran fuentes por donde su alma se descargaba del raudal de una pena infinita.

Pausa larga. Almudena, con voz quejumbrosa de chiquillo castigado, llamó cariñosamente a su amiga.

«Nina... amri... ¿Estar aquí ti?

—Sí, hijo mío, aquí estoy viéndote llorar como San Pedro después que hizo la canallada de negar a Cristo. ¿Te arrepientes de lo que has hecho?

—Sí, sí... amri... ¡Haber pegado ti!... ¿Doler ti mocha?

—¡Ya lo creo que me escuece!

—Yo malo... yorando mí días mochas, poique pegar ti... Amri, perdoñar tú mí...

—Sí... perdonado...[349]. Pero no me fío.

—Tomar tú palo —le dijo alargándoselo—. Venir qui... cabe mi. Coger palo y dar mí fuerte, hasta que matar tú mí.

—No me fío, no.

—Tomar tú este cochilo —añadió el africano sacando del bolso interior del chaquetón una herramienta cortante—. Mercarlo yo pa pegar ti... Matar tú mí con él, quitar vida mí. Mordejai no quierer vida... muerte sí, muerte...»

Como quien no hace nada, Benina se apoderó de las dos armas, palo y cuchillo, y arrimándose ya sin temor alguno al desdichado ciego, le puso la mano en el hombro. «Me has partido algún hueso, porque me duele mocha —le dijo—.

---

[349] Para este diálogo, vid. San Mateo, 26, 75.

A ver dónde me curo yo ahora... No, hueso roto no hay; pero me has levantado unos morcillones[350] como mi cabeza, y el árnica que gaste yo esta tarde tú me la tienes que abonar.

—Dar yo ti... vida... *Perdoñar* mí... *Yorar* yo meses *mochas*, si tú no *perdoñando* mí... Estar loco... yo *quierer* ti... Si tú no *quierer* mí, Almudena matar si él *sigo*.

—Bueno va. Pero tú has tomado algún maleficio. ¡Vaya, que salir ahora con ese cuento de enamorarte de mí! ¿Pero tú no sabes que soy una vieja, y que si me vieras te caerías para atrás del miedo que te daba?

—No ser vieja tú... Yo *quiriendo* ti.

—Tú quieres a Petra.

—No... *B'rracha*... fea, mala... Tú ser *muquier* una sola... No haber otra mí.»

Sin dar tregua a su intensa aflicción, cortando las palabras con los hondos suspiros y el continuo sollozar, torpe de lengua hasta lo sumo, declaró Almudena lo que sentía, y en verdad que si pudo entender Benina lenguaje tan extraño, no fue por el valor y sentido de los conceptos, sino por la fuerza de la verdad que el marroquí ponía en sus extrañísimas modulaciones, aullidos, desesperados gritos, y sofocados murmullos. Díjole que desde que el Rey *Samdai* le señaló la mujer *única*, para que le siguiera y de ella se apoderara, anduvo corriendo por toda la tierra. Más él caminaba, más delante iba la mujer, sin poder alcanzarla nunca[351]. Andando el tiempo, creyó que la fugitiva era Nicolasa, que con él vivió tres años en vida errante. Pero no era; pronto vio que no era. La suya delante, siempre delante, entapujadita[352] y sin dejarse ver la cara... Claro, que él veía la figura con los ojos del alma... Pues bueno: cuando conoció a Benina, una mañana que por primera vez se presentó ella en San Sebastián, llevada por Eliseo, el corazón, queriendo salírsele del pecho, le dijo: «Ésta es, ésta sola, y no hay otra.» Más hablaba con ella, más se convencía de que era *la suya;* pero quería dejar pasar tiempo, y *priebarlo* mejor. Por fin llegó la certidumbre, y él esperando, esperando

---

[350] *morcillones*, «verdugones, moratones».

[351] Un episodio simbólico muy parecido se puede encontrar en *Gerona*, adaptación dramática, protagonizado por otro personaje idealista, Josefina Nomdedéu, que en este caso persigue a Juan de Montagut, al tiempo que huye de su padre.

[352] *entapujadita*, «tapada, cubierta, escondida».

una ocasión de decírselo a ella... Así, cuando le contaron que Benina quería al *galán bunito*, y que se lo había llevado a su casa nada menos que en coche, le entró tal desconsuelo, seguido de tan espantosa furia, que el hombre no sabía si matarse o matarla... Lo mejor sería consumar a un tiempo las dos muertes, después de haber despachado para el otro mundo a media humanidad, repartiendo golpes a diestro y siniestro.

Oyó Benina con interés y piedad este relato, que aquí se da, para no cansar, reducido a mínimas proporciones; y como era mujer de buen sentido, no incurrió en la ligereza de engreírse con aquella pasión africana, ni tampoco hizo chacota de ella, como natural parecía, considerando su edad y las condiciones físicas del desdichado ciego. Manteniéndose en un justo medio de discreción, miraba sólo el fin inmediato de que su amigo se tranquilizara, apartando de su mente las ideas de muerte y exterminio. Explicóle lo del *galán bunito*, procurando convencerle de que sólo un sentimiento de caridad habíala movido a llevarle a la casa de su señora, sin que mediase en ello el amor, ni cosa tocante a las relaciones de hombre y mujer. No se daba por convencido Mordejai, que planteó por fin la cuestión en términos que justificaban la veracidad y firmeza de su afecto, a saber: para que él creyese lo que Benina acababa de decirle, convenía que se lo demostrara con hechos, no con palabras, que el viento se lleva. ¿Y cómo se lo demostraría con hechos, de modo que él quedase plenamente satisfecho y convencido? Pues de un modo muy sencillo: dejando todo, su señora, *casa suya*, *galán bunito;* yéndose a vivir con Almudena, y quedando unidos ya los dos para toda la vida.

No respondió la anciana con negación rotunda por no excitarle más, y se limitó a presentarle los inconvenientes del abandono brusco de su señora, que se moriría si de ella se separase. Pero a todas estas razones oponía el marroquí, otras fortalecidas en el fuero y leyes de amor, que a todo se sobreponen. «Si tú *quierer mí*, *amri*, mí casar *tigo*.»

Al hacer la oferta de su blanca mano[353], acompañándola de un suspirar tierno y de remilgos de vergüenza, con sus enormes labios que se dilataban hasta las orejas o se contraían

---

[353] *blanca mano*. Galdós convierte en blanca la generosa mano de Almudena; en el capítulo siguiente dirá, sin embargo, que estuvo toda esa tarde pidiendo limosna, «la negra mano extendida».

formando un hocico monstruoso, Benina no pudo evitar una risilla de burla. Pero conteniéndose al instante, acudió a la respuesta con este discretísimo argumento:

«Hijo, así te llamo porque pudieras serlo... agradezco tu fineza; pero repara que he cumplido los sesenta años.

—*Cumplir no cumplir sisenta, milienta, yo quierer ti.*

—Soy una vieja, que no sirve para nada.

—*Sirvi, amri;* yo *quierer* ti... tú *mais* que la luz *bunita;* moza tú.

—¡Qué desatino!

—Casar *migo tigo,* y *dirnos migo* con tú a *terra* mía, *terra* de Sus. Mi padre Saúl, rico él; mis *germanos,* ricos ellos; mi madre Rimna, rica *bunita* ella... *quierer* ti, *dicir* hija ti... Verás *terra* mía: *aceita mocha, laranjas mochas... carnieras mochas* padre mío... *mochas arbolas* cabe el río; casa grande... noria d'agua fresca... *bunito;* ni frío ni *calora.*»

Aunque la pintura de tanta felicidad influía levemente en su ánimo, no se dejaba seducir Benina, y como persona práctica vio los inconvenientes de una traslación repentina a países tan distantes, donde se encontraría entre gentes desconocidas que hablaban una lengua de todos los demonios, y que seguramente se diferenciarían de ella por las costumbres, por la religión y hasta por el vestido, pues allá, de fijo andaban con taparrabo... ¡Bonita estaría ella con taparrabo! ¡Vaya, que se le ocurrían unas cosas al buen Mordejai! Mostrándose afectuosa y agradecida, le argumentó con los inconvenientes de la precipitación en cosa tan grave como es el casarse de buenas a primeras, y correrse de un brinco nada menos que al África, que es, como quien dice, *donde empiezan los Pirineos*[354]. No, no: había que pensarlo despacio, y tomarse tiempo para no salir con una patochada. Mucho más práctico, según ella, era dejar todo ese lío del casamiento y del viaje de novios para más adelante, ocupándose por el pronto en realizar, con todos los requisitos que aseguraran el éxito, el conjuro del rey *Samdai.* Si la cosa resultaba, como Almudena le aseguró, y venían a poder de ella las banastas de piedras preciosas, que tan fácilmente se convertirían en billetes de Banco,

---

[354] *donde empiezan los Pirineos.* Galdós, con trágica ironía, pone en labios de Nina la consabida frase «África empieza en los Pirineos», idea que tantos problemas ha traído para España y que habla de su aislamiento.

ya tenían todas las cuestiones resueltas, y lo demás prontamente se allanaría. El dinero es el arreglador infalible de cuantas dificultades hay en el mundo. Total: que ella se comprometía a cuanto él quisiera, y desde luego empeñaba su palabra de casorio y de seguirle hasta el fin del mundo, siempre y cuando el rey *Samdai* concediese lo que con todas las reglas, ceremonias y rezos benditos se le había de pedir.

Quedóse meditabundo el africano al oír esto, y después se dio golpetazos en la frente, como hombre que experimenta gran confusión y desconsuelo. «*Perdoñar* mí tú... Olvidar mí *dicer* ti cosa.

—¿Qué? ¿Vas a salir ahora con inconvenientes? ¿Es que la operación no vale porque faltaría algún requisito?

—Olvidar mí *requesito*... No valer, *poique* ser tú *muquier*.

—¡Condenado! —exclamó Benina sin poder contener su enojo—, ¿por qué no empezaste por ahí? Pues si el primer *requesito* es ser hombre... ¡a ver!

—*Perdonar* mí... Olvidar cosa *migo*.

—Tú no tienes la cabeza buena. ¡Vaya una plancha! Pero ¡ay! la culpa es mía, por haberme creído las paparruchas que inventan en tu tierra maldecida, y en esa tu religión de los demonios coronados. No, no lo creí... Era que la pobreza me cegaba... Y no lo creo, no. Perdóneme Dios el mal pensamiento de llamar al diablo con todos esos arrumacos; perdóneme también la Virgen Santísima.

—Si no valer eso *poique* ser tú *muquier*... —replicó Almudena vergonzoso—, saber mí otra cosa... que si *jacer* tú, coger has tú *tuda la diniera* que tú *querier*.

—No, no me engañas otra vez. ¡Buen pájaro estás tú!... Ya no creo nada de lo que me digas.

—Por la bendita luz, verdad ser... Rayo del cielo matar mí, si *n'guñar* ti... ¡Coger *diñero, mocha diniero!*

—¿Cuándo?

—Cuando *quiriendo* tú.

—A ver... Aunque no he de creerlo, dímelo pronto.

—Yo dar ti *p'peleto*...

—¿Un papelito?

—Sí... Poner tú punta *lluenga*...

—¿En la punta de la lengua?

—Sí: entrar con ello Banco, *p'peleto en llengua*, y *naide* ver ti. Poder coger *diniero tuda*... No ver ti *naide*.

—Pero eso es robar, Almudena.

—*Naide* ver, *naide* a ti *dicir naida*.

—Quita, quita... Yo no tengo esas mañas. Robar, no. ¿Que no me ven? Pero Dios me verá»[355]

XXV

No desistía el apasionado marroquí de ganar la voluntad de la dama[356] (que así debemos llamarla en este caso, toda vez que como tal él la veía con los ojos de su alma); y conociendo que los medios positivos eran los más eficaces, y que antes que las razones con que él pudiera expugnarla la rendiría su propia codicia y el anhelo de enriquecerse, se arrancó con otro sortilegio, producto natural de su sangre semítica y de su rica imaginación. Díjole que entre todos los secretos de que por favor de Dios era depositario, había uno que no pensaba confiar más que a la persona que fuese dueña de todo su cariño; y como esta persona era ella, la mujer soñada, la mujer prometida por el soberano *Samdai*, a ella sola revelaba el infalible procedimiento para descubrir los tesoros *soterrados*. Aunque afectaba Benina no dar crédito a tales historias, ello es que no perdió sílaba del relato que Almudena le hizo. La cosa era muy sencilla, por él pintada, aunque las dificultades prácticas para llegar a producir el mágico efecto saltaban a la vista. La persona que quisiera saber, *siguro, siguro*, dónde había dinero escondido, no tenía más que abrir un hoyo en la tierra, y estarse dentro de él cuarenta días, en paños menores, sin otro alimento que harina de cebada sin sal, ni más ocupación que leer un libro santo, de luengas hojas, y meditar, meditar sobre las profundas verdades que aquellas escrituras contenían...

—¿Y eso tengo que hacerlo yo? —dijo Benina impaciente—. ¡Apañado estás! ¿Y ese libro está escrito en tu lengua? Tonto, ¿cómo voy a leer yo esos garrapatos[357], si en mi propio castellano natural me estorba lo negro?[358].

—*Leyerlo* mí... *leyer* tú.

---

[355] Salmo 94, 9.

[356] *dama*. En dama ha convertido Almudena a Benigna, al convertirse él en galán enamorado.

[357] *garrapatos*, «rasgos caprichosos e irregulares hechos con la pluma». Hoy se escucha más «garabatos».

[358] *Vid.* nota, 206.

—Pero en ese agujero bajo tierra, que será la casa de los topos, ¿podemos estar los dos?

—*Siguro.*

—Bueno. Y para poder ver bien la letra de ese libro —dijo con sorna la *dama*—, llevarás antiparras[359] de ciego...

—*Mí saberlo de memueria* —replicó impávido el africano.»

La *operación*, pasados los cuarenta días de penitencia, terminaba por escribir en un papelito, como los de cigarro, ciertas palabras mágicas que él sabía, él solo; luego se soltaba el papelito en el aire, y mientras el viento lo llevaba de aquí para allá, ella y él rezarían devotamente oraciones *mochas*, sin quitar los ojos del papel volante. Allí donde cayese, se encontraría, cavando, cavando, el tesoro soterrado, probablemente una gran olla repleta de monedas de oro.

Manifestó Benina su incredulidad soltando la risa; pero alguna huella dejaba en su espíritu la nueva quisicosa para encontrar tesoros, porque con toda formalidad se dejó decir: «No creo yo que haya dinero enterrado en los campos. Puede que en tu tierra se den esos casos; pero lo que es aquí... donde lo tienes es en los patios, en las corraladas, debajo del suelo de las leñeras, almacenes y bodegas, y, si a mano viene, empotrado en las paredes.

—*Mismo poder yo discubrierlo* él... *Yo dicer ti, si tú quiriendo mí, si tú casar migo.*

—Ya trataremos de eso más despacio —dijo Benina quitándose el pañuelo y volviéndoselo a poner, señal de impaciencia y ganas de marcharse.

—*No dirti tú, amri, no* —murmuró el ciego quejumbroso, agarrándola por la falda.

—Es tarde, hijo, y hago falta en casa.

—*Tú migo siempre.*

—No puede ser por ahora. Ten paciencia, hijo.»

Poseído nuevamente de furor, al sentir que se levantaba, se arrojó sobre ella, clavándole la zarpa en los brazos, y manifestando con rugidos, más que con voces, su ardiente anhelo de tenerla en su compañía. «*Mí queriendo ti... Matar mí, ajogar mismo yo en río, si tú no venier mí...*

—Déjame por Dios, Almudena —dijo con acento de aflicción la *dama*, creyendo vencerle mejor con súplicas afectuosas—. Yo te quiero; pero me llaman mis obligaciones.

—*Matar yo galán bunito* —gritó el ciego apretando los puños,

---

359 *antiparras*, «anteojos».

y dando algunos pasos hacia la anciana, que medrosa se había apartado de él.

—Ten juicio; si no, no te quiero... Vámonos. Si me prometes ser bueno y no pegarme, iremos juntos.

—*Piegar* ti no, no... *quiriendo* ti más que a la bendita luz.

—Pues si no me pegas, vamos —dijo Benina, aproximándose cariñosa, y cogiéndole por el brazo.»

Apaciguado el buen Mordejai, emprendieron otra vez la marcha hacia arriba, y por el camino dijo el ciego a la *dama* que se había despedido de Santa Casilda, por romper con la Petra; y como los tiempos venían malos y no se ganaban perras, pensaba trasladarse aquella misma tarde a las Cambroneras, *cabe* el Puente de Toledo, pues en aquel barrio había estancias para dormir por solos diez céntimos cada noche. No aprobó Benina el cambio de domicilio, porque allí, según había oído, vivían en grande estrechez e incomodidad los pobres, amontonados y revueltos en cuartuchos indecentes; pero él insistió, dolorido y melancólico, asegurando que *quería estar mal*, hacer penitencia, pasarse los días *yorando*, *yorando*, hasta conseguir que *Adonai* ablandase el corazón de la mujer amada. Suspiraron ambos, y silenciosos subieron toda la calle de Toledo.

Como Benina le ofreciese un duro para la mudanza, Almudena expresó un desinterés sublime: «No *querier* mí *dinero*... *Dinero* cosa puerca... asco *dinero*... Mí *quierer amri*... *muquier* mía *migo*.

—Bueno, bueno: ten paciencia —le dijo Benina, temerosa de que se descompusiera al final de la jornada—. Yo te prometo que mañana hablaremos de eso.

—¿*Viner* tú Cambroneras?

—Sí, te lo prometo.

—Mí no *golver pirroquia*... Carga mí *gente suberbiosa*: Casiana, Eliseo... asco mí *genta*. Mí pedir *Puenta Tolaido*...

—Espérame mañana... y prométeme tener juicio.

—*Yorando*, *yorando* mí.

—¿Pero a qué vienen esos lloriqueos?... Almudenilla, si yo te quiero... *Amos*, no me des disgustos.

—*Ora ti*, casa tuya, ver *galán bunito*, *jacer* tú cariños él.

—¿Yo? ¡Estás fresco! ¡Sí, sí, para él estaba! ¿Pero tú qué te has creído? ¡Valiente caso hago yo de esa estantigua! Tiene más años que la Cuesta de la Vega: es pariente de mi señora, y por encargo de ésta se le recogió para llevarle a casa.

—¡Mam'rracho él!

—¡Y tan mamarracho! Ni hay comparanza entre él y tú... En fin, chico: tengo mucha prisa. Adiós. Hasta mañana.»

Aprovechando un momento en que el marroquí se quedaba como lelo, apretó a correr, dejándole arrimadito a la pared, junto a la tienda llamada del *Botijo*. Era la única forma posible de separación, dada la tenaz adherencia del pobre ciego. Desde lejos le miró Benina, inmóvil, la cabeza caída. Pasado un rato, se dejó caer en el suelo, y allí le vieron toda la tarde los transeúntes, sentado, mudo, la negra mano extendida.

No encontró la Nina en su casa grandes novedades, como por tal no se tuviera el contento de Doña Paca, que no cesaba de alabar la finura de su huésped, y la gracia con que a la conversación traía los recuerdos de Algeciras y Ronda. Sentíase la buena señora transportada a sus verdes años; casi olvidaba su pobreza, y movida del generoso instinto que en aquella edad primera había sido fundamento de su carácter imprevisor y de sus desgracias, propuso a Nina que se trajeran para Frasquito dos botellas de Jerez, pavo en galantina, huevo hilado, y cabeza de jabalí.

«Sí, señora —replicó la criada—: todo eso traeremos, y luego nos vamos a la cárcel, para ahorrar a los tenderos el trabajo de llevarnos. ¿Pero usted se ha vuelto loca? Para esta noche haré unas sopas de ajo con huevos, y *san sacabó*. Crea usted que a ese caballero le sabrán a gloria, acostumbrado como está a comistrajos indecentes.

—Bueno, mujer. Se hará lo que tú quieras.

—En vez de cabeza de jabalí, pondremos cabeza de ajo.

—Creo, con tu permiso, que en todas las circunstancias, aunque sea sacrificándose, debe una portarse como quien es. En fin, ¿cuánto dinero tenemos?

—Eso a usted no le importa. Déjeme a mí, que ya sabré arreglarme. Cuando se acabe, no es usted quien ha de ir a buscarlo.

—Ya, ya sé que irás tú y lo buscarás. Yo no sirvo para nada.

—Sí sirve usted; y ahora, ayúdeme a pelar estas patatitas.

—Lo que quieras. ¡Ah!... se me olvidaba. Frasquito toma té... y como está tan delicadillo, hay que traerlo bueno.

—Del mejor. Iré por él a la China.

—No te burles. Vas a la tienda, y pides del que llaman *mandarín*. Y de paso te traes un quesito bueno para postre...

—Sí, sí... eche usted y no se derrame.

—Ya ves que está acostumbrado a comer en casas grandes.

—Justamente: como la taberna de Boto, en la calle del

Ave María... ración de guisado, a real; con pan y vino, treinta y cinco céntimos.

—Estás hoy... que no se te puede aguantar. Pero a todo me avengo, Nina. Tú mandas.

—¡Ay, si yo no mandara, bonitas andaríamos! Ya nos habrían llevado a San Bernardino o al mismísimo Pardo»[360].

Bromeando así llegó la noche, y cenando frugalmente, alegres los tres y resignados con la pobreza, mal tolerable y llevadero cuando no falta un pedazo de pan con que matar el hambre. Y el historiador debe hacer constar asimismo que el buen temple en que estaba Doña Paca se torció un poco al recogerse las dos en la alcoba, la señora en su cama, Benina en el suelo, por haber cedido su lecho a Frasquito. Como la viuda de Zapata era tan voluble de genio, en un instante, sin que se supiera el motivo, pasaba de la bondad apacible a la ira insana, de la credulidad infantil a la desconfianza marrullera, de las palabras razonables a los disparates más absurdos. Conocía muy bien la criada este fácil girar de los pensamientos y la voluntad de su señora, a quien comparaba con una veleta; y sin tomar a pecho sus displicencias y raptos de ira, esperaba que cambiase el viento. En efecto, éste variaba de improviso, rolando al cuadrante bueno; y si en un momento la malva se había convertido en cardo, en otro momento tornaba a su primera condición.

El mar humor de Doña Paca en la noche a que me refiero, debe atribuirse, según datos fehacientes, a que Frasquito, en sus conversaciones de la tarde, y en los ratos de la cena y sobremesa de ésta, mostró por Benina unas preferencias que lastimaron profundamente el amor propio de la viuda infeliz. A Benina manifestaba el buen señor casi exclusivamente su gratitud, reservando para la señora una cortés deferencia; para Benina eran todas sus sonrisas, sus frases más ingeniosas, la ternura de sus ojos lánguidos, como de carnero a medio morir; y a tantas indiscreciones unió Ponte la de llamarla como unas doscientas veces en el curso de la frugal cena.

---

360 Junto con el Hospicio de Fuencarral, eran los tres locales utilizados en Madrid como asilos, en los cuales se recogía a los mendigos arrestados por orden de la autoridad. El de San Bernardino estaba en la calle del mismo nombre y había sido fundado, en 1834, por el marqués de Pontejos, entonces Corregidor, y ocupando el edificio que fuera Convento del mismo nombre. El del Pardo estaba situado en «La Ballestería» del Monte del Pardo.

Y dicho esto, oigamos a Doña Paca, entre sábanas metida, mientras la otra se acostaba en el suelo: «Pues, hija, nadie me quita de la cabeza que le has dado un bebedizo a este pobre señor. ¡Vaya cómo te quiere! Si no fueras una vieja feísima y sin ninguna gracia, creería que le habías hecho tilín... Cierto que eres buena, caritativa, que sabes ganar la simpatía por lo bien que atiendes a todo, y por tu dulzura y ese modito suave... que bien podría engañar a los que no te conocen... Pero con todas esas prendas, imposible que un hombre tan corrido se prende de ti... Si te lo crees y por ello estás inflada de orgullo, mi parecer es que no te compongas, pobre Nina. Siempre serás lo que fuistes... y no temas que yo le quite a D. Frasquito la ilusión, contándole tus malas mañas, lo sisona que eras, y otras cosillas, otras cosillas que tú sabes, y yo también...»

Callaba Benina, tapándose la boca con la sábana, y esta humildad y moderación encendieron más el rencorcillo de la viuda de Zapata, que prosiguió molestando a su compañera: «Nadie reconoce como yo tus buenas cualidades, porque las tienes; pero hay que ponerte siempre a distancia, no dejarte salir de tu baja condición, para que no te desmandes, para que no te subas a las barbas de los superiores. Acuérdate de las dos veces que tuve que echarte de mi casa por sisona... ¡A tal extremo llegó tu descaro, ¿qué digo descaro? tu cinismo en aquel vicio feo, que... vamos, yo, que jamás he hecho una cuenta, ni me gusta, veía mi dinero pasando de mi bolsillo al tuyo... en chorro continuo!... Pero ¿qué? ¿No dices nada?... ¿No contestas? ¿Te has vuelto muda?

—Sí, señora, me he vuelto muda —fue la única respuesta de la buena mujer—. Puede que cuando la señora se canse y cierre el pico, lo abra yo para decirle... en fin, no digo nada.»

XXVI

«Ja, ja... Di lo que quieras... —prosiguió Doña Paca—. ¿Te atreverías a decir algo ofensivo de mí? ¡Que no he sabido llevar el Cargo y Data! ¿Y qué? ¿Quién te ha dicho a ti que las señoras son tenedoras de libros? El no llevar cuentas ni apuntar nada, no era más que la forma natural de mi generosidad sin límites. Yo dejaba que todo el mundo me robase; veía la mano del ladrón metiéndose en mi bolsillo, y me hacía la tonta... Yo he sido siempre así. ¿Es esto pecado? El Señor me lo perdonará. Lo que Dios no perdona, Benina, es la hipocresía, los procederes solapados, y el estudio con que algunas personas componen sus actos para parecer mejores de lo que son[361]. Yo siempre he llevado el alma en mi rostro, y me he presentado a los ojos de todo el mundo como soy, como era, con mis defectos y cualidades, tal como Dios me hizo... ¿Pero tú no tienes nada que contestarme?... ¿O es que no se te ocurre nada para defenderte?

—Señora, callo, porque estoy dormida.

—No, tú no duermes, es mentira: la conciencia no te deja dormir. Reconoces que tengo razón, y que eres de las que se componen para disimular y esconder sus maldades... No diré que sean precisamente *maldades*, tanto no. Soy generosa en esto como en todo, y diré *flaquezas*... pero ¡qué flaquezas! Somos frágiles: verdaderamente tú puedes decir: «No me llamo Benina, sino Fragilidad...» Pero no te apures, pues ya sabes que no he de ir con cuentos al Sr. de Ponte para desprestigiarte, y deshojar la flor de sus ilusiones... ¡Qué risa!... No viendo en ti, como no puede verlo, una figura elegante, ni un rostro fresco y sonrosado, ni modales finos, ni educación de señora, ni nada de eso, que es por lo que se enamoran los hombres, habrá visto... ¿qué? Por Dios que no acierto. Si tú fueras franca, que no lo eres, ni lo serás nunca... ¿Oyes lo que digo?

—Sí, señora, oigo.

—Si tú fueras franca, me dirías que el Sr. de Ponte te llama *ángel* por lo bien que haces las sopas de ajo, acartonaditas[362]... Y ¿te parece a ti que esto es suficiente motivo para que a una mujer la llamen *ángel* con todas sus letras?

—¿Pero a usted qué le importa?... Deje al Sr. de Ponte Delgado que me ponga los motes que quiera.

—Tienes razón, sí, sí... Puede que te lo diga irónicamente, que estos señorones, muy curtidos en sociedad, emplean a menudo la ironía, y cuando parece que nos alaban, lo que hacen es tomarnos el pelo, como suele decirse... Por si el hombre va por derecho, y se ha prendado de ti con buen fin... que todo podría ser, Benina... se ven cosas muy raras... tú debes proceder

---

[361] S. Lucas, 18,9-14; San Mateo, 6,5, 12,31 y 23,15.

[362] *acartonaditas*, «sólidas». Quiere decir que no se trata sólo de caldo aguado, sino fuertes en el sabor y espesas por el pan y sus ingredientes.

con lealtad, y confesarle tus máculas, no vaya a creer Frasquito que la pureza de los ángeles del cielo es cualquier cosa comparada con tu pureza. Si así no lo haces, eres una mala mujer... La verdad, Nina, en estos casos, la verdad. El hombre se ha creído que eres un prodigio de conservación, ja, ja... que has hecho un milagro, pues milagro sería, en plena vida de Madrid y en la clase de servicio doméstico, una virginidad de sesenta años... Puedes plantarte en los cincuenta y cinco, si así te conviene... Pero si le engañas en la edad, que ésta es superchería muy corriente en nuestro sexo, no andes con bromas en lo que es de ley moral, Nina; eso no. Mira, hija, yo te quiero mucho, y como señora tuya y amiga te aconsejo que le hables clarito, que le cuentes tus faltas y caídas. Así, el buen señor no se llamará a engaño, si andando el tiempo descubre lo que tú ahora le ocultaras. No, Nina, no; hija mía, dile todo, aunque se te ponga la cara muy colorada, y se te congestione la berruga que llevas en la frente. Confiesa tu grave falta de aquellos tiempos, cuando contabas treinta y cinco años... y ten valor para decirle: Sr. D. Frasquito, yo quise a un guardia civil que se llamaba Romero, el cual me tuvo trastornada más de dos años, y al fin se negó a casarse conmigo...» Vamos, mujer, no es para que te pongas como la grana. Después de todo, ¿qué ha sido ello? Querer a un hombre. Pues para eso han venido las mujeres al mundo: para querer a los hombres. Tuviste la desgracia de tropezar con uno, que te salió malo. Cuestión de suerte, hija. Ello es que estuviste loca por él... Bien me acuerdo. No se te podía aguantar; no hacías nada al derecho. Sisabas de lo lindo, y mientras tú no tenías un traje decente, a él no le faltaban buenos puros... A mí, que veía tus padecimientos y tu ceguera, pues atormentada y sin un día de tranquilidad, en vez de huir del suplicio, ibas a él; a mí, que vi todo esto, nadie tiene que contármelo, Nina. Conozco la historia, aunque no la sé toda entera, porque algo me has ocultado siempre... y a mí me refirieron cosas que no sé si son ciertas o no... Dijéronme que de tus amores tuviste...

—Eso no es verdad.

—Y que lo echaste a la Inclusa...

—Eso no es verdad —repitió Benina con acento firme y sonora voz, incorporándose en el lecho—. Al oírla, calló súbitamente Doña Paca, como el ratoncillo nocturno que cesa de roer al sentir los pasos o la voz del hombre. Oyóse tan sólo, durante largo rato, alguno que otro suspiro hondísimo de la señora, que después empezó a quejarse y a gruñir por lo bajo. La otra no chistaba. Había hecho rápida crisis el genio de la infeliz señora, determinándose un brusco giro de la veleta. La ira y displicencia trocáronse al punto en blandura y mimo. No tardó en presentarse el síntoma más claro de la sedación, que era un vivo arrepentimiento de todo lo que había dicho y la vergüenza de recordarlo, pues no significaban otra cosa los gruñidos, y el quejarse de imaginarios dolores. Como Benina no respondiera a estas demostraciones, Doña Paca, ya cerca de media noche, se arrancó a llamarla: «Nina, Nina, ¡si vieras qué mala estoy! ¡Vaya una nochecita que estoy pasando! Parece que me aplican un hierro caliente al costado, y que me arrancan a tirones los huesos de las piernas. Tengo la cabeza como si me hubieran sacado los sesos, poniéndome en su lugar miga de pan y perejil muy picadito... Por no molestarte, no te he dicho que me hagas una tacita de tila, que me refriegues la espalda, y que me des una papeleta de salicilato, de bromuro, o de sufonal[363]... Esto es horrible. Estás dormida como un cesto. Bien, mujer, descansa, engorda un poquito... No quiero molestarte.»

Sin despegar los labios, abandonaba Nina el jergón, y, echándose una falda, hacía la taza de tila en la cocinilla económica, y antes o después daba la medicina a la enferma, y luego las friegas, y por fin acostábase con ella para arrullarla como a un niño, hasta que conseguía dormirla. Anhelando olvidar la señora su anterior desvarío, creía que el mejor medio era borrar con expresiones cariñosas las malévolas ideas de antes, y así, mientras su compañera la arrullaba, decíale: «Si yo no te tuviera, no sé qué sería de mí. Y luego me quejo de Dios, y le digo cosas, y hasta le insulto, como si fuera un cualquiera. Verdad que me priva de muchos bienes; pero me ha dado tu compañía y amistad, que vale más que el oro y la plata y los brillantes... Y ahora que me acuerdo, ¿qué me aconsejas tú que debo hacer para el caso de que vuelvan D. Francisco Morquecho y D. José María Porcell con aquella embajada de la herencia?...

—Pero, señora, si eso lo ha soñado usted... y los tales caballeros hace mil años que están muy achantaditos debajo de la tierra.

---

[363] El *bromuro* y el *sulfonal* son preparados químicos que producen una acción sedante. El bromuro, por su parte, está indicado también en ataques de histeria, epilepsia, eclampsia, etc.

—Dices bien: yo lo soñé... Pero si no aquéllos, otros puede que vengan con la misma música el mejor día.

—¿Quién dice que no? ¿Ha soñado usted con cajas vacías? Porque eso es señal de herencia segura.

—¿Y tú, qué has soñado?

—¿Yo? Anoche, que nos encontrábamos con un toro negro.

—Pues eso quiere decir que descubriremos un tesoro escondido... Mira tú, ¿quién nos dice que en esta casa antigua, que habitaron en otro tiempo comerciantes ricos, no hay dentro de tal pared o tabique alguna olla bien repleta de peluconas?[364].

—Yo he oído contar que en el siglo pasado vivieron aquí unos almacenistas de paños, poderosos, y cuando se murieron... no se encontró dinero ninguno. Bien pudiera ser que lo emparedaran. Se han dado casos, muchos casos.

—Yo tengo por cierto que dinero hay en esta finca... Pero a saber dónde demontres lo escondieron esos indinos. ¿No habría manera de averiguarlo?

—¡No sé... no sé! —murmuró Benina, dejando volar su mente vagorosa hacia los orientales conjuros propuestos por Almudena.

—Y si en las paredes no, debajo de los baldosines de la cocina o de la despensa puede estar lo que aquellos señores escondieron, creyendo que lo iban a disfrutar en el otro mundo.

—Podrá ser... Pero es más probable que sea en las paredes, o, un suponer, en los techos, entre las vigas...

—Me parece que tienes razón. Lo mismo puede ser arriba que abajo. Yo te aseguro que cuando piso fuerte en los pasillos y en el comedor, y se estremece todo el caserón como si quisiera derrumbarse, me parece que siento un ruidillo... así como de metales que suenan y hacen tilín... ¿No lo has sentido tú?

—Sí, señora.

—Y si no, haz la prueba ahora mismo. Date unos paseos por la alcoba, pisando fuerte, y oiremos...»

Hízolo Benina como su señora mandaba, con no menos convicción y fe que ella, y en efecto... oyeron un retintín metálico, que no podía provenir más que de las enormes cantidades de plata y oro (más oro que plata seguramente) empo-

---

[364] *peluconas*. Onzas de oro. Principalmente recibieron este nombre las acuñadas con el busto de uno de los reyes de la casa de Borbón, hasta Carlos IV inclusive. Eran así llamadas por la peluca que tenían los bustos de la moneda.

tradas en la vetusta fábrica. Con esta ilusión se durmieron ambas, y en sueños seguían oyendo el tin, tin...

La casa era como un inmenso cuerpo, y sudaba, y por cada uno de sus infinitos poros soltaba una onza, o centén, o monedita de veintiuno y cuartillo[365].

XXVII

A la mañanita del siguiente día iba Benina camino de las Cambroneras, con su cesta al brazo, pensando, no sin inquietud, en las exaltaciones del buen Almudena, que le llevarían de pronto a la locura, si ella, con su buena maña, no lograba contenerle en la razón. Más abajo de la Puerta de Toledo encontró a la Burlada y a otra pobre que pedía con un niño cabezudo. Díjole su compañera *de parroquia* que había trasladado su domicilio al Puente[366], por no poderse arreglar en el *riñón de Madrid* con la carestía de los alquileres y la mezquindad del fruto de la limosna. En una casucha junto al río le daban hospedaje por poco más de nada, y a esta ventaja unía la de ventilarse bien en los paseos que se daba mañana y tarde, del río al *punto* y del *punto*[367] al río. Interrogada por Benina acerca del ciego moro y de su vivienda, respondió

---

[365] *onza o centén o monedita de veinticinco y cuartillo.* El valor de estas monedas citadas por Galdós, ya en desuso durante la segunda mitad del siglo XIX, se deriva del metal precioso de su composición, oro para las dos primeras, plata para la última. La onza era una moneda de oro del siglo XVIII que equivalía a 80 pesetas en moneda de Alfonso XII. El centén también era de oro y valía 100 reales de vellón. Venía a ser su valor la cuarta parte de la onza, unas 25 pesetas en plata de la época. De plata parece ser la monedita de veintiuno y cuartillo, es decir, moneda de 21 reales y cuartillo (la cuarta parte de un real, ocho maravedises y medio). En total sumaba ésta unos 700 maravedises, lo que la convertía en la cuarta parte de un centén y venía a equivaler a un duro de plata en la época en que escribe Galdós.

[366] *Puente.* Se refiere al Puente de Toledo. El último fue construido en el siglo XVIII e inaugurado en 1730, siendo corregidor de Madrid el Marqués de Vadillo.

[367] *punto.* Lugar de cita o lugar concurrido, como lo era la Puerta norte de la iglesia de San Sebastián, donde se coloca todos los días a postular.

que le había visto junto a la fuentecilla, pasado el Puente, pidiendo; pero que no sabía dónde moraba. «Vaya, con Dios, señora —dijo la Burlada despidiéndose—. ¿No va usted hoy al *punto?* Yo sí... porque aunque poco se gana, allí tiene una su arreglo. Ahora me dan todas las tardes un buen *platao* de comida en *ca* el señor banquero, que vive mismamente de cara a la entrada por la calle de las Huertas, y vivo como una canóniga, gozando de ver cómo se le afila la jeta a la *Caporala* cuando la muchacha del señor banquero me lleva mi gran cazolón de comestible... En fin: con esto y algo que cae, vivimos, *doña* Benina, y puede una *chincharse* en las ricas[368]. Adiós, que lo pase bien, y que encuentre a su moro con salud... Vaya, conservarse.»

Siguió cada cual su rumbo, y a la entrada del Puente, dirigióse Benina por la calzada en declive que a mano derecha conduce al arrabal llamado de las Cambroneras, a la margen izquierda del Manzanares, en terreno bajo. Encontróse en una como plazoleta, limitada en el lado de Poniente por un vulgar edificio, al Sur por el pretil del contrafuerte del puente, y a los otros dos lados por desiguales taludes y terraplenes arenosos, donde nacen silvestres espinos, cardos y raquíticas yerbas. El sitio es pintoresco, ventilado, y casi puede decirse alegre, porque desde él se dominan las verdes márgenes del río, los lavaderos y sus tenderijos de trapos de mil colores. Hacia Poniente se distingue la sierra, y a la margen opuesta del río los cementerios de San Isidro y San Justo, que ofrecen una vista grandiosa con tanto copete de panteones y tanto verdor oscuro de cipreses... La melancolía inherente a los camposantos no les priva, en aquel panorama, de su carácter decorativo, como un buen telón agregado por el hombre a los de la Naturaleza.

Al descender pausadamente hacia la explanada, vio la mendiga dos burros... ¿qué digo dos? ocho, diez o más burros, con sus collarines de encarnado rabioso, y junto a ellos grupos

---

[368] *chincharse en las ricas*. La construcción sintáctica, el carácter y el ínfimo idiolecto de La Burlada, están apuntando directamente al significado más vulgar de este término y al más antiguo también. El significado, no recogido en el *DRAE*, ni en los léxicos dedicados a la obra de Galdós, viene a ser el de «evacuar» o «defecar». Frente a este significado, que persiste en los usos americanos, en la península se ha reducido al eufemismo de molestar, hacer rabiar y que no corresponde al contexto.

de gitanos tomando el sol, que ya inundaba el barrio con su luz esplendorosa, dando risueño brillo a los colorines con que se decoraban brutos y personas. En los animados corrillos todo era risas, chacota, correr de aquí para allá. Las muchachas saltaban; los mozos corrían en su persecución; los chiquillos, vestidos de harapos, daban volteretas, y sólo los asnos se mantenían graves y reflexivos en medio de tanta inquietud y algarabía. Las gitanas viejas, algunas de tez curtida y negra, comadreaban en corrillo aparte, arrimaditas al edificio grandón, que es una casa de corredor de regular aspecto. Dos o tres niñas lavaban trapos en el charco que hacia la mitad de la explanada se forma con las escurriduras y desperdicios de la fuente vecinal. Algunas de estas niñas eran de tez muy obscura, casi negra, que hacía resaltar las filigranas colgadas de sus orejas; otras de color de barro, todas ágiles, graciosas, esbeltísimas de talle y sueltas de lengua. Buscó la anciana entre aquella gente caras conocidas; y mira por aquí y por allá, creyó reconocer a un gitano que en cierta ocasión había visto en el Hospital, yendo a recoger a una amiga suya. No quiso acercarse al grupo en que el tal con otros disputaba *sobre* un burro, cuyas mataduras[369] eran objeto de vivas discusiones, y aguardó ocasión favorable. Ésta no tardó en venir, porque se enredaron a trompada limpia dos churumbeles[370], el uno con las perneras abiertas de arriba abajo, mostrando las negras canillas; el otro con una especie de turbante en la cabeza, y por todo vestido un chaleco de hombre: acudió el gitano a separarlos; ayudóle Benina, y a renglón seguido le embocó en esta forma:

«Dígame, buen amigo: ¿ha visto por aquí ayer y hoy a un ciego moro que le llaman Almudena?

—Sí, señora: *halo* visto... *jablao* con él —replicó el gitano, mostrando dos carreras de dientes ideales por su blancura, igualdad y perfecta conservación, que se destacaban dentro del estuche de dos labios enormes y carnosos, de un violado retinto—. Le *vide* en la puente... díjome que moraba *dende* anoche en las casas de Ulpiano... y que... no sé qué más... Desapártese, buena mujer, que esta bestia es *mu desconsiderá*, y cocea...»[371].

---

[369] *mataduras*. Son las llagas o las heridas que se hacen los animales, especialmente los burros, por el roce con los aparejos.

[370] *churumbeles*, «chicos, niños, hijos» entre los gitanos.

[371] *halo visto... mu desconsiderá*. Galdós reproduce la fonética, los

Huyó Benina de un brinco, viendo cerca de sí las patas traseras de un grandísimo burro, que dos gandules apaleaban, como para conocerle las mañas y proveer a su educación asnal y gitanesca, y se fue hacia las casas que le indicó con un gesto el de la perfecta dentadura.

Arranca de la explanada un camino o calle tortuosa en dirección a la puente segoviana[372]. A la izquierda, conforme se entra en él, está la casa de corredor, vasta colmena de cuartos pobres que valen seis pesetas al mes, y siguen las tapias y dependencias de una quinta o granja que llaman de Valdemoro. A la derecha, varias casas antiquísimas, destartaladas, con corrales interiores, rejas mohosas y paredes sucias, ofrecen el conjunto más irregular, vetusto y mísero que en arquitectura urbana o campesina puede verse. Algunas puertas ostentan lindos azulejos con la figura de San Isidro y la fecha de la construcción, y en los ruinosos tejados, llenos de jorobas, se ven torcidas veletas de chapa de hierro, graciosamente labrado. Al aproximarse, notando Benina que alguien se asomaba a un reja del piso bajo, hizo propósito de preguntar: era un burro blanco, de orejas desmedidas, las cuales enfiló hacia afuera cuando ella se puso al habla. Entró la anciana en el primer corral, empedrado, todo baches, con habitaciones de puertas desiguales y cobertizos o cajones vivideros, cubiertos de chapa de latón enmohecido: en la única pared blanca o menos sucia que las demás, vio un barco pintado con almazarrón[373], fragata de tres palos, de estilo infantil, con chimenea de la cual salían curvas de humo. En aquella parte, una mujer esmirriada lavaba pingajos en una artesa: no era

---

vulgarismos y la sintaxis gitana. *Halo:* «lo he»; *jablao:* «hablado»; *vide:* «vi»; *dende:* «desde»; *mu desconsiderá:* «muy desconsiderada». Aunque Galdós no subraya *desapártese* es vulgarismo por «apártese».

[372] *a la Puente Segoviana.* Benigna ha bajado junto al pretil del Puente de Toledo (actual glorieta de Pirámides) y ha recorrido el primer tramo de lo que hoy es el Paseo de los Melancólicos. Sale después de la explanada, continuando por dicho paseo, pero pronto se desvía hacia la derecha, hoy calle de Alejandro Dumas, y por allí sube al apeadero Imperial, vulgarmente llamado estación de las Pulgas. En 1645 se publicó en la *Jocoseria* de Luis Quiñones de Benavente, un entremés cantado titulado *La puente segoviana,* que es una burla más del río Manzanares, tantas veces ridiculizado en nuestro siglo barroco.

[373] *almazarrón* o «almagre» es un óxido rojo de hierro, más o menos arcilloso, y que suele emplearse en la pintura.

gitana, sino *paya*[374]. Por las explicaciones que ésta le dio, en la parte de la izquierda vivían los gitanos con sus pollinos, en pacífica comunidad de habitaciones; por lecho de unos y otros el santo suelo, los dornajos[375] sirviendo de almohadas a los racionales. A la derecha, y en cuadras también borriqueñas, no menos inmundas que las otras, acudían a dormir de noche muchos pobres de los que andan por Madrid: por diez céntimos se les daba una parte del suelo, y a vivir. Detalladas las señas de Almudena por Benina, afirmó la mujer que, en efecto, había dormido allí; pero con los demás pobres se había largado tempranito, pues no brindaban aquellos dormitorios a la pereza. Si la *señora* quería algún recado para el ciego moro, ella se lo daría, siempre y cuando viniese la segunda noche a dormir.

Dando las gracias a la esmirriada, salió Benina, y se fue por toda la calle adelante, atisbando a un lado y otro. Esperaba distinguir en alguno de aquellos calvos oteros la figura del marroquí tomando el sol o entregado a sus melancolías. Pasadas las casas de Ulpiano, no se ven a la derecha más que taludes áridos y pedregosos, vertederos de escombros, escorias y arena. Como a cien metros de la explanada hay una curva o más bien zigzag, que conduce a la estación de las Pulgas[376], la cual se reconoce desde abajo por la mancha de carbón en el suelo, las empalizadas de cerramiento de vía, y algo que humea y bulle por encima de todo esto. Junto a la estación, al lado de Oriente, un arroyo de aguas de alcantarilla, negras como tinta, baja por un cauce abierto en los taludes, y salvando el camino por una atarjea[377], corre a fe-

---

[374] *paya*. Denominación despectiva que dan los gitanos a los que no son de su raza.

[375] *dornajos*, «especie de artesa, pequeña y redonda, que sirve para dar de comer a los cerdos, para fregar o para otros usos» (*DRAE*).

[376] *Estación de las Pulgas*. Denominación vulgar del apeadero del ferrocarril de circunvalación de la época, que se llamó estación Imperial y que continuaba hasta la de Atocha pasando por Las Peñuelas y Delicias. El ajetreo al que se alude debe referirse al tránsito de mercancías (ganado, hierro, carbón, madera, piedras...), que se recibía allí desde que la de Príncipe Pío (hoy estación del Norte) se había quedado insuficiente. En cuanto al mote popular, nada hay que añadir sino su propiedad, ya que estaba rodeada de escombreras y desperdicios que venían de la población.

[377] *atarjea*. Caja de ladrillo o canalización subterránea de las aguas, en este caso residuales.

cundar las huertas antes de verterse en el río. Detúvose allí la mendiga, examinando con su vista de lince el zanjón, por donde el agua se despeña con turbios espumarajos, y las huertas, que a mano izquierda se extienden hasta el río, plantadas de acelgas y lechugas. Aún siguió más adelante, pues sabía que al africano le gustaba la soledad del campo y la ruda intemperie. El día era apacible: luz vivísima acentuaba el verde chillón de las acelgas y el morado de las lombardas, derramando por todo el paisaje notas de alegría. Anduvo y se paró varias veces la anciana, mirando las huertas que recreaban sus ojos y su espíritu, y los cerros áridos, y nada vio que se pareciese a la estampa de un moro ciego tomando el sol. De vuelta a la explanada, bajó a la margen del río, y recorrió los lavaderos y las casuchas que se apoyan en el contrafuerte, sin encontrar ni rastros de Mordejai. Desalentada, se volvió a los Madriles[378] de arriba, con propósito de repetir al día siguiente sus indagaciones.

En su casa no encontró novedad; digo, sí: encontró una, que bien pudiera llamarse maravilloso suceso, obra del subterráneo genio *Samdai*. A poco de entrar, díjole Doña Paca con alborozo: «Pero, mujer, ¿no sabes...? Deseaba yo que vinieras para contártelo...

—¿Qué, señora?

—Que ha estado aquí D. Romualdo.

—¡D. Romualdo!... Me parece que usted ·sueña[379].

—No sé por qué... ¿Es cosa del otro mundo que ese señor venga a mi casa?

—No; pero...

---

[378] *Madriles*. Nombre castizo y afectuoso con que los madrileños designaban a su ciudad. Hoy sigue empleándose.

[379] *...Me parece que usted sueña*. La necesidad y la fe unidas de doña Paca y Benigna, sobre todo la lucha continua y confiada de ésta, han producido el milagro. Benigna ha iniciado su calvario y su sacrificio redentor ha comenzado al mismo tiempo a surtir sus efectos. Primero sobre Frasquito Ponte, ahora sobre doña Paca y finalmente será la redención más dura, la de Almudena. Todas estas redenciones van acompañadas de otros milagros concomitantes y secundarios. Sobre este punto véanse: Theodore S. Beardsley, «The life and Passión of Christ in Galdós' *Misericordia*» *(Homenaje a Shermann H. Eoff*, Madrid, Castalia, 1970, págs. 39-58); Robert H. Russell, «The Christ figure in *Misericordia*. A monograph» *(Anales Galdosianos*, II, 1967, páginas 103-130), y Germán Gullón, «*Misericordia:* un milagro realista» *(Letras de Deusto*, vol. 4, núm. 8, julio-septiembre de 1974, páginas 171-185).

—Por cierto que me ha dado qué pensar... ¿Qué sucede?

—No sucede nada.

—Yo creí que había ocurrido algo en casa del señor sacerdote, alguna cuestión desagradable contigo, y que venía a darme las quejas.

—No hay nada de eso.

—¿No le viste tú salir de casa? ¿No te dijo que acá venía?

—¡Qué cosas tiene! Ahora me va a decir a mí el señor a dónde va, cuando sale.

—Pues es muy raro...

—Pero, en fin, si vino, a usted le diría...

—¿A mí qué había de decirme, si no le he visto?... Déjame que te explique. A las diez bajó a hacerme compañía, como acostumbra, una de las chiquillas de la cordonera[380], la mayor, Celedonia, que es más lista que la pólvora. Bueno: a eso de las doce menos cuarto, tilín, llaman a la puerta. Yo dije a la chiquilla: «Abre, hija mía, y a quien quiera que sea le dices que no estoy.» Desde el escándalo que me armó aquel tunante de la tienda, no me gusta recibir a nadie cuando no estás tú... Abrió Celedonia... Yo sentía desde aquí una voz grave, como de persona principal, pero no pude entender nada... Luego me contó la niña que era un señor sacerdote...

—¿Qué señas?

—Alto, guapo... Ni viejo, ni joven.

—Así es —afirmó Benina, asombrada de la coincidencia—. ¿Pero no dejó tarjeta?

—No, porque se le había olvidado la cartera.

—¿Y preguntó por mí?

—No. Sólo dijo que deseaba verme para un asunto de sumo interés.

—En ese caso, volverá.

—No muy pronto. Dijo que esta tarde tenía que irse a Guadalajara. Tú habrás oído hablar de ese viaje.

—Me parece que sí... Algo dijeron de bajar a la estación, y de la maleta, y no sé qué.

—Pues, ya ves... Puedes llamar a Celedonia para que te lo explique mejor. Dijo que sentía tanto no encontrarme... que a la vuelta de Guadalajara vendría... Pero es raro que no te haya hablado de ese asunto de interés que tiene que tratar conmigo. ¿O es que lo sabes y quieres reservarme la sorpresa?

---

[380] La *cordonera* es la persona que tiene por oficio hacer o vender cordones, flecos, etc.

—No, no: yo no sé nada del asunto ese... ¿Y está segura la Celedonia del nombre?

—Pregúntaselo... Dos o tres veces repitió: «Dile a tu señora que ha estado aquí D. Romualdo.»

Interrogada la chiquilla, confirmó todo lo expresado por Doña Paca. Era muy lista, y no se le escapaba una sola palabra de las que oyera al señor eclesiástico, y describía con fiel memoria su cara, su traje, su acento... Benina, confusa un instante por la rareza del caso, lo dio pronto al olvido por tener cosas de más importancia en qué ocupar su entendimiento. Halló a Frasquito tan mejorado, que acordaron levantarle del lecho; mas al dar los primeros pasos por la habitación y pasillo, encontróse el galán con la novedad de que la pierna derecha se le había quedado un poco inválida... Esperaba, no obstante, que con la buena alimentación y el ejercicio recobraría dicho miembro su actividad y firmeza. Pronto le darían de alta. Su reconocimiento a las dos señoras, y principalmente a Benina, le duraría tanto como la vida... Sentía nuevo aliento y esperanzas nuevas, presagios risueños de obtener pronto una buena colocación que le permitiera vivir desahogadamente, tener hogar propio, aunque humilde, y... En fin, que estaba el hombre animado, y con la inagotable farmacia de su optimismo se restablecía más pronto.

Como a todo atendía Nina, y ninguna necesidad de las personas sometidas a su cuidado se le olvidaba, creyó conveniente avisar a las señoras de la Costanilla de San Andrés, que de seguro habrían extrañado la ausencia de su dependiente.

«Sí, hágame el favor de llevarles un recadito de mi parte —dijo el galán, admirando aquel nuevo rasgo de previsión—. Dígales usted lo que le parezca, y de seguro me dejará en buen lugar.»

Así lo hizo Benina a prima noche, y a la mañana siguiente, con la fresca, emprendió de nuevo su caminata hacia el Puente de Toledo.

XXVIII

Encontróse a un anciano harapiento que solía pedir, con una niña en brazos, en el Oratorio del Olivar, el cual le contó llorando sus desdichas, que serían bastantes a quebrantar las peñas. La hija del tal, madre de la criatura, y de otra que enferma quedara en casa de una vecina, se había muerto dos días antes «de miseria, señora, de cansancio, de tanto padecer echando los *gofes*[381] en busca de un medio panecillo». ¿Y qué hacía él ahora con las dos crías, no teniendo para mantenerlas, si para él solo no sacaba? El Señor le había dejado de su mano. Ningún santo del cielo le hacía ya maldito caso. No deseaba más que morirse, y que le enterraran pronto, pronto, para no ver más el mundo. Su única aspiración mundana era dejar colocaditas a las dos niñas en algún *arrecogimiento*[382] de los muchos que hay para *párvulas de ambos sexos*. ¡Y para que se viera su mala sombra!... Había encontrado un alma caritativa, un señor eclesiástico, que le ofreció meter a las nenas en un Asilo; pero cuando creía tener arreglado el negocio, venía el demonio a descomponerlo... «Verá usted, señora: ¿conoce por casualidad a un señor sacerdote muy apersonado que se llama D. Romualdo?

—Me parece que sí —repuso la mendiga, sintiendo de nuevo una gran confusión o vértigo en su cabeza.

—Alto, bien plantado, hábitos de paño fino, ni viejo ni joven.

—¿Y dice que se llama D. Romualdo?

—D. Romualdo, sí señora.

—¿Será... por casualidad, uno que tiene una sobrinita nombrada Doña Patros?

---

[381] *gofes*. Por bofes. Nombre de origen árabe y de uso popular para denominar los pulmones. «Echar los gofes» significa afanarse hasta agotarse en algo para obtener poco o ningún provecho.

[382] *arrecogimiento*, por «recogimiento». Se refiere, como dice más abajo, a los asilos infantiles. Había varios: el de Huérfanos de la Caridad, en la calle del Fúcar, 24; el de las Lavanderas, en las afueras de la Puerta de San Vicente; el de niños huérfanos del Sagrado Corazón de Jesús, en la calle de Atocha, 68 (fundado por doña Ernestina Manuel de Villena); el de Ntra. Sra. de la Asunción, el Hospicio de San Fernando, el de la Santa Infancia, etc.

—No sé cómo la llaman; pero sobrina tiene... y guapa. Pues verá usted mi perra suerte. Quedó en darme, ayer por la tarde, la razón. Voy a su casa, y me dicen que se había marchado a Guadalajara.

—Justamente... —dijo Benina, más confusa, sintiendo que lo real y lo imaginario se revolvían y entrelazaban en su cerebro—. Pero pronto vendrá.

—A saber si vuelve.»

Díjole después el pobre viejo que se moría de hambre; que no había entrado en su boca, en tres días, más que un pedazo de bacalao crudo que le dieron en una tienda, y algunos corruscos de pan, que mojaba en la fuente para reblandecerlos, porque ya no tenía hueso[383] en la boca. Desde el día de San José que quitaron la sopa en el Sagrado Corazón, no había ya remedio para él; en parte alguna encontraba amparo; el cielo no le quería, ni la tierra tampoco. Con ochenta y dos años cumplidos el 3 de febrero, San Blas bendito, un día después de la Candelaria, ¿para qué quería vivir más ni qué se le había perdido por acá? Un hombre que sirvió al Rey doce años; que durante cuarenta y cinco había picado miles de miles de toneladas de piedra en *esas carreteras de Dios*, y que siempre fue bien mirado y *puntoso*[384], nada tenía que hacer ya, más que encomendarse al sepulturero para que le pusiera mucha tierra, mucha tierra encima, y apisonara bien. En cuantito que colocara a las dos criaturas, se *acostaría* para no levantarse hasta el día del Juicio por la tarde... ¡y se levantaría el último! Traspasada de pena Benina al oír la referencia de tanto infortunio, cuya sinceridad no podía poner en duda, dijo al anciano que la llevara a donde estaba la niña enferma, y pronto fue conducida a un cuarto lóbrego, en la planta baja de la casa grande de corredor, donde juntos vivían, por el pago de tres pesetas al mes, media docena de pordioseros con sus respectivas proles. La mayor parte de éstos hallábanse a la sazón en Madrid, buscando la santa *perra*. Sólo vio Benina una vieja, petiseca[385] y dormilona, que parecía alcoholizada, y una mujer panzuda, tumefacta, de piel vinosa y tirante, como la de un corambre[386] repleto, con la cara erisipelada, mal envuelta en trapos de distintos colores.

---

[383] *hueso*, ningún diente.
[384] *puntoso*, «honrado, pundonoroso».
[385] *petiseca*, «de pecho hundido o seco».
[386] *corambre*, «pellejo de vino, odre».

En el suelo, sobre un colchón flaco, cubierto de pedazos de bayeta amarilla y de jirones de mantas morellanas [387], yacía la niña enferma, como de seis años, el rostro lívido, los puños cerrados en la boca. «Lo que tiene esta criatura es hambre —dijo Benina, que habiéndola tocado en la frente y manos, la encontró fría como el mármol.

—Puede que así sea, porque cosa caliente no ha entrado en nuestros cuerpos desde ayer.»

No necesitó más la bondadosa anciana, para que se le desbordase la piedad, que caudalosa inundaba su alma; y llevando a la realidad sus intenciones con la presteza que era en ella característica, fue al instante a la tienda de comestibles, que en el ángulo de aquel edificio existe, y compró lo necesario para poner un puchero inmediatamente, tomando además huevos, carbón, bacalao... pues ella no hacía nunca las cosas a medias. A la hora, ya estaban remediados aquellos infelices, y otros que se agregaron, inducidos del olor que por toda la parte baja de la colmena prontamente se difundió [388]. Y el Señor hubo de recompensar su caridad, deparándole, entre los mendigos que al festín acudieron, un lisiado sin piernas, que andaba con los brazos, el cual le dio por fin noticias verídicas del extraviado Almudena.

Dormía el moro en las casas de Ulpiano, y el día se lo pasaba rezando de firme, y tocando en un guitarrillo de dos cuerdas que de Madrid había traído, todo ello sin moverse de un apartado muladar [389], que cae debajo de la estación de las Pulgas, por la parte que mira hacia la puente segoviana. Allá se fue Benina despacito, porque el sujeto que la guiaba era de lenta andadura, como quien anda con las nalgas encuadernadas en suela, apoyándose en las manos, y éstas en dos zoquetes de palo. Por el camino, el hombre *de medio cuerpo arriba* aventuró algunas indicaciones críticas acerca del moro,

---

[387] *morellanas*, de Morella, ciudad de la provincia de Castellón. Sus mantas, efectivamente, tienen fama por su calidad.

[388] *...prontamente se difundió*. Primer milagro de Benigna en su bajada a estos infiernos de la miseria y calvario de su propia crucifixión, en las Cambroneras. Muchos mendigos son los que se alimentan con el poco dinero invertido.

[389] *muladar*. Término usado en su significado original de «muradal», muro junto al que se acumula el estiércol o las basuras. El término es exacto porque Almudena está situado en el talud de escombros que se apila y desciende desde la Cerca Nueva, en la parte suroeste del primer tramo del actual Paseo Imperial.

y de su conducta un tanto estrafalaria. Creía él que Almudena era en su tierra clérigo, quiere decirse, presbítero del *Zancarrón*[390], y en aquellos días hacía las penitencias de la Cuaresma *majometana*[391], que consisten en dar zapatetas en el aire, comer sólo pan y agua, y mojarse las palmas de la mano con saliva. «Lo que canta con la cítara ronca, debe de ser cosa de funerales de allá, porque suena triste, y dan ganas de llorar oyéndolo. En fin, señora, allí le tiene usted tumbado sobre la alfombra de picos, y tan quieto que parece que lo han vuelto de piedra.»

Distinguió, en efecto, Benina la inmóvil figura del ciego, en un vertedero de escorias, cascote y basuras, que hay entre la vía y el camino de las Cambroneras, en medio de una aridez absoluta, pues ni árbol ni mata, ni ninguna especie vegetal crecen allí. Siguió adelante el despernado, y Benina, con su cesta al brazo, subió gateando por la escombrera, no sin trabajo, pues aquel material suelto de que formado estaba el talud, se escurría fácilmente. Antes de que ganar pudiera la altura en que el africano se encontraba, anunció a gritos su llegada, diciéndole: «¡Pero, hijo, vaya un sitio que has ido a escoger para ponerte al sol! ¿Es que quieres secarte, y volverte cuero para tambores?... ¡Eh... Almudena, que soy yo, que soy yo la que sube por estas escaleras alfombradas!... Chico, ¿pero qué?... ¿Estás tonto, estás dormido?»

El marroquí no se movía, la cara vuelta hacia el sol, como un pedazo de carne que se quisiera tostar. Tiróle la anciana una, dos, tres piedrecillas, hasta que consiguió acertarle. Almudena se movió con estremecimiento; y poniéndose de rodillas, exclamó: *B'nina*, tú *B'nina*.

—Sí, hijo mío: aquí tienes a esta pobre vieja, que viene a verte al yermo donde moras. ¡Pues no te ha dado mala ventolera! ¡Y que no me ha costado poco trabajo encontrarte!

—*B'nina!* —repitió el ciego con emoción infantil, que se revelaba en un raudal de lágrimas, y en el temblor de manos y pies—. Tú *vinir* cielo.

—No, hijo, no —replicó la buena mujer, llegando por fin

---

[390] *Zancarrón.* «Il s'agit —dice Robert Ricard— de la légende bien connue qui acusait les Musulmans d'adorer un os de la jambe de Mahomet.» (*Op. cit.*, págs. 18-19, nota 12.) Es, pues, sacerdote del zanco de Mahoma, por decirlo en el mismo tono humorístico del término.

[391] *majometana*, «mahometana». El personaje se refiere a la cuaresma penitencial musulmana en el periodo del Ramadán.

junto a él, y dándole palmetazos en el hombro—. No vengo del cielo, sino que subo de la tierra por estos maldecidos peñascales [392]. ¡Vaya una idea que te ha dado, pobre morito! Dime: ¿y es tu tierra así?»

No contestó Mordejai a esta pregunta; callaron ambos. El ciego la palpaba con su mano trémula, como queriendo verla por el tacto.

«He venido —dijo al fin la mendiga— porque me pensé, un suponer, que estarías muerto de hambre.

—Mí no *comier*...

—¿Haces penitencia? Podías haberte puesto en mejor sitio...

—Este *micor*... monte *bunito*.

—¡Vaya un monte! ¿Y cómo llamas a esto?

—Monte *Sinaí*... Mí estar *Sinaí*.

—Donde tú estás es en Babia.

—Tú *vinir* con ángeles, *B'nina*... tú *vinir* con fuego [393].

—No, hijo: no traigo fuego ni hace falta, que bastante achicharradito estás aquí. Te estás quedando más seco que un bacalao.

—*Micor*... mí *quierer* seco... y arder como *paixa*.

—En paja te convertirías si yo te dejara. Pero no te dejo, y ahora vas a comer y beber de lo que traigo en mi cesta.

—Mí no *comier*... mí ser *squieleto*.»

Sin esperar a más razones, Almudena extendió las manos, palpando en el suelo. Buscaba su guitarro, que Benina vio y cogió, rasgueando sus dos cuerdas destempladas.

---

[392] ...*maldecidos peñascales*. Este es un cuadro simbólico lleno de fuerza y dinamismo, que consigue Galdós apoyado sin duda en sus grandes capacidades e intuiciones pictóricas. Creemos, por otra parte, que es también todo un símbolo plástico del pensamiento del escritor, pues casi a lo vivo nos imaginamos a Benigna trepando afanosamente por las escombreras, mientras el inútil e idealista Almudena cree ver descender la angelical visita del cielo. Galdós se ve a sí mismo, al final de esta década, como Almudena, esperando una inexistente solución de arriba, cuando la verdadera efectividad y los problemas (el infierno) están abajo, donde trepa Benigna, símbolo del pueblo sufrido. Este personaje, además, se presenta como ejemplo de la auténtica caridad: no resuelve los problemas con palabras, sino con hechos y dolores. Finalmente, Benigna sigue con este acto por el duro calvario que la santificará.

[393] ...*tu vinir con fuego*. Es patente la referencia bíblica para confirmar la santidad y la divinidad redentora de Benigna. Sobre el significado bíblico exacto de este pasaje (Benigna como fuego purificador y la escombrera como símbolo del infierno), *vid*. Schraibman, pág. 469.

«¡*Dami, dami!* —le dijo el ciego impaciente, tocado de inspiración.»

Y agarrando el instrumento, pulsó las cuerdas, y de ellas sacó sonidos tristes, broncos, sin armónica concordancia entre sí. Y luego rompió a cantar en lengua arábiga una extraña melopea[394], acompañándose con sonidos secos y acompasados que de las dos cuerdas sacaba. Oyó Benina este canticio con cierto recogimiento, pues aunque nada sacó en limpio de la letra gutural y por extremo áspera, ni en la cadencia del son encontró semejanza con los estilos de acá, ello es que la tal música resultaba de una melancolía intensa. Movía el ciego sin cesar su cabeza, cual si quisiera dirigir las palabras de su canto a diferentes partes del cielo, y ponía en algunas endechas[395] una vehemencia y un ardor que denotaban el entusiasmo de que estaba poseído.

«Bueno, hijo, bueno —le dijo la anciana cuando terminó de cantar—. Me gusta mucho tu música... Pero ¿el estómago no te dice que a él no le catequizas con esas coplas, y que le gustan más las buenas magras?

—*Comier* tú... mí cantar... *Comier* yo con alegría de ser tú *migo*.

—¿Te alimentas con tenerme aquí? ¡Bonita substancia!

—Mí *quierer* ti...

—Sí, hijo, quiéreme; pero haz cuenta de que soy tu madre, y que vengo a cuidar de ti.

—Tú ser *bunita*.

—¡*Miá* que yo bonita... con más años que San Isidro, y esta miseria y esta facha!»

No menos inspirado hablando que cantando, Almudena le dijo: «Tú ser *com la zucena, branca*... *Com* palmera del *D'sierto* cintura tuya... rosas y *casmines* boca tuya... la estrella de la tarde *ojitas tuyas*[396].

---

[394] *melopea.* Canto semitonado árabe caracterizado por su tristeza y su monotonía.

[395] *endecha.* Debe entenderse como sinónimo de estrofa o conjunto de versos de contenido triste, y no como una forma concreta de combinación métrica asonantada de hexasílabos o heptasílabos.

[396] El tono bíblico de estas alabanzas, así como casi todas ellas, están tomadas del *Cantar de los Cantares*, resumiendo la mayor parte de las veces desde la actitud sentimental del Esposo. Fragmentos textuales: (cap. 2, 2) «Como lirio entre cardos es mi amada entre las doncellas»; (cap. 7, 8) «Esbelto es tu valle como la palmera, y

—¡María Santísima! Todavía no me había yo enterado de lo bonita que soy.

—*Donzellas tudas, invidia* de ti *tenier* ellas... *Hiciéronte* manos Dios con *regocijación*. Loan ti ángeles con cítara.

—¡San Antonio bendito!... Si quieres que te crea todas esas cosas, me has de hacer un favor: comer lo que te traigo. Después que tengas llena la barriga hablaremos, pues ahora no estás en tus cabales.»

Diciéndolo, iba sacando de la cesta pan, tortilla, carne fiambre y una botella de vino. Enumeraba las provisiones, creyendo que así le despertaría el apetito, y como argumento final le dijo: «Si te empeñas en no comer, me enfado, y no vuelvo más a verte. Despídete de mi boca de rosas, y de mis ojitos como las estrellas del cielo... Y luego has de hacer todo lo que yo te mande: volverte a Madrid, y vivir en tu casita como antes vivías.

—Si tú casar *migo*, sí... Si no casar, no.

—¿Comes o no comes? Porque yo no he venido aquí a perder el tiempo echándote sermones —declaró Benina desplegando toda la energía de su acento—. Si te empeñas en ayunar, me voy ahora mismo.

—*Comier* tú...

—Los dos. He venido a verte, y a que almorcemos juntos.

—¿Casar tú *migo?*

—¡Ay qué pesado el hombre! Pareces un chiquillo. Me veré obligada a darte un par de mojicones... Ha, morito, come y aliméntate, que ya se tratará lo del casorio. ¿Piensas que voy yo a tomar un marido seco al sol, y que se va quedando como un pergamino?

Con éstas y otras razones logró convencerle, y al fin el desdichado dejó de hacer ascos a la comida. Empezando con repulgos, acabó por devorar con voracidad. Pero no abandonaba su tema, y entre bocado y bocado, decía: «*Casar* yo *tigo... dirnos terra* mía... Yo casar por *arrelijión* tuya si *quierer* tú... Tú casar por *arrelijión mía*, si *quierer* ella... Mí ser *d'Israel...*

son tus senos sus racimos, y el cap. 6, 9: «Viéronla las doncellas y la aclamaron, y las reinas y concubinas la loaron.» Creación pura y bella de Galdós es la metáfora «la estrella de la tarde, ojitas tuyas». En el *Cantar* los ojos de la amada se comparan continuamente con palomas. Y, en fin, tiene resonancias de hipérbole sacroprofana extraída de los salmos ese «Loan a ti ángeles con cítara».

Bautisma jacieron mi señoritas *confirencia*[397]... Poner mí nombre *Joseph Marien Almudena...*

—José María de la Almudena. Si eres cristiano, no me hables a mí de otras *arreligiones* malas.

—No haber más que un Dios, uno solo, sólo Él —exclamó el ciego, poseído de exaltación mística—. Él *melecina* a los quebrantados de corazón... Él contar número estrellas, y a *tudas* ellas por nombre llama. Adoran *Adonai* el animal y *tuda cuatropea*, y el pájaro de ala... *¡Haleluyah!*[398].

—Hombre, sí, cantemos ahora las aleluyas para que no nos haga daño la comida.

—Voz de *Adonai* sobre las aguas, sobre aguas *mochas*. La voz de *Adonai* con *forza*, la voz de *Adonai* con *jermosura*. La voz de *Adonai* quiebra los *alarzes*[399] del Lebanón y Tsión como fijos de unicornios... La voz de *Adonai* corta llamas de fuego, *face* temblar *D'sierto; fará* temblar *Adonai D'sierto* de Kader... La voz de *Adonai face adoloriar*[400] ciervas... En palacio suyo *tudas* decir *grolia. Adonai* por el diluvio se asentó... *Adonai* bendecir su *puelbro* con paz...»[401].

_____

[397] *confirencia*. Alude Galdós a las señoritas pías de alguna congregación que le catequizaron y bautizaron. También Galdós se encontró en su infancia con el despotismo y la rígida disciplina de aquellas señoritas Mesa, de Las Palmas, que le educaron antes de pasar al colegio de San Agustín.

[398] *...¡Haleluyah!* Hay un conglomerado de resonancias bíblicas en esta exaltación mística de Almudena. En primer lugar hay cita del *Deuteronomio*, 6, 4. «Oye Israel: Yavé es nuestro Dios. Yavé es único.» Y los Salmos 147, 3-4: «Él sana a los de quebrantado corazón y venda sus heridas. Él cuenta el número de las estrellas y llama a cada una por su nombre.» Y salmo 148, 10: «Las fieras y todos los ganados, los reptiles y las aladas aves...»

[399] *alarzes*. Deformación de «alerces», que es la denominación árabe del cedro.

[400] *adoloriar*. Deformación de adolorir o dolorir, «dolerse». Salmo 42, 2.

[401] «*...su puelbro con paz*». Salmo 29, 3-6 y 8-9 (corregido): 10 y 11. El texto bíblico es «¡La voz de Yavé sobre las aguas! / Truena el Dios de la gloria: / Yavé sobre la inmensidad de las aguas. / La voz de Yavé (resuena) con fuerza; / La voz de Yavé (retumba) con majestad. / (La voz de Yavé rompe los cedros), / troncha Yavé los cedros del Líbano, / y hace saltar al Líbano como un ternero, / y al Sarión como cría de búfalo. / La voz de Yavé sacude el desierto; / hace temblar Yavé el desierto de Cades / (Versículo 9, corregido) La voz de Yavé retuerce las encinas, / despoja las selvas. Y en su templo todo dice: «¡Gloria!» Siéntase Yavé

Aún prosiguió recitando oraciones hebraicas en castellano del siglo xv, que en la memoria desde la infancia conservaba, y Benina le oía con respeto, aguardando que terminase para traerle a la realidad y sujetarle a la vida común. Discutieron un rato sobre la conveniencia de tornar a la posada de Santa Casilda; mas no parecía él dispuesto a complacerla en extremo tan importante, mientras no le diese ella palabra formal de aceptar su negra mano. Trató de explicar la atracción que, en el estado de su espíritu, sobre él ejercían los áridos peñascales y escombreras en que a la sazón se encontraba. Realmente, ni él sabía explicárselo, ni Benina entenderlo; pero el observador atento bien puede entrever en aquella singular querencia un caso de atavismo o de retroacción instintiva hacia la antigüedad, buscando la semejanza geográfica con las soledades pedregosas en que se inició la vida de la raza... ¿Es esto un desatino? Quizás no.

XXIX

Con todo su ingenio y travesura no pudo la anciana convencer al marroquí de la oportunidad de volverse al Madrid alto. «Y no sé —le dijo echando mano de todos los argumentos—, no sé cómo vas a arreglarte para vivir en este monte de tus penitencias. Porque tú no pides; aquí nadie ha de traerte el garbanzo, como no sea yo; y yo, si ahora tengo algún dinero, pronto me quedaré sin una mota, y tendré que volver a pedirlo con vergüenza. ¿Esperas tú que aquí te caiga el maná?

—*Cader sí manjá* [402] —replicó Almudena con profunda convicción.

—Fíate de eso... Pero dime otra cosa, hijito: ¿habrá por aquí dinero enterrado?

—Haber *mocha, mocha.*

—Pues, hijo, a ver si lo sacas, que en este caso no perderías el tiempo. Pero ¡quiá! no creo yo las papas que tú cuentas, ni las hechicerías que te has traído de tu tierra de infieles... No, no: aquí no hay salvación para el pobre; y eso de sacar

---

sobre las aguas diluviales, / siéntase como Rey eterno. / (Yavé dará fortaleza a su pueblo), / Yavé bendecirá a su pueblo con la paz.»

[402] *cader sí manjá.* Sí, cae la comida.

tesoros, o de que le traigan a uno las carretadas de piedras preciosas, me parece a mí que es conversación.

—Si tú casar *migo*, mí *encuentrar* tesoro *mocha*.

—Bueno, bueno... Pues ponte a trabajar para la averiguación de dónde está la tinaja llena de dinero. Yo vendré a sacarla, y como sea verdad, a casarnos tocan.»

Diciéndolo, recogía en su cesta los restos de comida para marcharse. Almudena se opuso a que se fuese tan pronto; pero ella insistía en retirarse, con la firmeza que gastaba en toda ocasión: «¡Pues estaría bueno que me quedara yo aquí, puesta al sol y al aire como un pellejo en secadero de curtidores! Y dime, Almudenita: ¿me vas tú a mantener aquí? ¿Y a mi señora, quién le mantiene el pico?»

Esta referencia a la casa de la señora despertó en Mordejai el recuerdo del *galán bunito;* y como se excitara más de la cuenta con tal motivo, apresuróse Benina a calmarle con la noticia de que Ponte se había marchado ya a sus palacios aristocráticos, y de que ni ella ni su ama Doña Francisca querían trato ni roce con aquel viejo camastrón, que les había dado un mal pago, despidiéndose a la francesa, y *quedándoles a deber* el pupilaje. Tragóse el africano esta bola con infantil candor; y haciendo prometer y jurar a su amiga que a verle volvería diariamente mientras él continuase en aquella obligación de sus acerbas penitencias, la dejó marchar. Fuese Benina por arriba, prefiriendo subir hacia la estación, como salida más cómoda y practicable.

De vuelta a casa, lo primero que su señora le preguntó fue si sabía cuándo regresaba de Guadalajara D. Romualdo, a lo que respondió ella que no se tenían aún noticias seguras del regreso del señor. Nada ocurrió aquel día digno de notarse, sino que Ponte mejoraba rápidamente, poniéndose muy gozoso con la visita de Obdulia, que estuvo cuatro horas platicando con él y con su mamá de cosas elegantes, y de sucesos rondeños anteriores en cuarenta años a la época presente. Debe hacerse notar también que a Beniná se le iba mermando el dinero, pues comió allí la *niña*, y fue preciso añadir merluza al ordinario condumio, y además dátiles y pastas para postres. Con el gasto de aquellos días, con las prodigalidades caritativas en las Cambroneras, los duros que restaron del préstamo de la *Pitusa*, después de saldados débitos apremiantes, se iban reduciendo por horas, hasta quedar en uno solo, o poco más, el día de la tercera escapatoria al arrabal del Puente de Toledo.

Es cosa averiguada que en aquella tercera excursión le salió al encuentro el anciano del día anterior, que dijo llamarse Silverio, y con él iban, formados como en línea de batalla, otros míseros habitantes de aquellos humildes caseríos, llevando de intérprete al hombre despernado, que se expresaba con soltura, como si con esta facultad le compensara la Naturaleza por la horrible mutilación de su cuerpo. Y fue y dijo, en nombre del gremio de pordioseros allí presente, que la señora debía distribuir sus beneficios entre todos sin distinción, pues todos eran igualmente acreedores a los frutos de su inmensa caridad. Respondióles Benina con ingenua sencillez que ella no tenía frutos ni cosa alguna que repartir, y que era tan pobre como ellos. Acogidas estas expresiones con absoluta incredulidad, y no sabiendo el lisiado qué oponer a ellas, pues toda su oratoria se le había consumido en el primer discurso, tomó la palabra el viejo Silverio, y dijo que ellos no se habían caído de ningún nido, y que bien a la vista estaba que la señora no era lo que parecía, sino una *dama disfrazada* que, con trazas y pingajos de *mendiga de punto*, se iba por aquellos sitios para *desaminar* la verdadera pobreza y remediarla. Tocante a esto del disfraz no había duda, porque ellos la conocían de años atrás. ¡Ah! y cuando vino, *la otra vez*, la *señora disfrazada*, a todos les había socorrido igualmente. Bien se acordaban él y otros de la cara y modos de la tal, y podían atestiguar que era la misma, la misma que en aquel momento estaban viendo con sus ojos y palpando con sus manos.

Confirmaron todos a una voz lo dicho por el octogenario Silverio, el cual hubo de añadir que por santa fue tenida la señora de antes, y por santísima tendrían a la presente, respetando su disfraz, y poniéndose todos de rodillas ante ella para adorarla. Contestó Benina con gracejo que tan santa era ella como su abuela, y que miraran lo que decían y volvieran de su grave error. En efecto: había existido años atrás una señora muy linajuda, llamada doña Guillermina Pacheco[403],

---

[403] *Doña Guillermina Pacheco* es uno de los más queridos personajes de Galdós y trasunto literario de Doña Ernestina Manuel de Villena, dama caritativa del Madrid finisecular y fundadora del Asilo de Niños huérfanos del Sagrado Corazón de Jesús. Vivía doña Ernestina en el núm. 11 de la calle Barquillo. Benigna, que es la nueva versión ahora popular de ese personaje, indica por sí misma la evolución espiritual e ideológica que Galdós ha sufrido en esta década finisecular.

corazón hermoso, espíritu grande, la cual andaba por el mundo repartiendo los dones de la caridad, y vestía humilde traje, sin faltar a la decencia, revelando en su modestia soberana la clase a que pertenecía. Aquella dignísima señora ya no vivía. Por ser demasiado buena para el mundo, Dios se la llevó al cielo cuando más falta nos hacía por acá. Y aunque viviera, *amos*, ¿cómo podía ser confundida con ella, con la infeliz Benina? A cien leguas se conocía en ésta a una mujer de pueblo, criada de servir. Si por su traje pobrísimo, lleno de remiendos y zurcidos, por sus alpargatas rotas, no comprendían ellos la diferencia entre una cocinera jubilada y una señora nacida de marqueses, pues bien pudiera ésta vestirse de máscara, en otras cosas no cabía engaño ni equivocación: por ejemplo, en el habla. Los que oyeron la palabra de Doña Guillermina, que se expresaba al igual de los mismos ángeles, ¿cómo podían confundirla con quien decía las cosas en lenguaje ordinario? Había nacido ella en un pueblo de Guadalajara, de padres labradores, viniendo a servir a Madrid cuando sólo contaba veinte años. Leía con dificultad, y de escritura estaba tan mal, que apenas ponía su nombre: *Benina de Casia*. Por este apellido, algunos guasones de su pueblo se burlaban de ella diciendo que *venía* de Santa Rita[404]. Total: que ella no era santa, sino muy pecadora, y no tenía nada que ver con la Doña Guillermina de marras, que ya gozaba de Dios. Era una pobre como ellos, que vivía de limosna, y se las gobernaba como podía para mantener a los suyos. Habíala hecho Dios generosa, eso sí; y si algo poseía, y encontraba personas más necesitadas que ella, le faltaba tiempo para desprenderse de todo... y tan contenta.

No se dieron por convencidos los miserables, dejados de la mano de Dios, y alargando las suyas escuálidas, con afligidas voces pedían a Benina de Casia que les socorriese. Andrajosos y escuálidos niños se unieron al coro, y agarrándose a la falda de la infeliz alcarreña, le pedían pan, pan. Compadecida de tantas desdichas, fue la anciana a la tienda, compró una docena de panes altos, y dividiéndolos en dos, los repartió entre la miserable cuadrilla. La operación se dificultó en extremo, porque todos se abalanzaban a ella con furia, cada uno quería recibir su parte antes que los demás, y alguien intentó apandar[405] dos raciones. Diríase que se duplicaban las manos

---

[404] *Santa Rita*. Ver notas, 33 y 37.
[405] *apandar*, «atrapar, coger».

en el momento de mayor barullo, o que salían otras de debajo de la tierra. Sofocada, la buena mujer tuvo que comprar más libretas[406], porque dos o tres viejas a quienes no tocó nada, ponían el grito en el cielo, y alborotaban el barrio con sus discordes y lastimeros chillidos.

Ya se creía libre de tales moscones, cuando la llamó con roncas voces una mujer que llevaba en brazos a un niño cabezudo, monstruoso. Al punto en ella reconoció a la que había visto con la Burlada días antes, camino de la Puerta de Toledo. Pretendía la tal que Benina subiese con ella a un cuarto alto de la casa de corredor, donde le mostraría el más lastimoso cuadro que podría imaginarse. Prestóse Benina a subir, porque más podía en ella siempre la piedad que la conveniencia, y por la escalera le explicaba la otra la situación de su desdichada familia. No era casada; pero *por lo civil* había tenido dos niños que se le habían muerto de garrotillo[407], uno tras otro, con diferencia de seis días. Aquél que llevaba, de cabeza deforme, no era suyo, sino de una compañera que andaba con un ciego *de violín*, borracha ella, y si a mano venía, *tomadora*[408]. La que contaba estas tristezas llamábase Basilisa; tenía a su padre baldadito, de andar en el río cogiendo anguilas, con el agua hasta los corvejones[409]; a su hermana Cesárea bizmada[410], de los golpes que le dio su querido, un silbante[411], un golfo, un *rata*[412], «a quien tiene usted toda la noche jugando al mus en *cas* del Comadreja, Mediodía Chica. ¿Conoce la señora ese *establecimiento?*

—De nombre —dijo Benina medianamente interesada en la historia.

---

[406] *libretas* se denominaba en Madrid al pan que pesaba una libra.

[407] *garrotillo*. Difteria grave u otro tipo de angina maligna, que solía producir la muerte por sofocación. Galdós debió tener una experiencia muy fuerte de esta enfermedad, ya que la presenta al vivo como desencadenante fundamental y hasta angustioso en su drama *Amor y ciencia*.

[408] *tomadora*, «ladrona».

[409] *corvejones*. Articulación situada detrás de la rodilla.

[410] *bizmada*. Llena de emplastos y vendajes. La «bizma» es un emplasto reconfortante, compuesto de estope, aguardiente, incienso, mirra y otros diversos ingredientes.

[411] *silbante. Vid.* nota 114.

[412] *rata*, sinónimo de «ratero», es aún hoy el ladrón que roba con maña cosas de poco valor, especialmente las carteras. Recuérdese la popular escena de los rateros en la no menos popular zarzuela «La Gran Vía», de Chueca y Valverde.

244

—Pues ese sinvergüenza, tras apalear a mi hermana, nos empeñó los mantones y las enaguas. Debe usted de conocerle, porque otro más granuja no lo hay en Madrid. Le llaman por mal nombre *Si Toséis Toméis*... y por abreviar le decimos *Toméis*.

—No le conozco... Yo no me trato con gente de esa.»

Subieron, y en uno de los cuartos más estrechos del corredor alto, vio Benina el tremendo infortunio de aquella familia. El viejo reumático parecía loco; en la desesperación que le causaban sus dolores, vociferaba, blasfemando, y Cesárea, de la inanición que la consumía, estaba como idiota, y no hacía más que dar azotes en las nalgas a un chico mocoso, lloricón, y que ponía los ojos en blanco de la fuerza de sus berridos y contorsiones. En medio de este desbarajuste, las dos mujeres expresaron a Benina que su mayor apuro, a más del hambre, era pagar al casero, que no las dejaba vivir, reclamando a todas horas las tres semanas que se debían. Contestó la anciana que, con gran sentimiento, no se hallaba en disposición de sacarlas del compromiso, por carecer de dinero, y lo único que podía ofrecerles era una peseta, para que se remediaran aquel día y el siguiente. Traspasado el corazón de lástima, se despidió de la infeliz patulea, y aunque se mostraron las dos mujeres agradecidas, bien se conocía que algún reconcomio se les quedaba dentro del cuerpo por no haber recibido el socorro que esperaban.

En la escalera detuvieron a Benina dos vejanconas, una de las cuales le dijo con mal modo: «¡Vaya, que confundirla a usted con Doña Guillermina!... ¡Zopencos, más que burros! Si aquélla era un ángel vestido de persona, y ésta... bien se ve que es una *tía ordinaria*, que viene acá dándose el pisto de repartir limosnas... ¡Señora!... ¡vaya una señora!... apestando a cebolla cruda... y con esas manos de fregar... Ahora se dan santas del *pan pringao* [413], y... ¡a cuarto las imágenes; *caras de Dios* a cuarto!» [414].

No hizo caso la buena mujer, y siguió su camino; pero en

---

[413] *santas del pan pringao.* Contrariamente a lo que viene a significar hoy de persona melindrosa y de poco coraje («señorito o señorita del pan pringao»), en sus orígenes denominaba a la persona basta y sin medios ni educación.

[414] *¡a cuarto las imágenes; caras de Dios a cuarto!* Debe ser la frase que los vendedores de estampas gritaban en la calle, anunciando su mercancía.

la calle, o como quiera que se llame aquel espacio entre casas, se vio importunada por sinnúmero de ciegos, mancos y paralíticos, que le pedían con tenaz insistencia pan, o perras con qué comprarlo. Trató de sacudirse el molesto enjambre; pero la seguían, la acosaban, no la dejaban andar. No tuvo más remedio que gastarse en pan otra peseta y repartirlo presurosa. Por fin, apretando el paso, logró ponerse a distancia de la enfadosa pobretería, y se encaminó al vertedero donde esperaba encontrar al buen Mordejai. En el propio sitio del día anterior estaba mi hombre aguardándola ansioso; y no bien se juntaron, sacó ella de la cesta los víveres que llevaba, y se pusieron a comer. Mas no quería Dios que aquella mañana le saliesen las cosas a Benina conforme a su buen corazón y caritativas intenciones, porque no hacía diez minutos que estaban comiendo, cuando observó que en el camino, debajito del vertedero, se reunían gitanillos maleantes, alguno que otro lisiado de mala estampa, y dos o tres viejas desarrapadas y furibundas. Mirando al grupo idílico que en la escombrera formaban la anciana y el ciego, toda aquella gentuza empezó a vociferar. ¿Qué decían? No era fácil entenderlo desde arriba. Palabras sueltas llegaban... que si era santa de pega; que si era una ladrona que se fingía beata para robar mejor... que si era una lame-cirios y chupa-lámparas[415]... En fin, aquello se iba poniendo malo, y no tardó en demostrarlo una piedra, ¡pim! lanzada por mano vigorosa, y que Benina recibió en la paletilla... Al poco rato, ¡pim, pam! otra y otras. Levantáronse ambos despavoridos, y recogiendo en la cesta la comida, pensaron en ponerse en salvo. La *dama* cogió por el brazo a su caballero y le dijo: «Vámonos, que nos matan.»

---

[415] *lamecirios y chupalámparas*. En la nota 134 comentábamos la expresión «royendo peanas» y marcábamos su carácter peyorativo. Estos dos términos están en la misma línea que aquél.

Trepando dificilment[e]
levantándose a cada ins[…]
gachas, huían del form[…]
intenso, que no había r[…]
la tocaron los proyectile[s …]
hacer gran daño; pero A[…]
guijarro le cogiese la cab[…]
increpar al enemigo, y la[…]
do llegaron, jadeantes y[…]

parte ofrecimientos, finura[…]
se quedó con lo suyo. P[…]
posiciones de aquella[…]
bergasen al ciego[…]
rarle alojamiento a las[…]
volviese a las[…]
voluntad. A[…]
porque e[…]
cil ex[…]
de l[…]

de la terrible lluvia de piedras, la herida del marroquí chorreaba sangre, tiñendo de rojo su faz amarilla. Lo extraño era que el descalabrado callaba, y la que había salido ilesa ponía el grito en el cielo, pidiendo rayos y centellas que confundieran a la infame cuadrilla. La suerte les deparó un guardaagujas, que vivía en una caseta próxima al lugar del siniestro, hombre reposado y pío que, demostrando tener en poco a las víctimas del atentado, las acogió como buen cristiano en su vivienda humilde, compadecido de su desgracia. A poco llegó la guardesa, que también era compasiva, y lo primero que hicieron fue dar agua a Benina para que le lavase la herida a su compañero, y de añadidura sacaron vinagre, y trapos para hacer vendas. El moro no decía más que: «*Amri, ¿pieldra ti no?*»

—No, hijo: no me ha tocado más que una china en el cogote, que no me ha hecho sangre.

—*¿Dolier* ti?

—Poco... no es nada.

—Son los *embaixos... espirtos* malos de *soterrá*.

—¡Indecentes granujas! ¡Lástima de pareja de la Guardia civil, o siquiera del Orden!

Con los procedimientos más elementales le hicieron la cura al pobre ciego, restañándole la sangre, y poniéndole vendas que le tapaban uno de los ojos; después le acostaron en el suelo, porque se le iba la cabeza y no podía tenerse en pie. Volvió la mendiga a sacar de su cesta el pan y la carne a medio comer, ofreciendo partir con sus generosos protectores; pero éstos, en vez de aceptar, les brindaron con sardinas y unos churros que les habían sobrado de su almuerzo. Hubo por una y otra

...s y delicadezas, y cada cual, al fin,
...ero Benina aprovechó las buenas dis-
...honrada gente para proponerles que al...
...en la caseta hasta que ella pudiese prepa-
...o en Madrid. No había que pensar en que
...Cambroneras, donde sin duda le tenían mala
...Madrid y a su casa de ella no podía conducirlo,
...lla servía en una casa, y él... En fin, que no era fá-
...plicarlo... y si los señores guarda-agujas pensaban mal
...s relaciones entre Benina y el moro, que pensaran. «Mi-
...en ustedes —dijo la anciana viéndoles perplejos y descon-
fiados—, no poseo más dinero que esta peseta y estas perras.
Tómenlas, y tengan aquí al pobre ciego hasta mañana. Él
no les molestará, porque es bueno y honrado. Dormirá en este
rincón con sólo que le den una manta vieja, y tocante a comer,
de lo que ustedes tengan.»

Después de una corta vacilación aceptaron el trato, y per-
mitiéndose dar un consejo a la para ellos extraña pareja,
dijo el guarda: «Lo que deben hacer ustedes es dejarse de
andar de vagancia por calles y caminos, donde todo es ajetreo
y malos pasos, y ver de meterse o que los metan en un asilo,
la señora en las *ancianitas*, el señor en otro recogimiento que
hay para ciegos[416], y así tendrían asegurado el comer y el
abrigo por todo el tiempo que vivieran.» Nada contestó Almudena, que amaba la libertad, y la prefería trabajosa y miserable a la cómoda sujeción del asilo. Benina, por su parte,
no queriendo entrar en largas explicaciones, ni desvanecer el
error de aquella buena gente, que sin duda les creía asociados
para la vagancia y el merodeo, se limitó a decir que no se recogían en un *establecimiento* por causa de la mucha *existencia*
de pobres, y que sin recomendaciones y tarjetas de personajes
no había manera de conseguir plaza. A esto respondió la
guardesa que podrían lograr sus deseos de *recogerse*, si se

---

[416] *ancianitas*. Se refiere al Asilo de las Hermanitas de los pobres,
que estaba en la calle de Almagro, 1, y otra dependencia en López de
Hoyos, 10. Su objeto era recoger ancianos pobres de uno y otro sexo,
inútiles para el trabajo. Vivían exclusivamente de la caridad pública,
implorada por las mismas hermanitas. ...*ciegos*. Se refiere al Asilo de
Santa Lucía, que estaba en la calle de la Ruda, 12. Lo fundó y sostenía
el doctor Albitos, que explicaba todos los años en él un curso libre de
oftalmología. El objeto de este Asilo era la curación de los enfermos que
padecían de los ojos.

entendían con un señor muy piadoso que anda en estas cosas de asilos; un sacerdote... que le llaman D. Romualdo.

«¡D. Romualdo!... ¡Ah! sí, ya sé; digo, no le conozco más que de nombre. ¿Es un señor cura, alto y guapetón, que tiene una sobrina llamada Doña Patros, que bizca un poco?»

Al decir esto, sintió la Benina que se renovaba en su mente la extraña confusión y mezcolanza de lo real y lo imaginado.

«Yo no sé si bizca o no bizca la sobrina... —prosiguió la guardesa—; pero sé que el D. Romualdo es de tierra de Guadalajara.

—Es verdad... Y ahora se ha ido a su pueblo... Por cierto que le proponen para Obispo, y habrá ido a traer los papeles.»

Convinieron todos en que el D. Romualdo misterioso no vendría del pueblo sin traerse los papeles, y en seguida se cerró trato para el hospedaje y custodia de Almudena en la caseta por veinticuatro horas, dando Benina la peseta y perros que tenía (menos tres piezas chicas que guardó aparte), y comprometiéndose los otros a cuidar del ciego como si fuera su hijo. Aún tuvo la pobre Nina que bregar un poquito con el marroquí, empeñado en que le llevara *sigo;* pero al fin pudo convencerle, encareciéndole el peligro de que la herida de la cabeza le trajera algún trastorno grave si no se estaba quietecito. «*Amri, golver ti* mañana —decía el infeliz al despedirla—. Si dejar mí solo, *murierme yo migo.*» Prometió la anciana solemnemente volver a su compañía, y se fue melancólica, revolviendo en su magín las tristezas de aquel día, a las cuales se unían presagios negros, barruntos de mayores afanes, porque se había quedado sin un cuarto, por dejarse llevar del ímpetu caritativo de su corazón dando tanta limosna. Seguramente vendrían para ella grandes apreturas, pues tenía que devolver pronto a la *Pitusa* sus joyas, allegar recursos para mantener a la señora y a su huésped, socorrer a Almudena, etc.... Tantas obligaciones se había echado encima, que ya no sabía cómo atender a ellas.

Llegó a su casa, después de hacer sus compras a crédito, y encontrando a Frasquito muy bien, propuso a Doña Paca darle de alta, y que se fuera a desempeñar sus obligaciones y a ganarse la vida. Asintió a ello la señora, y la tristeza de ambas se aumentó con la noticia, traída por la criada de Obdulia, de que ésta se había puesto muy malita, con alta fiebre, delirio, y un traqueteo de nervios que daba compasión. Allá se fue Benina, y después de avisar a los suegros de la señorita para que la atendieran, volvió a tranquilizar a la mamá. Mala tarde y peor noche pasaron, pensando en las dificultades y aprietos que de nuevo se les ofrecían, y a la siguiente mañana la infeliz mujer ocupaba su puesto en San Sebastián, pues no había otra manera de defenderse de tantas y tan complejas adversidades. Cada día mermaba su crédito, y las obligaciones contraídas en la calle de la Ruda, o en las tiendas de la calle Imperial, la abrumaban. Vióse en la necesidad de salir también al pordioseo de tarde, y un ratito por la noche, pretextando tener que llevar un recado a la *niña*. En la breve campaña nocturna, sacaba escondido un velo negro, viejísimo, de Doña Paca, para entapujarse la cara; y con esto y unos espejuelos verdes que para el caso guardaba, hacía divinamente el tipo de señora ciega vergonzante, arrimadita a la esquina de la calle de Barrionuevo[417], atacando con quejumbroso reclamo a media voz a todo cristiano que pasaba. Con tal sistema, y *trabajando* tres veces por día, lograba reunir algunos cuartos; mas no todo lo necesario para sus atenciones, que no eran pocas, porque Almudena se había puesto mal, y seguía en la caseta de las Pulgas. Nada cobraba el guarda-agujas por hospedaje del infeliz moro; pero había que llevar a éste la comida. Obdulia no entraba en caja: era forzoso asistirla de medicamentos y caldos, pues los suegros se llamaban Andana[418], y no era cosa de mandarla al Hospital. Tenía, pues, sobre sí la heroica mujer carga demasiado fuerte; pero la soportaba, y seguía con tantas cruces a cuestas por la empinada senda, ansiosa de llegar, si no a la cumbre, a donde pudiera. Si se quedaba en mitad del camino, tendría la satisfacción de haber cumplido con lo que su conciencia le dictaba.

Por la tarde, pretextando compras, pedía en la puerta de San Justo, o junto al Palacio arzobispal[419]; pero no podía entretenerse mucho, porque su tardanza no inquietara demasiado a la señora. Al volver una tarde de su petitorio, sin más *ganancia* que una perra chica, se encontró con la novedad

---

[417] *calle de Barrionuevo:* Es hoy la calle del conde de Romanones, entre la plaza de Tirso de Molina y la calle de Concepción Jerónima.

[418] *Andana.* Personificación y sustantivación de la acción a través de un nombre propio. Es uso muy común en el lenguaje directo y conciso popular. Véase Juan Claridades, ya comentado. «Llamarse Andana» es desentenderse de un problema.

[419] *Palacio arzobispal.* Se encontraba y todavía se encuentra en la calle San Justo, 2, muy cerca de la Plaza Mayor.

de que Doña Paca, acompañada de Frasquito, había ido a visitar a Obdulia. Díjole además la portera que momentos antes había subido a la casa un señor sacerdote, alto, de buena presencia, el cual, cansado de llamar, se fue, dejando un recadito en la portería.

«¡Ya!... Es D. Romualdo...

—Así dijo, sí, señora. Ya ha venido dos veces, y...

—¿Pero se marcha otra vez a Guadalajara?

—De allá vino ayer tarde. Tiene que hablar con Doña Paca, y volverá cuando pueda.»

Ya tenía Benina un espantoso lío en la cabeza con aquel dichoso clérigo, tan semejante, por las señas y el nombre, al suyo, al de su invención; y pensaba si, por milagro de Dios, habría tomado cuerpo y alma de persona verídica el ser creado en su fantasía por un mentir inocente, obra de las aflictivas circunstancias. «En fin, veremos lo que resulta de todo esto —se dijo subiendo pausadamente la escalera—. Bien venido sea ese señor cura si viene a traernos algo.» Y de tal modo arraigaba en su mente la idea de que se convertía en real el mentido y figurado sacerdote alcarreño, que una noche, cuando pedía con antiparras y velo, creyó reconocer en una señora, que le dio dos céntimos, a la mismísima Doña Patros, la sobrina que bizcaba una miaja.

Pues, señor, Doña Paca y Frasquito trajeron la buena noticia de que Obdulia se restablecía lentamente. «Mira, Nina —le dijo la viuda—: como quiera que sea, has de llevarle a Obdulia una botella de amontillado. A ver si te la fían en la tienda; y si no, busca el dinero como puedas, que lo que tiene la *niña* es debilidad. La otra se mostró conforme con esta esplendidez, por no chocar, y se puso a hacer la cena. Taciturna estuvo hasta la hora de acostarse, y Doña Francisca se incomodó con ella porque no la entretenía, como otras veces, con festivas conversaciones. Sacó fuerzas de flaqueza la heroica anciana, y con su espíritu muy turbado, su mente llena de presagios sombríos, empezó a despotricar como una taravilla[420], para que se embelesara la señora con unas cuantas chanzonetas[421] y mil tonterías imaginadas, y pudiera coger el sueño.

---

[420] *taravilla* es persona que habla mucho, rápidamente y sin orden ni concierto.

[421] *chanzonetas* son dichos curiosos, graciosos.

XXXI

Repuesto de su herida el ciego moro, volvió a pedir, a instancias de su amiga, pues no estaban los tiempos para pasarse la vida al sol tocando la vihuela. Las necesidades aumentaban, imponíase la dura realidad, y era forzoso sacar las perras del fondo de la masa humana como de un mar rico en tesoros de todas clases. No pudo Almudena resistir a la enérgica sugestión de la *dama*, y poco a poco se fue curando de aquellas murrias, y del delirio místico y penitencial que le desconcertó días antes. Convinieron, tras empeñada discusión, en trasladar su *punto* de San Sebastián a San Andrés, porque Almudena conocía en esta parroquia a un señor clérigo muy bondadoso, que en otra ocasión le había protegido. Allí se fueron, pues; y aunque también en San Andrés había *Caporalas* y Eliseos, con distintos nombres, por ser estos caracteres como fruto natural de la vida en todo grupo o familia de la sociedad humana, no parecían tan despóticos y altaneros como en la otra parroquia. El clérigo que al marroquí protegía era un joven muy listo, algo arabista y hebraizante, que solía echar algún párrafo con él, no tanto por caridad como por estudio. Una mañana observó Benina que el curita joven salía de la Rectoral acompañado de otro sacerdote, alto, bien parecido, y hablaron los dos mirando al ciego moro. Sin duda decían algo referente a él, a su origen, a su habla y religión endemoniadas. Después uno y otro clérigos en ella se fijaron, ¡qué vergüenza! ¿Qué pensarían, qué dirían de ella? Suponíanla quizás compañera del africano, su mujer quizás, su...

En fin, que el presbítero alto y guapetón se fue hacia la Cava Baja, y el otro, el sabio, se dignó parlotear un rato con Almudena en lengua arábiga. Después se fue hacia Benina, y con todo miramiento le dijo: «Usted, *Doña Benigna*, bien podría dejarse de esta vida, que a su edad es tan penosa. No está bien que ande tras el moro como la soga tras el caldero. ¿Por qué no entra en la *Misericordia*?[422]. Ya se lo he dicho a D. Romualdo, y ha prometido interesarse...»

Quedóse atónita la buena mujer, y no supo qué contestar.

---

[422] El Asilo o Casa de Misericordia de Santa Isabel estaba en la calle Hortaleza, 83.

Por decir algo, expresó su agradecimiento al Sr. de Mayoral, que así nombraban al clérigo erudito, y añadió que ya había reconocido en el otro señor sacerdote al benéfico D. Romualdo.

«Ya le he dicho también —agregó Mayoral—, que es usted criada de una señora que vive en la calle Imperial, y prometió informarse de su comportamiento antes de recomendarla...»

Poco más dijo, y Benina llegó al mayor grado de confusión y vértigo de su mente, pues el sacerdote alto y guapetón que poco antes viera, concordaba con el que ella, a fuerza de mencionarlo y describirlo en un mentir sistemático, tenía fijo en su caletre. Ganas sintió de correr por la Cava Baja, a ver si le encontraba, para decirle: «Sr. D. Romualdo, perdóneme si *le he inventado*. Yo creí que no había mal en esto. Lo hice porque la señora no me descubriera que salgo todos los días a pedir limosna para mantenerla. Y si esto de *aparecerse* usted ahora con cuerpo y vida de persona es castigo mío, perdóneme Dios, que no lo volveré a hacer. ¿O es usted otro D. Romualdo? Para que yo salga de esta duda que me atormenta, hágame el favor de decirme si tiene una sobrina bizca, y una hermana que se llama Doña Josefa, y si le han propuesto para Obispo, como se merece, y ojalá fuera verdad. Dígame si es usted el mío, mi D. Romualdo, u otro, que yo no sé de dónde puede haber salido, y dígame también qué demontres tiene que hablar con la señora, y si va a darle las quejas porque yo he tenido el atrevimiento de *inventarle*.»

Esto le habría dicho, si encontrádole hubiera; pero no hubo tal encuentro, ni tales palabras fueron pronunciadas. Volvióse a casa muy triste, y ya no se apartó de su mente la idea de que el benéfico sacerdote alcarreño no era invención suya, de que todo lo que soñamos tiene su existencia propia, y de que las mentiras entrañan verdades. Pasaron dos días en esta situación, sin más novedad que un crecimiento horroroso de las dificultades económicas. Con tanto pordiosear mañana y tarde, nunca le salía la cuenta; no había ya ningún nacido que le fiara valor de un real; la *Pitusa* amenazóla con *dar parte* si no le devolvía en breve término sus alhajas. Faltábale ya la energía, y sus grandes ánimos flaqueaban; perdía la fe en la Providencia, y formaba opinión poco lisonjera de la caridad humana; todas sus diligencias y correrías para procurarse dinero, no le dieron más resultado que un duro que le prestó por pocos días Juliana, la mujer de Antoñito. La limosna no bastaba ni con mucho; en vano se privaba ella hasta de su ordinario alimento, para disimular en casa la escasez; en vano iba con las alpargatas rotas, magullándose los pies. La economía, la sordidez misma, eran ineficaces: no había más remedio que sucumbir y caer diciendo: «Llegué hasta donde pude: lo demás hágalo Dios, si quiere»[423].

Un sábado por la tarde se colmaron sus desdichas con un inesperado y triste incidente. Salió a pedir en San Justo: Almudena hacía lo mismo en la calle del Sacramento. Estrenóse ella con diez céntimos, inaudito golpe de suerte, que consideró de buen augurio. ¡Pero cuán grande era su error, al fiarse de estas golosinas que nos arroja el destino adverso para atraernos y herirnos más cómodamente! Al poco rato del feliz estreno, se apareció un individuo de la ronda secreta[424] que, empujándola con mal modo, le dijo: «Ea, buena mujer, eche usted a andar para adelante... Y vivo, vivo...

—¿Qué dice?...

—Que se calle y ande...

—¿Pero a dónde me lleva?

—Cállese usted, que le tiene más cuenta... ¡Hala! a San Bernardino[425].

—¿Pero qué mal hago yo... señor?

—¡Está usted pidiendo!... ¿No le dije a usted ayer que el señor Gobernador no quiere que se pida en esta calle?

—Pues manténgame el señor Gobernador, que yo de hambre no he de morirme, por Cristo... ¡Vaya con el hombre!...

—¡Calle usted, *so borracha!*... ¡Andando digo!

—¡Que no me empuje!... Yo no soy *criminala*... Yo tengo familia, conozco quién me abone... Ea, que no voy a donde usted quiere llevarme...»

Se arrimó a la pared; pero el fiero polizonte la despegó del arrimo con un empujón violentísimo. Acercáronse dos de Orden público, a los cuales el de la ronda mandó que la llevaran a San Bernardino, juntamente con toda la demás pobretería de ambos sexos que en la tal calle y callejones adyacentes encontraran. Aún trató Benina de ganar la voluntad de los guardias, mostrándose sumisa en su viva aflicción. Suplicó, lloró amargamente; más lágrimas y ruegos fueron inútiles. Adelante, siempre adelante, llevando a retaguardia al ciego africano, que en cuanto se enteró de que la *recogían,*

[423] *...si quiere.* San Mateo, 26,39.
[424] *ronda secreta,* es decir, aquéllos que no iban de uniforme.
[425] *San Bernardino. Vid.* nota 360.

se fue hacia los del Orden, pidiéndoles que a él también le echasen la red, y al mismo infierno le llevaran, con tal que no le separasen de ella. Presión grande hubo de hacer sobre su espíritu la desgraciada mujer para resignarse a tan atroz desventura... ¡Ser llevada a un recogimiento de mendigos callejeros como son conducidos a la cárcel los rateros y malhechores! ¡Verse imposibilitada de acudir a su casa a la hora de costumbre, y de atender al cuidado de su ama y amiga! Cuando consideraba que Doña Paca y Frasquito no tendrían qué comer aquella noche, su dolor llegaba al frenesí: hubiera embestido a los corchetes[426] para deshacerse de ellos, si fuerzas tuviera contra dos hombres. Apartar no podía del pensamiento la consternación de su señora infeliz, cuando viera que pasaban horas, horas... y la Nina sin parecer. ¡Jesús, Virgen Santísima! ¿Qué iba a pasar en aquella casa? Cuando no se hunde el mundo por sucesos tales, seguro es que no se hundirá jamás... Más allá de las Caballerizas[427] trató nuevamente de enternecer con razones y lamentos el corazón de sus guardianes. Pero ellos cumplían una orden del jefe, y si no la cumplían, mediano réspice[428] les echarían. Almudena callaba, andando agarradito a la falda de Benina, y no parecía disgustado de la recogida y conducción al depósito de mendicidad.

Si lloraba la pobre postulante, no lloraba menos el cielo,

---

[426] *Los corchetes* eran alguaciles encargados de prender a los delincuentes.

[427] *Caballerizas*. Situada su fachada principal en la calle de Bailén, las Caballerizas reales fueron construidas en el reinado de Carlos III, según los planos y dirección de Francisco Sabatini. En 1903 el autor de la *Feria de Madrid*, don Vicente Castro dice:

> «Pueden acomodarse sobre 300 cabezas de ganado, y hay en el día unos 100 caballos de silla, de los cuales 60 son extranjeros, y todos los demás pertenecen en su mayor parte a las yeguadas que tiene S. M. en Aranjuez. Para formarse una idea de la extensión del edificio, baste decir que además de las cuadras, cocheras y oficinas hay habitaciones en que viven unas 600 personas entre los empleados y sus familias. Según datos, el coste de estas obras fue aproximadamente de ocho millones y medio de pesetas.»

El itinerario que seguirá Benigna le llevará desde la calle de Bailén hasta la Plaza de San Marcial (hoy de España), para subir por la de Reyes hasta San Bernardino.

[428] *réspice*, reprensión corta, pero fuerte.

concordando con ella en sombría tristeza, pues la llovizna que a caer empezó en el momento de la recogida, fue creciendo hasta ser copiosa lluvia, que la puso perdida de pies a cabeza[429]. Las ropas de uno y otro mendigo chorreaban; el sombrero hongo de Almudena parecía la pieza superior de la fuente de los Tritones[430]: poco le faltaba ya para tener verdín. El calzado ligero de Benina, destrozado por el mucho andar de aquellos días, se iba quedando a pedazos en los charcos y barrizales en que se metía. Cuando llegaron a San Bernardino, pensaba la anciana que mejor estaría descalza. «*Amri* —le dijo Almudena cuando traspasaban la triste puerta del Asilo Municipal—, no *yorar* ti... Aquí bien *tigo migo*... No *yorar* ti... *contentado* mí... Dar sopa, dar pan nosotras...»

En su desolación, no quiso Benina contestarle. De buena gana le habría dado un palo. ¿Cómo había de hacerse cargo aquel vagabundo de la razón con que la infeliz mujer se quejaba de su suerte? ¿Quién, sino ella, comprendería el desamparo de su señora, de su amiga, de su hermana, y la noche de ansiedad que pasaría, ignorante de lo que pasaba? Y si le hacían el favor de soltarla al día siguiente, ¿con qué razones, con qué mentiras explicaría su larga ausencia, su desaparición súbita? ¿Qué podía decir, ni qué invento sacar de su fecunda imaginación? Nada, nada: lo mejor sería desechar todo embuste, revelando el secreto de su mendicidad, nada vergonzosa por cierto. Pero bien podía suceder que Doña Francisca no lo creyese, y que se quebrantara el lazo de amistad que desde tan antiguo las unía; y si la señora se enojaba de veras, arrojándola de su lado, Nina se moriría de pena, porque no podía vivir sin Doña Paca, a quien amaba por sus buenas cualidades y casi casi por sus defectos. En fin, después de pensar en todo esto, y cuando la metieron en una gran sala, ahogada y fétida, donde había ya como un medio centenar de ancianos de ambos sexos, concluyó por echarse en los brazos amorosos de la resignación, diciéndose: «Sea lo que Dios quiera. Cuando vuelva a casa diré la verdad; y si la señora está viva para cuando yo llegue y no quiere creerme, que no me crea; y si se enfada, que se enfade; y si me despide, que me despida; y si me muero, que me muera.»

---

[429] *...de pies a cabeza...* San Mateo, 27, 45-51.

[430] La fuente de los Tritones estuvo situada primero en los Jardines de Aranjuez y actualmente se encuentra en los Jardines del Palacio Real.

XXXII

Aunque Nina no lo pensara y dijera, bien se comprenderá que el desasosiego y consternación de Doña Paca en aquella triste noche superaron a cuanto pudiera manifestar el narrador. A medida que avanzaba el tiempo, sin que la criada volviese al hogar, crecía la angustia del ama, quien, si al principio echó de menos a su compañera por la falta que en el orden material hacía, pronto se inquietó más, pensando en la desgracia que habría podido ocurrirle: cogida de coche, verbigracia, o muerte repentina en la calle. Procuraba el bueno de Frasquito tranquilizarla, pero inútilmente. Y el desteñido viejo tenía que callarse cuando su paisana le decía: «¡Pero si nunca ha pasado esto; nunca, querido Ponte! Ni una sola vez ha faltado de casa en tantísimos años.»

Surgieron dificultades graves para cenar formalmente, y nada se adelantaba con que las chiquillas de la cordonera se brindasen oficiosas a sustituir a la criada ausente. Verdad que Doña Paca perdió en absoluto el apetito, y lo mismo, o poco menos, le pasaba a su huésped. Pero como no había más remedio que tomar algo para sostener las fuerzas, ambos se propinaron un huevo batido en vino y unos pedacitos de pan. De dormir, no se hable. La señora contaba las horas, medias y cuartos de la noche por los relojes de la vecindad, y no hacía más que medir el pasillo de punta a punta, atenta a los ruidos de la escalera. Ponte no quiso ser menos: la galantería le obligaba a no acostarse mientras su amiga y protectora estuviese en vela, y para conciliar las obligaciones de caballero con su fatiga de convaleciente, descabezó un par de sueñecitos en una silla. Para esto hubo de adoptar postura violenta, haciendo almohada de sus brazos, cruzados sobre el respaldo, y al dormirse se le quedó colgando la cabeza, de lo que le sobrevino un tremendo tortícolis[431] a la mañana siguiente.

Al amanecer de Dios, vencida del cansancio Doña Paca, se quedó dormidita en un sillón. Hablaba en sueños, y su cuerpo se sacudía de rato en rato con estremecimientos nerviosos.

---

[431] *un tremendo tortícolis.* Hoy, en el habla familiar, se usa en femenino habitualmente.

Despertó sobresaltada, creyendo que había ladrones en la casa, y el día claro, con el vacío de la ausencia de Nina, le resultó más triste y solitario que la noche. Según Frasquito, que en esto pensaba cuerdamente, ningún rastro parecía más seguro que informarse de los señores en cuya casa servía Benina de asistenta. Ya lo había pensado también su paisana la tarde anterior; pero como ignoraba el número de la casa de D. Romualdo en la calle de la Greda, no se determinaron a emprender las averiguaciones. Por la mañana, habiéndose brindado el portero a inquirir el paradero de la extraviada sirviente, se le mandó con el encargo, y a la hora volvió diciendo que en ninguna portería de tal calle daban razón.

Y a todas éstas, no había en la casa más que algún resto de cocido del día anterior, casi avinagrado ya, y mendrugos de pan duro. Gracias que los vecinos, enterados del conflicto tan grave, ofrecieron a la ilustre viuda algunos víveres: éste, sopas de ajo; aquél, bacalao frito; el otro, un huevo y media botella de peleón[432]. No había más remedio que alimentarse, haciendo de tripas corazón, porque la naturaleza no espera: es forzoso vivir, aunque el alma se oponga, encariñada con su amiga la muerte. Pasaban lentas las horas del día, y tanto Ponte como su paisana no podían apartar su atención de todo ruido de pasos que sonaba en la escalera. Pero tantos desengaños sufrieron, que, al fin, rendidos y sin esperanza, se sentaron uno frente a otro, silenciosos, con reposo y gravedad de esfinges, y mirándose confirieron tácitamente la solución del enigma a la divina voluntad. Ya se sabría el paradero de Nina, o los motivos de su ausencia, cuando Dios se dignara darlos a conocer por los medios y caminos a que nunca alcanza nuestra previsión.

Las doce serían ya, cuando sonó un fuerte campanillazo. La dama rondeña y el galán de Algeciras saltaron, cual muñecos de goma, en sus respectivos asientos. «No, no es ella —dijo Doña Paca con gran desaliento—. Nina no llama así.»

Y como quisiese Frasquito salir a la puerta le detuvo ella con una observación muy en su punto: «No salga usted, Ponte, que podría ser uno de esos gansos de la tienda que vienen a darme un mal rato. Que abra la niña. Celedonia, corre a abrir, y entérate bien: si es alguno que nos trae noticias de Nina, que pase. Si es alguien de la tienda, le dices que no estoy.»

---

[432] *peleón*. Se denomina así al vino muy corriente y ordinario.

Corrió la chiquilla, y volvió desalada al instante diciendo: «Señora, D. Romualdo.»

Efecto de gran intensidad emocional, que casi era terrorífica. Ponte dio varias vueltas de peonza sobre un pie, y Doña Paca se levantó y volvió a caer en el sillón como unas diez veces, diciendo: «Que pase... Ahora sabremos... ¡Dios mío, D. Romualdo en casa!... A la salita, Celedonia, a la salita... Me echaré la falda negra... Y no me he peinado... ¡Con qué facha le recibo!... Que pase, niña... Mi falda negra.»

Entre el algecireño y la chiquilla la vistieron de mala manera, y con la prisa le ponían la ropa del revés. La señora se impacientaba, llamándoles torpes y dando pataditas. Por fin se arregló de cualquier modo, pasóse un peine por el pelo, y dando tumbos se fue a la salita donde aguardaba el sacerdote, en pie, mirando las fotografías de personas de la familia, única decoración de la mezquina y pobre estancia.

«Dispénseme usted, Sr. D. Romualdo —dijo la viuda de Zapata, que de la emoción no podía tenerse en pie, y hubo de arrojarse en una silla, después de besar la mano al sacerdote—. Gracias a Dios que puedo manifestar a usted mi gratitud por su inagotable bondad.

—Es mi obligación, señora... —repuso el clérigo un tanto sorprendido—, y nada tiene usted que agradecerme.

—Y dígame ahora, por Dios —agregó la señora, con tanto miedo de oír una mala noticia, que apenas hablar podía—; dígamelo pronto. ¿Qué ha sido de mi pobre Nina?»

Sonó este nombre en el oído del buen sacerdote como el de una perrita que a la señora se le había perdido.

«¿No parece?[433]... —le dijo por decir algo.

—¿Pero usted no sabe...? ¡Ay, ay! Es que ha ocurrido una desgracia, y quiere ocultármelo, por caridad.»

Prorrumpió en acerbo llanto la infeliz dama, y el clérigo permanecía perplejo y mudo. «Señora, por piedad, no se aflija usted... Será, o no será lo que usted supone.

—¡Nina, Nina de mi alma!

—¿Es persona de su familia, de su intimidad? Explíqueme...

— Si el Sr. D. Romualdo no quiere decirme la verdad por no aumentar mi tribulación, yo se lo agradezco infinito... Pero vale más saber... ¿O es que quiere darme la noticia poquito a poco, para que me impresione menos?...

---

[433] *parece*, hoy «aparece», pero a finales del XIX era corriente el término.

—Señora mía —dijo el sacerdote con impaciente franqueza, ávido de aclarar las cosas—. Yo no le traigo a usted noticias buenas ni malas de la persona por quien llora, ni sé qué persona es ésa, ni en qué se funda usted para creer que yo...

—Dispénseme, Sr. D. Romualdo. Pensé que la Benina, mi criada, mi amiga y compañera más bien, había sufrido algún grave accidente en su casa de usted, o al salir de ella, o en la calle, y...

—¿Qué más?... Sin duda, señora Doña Francisca Juárez, hay en esto un error que yo debo desvanecer, diciendo a usted mi nombre: Romualdo Cedrón. He desempeñado durante veinte años el arciprestazgo de Santa María de Ronda, y vengo a manifestar a usted, por encargo expreso de los demás testamentarios, la última voluntad del que fue mi amigo del alma, Rafael García de los Antrines, que Dios tenga en su santa gloria.»

Si Doña Paca viera que se abría la tierra y salían de ella escuadrones de diablos, y que por arriba el cielo se descuajaraba[434], echando de sí legiones de ángeles, y unos y otros se juntaban formando una inmensa falange gloriosa y bufonesca, no se quedara más atónita y confusa. ¡Testamento, herencia! ¿Lo que decía el clérigo era verdad, o una ridícula, despiadada burla? ¿Y el tal sujeto era persona real, o imagen fingida en la mente enferma de la dama infeliz? La lengua se le pegó al paladar, y miraba a D. Romualdo con aterrados ojos[435].

«No es para que usted se asuste, señora. Al contrario: yo tengo la satisfacción de comunicar a Doña Francisca Juárez el término de sus sufrimientos. El Señor, que ha probado sin duda ya con creces su conformidad y resignación, quiere premiar ahora estas virtudes, sacándola a usted de la tristísima situación en que ha vivido tantos años.»

A doña Paca le caía un hilo de lágrimas de cada ojo, y no acertaba a proferir palabra. ¡Cuál sería su emoción, cuáles su sorpresa y júbilo, que se borró de su mente la imagen de Benina, como si la ausencia y pérdida de ésta fuese suceso ocurrido muchos años antes!

«Comprendo —prosiguió el buen sacerdote enderezando su

---

[434] *se descuajaraba*, se rompía, se abría en pedazos.

[435] *...con aterrados ojos*. Apenas acaba de «morir» Benigna en ese calvario final que es El Pardo (monte), cuando ya su muerte comienza a tener efectos redentores.

cuerpo y aproximando el sillón para tocar con su mano el brazo de Doña Francisca—, comprendo su trastorno... No se pasa bruscamente del infortunio al bienestar, sin sentir una fuerte sacudida. Lo contrario sería peor... Y puesto que se trata de cosa importante, que debe ocupar con preferencia su atención, hablemos de ello, señora mía, dejando para después ese otro asunto que la inquieta... No debe usted afanarse tanto por su criada o amiga... ¡Ya parecerá!»

Esta frase llevó de nuevo al espíritu de Doña Paca la idea de Nina y el sentimiento de su misteriosa desaparición. Notando en el *ya parecerá* de D. Romualdo una intención benévola y optimista, dio en creer que el buen señor, después que despachase el asunto principal, le hablaría del caso de la anciana, que sin duda no era de suma gravedad. Pronto la mente de la señora con rápido giro de veleta tornó a la idea de la herencia, y a ella se agarró, dejando lo demás en el olvido; y observando el presbítero su ansiedad de informes, se apresuró a satisfacerla.

—Pues ya sabrá usted que el pobre Rafael pasó a mejor vida el 11 de febrero...

—No lo sabía, no, señor. Dios le haya dado su descanso... ¡ay!

—Era un santo. Su único error fue abominar del matrimonio, despreciando los excelentes partidos que sus amigos le proponíamos. Los últimos años vivió en un cortijo llamado las *Higueras de Juárez*...

—Lo conozco. Esa finca fue de mi abuelo.

—Justamente: de D. Alejandro Juárez... Bueno: pues Rafael contrajo en las *Higueras* la afección del hígado que le llevó al sepulcro a los cincuenta y cinco años de edad. ¡Lástima de mocetón, casi tan alto como yo, señora, con una musculatura no menos vigorosa que la mía, y un pecho como el de un toro y aquel rostro rebosando vida!...

—¡Ay![436]...

—En nuestras cacerías del jabalí y del venado, nunca conseguí cansarle. Su amor propio era más fuerte que su complexión fortísima. Desafiaba los chubascos, el hambre y la sed... Pues vea usted aquel roble quebrarse como una caña.

---

[436] *¡Ay!* Nótese, a partir de aquí, la estructuración del diálogo a base de las intervenciones de don Romualdo y únicamente la interjección de doña Frasquita. El efecto caricaturesco de la situación es manifiesto.

A los pocos meses de caer enfermo se le podían contar los huesos al través de la piel... se fue consumiendo, consumiendo...

—¡Ay!...

—¡Y con qué resignación llevaba su mal, y qué bien se preparó para la muerte, mirándola como una sentencia de Dios, contra la cual no debe haber protesta, sino más bien una conformidad alegre![437]. Pobre Rafael, qué pedazo de ángel!...

—¡Ay!...

—Yo no vivía ya en Ronda, porque tenía intereses en mi pueblo que me obligaron a fijar mi residencia en Madrid. Pero cuando supe la gravedad del amigo queridísimo, me planté allá... Un mes le acompañé y asistí... ¡Qué pena!... Murió en mis brazos.

—¡Ay!...»

Estos ayes eran suspiros que a Doña Paca se le salían del alma, como pajaritos que escapan de una jaula abierta por los cuatro costados. Con noble sinceridad, sin dejar de acariciar en su pensamiento la probable herencia, se asociaba al duelo de D. Romualdo por el generoso solterón rondeño.

«En fin, señora mía: murió como católico ferviente, después de otorgar testamento...

—¡Ay!...

—En el cual deja el tercio de sus bienes a su sobrina en segundo grado, Clemencia Sopelana, ¿sabe usted? la esposa de D. Rodrigo del Quintanar, hermano del Marqués de Guadalerce. Los otros dos tercios los destina, parte a una fundación piadosa, parte a mejorar la situación de algunos de sus parientes que, por desgracias de familia, malos negocios u otras adversidades y contratiempos, han venido a menos. Hallándose usted y sus hijos en este caso, claro está que son de los más favorecidos, y...

—¡Ay!... Al fin Dios ha querido que yo no me muera sin ver el término de esta miseria ignominiosa. ¡Bendito sea una y mil veces el que da y quita los males, el Justiciero, el Misericordioso, el Santo de los Santos!...»[438].

Con tal efusión rompió en llanto la desdichada Doña Francisca, cruzando las manos y poniéndose de hinojos, que el buen sacerdote, temeroso de que tanta sensibilidad acabase en una pataleta, salió a la puerta, dando palmadas, para que viniese alguien a quien pedir un vaso de agua.

---

[437] I Corintios, 13,4; II Corintios, 1, 9-10; Romanos, 6, 23.
[438] Job, 1, 21; San Mateo, 7, 11.

XXXIII

Acudió el propio Frasquito con el socorro del agua, y D. Romualdo, en cuanto la señora bebió y se repuso de su emoción, dijo al desmedrado caballero: «Si no me equivoco, tengo el honor de hablar con D. Francisco Ponte Delgado... natural de Algeciras... Por muchos años. ¿Es usted primo en tercer grado de Rafael Antrines, de cuyo fallecimiento tendrá noticia?

—¿Falleció?... ¡Ay, no lo sabía! —replicó Ponte muy cortado—. ¡Pobre Rafaelito! Cuando yo estuve en Ronda el año 56, poco antes de la caída de Espartero[439], él era un niño, tamaño así. Después nos vimos en Madrid dos o tres veces... Él solía venir a pasar aquí temporadas de otoño; iba mucho al Real, y era amigo de los Ustáriz[440]; trabajaba por Ríos Rosas[441]

---

[439] El general Espartero cobra importancia política en España después de sus victorias en la primera Guerra Carlista, que acabó en 1840. La cita de Galdós no es fortuita sabiendo su gran preocupación por el desarrollo sociopolítico nacional. Espartero tuvo en sus manos, entre 1840 y 1843, la oportunidad de haber llevado a cabo una profunda revolución política y social, pero sus errores y falta de visión política hicieron fracasar esa oportunidad. Los moderados y los progresistas no encontraron el camino de entendimiento adecuado. La cita de Frasquito se refiere a 1856, final de la Unión Liberal de Espartero y O'Donnell. La milicia militar partidaria de aquél era reducida por el ejército del segundo. Finalizaba el bienio progresista y entraban los moderados con Narváez. Aún falta que se completen otros dos turnos más para que llegue la Revolución de 1868.

[440] Existía y existe el título de marqués de *Ustáriz*, pero puede referirse a cualquier familia con ese apellido.

[441] Ríos Rosas era malagueño, de Ronda (1812-1873) y pertenecía a la misma ideología política que Espartero. Es progresista moderado y se opone a los conservadores. Su primera actuación importante tuvo lugar en julio de 1854, cuando quiso reprimir la «vicalvarada» de O'Donnell. Era entonces Ministro de la Gobernación y se le llamó «Ministerio Metralla» porque sólo duró tres días. Volvió a serlo del Gobierno conservador cuando cayó O'Donnell en 1856. Ríos Rosas reformó la Constitución de 1845, pero Narváez anuló su intervención. Inmediatamente, se pasa a los conservadores y es presidente del Consejo Real en 1868 hasta que es destronada Isabel II. Su actitud final fue la de un monárquico conservador; durante la República se adhirió a la

en las elecciones, y por los Ríos Acuña... ¡Oh, pobre Rafael! ¡Excelente amigo, hombre sencillo y afectuoso, gran cazador!... Congeniábamos en todo, menos en una cosa: él era muy campesino, muy amante de la vida rústica, y yo detesto el campo y los arbolitos. Siempre fui hombre de poblaciones, de grandes poblaciones...

—Siéntese usted aquí —le dijo D. Romualdo, dando tan fuerte palmetazo en un viejo sillón de muelles, que de él se levantó espesa nube de polvo.

Un momento después, habíase enterado el galán fiambre de su participación en la herencia del primo Rafael, quedándose en tal manera turulato, que hubo de beberse, para evitar un soponcio, toda el agua que dejara Doña Francisca. No estará de más señalar ahora la perfecta concordancia entre la persona del sacerdote y su apellido Cedrón, pues por la estatura, la robustez y hasta por el color podía ser comparado a un corpulento cedro; que entre árboles y hombres, mirando los caracteres de unos y otros, también hay concomitancias y parentescos. Talludo es el cedro, y además, bello, noble, de madera un tanto quebradiza, pero grata y olorosa. Pues del mismo modo era D. Romualdo: grandón, fornido, atezado, y al propio tiempo excelente persona, de intachable conducta en lo eclesiástico, cazador, hombre de mundo en el grado que puede serlo un cura, de apacible genio, de palabra persuasiva, tolerante con las flaquezas humanas, caritativo, misericordioso, en suma, con los procedimientos metódicos y el buen arreglo que tan bien se avenían con su desahogada posición. Vestía con pulcritud, sin alardes de elegancia; fumaba sin tasa buenos puros, y comía y bebía todo lo que demandaba el sostenimiento de tan fuerte osamenta y de musculatura tan recia. Enormes pies y manos correspondían a su corpulencia. Sus facciones bastas y abultadas no carecían de hermosura, por la proporción y buen dibujo; hermosura de mascarón escultórico, miguelangelesco, para decorar una imposta, ménsula o el centro de una cartela, echando de la boca guirnaldas y festones[442].

---

tendencia conservadora de Castelar. La cita de Ponte se refiere a estos últimos años de Ríos Rosas.

[442] No olvidemos en todos estos tecnicismos artísticos la profunda afición y capacidad de Galdós para el dibujo artístico, ni tampoco que hacía cinco o seis años que él mismo había dibujado los planos y adornos arquitectónicos de su finca santanderina, «San Quintín».

Entrando en pormenores, que los herederos de Rafael anhelaban conocer, Cedrón les dio noticias prolijas del testamento, que tanto Doña Paca como Ponte oyeron con la religiosa atención que fácilmente se supone. Eran testamentarios, además del señor Cedrón, don Sandalio Maturana y el Marqués de Guadalerce. En la parte que a las dos personas allí presentes interesaba, disponía Rafael lo siguiente: a Obdulia y a Antoñito, hijos de su primo Antonio Zapata, les dejaba el cortijo de Almoraima[443], pero sólo en usufructo. Los testamentarios les entregarían el producto de aquella finca, que dividida en dos mitades pasaría a los herederos del Antonio y de la Obdulia, al fallecimiento de éstos. A Doña Francisca y a Ponte les asignaba pensión vitalicia, como a otros muchos parientes, con la renta de títulos de la Deuda, que constituían una de las principales riquezas del testador.

Oyendo estas cosas, Frasquito se atusaba sobre la oreja los ahuecados mechones de su melena, sin darse un segundo de reposo. Doña Francisca, en verdad, no sabía lo que le pasaba: creía soñar. En un acceso de febril júbilo, salió al pasillo gritando: «¡Nina, Nina, ven y entérate!... ¡Ya somos ricas!... ¡digo, ya no somos pobres!...»

Pronto acudió a su mente el recuerdo de la desaparición de su criada, y volviendo al lado de Cedrón, le dijo entre sollozos: «Perdóneme; ya no me acordaba de que he perdido a la compañera de mi vida...

—Ya parecerá —repitió el clérigo, y también Frasquito, como un eco:

—Ya parecerá.

—Si se hubiera muerto —indicó Doña Francisca—, creo que la intensidad de mi alegría la haría resucitar.

—Ya hablaremos de esa señora —dijo Cedrón—. Antes acabe de enterarse de lo que tanto le interesa. Los testamentarios, atentos a que usted, lo mismo que el señor, se hallan en situación muy precaria, por causas que no quiero examinar ahora, ni hay para qué, han decidido... para eso y para mucho

---

[443] *Almoraima*. Existe todavía esta gran finca en los términos de Algeciras y Castellar de la Frontera (Cádiz), aunque la construcción del pantano de Guadalorce (no Guadalerce como figura en la novela) obligó a una expropiación por parte del Gobierno. Muy recientemente, parte de esta gran finca ha pasado a propiedad de los habitantes del lugar, mientras el resto —la mayor parte de su extensión— pertenece a una firma empresarial española.

más les autoriza el testador, dándoles facultades omnímodas... han decidido, mientras se pone en regla todo lo concerniente al testamento, liquidación para el pago de derechos reales, *etcétera, etcétera*... han decidido, digo...»

Doña Paca y Frasquito, de tanto contener el aliento, hallábanse ya próximos a la asfixia.

«Han decidido, mejor dicho, decidieron o decidimos... de esto hace dos meses... señalar a ustedes la cantidad mensual de cincuenta duros como asignación provisional, o si se quiere anticipo, hasta que determinemos la cifra exacta de la pensión. ¿Está comprendido?

—Sí, señor; sí, señor... comprendido, perfectamente comprendido —clamaron los dos al unísono.

—Antes hubieran uno y otro recibido este jicarazo[444] —dijo el clérigo—; pero me ha costado un trabajo enorme averiguar dónde residían. Creo que he preguntado a medio Madrid... y por fin... No ha sido poca suerte encontrar juntas en esta casa a las dos *piezas*, perdonen el término de caza, que vengo persiguiendo como un azacán desde hace tantos días.»

Doña Paca le besó la mano derecha, y Frasquito Ponte la izquierda. Ambos lagrimeaban[445].

«Dos meses de pensión han devengado ustedes ya, y ahora nos pondremos de acuerdo para las formalidades que han de llenarse, a fin de que uno y otro perciban desde luego...»

Llegó a creer Ponte que hacía una rápida ascensión en globo, y se agarró con fuerza a los brazos del sillón, como el aeronauta a los bordes de la barquilla.

«Estamos a sus órdenes —manifestó Doña Francisca en alta voz; y para sí—: Esto no puede ser; esto es un sueño.»

La idea de que no pudiera Nina enterarse de tanta felicidad, enturbió la que en aquel momento inundaba su alma.

---

[444] *jicarazo*. La jícara era una vasija pequeña, generalmente de loza, y que servía especialmente para tomar el chocolate. Es un tópico de toda la literatura decimonónica y de principios de nuestro siglo la merienda de chocolate con pastas u otro dulce ofrecida a o por los eclesiásticos.

[445] Las intenciones humorísticas de Galdós, al establecer este cuadro simbólico tomado de algún retablo de iglesia o de congregación, es patente y queda expresada en esa suave cosificación de «lagrimeaba». La actitud no puede ser otra, después de los enfrentamientos violentos que habían suscitado las representaciones de *Doña Perfecta* y las consecuencias que saca Galdós del fenómeno, expuestas concisamente en su carta a Beruete sobre Orbajosa y que ya hemos citado.

A este pensamiento hubo de responder, por misteriosa concatenación, el de Ponte Delgado, que dijo: «¡Lástima que Nina, ese ángel, no esté presente!... Pero no debemos suponer que le haya pasado ningún accidente grave. ¿Verdad, Sr. D. Romualdo? Ello habrá sido...

—Me dice el corazón que está buena y sana, que volverá hoy... —declaró Doña Paca con ardiente optimismo, viendo todas las cosas envueltas en rosado celaje—. Por cierto que... Perdone usted, señor mío: hay tal confusión en mi pobre cabeza... Decía que... Al anunciarse el señor D. Romualdo en mi casa, yo creí, fijándome sólo en el nombre, que era usted el dignísimo sacerdote en cuya casa es asistenta mi Benina. ¿Me equivoco?

—Creo que sí.

—Es propio de las grandes almas caritativas esconderse, negar su propia personalidad, para de este modo huir del agradecimiento y de la publicidad de sus virtudes... Vamos a cuentas, Sr. D. Romualdo, y hágame el favor de no hacer misterio de sus grandes virtudes. ¿Es cierto que por la fama de éstas le proponen para obispo?

—¡A mí!... No ha llegado a mí noticia.

—¿Es usted de Guadalajara o su provincia?

—Sí, señora.

—¿Tiene usted una sobrina llamada Doña Patros?

—No, señora.

—¿Dice usted la misa en San Sebastián?

—No, señora: la digo en San Andrés.

—¿Y tampoco es cierto que hace días le regalaron a usted un conejo de campo?...

—Podría ser... ja, ja... pero no recuerdo...

—Sea como fuere, Sr. D. Romualdo, usted me asegura que no conoce a mi Benina.

—Creo... vamos, no puedo asegurar que me es desconocida, señora mía. Antójaseme que la he visto.

—¡Oh! bien decía yo que... Sr. de Cedrón, ¡qué alegría me da!

—Tenga usted calma. Veamos: ¿esa Benina es una mujer vestida de negro, así como de sesenta años, con una verruga en la frente?...

—La misma, la misma, Sr. D. Romualdo: muy modosita, algo vivaracha, a pesar de su edad.

—Más señas: pide limosna, y anda por ahí con un ciego africano llamado Almudena.

—¡Jesús! —exclamó con estupefacción y susto Doña Paca—. Eso no, ¡válgame Dios! eso no... Veo que no la conoce usted.»

Y con una mirada puso por testigo a Frasquito de la veracidad de su denegación. Miró también Ponte al clérigo, después a la señora, atormentado por ciertas dudas que inquietaron su conciencia. «Benina es un ángel —se permitió decir tímidamente—. Pida o no pida limosna, y esto yo no lo sé, es un ángel, palabra de honor.

—¡Quite usted allá!... ¡Pedir mi Benina... y andar por esas calles con un ciego!...

—Moro, por más señas —indicó D. Romualdo.

—Yo debo manifestar —dijo Ponte con honrada sinceridad—, que no hace muchos días, pasando yo por la Plaza del Progreso, la vi sentada al pie de la estatua, en compañía de un mendigo ciego, que por el tipo me pareció... oriundo del Riff.»

El aturdimiento, el vértigo mental de Doña Paca fueron tan grandes, que su alegría se trocó súbitamente en tristeza, y dio en creer que cuanto decían allí era ilusión de sus oídos; ficticios los seres con quienes hablaba, y mentira todo, empezando por la herencia. Temía un despertar lúgubre. Cerrando los ojos, se dijo: «¡Dios mío, sácame de tan terrible duda; arráncame esta idea!... ¿Es esto mentira, es esto verdad? ¡Yo heredera de Rafaelito Antrines; yo con medios de vivir!... ¡Nina pidiendo limosna; Nina con un riffeño!...

—Bueno —exclamó al fin con súbito arranque—. Pues viva Nina, y viva con su moro, y con toda la morería de Argel, y véala yo, y vuelva a casa, aunque se traiga al africano metido en la cesta.»

Echóse a reír D. Romualdo, y explicando el cuándo y cómo de conocer a Benina, dijo que por un amigo suyo, coadjutor en San Andrés, clérigo de mucha ilustración y humanista muy aprovechado, que picaba en las lenguas orientales, había conocido al árabe Almudena. Con él vio a una mujer que le acompañaba, de la cual le dijeron que a una señora viuda servía, andaluza por más señas, habitante en la calle Imperial. «No pude menos de relacionar estas referencias con la señora Doña Francisca Juárez, a quien yo no había tenido el gusto de ver todavía, y hoy, al oír a usted lamentarse de la desaparición de su criada, pensé y dije para mí: «Si la mujer que se ha perdido es la que yo creo, busquemos el caldero y encontraremos la soga; busquemos al moro, y encontraremos a la odalisca; digo, a esa que llaman ustedes...

—Benigna de Casia... de Casia, sí, señor, de donde viene la broma de que es parienta de Santa Rita.»

Añadió el Sr. de Cedrón que, no por sus merecimientos, sino por la confianza con que le distinguían los fundadores del Asilo de ancianos y ancianas de *la Misericordia*, era patrono y mayordomo mayor del mismo; y como a él se dirigían las solicitudes de ingreso, no daba un paso por la calle sin que le acometieran mendigos importunos, y se veía continuamente asediado de recomendaciones y tarjetazos pidiendo la admisión. «Podríamos creer —añadió—, que es nuestro país inmensa gusanera de pobres, y que debemos hacer de la nación un Asilo sin fin, donde quepamos todos, desde el primero al último. Al paso que vamos, pronto seremos el más grande Hospicio de Europa... He recordado esto, porque mi amigo Mayoral, el cleriguito aficionado a letras orientales, me habló de recoger en nuestro Asilo a la compañera de Almudena.

—Yo le suplico a usted, mi Sr. D. Romualdo —dijo Doña Francisca enteramente trastornada ya—, que no crea nada de eso; que no haga ningún caso de las Beninas figuradas que puedan salir por ahí, y se atenga a la propia y legítima Nina; a la que va de asistenta a su casa de usted todas las mañanas, recibiendo allí tantos beneficios, como los he recibido yo por conducto de ella. Ésta es la verdadera; ésta la que hemos de buscar y encontraremos con la ayuda del Sr. de Cedrón y de su digna hermana Doña Josefa, y de su sobrina Doña Patros... Usted me negará que la conoce, por hacer un misterio de su virtud y santidad; pero esto no le vale, no señor. A mí me consta que es usted santo, y que no quiere que le descubran sus secretos de caridad sublime; y como me consta, lo digo. Busquemos, pues, a Nina, y cuando a mi compañía vuelva, gritaremos las dos: ¡Santo, santo, santo!»[446].

Sacó en limpio de esta perorata el Sr. de Cedrón que Doña Fracisca Juárez no tenía la cabeza buena; y creyendo que las explicaciones y el contender sobre lo mismo no atenuarían su trastorno, puso punto final en aquel asunto, y se despidió, quedando en volver al día siguiente para el examen de papeles, y la entrega, mediante recibo en regla, de las cantidades devengadas ya por los herederos.

Duró largo rato la despedida, porque tanto Doña Paca como

---

[446] Isaías, 6, 3.

Frasquito repitieron, en el tránsito desde la salita a la escalera, sus expresiones de gratitud como unas cuarenta veces, con igual número de besos, más bien más que menos, en la mano del sacerdote. Y cuando desapareció por las escaleras abajo el gran Cedrón, y se vieron solos de puerta adentro la dama rondeña y el galán de Algeciras, dijo ella: «Frasquito de mi alma, ¿es verdad todo esto?

—Eso mismo iba yo a preguntar a usted... ¿Estaremos soñando? ¿Usted qué cree?

—¿Yo?... no sé... no puedo pensar... Me falta la inteligencia, me falta la memoria, me falta el juicio, me falta Nina.

—A mí también me falta algo... No sé discurrir.

—¿Nos habremos vuelto tontos o locos?...

—Lo que yo digo: ¿por qué nos niega D. Romualdo que su sobrina se llama Patros, que le proponen para Obispo, y que le regalaron un conejo?

—Lo del conejo no lo negó... dispense usted. Dijo que no se acordaba.

—Es verdad... ¿Y si ahora, el D. Romualdo que acabamos de ver nos resultase un ser figurado, una creación de la hechicería o de las artes infernales... vamos, que se nos evaporara y convirtiera en humo, resultando todo una ilusión, una sombra, un desvarío?...

—¡Señora, por la Virgen Santísima!

—¿Y si no volviese más?

—¡Si no volviese!... ¡Que no vuelve, que no nos entregará la... los...!»

Al decir esto, la cara fláccida y desmayada del buen Frasquito expresaba un terror trágico. Se pasó la mano por los ojos, y lanzando un graznido, cayó en el sillón con un accidente cerebral, semejante al de la noche lúgubre, entre las calles de Irlandeses y Mediodía Grande.

XXXIV

Gracias a los cuidados de Doña Paca, asistida de las chicas de la cordonera, pronto se repuso Ponte de aquella nueva manifestación de su mal, y al anochecer, conversando con la dama rondeña, convinieron ambos en que D. Romualdo Cedrón era un ser efectivo, y la herencia una verdad incuestionable. No obstante, entre la vida y la muerte estuvieron hasta el siguiente día, en que se les apareció por segunda vez la imagen del benéfico sacerdote, acompañado de un notario, que resultó antiguo conocimiento de Doña Francisca Juárez de Zapata. Arreglado el asunto, previo examen de papeles, en lo que no hubo dificultad, recibieron los herederos de Rafaelito Antrines, a cuenta de su pensión, cantidad de billetes de banco que a entrambos pareció fabulosa, por causa, sin duda, de la absoluta limpieza de sus respectivas arcas. La posesión del dinero, acontecimiento inaudito en aquellos tristes años de su vida, produjo en Doña Paca un efecto psicológico muy extraño: se le anubló la inteligencia; perdió hasta la noción del tiempo; no encontraba palabras con qué expresar las ideas, y éstas zumbaban en su cabeza como las moscas cuando se estrellan contra un cristal, queriendo atravesarlo para pasar de la oscuridad a la luz. Quiso hablar de su Nina, y dijo mil disparates. Como se oye un rumor de lejanas disputas, de las cuales sólo se perciben sílabas y voces sueltas, oía que Frasquito y los otros dos señores hablaban del asunto; creyó entender que la fugitiva parecería, que ya se había encontrado el rastro, pero nada más... Los tres hombres estaban en pie, el notario junto a Cedrón. Chiquitín y con perfil de cotorra, parecía un perico que se dispone a encaramarse por el tronco de un árbol.

Despidiéronse al fin los amables señores con ofrecimientos y cortesanías afectuosas, y solos la rondeña y el de Algeciras, se entretuvieron, durante mediano rato, en dar vueltas de una parte a otra de la casa, entrando sin objeto ni fin alguno, ya en la cocina, ya en el comedor, para salir al instante, cambiando alguna frase nerviosa cuando uno con otro se tropezaban. Doña Paca, la verdad sea dicha, sentía que se le aguaba la felicidad por no poder hacer partícipe de ella a su compañera y sostén en tantos años de penuria. ¡Ah! Si Nina entrara en aquel momento, ¡qué gusto tendría su ama en darle la gran sorpresa, mostrándose primero muy afligida por la falta de cuartos, y enseñándole después el puñado de billetes! ¡Qué cara pondría! ¡Cómo se le alargarían los dientes! ¡Y qué cosas haría con aquel montón de metálico! Vamos, que Dios, digan lo que dijeren, no hace nunca las cosas completas. Así en lo malo como en lo bueno, siempre se deja un rabillo, para que lo desuelle el destino. En las mayores calamidades, permite siempre un suspiro; en las dichas que su misericordia concede, *se le olvida* siempre algún detalle, cuya falta *lo echa todo a perder* [447].

En uno de aquellos encuentros, de la sala a la cocina y de la cocina a la alcoba, propuso Ponte a su paisana celebrar el suceso yéndose los dos a comer de fonda. Él la convidaría gustoso, correspondiendo con tan corto obsequio a su generosa hospitalidad. Respondió Doña Francisca que ella no se presentaría en sitios públicos mientras no pudiera hacerlo con la decencia de ropa que le correspondía; y como su amigo le dijera que comiendo fuera de casa se ahorraba la molestia de cocinar en la propia sin más ayuda que las chiquillas de la cordonera, manifestó la dama que, mientras no volviese Nina, no encendería lumbre, y que todo cuanto necesitase lo mandaría traer de casa de Botín. Por cierto que se le iba despertando el apetito de manjares buenos y bien condimentados... ¡Ya era tiempo, Señor! Tantos años de forzados ayunos, bien merecían que se cantara el *¡alleluya!* de la resurrección. «Ea, Celedonia, ponte tu falda nueva, que vas a casa de Botín [448]. Te apuntaré en un papelito lo que quiero, para que no te equivoques.» Dicho y hecho. ¿Y qué menos había de pedir la señora, para hacer boca en aquel día fausto, que dos gallinas asadas, cuatro pescadillas fritas y un buen trozo de solomillo,

---

[447] I, Corintios, 10, 13b.
[448] *Botín.* Situado en la calle de Cuchilleros, 17, era uno de los mejores restaurantes de Madrid. El precio de un cubierto en los restaurantes de primer orden oscilaba entre tres y diez pesetas, aunque alguno llegaba hasta las veinticinco. Los más conocidos y prestigiosos eran «Lhardy», en la Carrera de San Jerónimo; «Tournie», en la Calle Mayor; «Grand Restaurant de France», también en la Carrera de San Jerónimo; el «Buffet Italiano», en la misma calle; el «Inglés», en la calle de Sevilla, etc.

con la ayuda de jamón en dulce, huevo hilado, y acompaña-miento de una docena de bartolillos?[449]... ¡Hala!

No logró la dama, con este anuncio de un reparador banquete, sujetar la imaginación y la voluntad de Frasquito, que desde que tomó el dinero se sentía devorado por un ansia loca de salir a la calle, de correr, de volar, pues alas creyó que le nacían. «Yo, señora, tengo que hacer esta tarde... Me es imprescindible salir... Además, necesito que se me dé un poco el aire... Siento así como un poco de mareo. Me conviene el ejercicio, crea usted que me conviene... También me urge mucho avistarme con mi sastre, aunque no sea más que para ponerme al tanto de las modas que ahora corren, y ver de preparar alguna prenda... Soy muy dificultoso, y tardo mucho en decidirme por ésta o la otra tela.

—Sí, sí, vaya a sus diligencias; pero no se corra mucho, y vea en este suceso feliz, como lo veo yo, una lección que nos da la Providencia. Por mi parte, me declaro convencida de lo buenos que son el orden y el arreglo, y hago propósito firme de apuntar todo, todito lo que gasto.

—Y el ingreso también... Lo mismo haré yo, es decir, lo he hecho; pero no me ha valido, crea usted, amiga de mi alma, que no me ha valido.

—Teniendo renta segura, el toque está en acomodar las entradas a las salidas, y no extralimitarse... Por Dios, querido Ponte, no hagamos otra vez la barbaridad de reírnos del balance y de la... Ahora reconozco que Trujillo tiene razón.

—Más balances he hecho yo, señora, que pelos tengo en la cabeza, y también le digo a usted que no me han valido más que para calentarme la *ídem*.

—Ya que Dios nos ha favorecido, seamos ordenados: yo me atrevería a rogar a usted que, si no le sirve de molestia y *va de compras*, me traiga un libro de contabilidad, agenda, o como se llame.»

¡Pues no faltaba más! No un libro, sino media docena le traería Frasquito con mil amores; y prometiéndolo así, se lanzó a la calle, ávido de aire, de luz, de ver gente, de recrearse en cosas y personas. Del tirón, andando maquinalmente, se fue hasta el Paseo de Atocha, sin darse cuenta de ello. Luego volvió hacia arriba, porque más le gustaba verse entre casas que entre árboles. Francamente, los árboles le eran antipá-

---

[449] *bartolillos*. Pastel pequeño en forma casi triangular, que está relleno de crema o de carne.

ticos, sin duda porque, pasando junto a ellos en horas de desesperación, creía que le ofrecían sus ramas para que se ahorcara. Internándose en las calles sin dirección fija, contemplaba los escaparates de sastre, con exhibición de hermosas telas; los de corbatas y de camisería elegante. No dejaba de echar también un vistazo a los *restaurants*, y en general a todas las tiendas, que en su larga vida de penuria bochornosa había mirado con desconsuelo.

Pasó en esta vagancia dichosa algunas horas, sin cansancio. Sentíase fuerte, saludable, y hasta robusto. Miraba cariñoso, o con cierto airecillo de protección, a cuantas mujeres hermosas o aceptables a su lado pasaban. Un escaparate de perfumería de buen tono le sugirió una idea feliz: había echado sus canas al aire de una manera indecorosa, sin aliñarlas y componerlas con el negro disimulo del tinte, y aquella hermosa tienda le ofrecía ocasión de remediar tan grave falta, inaugurando allí la campaña de restauración de su existencia, que debía comenzar por la restauración de su averiado rostro. Allí cambió, pues, el primer billete de la *resma* que le diera D. Romualdo Cedrón; después de hacerse presentar diferentes artículos, hizo provisión abundante de los que creía más necesarios, y pagando sin regateo, ordenó que le llevasen a la casa de Doña Francisca el voluminoso paquete de sus compras de droguería olorosa y colorante.

Al salir de allí, pensaba en la conveniencia de procurarse pronto una casa de huéspedes decente y no muy cara, apropiada a la pensión que disfrutaba, pues de ningún modo se excedería en sus gastos. A los dormitorios de Bernarda no volvería más, como no fuera a pagarle las siete noches debidas, y a decirle cuatro verdades. Y divagando y haciendo risueños cálculos, llegó la hora en que el estómago empezó a indicarle que no se vive sólo de ilusiones. Problema: ¿dónde comería? La idea de meterse en un *restaurant* de los buenos fue prontamente desechada. Imposible presentarse hecho un tipo. ¿Iría, siguiendo la rutina de sus tiempos miserables, al figón de Boto? ¡Oh, no!... Siempre le habían visto allí teñido. Extrañarían verle en repentina vejez, lleno de canas... Por fin, acordándose de que debía al honrado Boto un piquillo de anteriores comistrajos, creyó que debía ir allí, y corresponder con un pago puntual a la confianza del dueño del establecimiento, dándole la excusa de su grave enfermedad, que bien claramente en su despintado rostro se pintaba. Encaminó sus pasos a la calle del Ave María, y entró un poquillo avergonzado en la taberna, haciendo como que se sonaba, al atravesar la pieza exterior, para taparse la cara con el pañuelo. Estrecho y ahogado es aquel recinto para la mucha parroquia que a él concurre, atraída por la baratura y buen condimento de los guisotes que allí se despachan. A la taberna, propiamente dicha, no muy grande, sigue un pasillo angosto, donde también hay mesa, con su banco pegado a la pared, y luego una estancia reducida y baja de techo a la cual se sube por dos escalones, con dos mesas largas a un lado y otro, sin más espacio entre ambas que el preciso para que entre y salga el chiquillo que sirve. En esta parte del establecimiento se ponía siempre Ponte, creyéndose allí más apartado de la curiosidad y el fisgoneo de los consumidores, y ocupaba el hueco de mesa que veía libre, si en efecto lo había, pues se daban casos de estar todo completo, y los parroquianos como sardinas en banasta.

Aquella tarde, noche ya, se coló Frasquito en el departamento interior con buena suerte, pues no había dentro más que tres personas, y una de las mesas estaba vacía. Sentóse en el rincón, junto a la puerta, sitio muy recogido, en el cual no era fácil que le vieran desde *el público*, es decir, desde la taberna, y... Otro problema: ¿qué pediría? Ordinariamente, el aflictivo estado de su peculio le obligaba a limitarse a un real de guisado, que con pan y vino representaba un gasto total de cuarenta céntimos, o a igual ración de bacalao en salsa. Uno u otro condumio, con el pan alto, que aprovechaba hasta la última miga, comiéndoselo con el caldo y la racioncita de vino, le ofrecían una alimentación suficiente y sabrosa. En ciertos días solía cambiar el guiso por el estofado, y en ocasiones muy contadas, por la pepitoria. Callos, caracoles, albóndigas y otras porquerías, jamás las probó.

Bueno: pues aquella noche pidió al chico relación completa de lo que había, y mostrándose indeciso, como persona desganada que no encuentra manjar bastante incitante para despertar su apetito, se resolvió por la pepitoria. «¿Le duelen a usted las muelas, Sr. de Ponte? —preguntóle el chico, viendo que no se quitaba el pañuelo de la cara.

—Sí, hijo... un dolor horrible. No me traigas pan alto, sino francés.»

Frente a Frasquito se sentaban dos que comían guisado, en un solo plato grande, ración de dos reales, y más allá, en el ángulo opuesto, un individuo que despachaba pausada y metódicamente una ración de caracoles. Era verdaderamente el tal una máquina para comerlos, porque para cada pieza empleaba de un modo invariable los mismos movimientos de la boca, de las manos y hasta de los ojos. Cogía el molusco, lo sacaba con un palito, se lo metía en la boca, chupaba después el agüilla contenida en la cáscara, y al hacer esto dirigía una mirada rencorosa a Frasquito Ponte; luego dejaba la cáscara vacía y cogía otra llena, para repetir la misma función, siempre a compás, con igualdad de gestos y mohínes al sacar el bicho, y al comerlo, con igualdad de miradas: una de simpatía hacia el caracol en el momento de cogerlo; otra de rencor hacia Frasquito en el momento de chupar.

Pasó tiempo, y el hombre aquél, de rostro jimioso[450] y figura mezquina, continuaba acumulando cáscaras vacías en un montoncillo, que crecía conforme mermaba el de las llenas; y Ponte, que le tenía delante, principiaba a inquietarse de las miradas furibundas que como figurilla mecánica de caja de música le echaba, a cada vuelta de manubrio, el comedor de caracoles.

XXXV

Sentía Ponte Delgado vivas ganas de pedir explicaciones al tipo aquél por su mirar impertinente. La causa de éste no podía ser otra que la novedad que Frasquito ofrecía al público con el despintado de su rostro, y el buen caballero se decía: «¿Pero qué le importa a nadie que yo me *arregle* o deje de *arreglarme?* Yo hago de mi fisonomía lo que me da la gana, y no estoy obligado a dar gusto a los señores, presentándoles siempre la misma cara. Con la vieja, lo mismo que con la joven, sé yo hacerme respetar y dejar bien puesto mi decoro.» Ya se proponía contraponer al mirar cargantísimo de aquel punto una ojeada de desprecio, cuando el de los caracoles, vaciado, comido y chupado el último, y puesta la cáscara en su sitio, pagó el gasto; se colocó en los hombros la capa, que se le había caído; encasquetóse la gorrilla, y levantándose se fue derecho al desteñido caballero, y con muy buen modo le dijo: «Sr. de Ponte, perdóneme que le haga una pregunta.»

---

[450] *jimioso.* Como un mono.

Por el tono cordial del individuo, comprendió Frasquito que era un infeliz, de éstos que expresan con el modo de mirar todo lo contrario de lo que son.

«Usted dirá...

—Perdóneme, Sr. de Ponte... Quería saber, siempre que usted no lo lleve a mal, si es verdad que Antonio Zapata y su hermana han tenido una herencia de *tantismos*[451] millones.

—Hombre, tanto como de millones, no creo... Diré a usted: mi parte en la herencia, como la que también disfruta Doña Francisca Juárez, no pasa de una pensión, cuya cuantía no sabemos aún a punto fijo. Pero podré darle a usted dentro de poco noticias exactas. ¿Por casualidad es usted periodista?

—No, señor: soy pintor heráldico.

—¡Ah! Yo creí que era usted de éstos que averiguan cosas para ponerlas en los periódicos.

—Lo que yo pongo es anuncios. Porque como el arte heráldico está tan por los suelos, me dedico al corretaje de reclamos y avisos... Antonio y yo trabajamos en competencia, y nos hacemos una guerra espantosa. Por eso, al saber que Zapata es rico, quiero que usted influya con él para que me traspase sus negocios. Soy viudo y tengo seis hijos.»

Al decir esto, poniendo en su tono tanta sinceridad como hombría de bien, clavaba en el rostro de su interlocutor una mirada semejante a la del asesino en el momento de dar el golpe a su víctima. Antes de que Ponte le contestara, prosiguió diciendo: «Yo sé que usted es amigo de la familia, y que *habla* con Doña Obdulia... Y a propósito: Doña Obdulia, o su señora madre, ahora que son ricas, querrán *sacar título*. Yo que ellas lo sacaría, siendo, como son, de la Grandeza de España. Pues que no se olvide usted de mí, Sr. de Ponte... Aquí tiene mi tarjeta. Yo les compongo el escudo y el árbol genealógico, y la ejecutoria en letra antigua, con iniciales en purpurina, a menor precio que se lo haría el pintor más pintado. Puede usted juzgar de mi trabajo por los modelos que tengo en casa.

—Yo no puedo asegurarle a usted —dijo Frasquito dándose mucha importancia, con un palillo entre los dientes—, que saquen título ni que no saquen título. Nobleza les sobra para ello por los cuatro costados, pues así los Juárez, como los

---

[451] *tantismos.* Es corriente la pérdida de la vocal postónica aún en el habla de hoy; en ciertas regiones el fenómeno se ha generalizado en las palabras con la terminación de superlativo.

Zapatas, y los Delgados y Pontes, son de lo más alcurniado de Andalucía.

—Los Pontes tienen una puente sínople sobre gules, y cuarteles de azur y oro[452]...

—Verdad... Por mi parte no pienso sacar título, ni mi herencia es para tanto... Esas señoras, no sé... Obdulia merece ser Duquesa, y lo es por la figura y el tono, aunque no se decida a ponerse la corona. De Emperatriz le corresponde, como hay Dios. En fin, yo no me meto... Y dejando a un lado la heráldica, vamos a otra cosa.»

En esto, el de los caracoles se había sentado junto a Frasquito, y con su mirar siniestro era el terror de los parroquianos que les rodeaban.

«Puesto que usted se dedica al corretaje de anuncios, ¿podría indicarme una buena casa de huéspedes?...

—Precisamente hoy *he hecho* dos... Aquí las tengo en mi cartera para *Imparcial* y *Liberal*[453]. Entérese usted... Son de lo bueno: "habitaciones hermosas, comida a la francesa, cinco platos... treinta reales".

—Me convendría más barata... de catorce o dieciséis reales.

—También las *hago*... Mañana podré darle una lista de seis lo menos, todas de confianza.»

Les cortó el diálogo la aparición repentina de Antonio Zapata, que entró sofocado, metiendo ruido, bromeando a gritos con el dueño del establecimiento y con varios parroquianos. Subió al cuarto interior, y tirando sobre la mesa la voluminosa cartera que llevaba, y echándose atrás el sombrero, se sentó junto a Frasquito y el de los caracoles.

«¡Vaya una tarde, caballeros, vaya una tarde! —exclamó fatigado; y al chiquillo que servía le dijo—: No tomo nada. He comido ya... Mi señora madre nos ha metido en el cuerpo una gallina a mi mujer y a mí... y encima tira de *Champagne*... y tira de bartolillos.

—¡Chico, quién te tose ahora!... —le dijo el de los caracoles, la palabra dulce, el mirar terrorífico—. Y es preciso que

***

[452] *sínople* o sínoble es epíteto empleado en heráldica como sinónimo de verde y *gules* es también un término heráldico sinónimo de rojo. *Cuarteles* son las divisiones o subdivisiones en un escudo heráldico; generalmente suelen ser cuatro partes separadas por una cruz. *Azur* es también en heráldica el color azul oscuro.

[453] *El Imparcial* y *El Liberal* eran dos de los principales periódicos del Madrid de entonces.

me des pronto una razón: ¿me cedes o no me cedes tu negocio?

—¡Buena se puso mi mujer cuando le propuse no trabajar más! Creí que me mordía y que me sacaba los ojos. Nada: que seguiremos lo mismo, ella en su máquina, yo en mis anuncios, porque eso de la herencia no sabemos qué pateta será[454]... Amigo Ponte, ¿conoce usted esa finca de la Almoraima? ¿Cuánto nos dará de renta?

—No puedo precisarlo —replicó Frasquito—. Sé que es una magnífica posesión, con monte, potrero[455], tierras de sembradura, *ainda mais*[456], el mejor puesto de Andalucía para codornices, cuando van a pasar el Estrecho.

—Allá nos iremos una temporada... Pero mi mujer, ni *pa Dios* quiere que deje yo este oficio de pateta[457]. Aguántate por ahora, Polidura, que con mi Juliana no se juega: le tengo más miedo que a una leona con hambre... Y cuéntame, ¿qué has hecho hoy?... ¡Ah! ya no me acordaba: mi madre quiere comprar una araña...

—¡Una araña!

—Sí, hombre, o lámpara colgante para el comedor. Me ha dicho si sabemos de alguna buena y vistosa, de lance...

—Sí, sí —replicó Polidura—. En la almoneda de la calle de Campomanes la tenemos.

—Otra... También quiere saber si se proporcionarán alfombras de moqueta y terciopelo en buen uso.

—Eso, en la almoneda de la Plaza de Celenque. Aquí lo tengo: "Todo el mobiliario de una casa. Horas, de una a tres. No se admiten prenderos"[458].

—Mi hermana, que, entre paréntesis, se zampó esta tarde media gallina, lo que quiere es un landó de cinco luces[459]...

—¡Atiza!

---

[454] *qué pateta será*, «qué diablos será».

[455] *potrero*. Finca rústica, cerrada y con árboles dedicada principalmente a la cría y sostenimiento de toda clase de ganado. En América del Sur su uso es mucho más frecuente que en España.

[456] *ainda mais*, del portugués, «además».

[457] *de pateta*. En este caso, podría tener el sentido de «andar a pie», aunque también pudiera interpretarse como «este oficio de los demonios».

[458] *Prendero*. Persona que trafica en muebles, alhajas o prendas diversas.

[459] El *landó* era un carruaje de cierto lujo; *luces*: «ventanillas».

—Yo he aconsejado a Obdulia —indicó Frasquito con gravedad—, que no tenga cocheras, que se entienda con un alquilador.

—Claro... Pero no dará *pa* tanto el cortijo de pateta. ¡Landó de cinco luces! Y que tiren de él las burras de leche del *señó* Jacinto.»

Soltó la risa Polidura; mas notando que al algecireño le sabían mal aquellas bromas, quiso variar de conversación al instante. El desvergonzado Antonio Zapata se permitió decir a Ponte: «Con franqueza, D. Frasco: creo que está usted mejor así.

—¿Cómo?

—Sin betún. Bonita figura de caballero anciano y respetable. Convénzase de que con el tinte no consigue usted parecer joven; lo que parece es... un féretro.

—Querido Antonio —replicó Ponte haciendo repulgos con boca y nariz para disimular su ira, y figurar que seguía la broma—, nos gusta a los viejos espantar a los muchachos para que... para que nos dejen en paz. Los chicos del día, por querer saberlo todo, no saben nada...»

El pobre señor, azarado, no sabía qué decir. Sus tonterías envalentonaron a Zapata, que prosiguió mortificándole:

«Y ahora que estamos en fondos, amigo Ponte, lo primero que tiene usted que hacer es jubilar el *sarcófago*.

—¿Qué?

—El sombrero de copa que tiene usted para los días de fiesta, y que es de la moda que se gastaba cuando ahorcaron a Riego[460].

—¿Qué entiende usted de modas? Éstas se renuevan, y las formas de ayer vuelven a *llevarse* mañana.

—Así será en la ropa; pero en las personas, el que pasó, pasado se queda. No le quedan a usted más que los *pinreles* Los juanetes que debía tener en ellos, se le han subido a la cabeza... Sí, sí... yo digo que usted piensa con los callos.»

---

[460] Riego era Comandante jefe del batallón de Asturias y sublevó al ejército que llevaba a América para sofocar las rebeliones americanas. Se convierte en el símbolo de la libertad contra el absolutismo fernandino, que finalmente tiene que jurar la Constitución. Él es el artífice del llamado trienio liberal (1820-1823). Derrotado el movimiento por la entrada en España de los Cien Mil hijos de San Luis, es ajusticiado en la plazuela de la Cebada de Madrid, el 7 de noviembre de 1823. Mariano José de Larra diría: «Pienso en la sangre inocente que ha manchado esta plazuela y en la que la manchará todavía.»

Ya le faltaba poco a Frasquito para estallar en ira, y de fijo le hubiera tirado a la cabeza el plato, el vaso de vino y hasta la mesa, si Polidura no tratara de atenuar la maleante burla con estas palabras conciliadoras: «Cállate, tonto, que el Sr. de Ponte no ha entrado en *Villavieja*, y lleva sus añitos mejor que nosotros.

—No es viejo, no... Es de *cuando Fernando VII gastaba paletot*[461]... Pero, en fin, si se ofende, me callo... Sr. de Ponte, sabe que se le quiere, y que si gasto estas bromas es por pasar el rato. No haga usted caso, *maestro*, y hablemos de otra cosa.

—Sus chanzas son un poco impertinentes —dijo Frasquito con dignidad— y si quiere, irrespetuosas... Pero es usted un chiquillo, y...

—¡*Pata!*[462]... Ea, se acabó. Voy a preguntarle una cosa, respetable Sr. de Ponte: ¿en qué empleará usted los primeros cuartos de la pensión?

—En una obra de justicia y de caridad. Le compraré unas botas a Benina cuando parezca, si parece, y un traje nuevo.

—Pues yo le compraré un vestido de odalisca. Es lo que le cuadra, desde que se ha dedicado a la vida mora.

—¿Qué dice usted? ¿Se sabe dónde está ese ángel?

—Ese ángel está en el Pardo, que es el Paraíso a donde son llevados los angelitos que piden limosna sin licencia.

—Bromas de usted.

—¡Humoradas de la vida, Sr. de Ponte! Yo sabía que la Nina se arrimaba a la puerta de San Sebastián, por pescar algún ochavo... La necesidad es terrible consejera. ¡Cuando la pobre Nina lo hacía!... Pero yo no supe hasta hoy que anda emparejada con un moro ciego, y que de ahí le viene su perdición.

—¿Está usted seguro de lo que dice?

—Lo he visto. A mamá no he querido decirle nada, porque no se disguste; pero... ya estoy al tanto. En una redada que echaron los policías, cogieron a Nina y al otro, y les zamparon en San Bernardino. De allí me les empaquetaron para el Pardo, de donde me mandó Nina un papelito, diciéndome

---

[461] *cuando Fernando VII...* Frase proverbial que indica aún hoy la antigüedad de algo o de alguien. El «paletot» o «paletó» era una especie de levita de abrigo, generalmente algo más larga y más holgada que las usuales y que solía llevarse sobre el frac, la levita o la casaca.

[462] *¡Pata!*, ¡Demonio!

que *haga un empeño* para que la suelten... Veréis lo que hice esta mañana: alquilé una bicicleta y me fui al Pardo... Antes que se me olvide: si sabe mi mujer que he paseado en bicicleta, tendremos bronca en casa. Tú, Polidura, ten cuidado de no venderme: ya sabes cómo las gasta Juliana... Pues sigo: me planté allá, y la vi: la pobre está descalza y con los trapitos en jirones. Da pena verla. El moro es tan celoso, ¡Dios!, que cuando me oyó hablar con ella se puso frenético, y me quiso pegar... *"Galán bunito —decía—, mí matar galán bunito."* Por no escandalizar, no le di un par de morradas...

—Yo no creo que Benina, a sus años... —indicó Frasquito tímidamente.

—¿Qué ha de hacer usted más que encontrar muy naturales los pinitos de los ancianos?

—En fin —dijo Polidura, arrojando todo el furor de su mirada sobre Antonio—, haz por sacarla. Habrá que buscar un empeño en el Gobierno civil.

—Sí, sí... Gestionemos inmediatamente —propuso Ponte—. ¿Será todavía Gobernador *Pepe Alcañices?*[463].

—¡Hombre, por Dios! ¿Quién dice? ¿El Duque de Sexto? Usted se empeña en no pasar del año de *la Nanita.*

—Si eso es del tiempo de la guerra de África[464], Sr. de Ponte, o poco después —afirmó el de los caracoles—. Yo me acuerdo... cuando la unión liberal... Era Ministro de la Gobernación D. José Posada Herrera. Yo estaba en *La Iberia* con

---

[463] *Pepe Alcañices.* El marqués de Alcañices, duque de Sesto, fue un hombre bonachón y enamorado de Madrid, que ha dejado grandes beneficios en la ciudad. De ideas progresistas, fue gobernador en el Gobierno de la Unión liberal (1858-1863). Perdió su fortuna, como Frasquito Ponte, durante la Restauración, ya que se vio obligado a vender su Palacio en la calle de Alcalá en el lugar que hoy ocupa el Banco de España. Durante el ministerio de Alcañices se instalaron los primeros urinarios en la Puerta del Sol, lo que le acarreó no pocas pullas de los poetas satíricos de la época.

[464] La Guerra de África, una de las de mayor eco popular, se inició en 1859 cuando los beduinos atacan y asesinan a unos obreros españoles y ultrajan el escudo nacional. Tres victorias importantes —Castillejos, la toma de Tetuán y Wad-Ras— conducen a la firma del Tratado de Tetúan (1860) por el que España ampliaba su territorio de Ceuta, se le reconoce el derecho a mantener una pesquería en Ifni y Marruecos paga a España una indemnización de 20 millones de duros de la época. Durante esta campaña se hizo famoso el General Prim, uno de los personajes más admirados por Galdós.

Calvo Asensio, Carlos Rubio y D. Práxedes... Pues apenas ha llovido desde entonces[465]...

—Sea lo que quiera, señores —añadió Frasquito poniéndose en la realidad—, hay que sacar a Nina...

—Hay que sacarla.

—Con su morito a rastras. Mañana mismo iré a ver a un amigo que tengo en la Delegación... Pero no se olviden: tú, Polidura, ten cuidado y no *metas la pata*... Si sabe Juliana que alquilé la bicicleta, ya tengo *máquina* para un semestre.

—¿Va usted a volver al Pardo?...

—Puede. ¿Y usted, maneja el pedal?

---

[465] Se denominó Unión Liberal al partido político ecléctico que formó el general O'Donnell, en 1856, cuando se separó definitivamente de Espartero. El partido, que duró hasta 1868, tuvo en Posada Herrera su teórico. Estaba formado por los progresistas, que temían la anarquía y buscaban un gobierno fuerte y estable sin prescindir de las principales doctrinas liberales, y en él estaban también integrados los conservadores que no querían desprenderse, ante el despotismo de Narváez, de sus antiguas creencias en el parlamentarismo. Durante sus cinco años de gobierno, la Unión Liberal muy poco hizo. En realidad, fue un momento de transición necesario entre la revolución que se avecinaba y el despotismo conservador que se resistía. Fue, en definitiva, un grupo formado, de miedos, cobardías, indecisiones u oportunismo, que pronto se deshizo. Por lo que se refiere a José Posada Herrera (1815-1865), sus hechos más notables se refieren fundamentalmente a la corrupción del proceso electoral de aquellos años, del cual fue promotor y beneficiario, además de actuar despóticamente como ministro de gobernación. La intencionalidad de Galdós, al presentar a este personaje no puede ser más clara, ya que es un político muy característico del periodo al que se refiere. Muy distinta es la actitud galdosiana hacia Calvo Asensio y Carlos Rubio, dos periodistas a los que debió conocer y que quizá en algún momento pudieron ser sus colegas. Asensio era hijo del fundador de *La Iberia* y estudioso de la cultura y del teatro lusitanos; colaboró en diversas revistas y fue director de *El Demócrata*. Como político se enfrentó a Posada Herrera. Por su parte, Carlos Rubio y Collet fue periodista, literato y político. Colaboró en *El Coliseo*, *El Semanario Pintoresco*, etc., escribió poesías y cuentos fantásticos al estilo de Hoffman y Andersen y mantuvo desde *La Iberia* un enfrentamiento con don Emilio Castelar, que escribía en *La Democracia* sobre la fórmula más adecuada de progreso para aquel momento histórico. Especialmente notorio fue su aspecto descuidado y desaseado. En fin, ese Práxedes que menciona Polidura es Sagasta, perteneciente al partido fusionista liberal, con el que Galdós estuvo de acuerdo precisamente hasta la composición de esta novela y en cuyas filas llegó a militar y ser diputado entre 1886 y 1890.

—No lo he probado. En todo caso, yo iría a caballo.

—Anda, anda, y qué calladito se lo tenía. ¿Monta usted a la inglesa o a la española?

—Yo no sé... Sólo sé que monto bien. ¿Quiere usted verlo?

—Hombre, sí... Vaya, una apuestita: si no se rompe usted la cabeza, pago el alquiler del caballo.

—Y si usted no se desnuca en la máquina, la pago yo.

—Convenido. ¿Y tú, Polidura?

—¿Yo?... en el coche de San Francisco[466].

—Pues allá los tres. *Sus* convido a caracoles.

—Yo convido a lo que quieran —dijo Frasquito levantándose—; y si conseguimos traernos a Nina y al riffeño, convite general.

—El *disloque*...»

XXXVI

No se consolaba Doña Paca de la ausencia de Nina, ni aun viéndose rodeada de sus hijos, que fueron a participar de su ventura, y a darle parte principal de la que ellos saboreaban con la herencia. Con aquel cambio de impresiones placenteras, fácilmente se transportaba el espíritu de la buena señora al séptimo cielo, donde se le aparecían risueños horizontes; pero no tardaba en caer en la realidad, sintiendo el vacío por la falta de su compañera de trabajos. En vano la volandera imaginación de Obdulia quería llevársela, cogida por los cabellos, a dar volteretas en la región de lo ideal. Dejábase conducir Doña Francisca, por su natural afición a estas correrías; pero pronto se volvía para acá, dejando a la otra, desmelenada y jadeante, de nube en nube y de cielo en cielo. Había propuesto la *niña* a su mamá vivir juntas, con el decoro que su posición les permitía. *De hecho* se separaba de Luquitas, señalándole una pensión para que viviera; tomarían un hotel con jardín; se abonarían a dos o tres teatros; buscarían relaciones y amistades de gente distinguida... «Hija, no te corras tanto, que aún no sabes lo que te rentará tu mitad de la Almoraima; y aunque yo, por lo que recuerdo de esa hermosa

---

[466] *coche de San Francisco*, «andando». Hoy decimos «en el coche de San Fernando».

finca, calculo que no será un grano de anís, bueno es que sepas qué tamaño ha de tener la sábana antes de estirar la pierna.»

Al decir esto, hablaba la viuda de Zapata con las ideas de la práctica Nina, que se renovaban en su mente y en ella lucían como las estrellas en el cielo. Por de pronto, Obdulia dejó su casa de la calle de la Cabeza, instalándose con su madre, movida del propósito de buscar pronto vivienda mejor, nuevecita y en sitio alegre, hasta que llegara el día de sentar sus reales en el hotel que ambicionaba. Aunque más moderada que su hija en el prurito de grandezas, sin duda por el vapuleo con que la domara la implacable experiencia, Doña Paca se iba también del seguro, y creyéndose razonable, dejábase vencer de la tentación de adquirir superfluidades dispendiosas. Se le había metido entre ceja y ceja la compra de una buena lámpara para el comedor, y hasta que viese satisfecho su capricho, no podía tener sosiego la pobre señora. El maldito Polidura le proporcionó el *negocio*, encajándole un disforme mamotreto, que apenas cabía en la casa, y que, colgado en su sitio, tocaba en la mesa con sus colgajos de cristal. Como pronto habían de tener casa de techos altos, esto no era inconveniente. También le hizo adquirir el de los caracoles unos muebles chapeados de palosanto, y algunas alfombras buenas, que tuvieron el acierto de no colocar, extendiendo sólo retazos allí donde cabían, para darse el gusto de pisar en blando.

Obdulia no cesaba de dar pellizcos al tesoro de su mamá para adquirir tiestos de bonitas plantas, en los próximos puestos de la Plazuela de Santa Cruz, y en dos días puso la casa que daba gloria verla: los sucios pasillos se trocaron en vergeles, y la sala en risueño pensil[467]. En previsión de la vida de hotel, adquirió también plantas decorativas de gran tamaño, latanias, palmitos, *ficus* y helechos arborescentes. Veía Doña Francisca con gozo la irrupción del reino vegetal en su triste morada, y ante tanta belleza, sentía emociones propiamente infantiles, como si al cabo de la vejez volviera a jugar con los nacimientos. «¡Benditas sean las flores —decía, paseándose por sus encantados jardines—, que dan alegría a las casas, y bendito sea Dios, que si no nos permite disfrutar del campo, nos consiente, *por poco dinero*, que traigamos el campo a casa!»

Todo el día se lo pasaba Obdulia cuidando sus macetas, y tanto las regaba, que en algún momento faltó poco para

---

[467] *pensil* es un jardín con profusión y fragancia de flores.

que se hiciera preciso atravesar a nado el trayecto desde la salita al comedor. Ponte la incitaba con sus ponderaciones y aspavientos a seguir comprando flores, y a convertir su casa en Jardín Botánico, o poco menos. Por cierto que el primero y segundo día de aquella vida nueva, tuvo que reñir Doña Paca al buen Frasquito, porque siempre que salía se le olvidaba llevarle el libro de cuentas que le había encargado. El galán manido se disculpaba con la muchedumbre de sus ocupaciones, hasta que una tarde entró con diversos paquetes de compras, y la dama rondeña vio entre éstos el libro, del cual se apoderó al instante con ganas de inaugurar en él la cuenta y razón de un porvenir dichoso. «Pasaré en seguida todo lo que tengo apuntado en este papelito —dijo—: lo que se trae de casa de Botín, la araña, las alfombras, varias cosillas... medicamentos... en fin, todito. Y ahora, hija mía, a ver cómo me das nota clara de tanta y tanta flor, para apuntarlas *ce* por *be*, sin que se escape ni una hoja... Pon mucho cuidado para que salga el balance... ¿Verdad, Frasquito, que tiene que salir el balance?»

Curiosa, como hembra, no pudo menos de guluzmear en los paquetes que llevó Ponte. «¿A ver qué trae usted ahí? Mire que no he de permitirle tirar el dinero. Veamos: un hongo claro... Bien, me parece muy bien. A buen gusto nadie le gana. Botas altas... ¡Hombre, qué elegantes! Vaya un pie: ya querrían muchas mujeres... Corbatas: dos, tres... Mira, Obdulia, qué bonita esta verde con motas amarillas. Un cinturón que parece un corsé-faja. Bueno debe de ser esto para evitar que crezca el vientre... Y esto ¿qué es?... ¡Ah! espuelas. Pero Frasquito, por Dios, ¿para qué quiere usted espuelas?

—Ya... es que va a salir a caballo —dijo Obdulia gozosa—. ¿Pasará por aquí? ¡Ay, qué pena no verle!... ¿Pero a quién se le ocurre vivir en este cuartucho interior, sin un solo agujero a la calle?

—Cállate, mujer, pediremos a la vecina, Doña Justa, la profesora de partos, que nos permita pasar y asomarnos cuando el caballero nos ronde la calle... ¡Ay, pobre Nina, cuánto se alegraría también de verle!»

Explicó Ponte Delgado su inopinado renacer a la vida hípica, por el compromiso en que se veía de ir al Pardo en excursión de recreo con varios amigos *de la mejor sociedad*. Él solo iba a caballo; los demás, a pie o en bicicleta. De las distintas clases de *sport* o *deportes* hablaron un rato con grande animación, hasta que les interrumpió la entrada de Juliana, la mujer de Antonio, que desde la noticia de la herencia frecuentaba el trato de su suegra y cuñada. Era mujer garbosa, simpática, viva de genio, de tez blanca y magnífico pelo negro, peinado con arte. Cubría su cuerpo con mantón alfombrado, y la cabeza con pañuelo de seda de cuarteles[468] chillones; calzaba preciosas botinas, y sus bajos denotaban limpieza y un buen avío de ropa. «¿Pero esto es el Retiro, o la Alameda de Osuna? —dijo al ver el enorme follaje de arbustos y flores—. ¿A qué viene tanta *vegetación?*

—Caprichos de Obdulia —replicó Doña Paca, que se sentía dominada por el carácter, ya enérgico, ya bromista, de su graciosa nuera—. Esta monomanía de hacer de mi casa un bosque, me está costando un dineral.

—Doña Paca —le dijo su nuera cogiéndola sola en el comedor—, no sea usted tan débil de natural, y déjese guiar por mí, que no he de engañarla. Si hace caso de las bobadas de Obdulia, pronto se verá usted tan perdida como antes, porque no hay pensión que baste cuando falta el arreglo. Yo suprimiría el bosque y las fieras... dígolo por ese orangután mal *pintao* que han traído ustedes a casa, y que deben poner en la calle más pronto que la vista.

—El pobre Ponte se va mañana a su casa de huéspedes.

—Déjese llevar por mí, que entiendo del gobierno de una casa... Y no me salga con la matraca del librito de llevar cuentas. La persona que tiene el arreglo en su cabeza, no necesita apuntar nada. Yo no sé hacer un número, y ya ve cómo me las compongo. Siga mi consejo: múdese a un cuarto baratito, y viva como una pensionista de circunstancias, sin echar humos ni ponerse a farolear. Haga lo que yo, que me estoy donde estaba, y no dejaré mi trabajo hasta que no vea claro eso de la herencia, y me entere de lo que da de sí el cortijo. Quítele a su hija de la cabeza lo del hotel si no quieren verse por puertas, y tome una criada que les guise, y ataje el chorro de dinero que se va todos los días a la tienda de Botín.»

Conforme con estas ideas se mostraba Doña Francisca, asintiendo a todo, sin atreverse a contradecirla ni a oponer una sola objeción a tan juiciosos consejos. Sentíase oprimida bajo la autoridad que las ideas de Juliana revelaban con sólo expresarse, y ni la ribeteadora se daba cuenta de su influjo gobernante, ni la suegra de la pasividad con que se sometía.

---

[468] *cuarteles*, «cuadros».

Era el eterno predominio de la voluntad sobre el capricho, y de la razón sobre la insensatez.

«Esperando que vuelva Nina —indicó tímidamente la señora—, he pedido a Botín...

—No piense usted más en la Nina, Doña Paca, ni cuente con ella aunque la encontremos, que ya lo voy dudando. Es muy buena, pero ya está caduca, mayormente, y no le sirve a usted para nada. Además, ¿quién nos dice que quiere volver, si sabemos que por su voluntad se ha ido? Le gusta andar de pingo, y no hará usted carrera de ella como la prive de estarse la mitad del día tomando medida a las calles.»

Para no perder ripio, insistió Juliana en la recomendación que ya había hecho a su suegra de una buena criada para todo. Era su prima Hilaria, joven, fuerte, limpia y hacendosa... y de fiel no se dijera. Ya vería pronto la *diferiencia* entre la honradez de Hilaria y las rapiñas de otras.

«¡Ay!... Pero es muy buena la Nina —exclamó Doña Paca, rebulléndose bajo las garras de la ribeteadora, para defender a su amiga.

—Muy buena, sí, y debemos socorrerla... No faltaba más... darle de comer... Pero créame, Doña Paca, no hará usted nada de provecho sin mi prima. Y para que no dude más, y se quite quebraderos de cabeza, esta misma tarde, anochecido, se la mando.

—Bueno, hija, que venga, y se encargará de la casa... Y a propósito: aquí hay una gallina asada que se va a perder. Ya me indigesta tanta gallina. ¿Quieres llevártela?

—¿Cómo no? Venga.

—También quedaron cuatro chuletas. Ponte ha comido fuera.

—Vengan.

—¿Te lo mando con Hilaria?

—No, que me lo llevo yo misma. Vamos a ver cómo me arreglo. Lo pongo todo en un plato, y el plato en una servilleta... así; agarro mis cuatro puntas...

—¿Y este pedazo de pastel?... Es riquísimo.

—Lo envuelvo en un periódico, y ¡hala, que es tarde! Y toda esta fruta, ¿para qué la quiere? Pues apenas ha traído manzanas y naranjas... Deme acá... las pongo en mi pañuelo...

—Vas a ir cargada como un burro.

—No importa... ¡A lo que estamos, tuerta! Mañana vendré por aquí, a ver cómo anda esto, y a decirle a usted lo que tiene que hacer... Pero, cuidadito, que no salgamos con echarse en el surco y volver a las andadas. Porque si mi señora suegra se tuerce en cuanto yo vuelva la espalda, y empieza a derrochar y hacer disparates...

—No, no, hija... ¡Qué cosas tienes!

—Claro, que si se me dice tanto así, yo no me meto en nada. Con su pan se lo coma, y cada palo aguante su vela. Pero yo quiero que usted tenga *conduta* y no pase malos ratos, ni se vea, como hasta ahora, entre las uñas de los usureros.

—¡Ay, si cuanto dices es la pura razón! Tú sí que sabes, tú sí que vales, Juliana. Cierto que tienes el geniecillo un poco fuerte; pero ¿quién no ha de alabártelo, si con ese *ten con ten* has domado a mi Antonio? De un perdido has hecho un hombre de bien.

—Porque no me achico; porque desde el primer día le administré el bautismo de los cinco mandamientos; porque le chillo en cuanto le veo cerdear[469] un poco; porque le hago andar derecho como un huso, y me tiene más miedo que los ladrones a la Guardia civil.

—¡Y cómo te quiere!

—Es natural. Se hace una querer del marido, enjaretándose los calzones como me los enjareto yo... Así se gobiernan las casas chicas y las grandes, señora, y el mundo.

—¡Qué salero tienes!

—Alguna sal me ha puesto Dios, sobre todo en la mollera. Ya lo irá usted conociendo. Ea, que me marcho. Tengo que hacer en casa.»

Mientras esto hablaban suegra y nuera, en la salita Obdulia y Ponte departían acerca de aquélla, diciendo la *niña* que jamás perdonaría a su hermano haber traído a la familia una persona tan ordinaria como Juliana, que decía *diferiencia*, *petril* y otras barbaridades. No harían nunca buenas migas. Al despedirse, Juliana dio besos a Obdulia, y a Frasquito un apretón de manos, ofreciéndose a plancharle las camisolas, al precio corriente, y a *volverle* la ropa, por lo mismo o menos de lo que le llevaría el sastre más barato. Además, también sabía ella cortar *para hombre;* y si quería probarlo, encargárale un traje, que de fijo no saldría menos elegante que el que le hicieran los cortadores de portal[470] que a él le vestían.

---

[469] *cerdear* en su uso popular significa resistirse a hacer algo o andar buscando excusas para no hacerlo.

[470] *cortadores de portal*. Se refiere a los sastres, los cuales tenían su taller en los portales de las casas, como todavía hoy en el Madrid

Toda la ropa de su Antonio se la hacía ella, y que dijeran si andaba mal el chico... ¡a ver! Pues a su tío Bonifacio le había hecho una americana que estrenó para ir al pueblo (Cadalso de los Vidrios)[471] el día del Santo, y tanto gustó allí la prenda, que se la pidió prestada el alcalde para cortar otra por ella. Dio las gracias Ponte, mostrándose escéptico, con galantería, en lo concerniente a las aptitudes de las señoras para la confección de ropa masculina, y la despidieron todos en la puerta, ayudándola a cargarse los diversos bultos, atadijos y paquetes que gozosa llevaba.

XXXVII

No queriendo ser Obdulia inferior a su cuñada, ni aparecer en la casa con menos autoridad y mangoneo que la intrusa chulita, dijo a su madre que no podrían arreglarse decorosamente con una criada *para todo*, y pues Juliana impuso la cocinera, ella imponía la doncella... ¡así! Discutieron un rato, y tales razones dio la niña en apoyo de la nueva funcionaria, que no tuvo más remedio Doña Francisca que reconocer su necesidad. Sí, sí: ¿cómo se habían de pasar sin doncella? Para desempeñar cargo tan importante, había elegido ya Obdulia a una muchacha finísima educada en el servicio de casas grandes, y que se hallaba libre a la sazón, viviendo con la familia del dorador y adornista de la Empresa fúnebre. Llamábase Daniela, era una preciosidad por la figura, y un portento de actividad hacendosa. En fin, que Doña Paca, con tal pintura, deseaba que fuese pronto la doncella fina para recrearse en el servicio que le había de prestar.

Por la noche llegó Hilaria, que se inauguró dando a Doña Francisca un recado de Juliana, el cual parecía más bien una orden. Decía su prima que no pensara la señora en hacer más compras, y que cuando notase la falta de alguna cosa necesaria, le avisase a ella, que sabía como nadie tratar el género, y *sacarlo* bueno y arreglado. Ítem: que reservase la

<hr>

antiguo hay pequeños establecimientos aprovechando los huecos de los grandes portales.

[471] *Cadalso de los Vidrios* es un pueblo de la provincia de Madrid, que tenía entonces alrededor de trescientos cincuenta vecinos.

señora la mitad lo menos del dinero de la pensión, para ir desempeñando las infinitas prendas de ropa y objetos diversos que estaban en *Peñíscola*[472], dando la preferencia a las papeletas cuyo vencimiento estuviese al caer, y así en pocos meses podría recobrar sin fin de cosas de mucha utilidad. Celebró Doña Paca la feliz advertencia de Juliana, que era la previsión misma, y ofreció seguirla puntualmente, o más bien obedecerla. Como tenía la cabeza tan mareada, efecto de los inauditos acontecimientos de aquellos días, de la ausencia de Benina, y ¿por qué no decirlo? del olor de las flores que embalsamaban la casa, no le había pasado por las mientes el revisar las resmas de papeletas que en varios cartapacios guardaba como oro en paño. Pero ya lo haría, sí señora, ya lo haría... y si Juliana quería encargarse de comisión tan fastidiosa como el desempeñar, mejor que mejor. Contestó la nueva cocinera que lo mismo servía ella para el caso que su prima, y acto continuo empezó a disponer la cena, que fue muy del gusto de Doña Paca y de Obdulia.

Al día siguiente se agregó a la familia la doncella; y tan necesarios creían hija y madre sus servicios, que ambas se maravillaban de haber vivido tanto tiempo sin echarlos de menos. El éxito de Daniela el primer día fue, pues, tan franco y notorio como el de Hilaria. Todo lo hacía bien, con arte y presteza, adivinando los gustos y deseos de las señoras para satisfacerlos al instante. ¡Y qué buenos modos, qué dulce agrado, qué humildad y ganas de complacer! Diríase que una y otra joven trabajaban desafiadas y en competencia, apostando a cuál conquistaría más pronto la voluntad de sus amas. Doña Francisca estaba en sus glorias, y lo único que la afligía era la estrechez de la habitación, en la cual las cuatro mujeres apenas podían revolverse.

Juliana, la verdad sea dicha, no vio con buenos ojos la entrada de la doncella, que maldita la falta que hacía; pero por no chocar tan pronto, no dijo nada, reservándose el propósito de plantarla en la calle cuando se consolidase un poco más el dominio que había empezado a ejercer. En otras materias aconsejó y llevó a la práctica disposiciones tan atinadas, que la misma Obdulia hubo de reconocerla como maestra en arte de gobierno. Ocupábanse además en buscarles casa; pero con

---

[472] *Peñíscola* es un pueblo de la provincia de Castellón, aunque la gente usaba este término como eufemismo onomatopéyico en lugar de la Casa de empeños o Monte de Piedad.

tales condiciones de comodidad, ventilación y baratura la quería, que no era fácil decidirse hasta no revolver bien todo Madrid. Claro es que Frasquito ya se había ido con viento fresco a su casa de pupilos (Concepción Jerónima, 37)[473], y tan contento el hombre. No tenía Doña Paca habitación para él, y aun acomodarle en el pasillo habría sido difícil, por estar lleno de plantas tropicales y alpestres; además, no era pertinente ni decoroso que un señor reputado por elegante y algo calavera, viviese en compañía de cuatro mujeres solas, tres de las cuales eran jóvenes y bonitas. Fiel a la estimación que a Doña Francisca debía, la visitaba Ponte diariamente mañana y tarde, y un sábado anunció para el siguiente domingo la excursión al Pardo, en que se proponía reverdecer sus aficiones y habilidades caballerescas.

¡Con qué placer y curiosidad salieron las cuatro al balcón prestado del vecino para ver al jinete! Pasó muy gallardo y tieso en un caballote grandísimo, y saludó y dio varias vueltas, parando el caballo y haciendo mil monerías. Agitaba Obdulia su pañuelo, y Doña Paca, en la efusión de su amistoso cariño, no pudo menos de gritarle desde arriba: «Por Dios, Frasquito, tenga mucho cuidado con esa bestia, no vaya a tirarle al suelo y a darnos un disgusto.»

Picó espuelas el diestro jinete, trotando hacia la calle de Toledo para tomar la de Segovia y seguir por la Ronda hasta incorporarse con sus amigos en la Puerta de San Vicente. Cuatro jóvenes de buen humor formaban con Antonio Zapata la partida de ciclistas en aquella excursión alegre, y en cuanto divisaron a Ponte y su gigantesca cabalgadura, saludáronle con vítores y cuchufletas. Antes de partir en dirección a la Puerta de Hierro[474], hablaron Frasquito y Zapata del asunto que principalmente les reunía, diciendo éste que al fin, con no pocas dificultades, había conseguido la orden para que fuesen puestos en libertad Benina y su moro. Partieron gozosos, y a lo largo de la carretera empezó el *match*[475] entre el jinete

---

[473] *Concepción Jerónima*. Hemos encontrado dos casas de huéspedes en esta calle: una en el núm. 19 que se llamaba «Dochao» y otra en el núm. 5, llamada «Zaragozana». Aquí, sin embargo, creemos que se trata de una casa particular que admitía pupilos.

[474] *Puerta de Hierro*. Galdós es de una precisión topográfica asombrosa y el camino seguido por don Frasquito podemos repetirlo hoy siguiendo las indicaciones del novelista.

[475] *match*. Nótese el empleo antes de la palabra inglesa *sport* y ahora,

del caballo de carne y los del de hierro, animándose y provocándose recíprocamente con alegres voces e imprecaciones familiares. Uno de los ciclistas, que era campeón laureado, iba y venía, adelantándose a los otros, y todos corrían más veloces que el jamelgo de Frasquito, quien tenía buen cuidado de no hacer locuras, manteniéndose en un paso y trote moderados.

Nada les ocurrió en el viaje de ida. Reunidos allá con Polidura y otros amigos pedestres, que habían salido con la fresca, almorzaron gozosos, pagando por mitad, según convenio, Frasquito y Antonio; visitaron rápidamente el recogimiento de pobres, sacaron a los cautivos, y a la tarde se volvieron a Madrid, echando por delante a Benina y Almudena. No quiso Dios que la vuelta fuese tan feliz como la ida, porque uno de los ciclistas, llamado, y no por mal nombre, *Pedro Minio*[476], de la piel del diablo, había empinado el codo más de la cuenta en el almuerzo, y dio en hacer gracias con la máquina, metiéndose y sacándose por angosturas peligrosas, hasta que en uno de aquellos pasos fue a estrellarse contra un árbol, y se estropeó una mano y un pie, quedándose inutilizado para continuar *pedaleando*. No pararon aquí las desdichas, y más acá de la Puerta de Hierro, ya cerca de los Viveros[477], el corcel de Frasquito, que sin duda estaba ya cargado del vertiginoso girar con que las bicicletas pasaban y repasaban delante de sus ojos, sintiéndose además mal gobernado, quiso emanciparse de un jinete ridículo y fastidioso. Pasaron unas carretas de bueyes con carga de retama y carrasca para los hornos de Madrid,

---

en el mismo campo semántico, *match*, subrayadas ambas por el novelista y hoy de uso corriente en castellano, aunque «deporte» y «combate» no hayan sido relegadas por los términos ingleses

[476] *Pedro Minio*. No deja de ser significativa la aparición un poco insinuada de este personaje al final de *Miseridordia*. Corresponde a esa alegre y desinteresada juventud (Polidura y Antoñito), que vive esclava de las penurias del momento, pero que tiene humor para divertirse y corazón para preocuparse de los demás. Pedro Minio es, diez años más tarde, el protagonista de un drama galdosiano que parece ser la continuación y respuesta de esta novela. El drama se titula *Pedro Minio* (1908) y se desarrolla en el asilo de «La Indulgencia», cara opuesta de la «Misericordia» en que quieren encerrar a Benigna. Pedro Minio, arruinado por las mujeres y por su desprendimiento en los negocios, es recogido en «La Indulgencia», que es para él la ciudad encantada.

[477] *Viveros*. Aún hoy hay en estos lugares viveros y, sobre todo, los que pertenecen al Patrimonio Forestal del Estado.

y ya fuera que se espantase el jaco, ya que fingiera el espanto, ello es que empezó a dar botes y más botes, hasta que logró despedir hacia las nubes a su elegante caballero. Cayó el pobre Ponte como un saco medio vacío, y en el suelo se quedó inmóvil, hasta que acudieron sus amigos a levantarle. Herida no tenía, y por fortuna tampoco sufrió golpe de cuidado en la cabeza, porque conservaba su conocimiento, y en cuanto le pusieron en pie empezó a dar voces, rojo como un pavo, apostrofando al carretero que, según él, había tenido la culpa del *siniestro*. Aprovechando la confusión, el caballo, ansioso de libertad, escapó desbocado hacia Madrid, sin dejarse coger de los transeúntes que lo intentaron, y en pocos minutos Zapata y sus amigos le perdieron de vista.

Ya habían traspuesto Benina y Almudena, en su tarda andadura, la línea de los Viveros, cuando la anciana vio pasar veloz como el viento, el jamelgo de Ponte, y comprendió lo que había pasado. Ya se lo temía ella, porque no estaba Frasquito para tales bromas, ni su edad le consentía tan ridículos alardes de presunción. Mas no quiso detenerse a saber lo cierto del lance, porque anhelaba llegar pronto a Madrid para que descansase Almudena, que sufría de calenturas y se hallaba extenuado. Paso a paso avanzaron en su camino, y en la Puerta de San Vicente, ya cerca de anochecido, sentáronse a descansar, esperando ver pasar a los expedicionarios con la víctima en una parihuela. Pero no viéndoles en más de media hora que allí estuvieron, continuaron su camino por la Virgen del Puerto, con ánimo de subir a la calle Imperial por la de Segovia. En lastimoso estado iban los dos: Benina descalza, desgarrada y sucia la negra ropa; el moro envejecido, la cara verde y macilenta; uno y otro revelando en sus demacrados rostros el hambre que habían padecido, la opresión y tristeza del forzado encierro en lo que más parece mazmorra que hospicio.

No podía apartar la Nina de su pensamiento la imagen de Doña Paca, ni cesaba de figurarse, ya de un modo, ya de otro, el acogimiento que en su casa tendría. A ratos esperaba ser recibida con júbilo; a ratos temía encontrar a Doña Francisca furiosa por el aquél de haber ella pedido limosna, y, sobre todo, por andar con un moro. Pero nada ponía tanta confusión y barullo en su mente como la idea de las novedades que había de encontrar en la familia, según Antonio con vagas referencias le dijera al salir del Pardo. ¡Doña Paca, y él, y Obdulia eran ricos! ¿Cómo? Ello fue cosa súbita, traída de la noche a la mañana por D. Romualdo... ¡Vaya con D. Romualdo! Le había inventado ella, y de los senos oscuros de la invención salía persona de verdad, haciendo milagros, trayendo riquezas, y convirtiendo en realidades los soñados dones del Rey *Samdai*. ¡Quiá! Esto no podía ser. Nina desconfiaba, creyendo que todo era broma del guasón de Antoñito, y que en vez de encontrar a Doña Francisca nadando en la abundancia, la encontraría ahogándose, como siempre, en un mar de trampas y miserias.

XXXVIII

Temblorosa llegó a la calle Imperial, y habiendo mandado al moro que se arrimara a la pared y la esperase allí, mientras ella subía y se enteraba de si podía o no alojarle en la que fue su casa, le dijo Almudena: «No *bandonar* tú mí, *amri*.

—¿Pero estás loco? ¿Abandonarte yo ahora que estás malito, y los dos andamos tan de capa caída? No pienses tal desatino, y aguárdame. Te pondré ahí enfrente, a la entrada de la calle de la Lechuga.

—¿No *n'gañar* tú mí? ¿*Golver* ti *pronta*?

—En seguidita que vea lo que ocurre por arriba, y si está de buen temple mi Doña Paca.»

Subió Nina sin aliento, y con gran ansiedad tiró de la campanilla. Primera sorpresa: le abrió la puerta una mujer desconocida, jovenzuela, de tipito elegante, con su delantal muy pulcro. Benina creía soñar. Sin duda los demonios habían levantado en peso la casa para cargar con ella, dejando en su lugar otra que parecía la misma y era muy diferente. Entró la prófuga sin preguntar, con no poco asombro de Daniela, que al pronto no la conoció. ¿Pero qué significaban, qué eran, de dónde habían salido aquellos jardines, que formaban como alameda de preciosos arbustos desde la puerta, en todo lo largo del pasillo? Benina se restregaba los ojos, creyendo hallarse aún bajo la acción de las estúpidas somnolencias del Pardo, en las fétidas y asfixiantes cuadras. No, no; no era aquélla su casa, no podía ser, y lo confirmaba la aparición de otra figura desconocida, como de cocinera fina, bien puesta, de semblante altanero... Y mirando al comedor, cuya puerta al extremo del pasillo se abría, vio... ¡Santo Dios, qué maravilla, qué cosa...! ¿Era sueño? No, no, que bien segura estaba de verlo con los ojos corporales. Encima de la mesa, pero sin tocar a ella, como suspendido en el aire, había *un montón* de piedras preciosas, con diferentes brillos, luces y matices, encarnadas unas, azules o verdes otras. ¡Jesús, qué preciosidad! ¿Acaso Doña Paca, más hábil que ella, había efectuado el conjuro del rey *Samdai*, pidiéndole y obteniendo de él las carretadas de diamantes y zafiros? Antes de que pudiera comprender que todo aquel centellear de vidrios procedía de los colgajos de la lámpara del comedor, iluminados por una vela que acababa de encender Doña Paca para revisar los cuchillos que de la casa de préstamos acababa de traerle Juliana, apareció ésta en la puerta del comedor, y cortando el paso a la pobre vieja, le dijo entre risueña y desabrida:

—«Hola, Nina, ¿tú por aquí? ¿Has parecido ya? Creímos que te habías ido al Congo... No pases, no entres; quédate ahí, que nos vas a poner perdidos los suelos, lavados de esta tarde... ¡Bonita vienes!... Quita allá esas patas, mujer, que manchas los baldosines...

—¿En dónde está la señora? —dijo Nina, volviendo a mirar los diamantes y esmeraldas, y dudando ya que fueran efectivos.

—La señora está aquí... Pero te dice que no pases, porque vendrás llena de miseria...»

En aquel momento apareció por otro lado la señorita Obdulia, chillando: «Nina, bien venida seas; pero antes de que entres en casa, hay que fumigarte y ponerte en la colada... No, no te arrimes a mí. ¡Tantos días entre pobres inmundos!... ¿Ves qué bonito está todo?»

Avanzó Juliana hacia ella sonriendo; pero al través de la sonrisa, hubo de vislumbrar Nina la autoridad que la ribeteadora había sabido conquistar allí, y se dijo: «Ésta es la que ahora manda. Bien se le conoce el despotismo.» A las arrogancias revestidas de benevolencia con que la acogió la tirana, respondió Nina que no se iría sin ver a su señora.

«Mujer, entra, entra —murmuró desde el fondo del comedor, con voz ahogada por los sollozos la señora Doña Francisca Juárez.

Manteniéndose en la puerta, le contestó Benina con voz entera: «Aquí estoy, señora, y como dicen que mancho los baldosines, no quiero pasar; digo que no paso... Me han sucedido cosas que no le quiero contar por no afligirla... Lleváronme presa, he pasado hambres... he padecido ver-

296

güenzas, malos tratos... Yo no hacía más que pensar en la señora, y en si tendría también hambre, y si estaría desamparada.

—No, no, Nina: desde que te fuiste, ¡mira qué casualidad! entró la suerte en mi casa... Parece un milagro, ¿verdad? ¿Te acuerdas de lo que hablábamos, aburriditas en esta soledad, ¡ay! en aquellas noches de miseria y sufrimientos? Pues el milagro es una verdad, hija, y ya puedes comprender que nos lo ha hecho tu D. Romualdo, ese bendito, ese arcángel, que en su modestia no quiere confesar los beneficios que tú y yo le debemos... y niega sus méritos y virtudes... y dice que no tiene por sobrina a Doña Patros... y que no le han propuesto para Obispo... Pero es él, es él, porque no puede haber otro, no, no puede haberlo, que realice estas maravillas.»

Nina no contestó sílaba, y arrimándose a la puerta, sollozaba.

«Yo de buena gana te recibiría otra vez aquí —afirmó Doña Francisca, a cuyo lado, en la sombra, se puso Juliana, sugiriéndole por lo bajo lo que había de decir—; pero no cabemos en casa, y estamos aquí muy incómodas... Ya sabes que te quiero, que tu compañía me agrada más que ninguna... pero... ya ves... Mañana estaremos de mudanza, y se te hará un hueco en la nueva casa... ¿Qué dices? ¿Tienes algo que decirme? Hija, no te quejarás: ten presente que te fuiste de mala manera, dejándome sin una miga de pan en casa, sola, abandonada... ¡Vaya con la Nina! Francamente, tu conducta merece que yo sea un poquito severa contigo... Y para que todo hable en contra tuya, olvidaste los sanos principios que siempre te enseñé, largándote por esos mundos en compañía de un morazo... Sabe Dios qué casta de pájaro será ése, y con qué sortilegios habrá conseguido hacerte olvidar las buenas costumbres. Dime, confiésamelo todo: ¿le has dejado ya?

—No, señora.

—¿Le has traído contigo?

—Sí, señora. Abajo está esperándome.

—Como eres así, capaz te creo de todo... ¡hasta de traérmele a casa!

—A casa le traía, porque está enfermo, y no le voy a dejar en medio de la calle —replicó Benina con firme acento.

—Ya sé que eres buena, y que a veces tu bondad te ciega y no miras por el decoro[478].

---

[478] I Corintios, 13, 5 y San Mateo, 6, 3-4.

—Nada tiene que ver el decoro con esto, ni yo falto porque vaya con Almudena, que es un pobrecito. Él me quiere a mí... y yo le miro como un hijo.»

La ingenuidad con que expresaba Nina su pensamiento no llegó a penetrar en el alma de Doña Paca, que sin moverse de su asiento, y con los cuchillos en la falda, prosiguió diciéndole:

«No hay otra como tú para componer las cosas, y retocar tus faltas hasta conseguir que parezcan perfecciones; pero yo te quiero, Nina; reconozco tus buenas cualidades, y no te abandonaré nunca.

—Gracias, señora, muchas gracias.

—No te faltará qué comer, ni cama en qué dormir. Me has servido, me has acompañado, me has sostenido en mi adversidad. Eres buena, buenísima; pero no abuses, hija; no me digas que venías a casa con el moro *de los dátiles*, porque creeré que te has vuelto loca.

—A casa le traía, sí, señora, como traje a Frasquito Ponte, por caridad... Si hubo misericordia con el otro, ¿por qué no ha de haberla con éste? ¿O es que la caridad es una para el caballero de levita, y otra para el pobre desnudo? Yo no lo entiendo así, yo no distingo... Por eso le traía; y si a él no le admite, será lo mismo que si a mí no me admitiera[479].

—A ti siempre...\digo, siempre no... quiero decir... es que no tenemos hueco en casa... Somos cuatro mujeres, ya ves... ¿Volverás mañana? Coloca a ese desdichado en una buena fonda... no, ¡qué disparate! en el Hospital... No tienes más que dirigirte a D. Romualdo... Dile de mi parte que yo le recomiendo... que lo mire como cosa mía... ¡ay, no sé lo que digo!... como cosa tuya, y tan tuya... En fin, hija, tú verás... Puede que os alberguen en la casa del Sr. de Cedrón, que debe ser muy grande... tú me has dicho que es un caserón enorme que parece un convento... Yo, bien lo sabes, como criatura imperfecta, no tengo la virtud en el grado heroico que se necesita para alternar con la pobretería sucia y apestosa... No, hija, no: es cuestión de estómago y de nervios... De asco me moriría, bien lo sabes. ¡Pues digo, con la miseria que traerás sobre ti!... Yo te quiero, Nina; pero ya conoces mi estómago... Veo una mota en la comida, y ya me revuelvo toda, y estoy mala tres días... Llévate tu ropa, si quieres mudarte... Juliana te dará lo que necesites... ¿Oyes lo que te

---

[479] Santiago, 2, 9; San Mateo, 25, 45.

digo? ¿Por qué callas? Ya, ya te entiendo. Te haces la humilde para disimular mejor tu soberbia... Todo te lo perdono; ya sabes que te quiero, que soy buena para ti... En fin, tú me conoces... ¿Qué dices?

—Nada, señora, no he dicho nada, ni tengo nada que decir —murmuró Nina entre dos suspiros hondos—. Quédese con Dios.

—Pero no te irás enojada conmigo —añadió con trémula voz Doña Paca, siguiéndola a distancia en su lenta marcha por el pasillo.

—No, señora... ya sabe que yo no me enfado... —replicó la anciana mirándola más compasiva que enojada—. Adiós, adiós.»

Obdulia condujo a su madre al comedor diciéndole: «¡Pobre Nina!... Se va. Pues mira, a mí me habría gustado ver a ese moro Muza [480] y hablar con él... ¡Esta Juliana, que en todo quiere meterse!...»

Antontada por crueles dudas que desconcertaban su espíritu, Doña Francisca no pudo expresar ninguna idea, y siguió revisando los cubiertos desempeñados. En tanto, Juliana, conduciendo a la Nina hasta la puerta con suave opresión de su mano en la espalda de la mendiga, la despidió con estas afectuosas palabras: «No se apure, *señá* Benina, que nada ha de faltarle... Le perdono el duro que le presté la semana pasada, ¿no se acuerda?

—Señora Juliana, sí que me acuerdo. Gracias.

—Pues bien: tome además este otro duro para que se acomode esta noche... Váyase mañana por casa, que allí encontrará su ropa...

—Señora Juliana, Dios se lo pague.

—En ninguna parte estará usted mejor que en la *Misericordia*, y si quiere, yo misma le hablaré a D. Romualdo, si a usted le da vergüenza. Doña Paca y yo la recomendaremos... Porque mi señora madre política ha puesto en mí toda su confianza, y me ha dado su dinero para que se lo guarde... y le gobierne la casa, y le *suministre* cuanto pueda necesitar. Mucho tiene que agradecer a Dios por haber caído en estas manos...

—Buenas manos son, señora Juliana.

—Vaya por casa, y le diré lo que tiene que hacer.

---

[480] *moro Muza.* Frase proverbial de sentido despectivo, empleada aún hoy.

—Puede que yo lo sepa sin necesidad de que usted me lo diga.

—Eso usted verá... Si no quiere ir por casa...

—Iré.

—Pues, *señá* Benina, hasta mañana.

—Señora Juliana, servidora de usted.»

Bajó de prisa los gastados escalones, ansiosa de verse pronto en la calle. Cuando llegó junto al ciego, que en lugar próximo le esperaba, la pena inmensa que oprimía el corazón de la pobre anciana reventó en un llorar ardiente, angustioso, y golpeándose la frente con el puño cerrado, exclamó: «¡Ingrata, ingrata, ingrata!

—No *yorar* ti, *amri* —le dijo el ciego cariñoso, con habla sollozante—. Señora tuya mala ser, tú *ángela*.

—¡Qué ingratitud, Señor!... ¡Oh mundo... oh miseria!... Afrenta de Dios es hacer bien...[481].

—*Dir* nosotros *luejos*... *dirnos*, *amri*... *Dispreciar* ti *mondo* malo.

—Dios ve los corazones de todos; el mío también lo ve... Véalo, Señor de los cielos y la tierra, véalo pronto.»

XXXIX

Dicho lo que antecede, se limpió las lágrimas con mano temblorosa, y pensó en tomar las resoluciones de orden práctico que las circunstancias exigían.

«*Dirnos, dirnos* —replicó Almudena cogiéndola del brazo.

—¿A dónde? —dijo Nina con aturdimiento—. ¡Ah! lo primero a casa de D. Romualdo.»

Y al pronunciar este nombre se quedó un instante lela, enteramente idiota.

—«*R'maldo* mentira —declaró el ciego.

—Sí, sí, invención mía fue. El que ha llevado tantas riquezas a la señora será otro, algún D. Romualdo de pega... hechura del demonio... No, no, el de pega es el mío... No sé, no sé. Vámonos, Almudena. Pensemos en que tú estás malo, que necesitas pasar la noche bien abrigadito. La *señá* Juliana,

---

[481] Las dos intervenciones últimas de Nina recuerdan, según Schraibman, a San Mateo, 27, 46; Salmos, 22, 1 y 34; 15 y 22; 69, 16 y 19.

que es la que ahora corta el queso en la casa de mi señora, y todo lo suministra... en buen hora sea... me ha dado este duro. Te llevaré a los palacios de Bernarda, y mañana veremos.

—Mañana, *dir* nosotros *Hierusalaim*.

—¿A dónde has dicho? ¿A Jerusalén? ¿Y dónde está eso? ¡Vaya, que querer llevarme a ese punto, como si fuera, un suponer, Jetafe o Carabanchel de Abajo![482]

—*Luejos, luejos...* tú casar *migo* y ser *tigo migo* uno. *Dirnos* Marsella por caminos pidiendo... En Marsella *vapora...* pim, pam... Jaffa... ¡*Hierusalaim!*... Casarnos por *arrelijión* tuya, por *arrelijión* mía... *quierer* tú... *Veder* tú *sepolcro;* entrar mí *S'nagoga* rezar *Adonai...*

—Espérate, hijo, ten un poco de calma, y no me marees con las invenciones de tu cabeza *deliriosa.* Lo primero es que te pongas bueno.

—*Mí* estar bueno... *mí* no *c'lentura* ya... *mí contentada.* Tú *viener migo* siempre, por *mondo* grande, *caminas mochas, libertanza,* mar, *terra, legría mocha...*

—Muy bonito; pero ahora caigo en la cuenta de que tú y yo tenemos hambre, y entraremos a cenar en cualquier taberna. Si te parece, aquí en la Cava Baja[483]...

—*Onde quierer* tú, *yo quierer...*»

Cenaron con relativo contento, y Almudena no cesaba de ponderar las delicias de irse juntitos a Jerusalén, pidiendo limosna por tierra y por mar, sin prisa, sin cuidados. Tardarían meses, medio año quizás; pero al fin darían con sus cuerpos en la Palestina, aunque la emprendiesen por la vía terrestre hasta Constantinopla. ¡Pues no había pocos países bonitos que recorrer! Objetaba Nina que ella tenía ya los huesos duros para correría tan larga, y el africano, no sabiendo ya cómo convencerla, le decía: «*Ispania terra n'gratituda... Correr luejos, juyando*[484] *de n'gratos* ellos.»

En cuanto cenaron se recogieron en casa de Bernarda,

---

[482] *Jetafe:* Getafe, pueblo próximo a Madrid entonces y hoy un núcleo más de su población, aunque tenga Ayuntamiento independiente; *Carabanchel*, por su parte, aún hoy está dividido en Carabanchel Alto y Carabanchel Bajo.

[483] Existían tabernas en los números 6, 10, 11, 15, 27, 29, etc., de la Cava Baja. Hemos recogido incluso los nombres de los propietarios (Sanz, Pedro Hernández, Benito Garrido...). A cualquiera de estos establecimientos pudieron entrar Nina y Almudena.

[484] *juyando*, «huyendo».

dormitorios de abajo, a dos reales cama. Muy tranquilo estuvo Almudena toda la noche, sin poder coger el sueño, delirando con el viajecito a Jerusalén; y Benina, por ver de calmarle, mostrábase dispuesta a emprender tan larga peregrinación. Inquieto y dolorido, cual si la cama fuera de zarzas punzadoras, Mordejai no hacía más que volverse de un lado para otro, quejándose de ardores en la piel y de picazones molestísimas, las cuales no eran motivadas, dicha sea la verdad, por cosa alguna tocante a la miseria que se combate con polvos insecticidas. Ello provenía quizás de un extraño giro que la fiebre tomaba, y que se manifestó a la mañana siguiente en un rojo sarpullo en brazos y piernas. El infeliz se rascaba con desesperación, y Benina le llevó a la calle, con la esperanza de que el aire libre y el ejercicio le servirían de alivio. Después de vagar pidiendo, por no perder la costumbre, fueron a la calle de San Carlos, y subió Benina a ver a Juliana, que allí le tenía su ropa, y se la dio en un lío, diciéndole que mientras gestionaban para que fuese recogida en la *Misericordia*, se albergara en cualquier casa barata, con o sin el *hombre*, aunque mejor le estaba, para su decoro, dejarse de compañía y tratos tan indecentes. Añadió que en cuanto se limpiara bien de toda la inmundicia que había traído del Pardo, podía ir a visitar a Doña Paca, que gozosa la recibiría; pero que no pensase en volver a su lado, porque los hijos se oponían a ello, atentos a que su mamá estuviese bien servida, y *suministrada* con regularidad. Con todo se mostró conforme la buena mujer, que en ello veía una voluntad superior incontrastable.

No era mala persona Juliana; dominante, eso sí, ávida de mostrar las grandes dotes de gobierno que le había dado Dios, mujer que no soltaba a dos tirones la presa caída en sus manos. Pero no carecía de amor al prójimo, se compadecía de Benina, y habiéndole dicho ésta que el moro la esperaba en la calle, quiso verle y juzgarle por sus propios ojos. Que la traza del pobre africano le pareció lastimosa, se conoció en el gesto que hizo, en la cara que puso, y en el acento con que dijo: «Ya le conocía yo a éste, de verle pedir en la calle del Duque de Alba. Es buen punto, y muy enamorado. ¿Verdad, Sr. Almudena, que le gustan a usted las chicas?

—Gustar mí *B'nina*, *amri*...

—Ajajá... Pobre Benina, ¡no se le ha sentado mala mosca! Si lo hace por caridad, de veras digo que es usted una santa.

—El pobrecito está enfermo, y no puede valerse.»

Y como el morito, acometido de violentísimas picazones

en brazos y pecho, hiciera garras de sus dedos para rascarse con gana, la ribeteadora se acercó para mirarle los brazos, que había desnudado de la manga. «Lo que tiene este hombre —dijo con espanto— es lepra... ¡Jesús, qué lepra, *seña* Benina! He visto otro caso: un pobre, del Moro también, mendigo él, de Orán él, que pedía en Puerta Cerrada, junto al taller de mi padrastro. Y se puso tan perdido, que no había cristiano que se le acercara, y ni en los santos Hospitales le querían recibir...

«Picar, picar *mocha* —era lo único que Almudena decía, pasando las uñas desde el hombro a la mano, como se pasaría un peine por la madeja.

Disimulando su asco, por no lastimar a la infeliz pareja, Juliana dijo a Nina: «¡Pues no le ha caído a usted mala incumbencia con este tipo! Mire que esa sarna se pega. Buena se va usted a poner, sí señora; buena, bonita y barata[485]... O es usted más boba que el que asó la manteca, o no sé lo que es usted.»

Con miradas no más expresó Nina su lástima del pobre ciego, su decisión de no abandonarle, y su conformidad con todas las calamidades que quisiera enviarle Dios. Y en esto, Antonio Zapata, que a su casa volvía, vio a su mujer en el grupo; llegóse a ella presuroso, y enterado de lo que hablaban, aconsejó a Benina que llevara al moro a la consulta de enfermedades dermatológicas en San Juan de Dios[486].

«Más cuenta le tiene —afirmó Juliana— mandarle para su tierra.

—*Luejos, luejos* —dijo Almudena—. *Dirnos Hierusalaim.*

—No está mal. «De Madrid a Jerusalén, o la familia del tío Maroma...»[487]. Bueno, bueno. A otra cosa, mujercita

---

[485] *buena, bonita y barata.* Era un típico reclamo de ciertas tiendas, que se emplea todavía hoy. En algunas ciudades españolas encontramos establecimientos con el nombre de «Las tres B. B. B.» o «Las tres bes».

[486] El Hospital de San Juan de Dios se encontraba hasta 1897, año de la publicación de la novela, en la calle de Atocha, 60. En septiembre de ese año se trasladó a un nuevo edificio, situado en las inmediaciones de la Plaza de Toros, al final de la calle de Alcalá y frente al cruce con la de Jorge Juan.

[487] «*De Madrid a Jerusalén o la familia del tío Maroma.*» Sin lugar a dudas, Benigna está aludiendo a una de las múltiples representaciones cómicas y exóticas, que se ofrecían en la época. María del Carmen Simón Palmer recoge más de tres mil títulos en *Manuscritos dramáticos de los siglos XVIII-XX de la Biblioteca del Instituto del Teatro de*

mía, no pegues y escucha. No he podido hacer tus encargos, porque... te digo que no pegues.

—Porque te has ido al billar[488], granuja... Sube, sube. y ajustaremos cuentas.

—No subo porque tengo que volver a los carros de pateta.

—¿Qué dices, granuja?

—Que no va el carro grande por menos de cuarenta reales, y como me mandaste que no pasase de treinta...

—Tendré yo que verlo. Estos hombres no sirven más que de estorbo, ¿verdad, Nina?

—Verdad. ¿Y qué es? ¿Se muda la señora?

—Sí, mujer; pero ya no podrá ser hasta mañana, porque este marido tonto que me ha dado Dios, salió antes de las ocho a tomar la casa y avisar el carro, y ya ve usted a qué hora se descuelga por aquí, con todo ese cuajo[489], sin haber hecho nada.

—Bastante he corrido, chica. A las nueve entraba yo en casa de mamá con el contrato para que lo firmara. Ya ves si ganábamos tiempo. ¿Pero tú sabes el que he perdido con Frasquito Ponte, que nos ha dado una tabarra tremenda? Como que tuvimos que llevarle a su casa Polidura y yo con grandísimo trabajo. ¡Dios, cómo está el hombre, y qué barullo tiene en la cabeza desde el batacazo de ayer!»[490].

Barcelona, Madrid, C. S. I. C., 1979. Entre estos títulos hay dos muy cercanos a éste: *La familia de Solimán*, paparrucha en un acto de C. Martínez y A. Más Yebra (pág. 125) y *De Barcelona a Jauja*, cuadro de viaje y disparate lírico, cómico, bailable, en un acto y cinco cuadros (pág. 59).

[488] Había muchas salas de *billar*, generalmente unidas a algún café, en el Madrid de entonces. Todavía hoy no es difícil encontrar alguna de estas salas de recreo.

[489] *cuajo*. Uso familiar metafórico que significa «calma, pachorra».

[490] Curiosa y humorística es la forma que tiene Galdós de regenerar a este Ponte, residuo y piltrafa de la sociedad isabelina, que se mantiene digno en su fatuidad. Grotesca caída, incruento batacazo y descabalgado de golpe de sus prejuicios y melindres, se rebela valiente y arriesgado como el leproso curado por Jesús (San Marcos, I, 40-45) o como la conversión de San Pablo (Hechos de los Apóstoles, 9, 1-10). Frasquito Ponte se enfrenta a la clase media a la que había pertenecido, reprochándole fundamentalmente su ingratitud. Es significativo que sea el último milagro realizado por Benigna, junto con la curación espiritual y física del propio Almudena, el otro símbolo parcial del autor. Dos milagros que miran hacia el futuro de la obra y también hacia el futuro del propio don Benito.

Igualmente interesadas Benina y Juliana en la buena o mala suerte del hijo de Algeciras, oyeron atentas lo que Antonio les refirió de las consecuencias funestísimas de la caída del jinete en el camino del Pardo. Cuando le vieron en tierra, despedido por el jaco, pensaron todos que en aquel crítico instante había terminado la existencia mortal del pobre caballero. Pero al levantarle, recobró Frasquito, como quien resucita, el movimiento y la palabra, y asegurando no haber recibido golpe en la cabeza, que era lo más delicado, y palpándose en distintas partes del cráneo, les dijo: «Nada, nada, señores; tóquenme y no hallarán el más ligero chichón.» De brazos y piernas, si al principio pareció haber salido con suerte, pues hueso roto seguramente no tenía, a poco de echar a andar cojeaba horrorosamente de la pierna izquierda, efecto, sin duda, del violento choque contra el suelo. Pero lo más extraño fue que, al ser puesto en pie, rompió en una charla incoherente, impetuosa, roja la cara como un tomate, vibrante y entrecortada la lengua. Lleváronle a su casa en coche, creyendo que un reposo absoluto le restablecería; frotáronle todo el cuerpo con árnica, le acostaron, se fueron... Pero el maldito, según les dijo después la patrona, no bien se quedó solo, vistióse precipitadamente, y echándose a la calle se fue a casa de Boto, y allí estuvo hasta muy tarde, *metiéndose con todo el mundo*, y provocando con destempladas insolencias a los pacíficos parroquianos. Tan contrario era esto al natural plácido de Frasquito, y a su timidez y buena educación, que seguramente había perturbación cerebral grave, por causa del batacazo. No se sabe dónde pasó el resto de la noche: se cree que estuvo alborotando en las calles de Mediodía Grande y Chica. Ello es que a poco de llegar Antonio y Polidura a la casa de Doña Francisca, entró Frasquito muy alborotado, el rostro encendido, brillantes los ojos, y con gran sorpresa y consternación de las señoras, empezó a soltar de su boca, un poco torcida, atroces disparates. Combinando la maña con la fuerza, pudieron sacarle de allí y volverle a su casa, donde le dejaron, encargando a la patrona que le sujetara si podía, y que hiciera por darle de comer. Entre otras tenacidades monomaníacas, tenía la de que su honor le demandaba pedir explicaciones al moro por el inaudito agravio de suponer, de afirmar en público que él, Frasquito, hacía la corte a Benina. Más de veinte veces se arrancó hacia la calle de Mediodía Grande, procurando ver al Sr. de Almudena, decidido a entregarle su tarjeta; pero el africano escurría el bulto y no se dejaba ver por ninguna parte. Claro: se había ido a su tierra, huyendo de la furia de Ponte... pero él estaba decidido a no parar hasta descubrirle, y obligarle a cumplir como caballero, aunque se escondiese en el último rincón del Atlas[491].

«Si *venier* mí *galán bunito* —dijo el moro riendo tan estrepitosamente, que los extremos de su boca se le enganchaban en las orejas—, dar mí él *patás mochas*.

—¡Pobre D. Frasquito... cuitado, alma de Dios! —exclamó Nina cruzando las manos—. Yo me temía que parara en esto...

—¡Valiente estantigua! —dijo la Juliana—. ¿Y a nosotros qué nos importa que ese viejo pintado se chifle o no se chifle? ¿Sabéis lo que os digo? Pues que todo eso proviene de las drogas que se pone en la cara, lo cual que son venenosas y atacan al sentido. Ea, no perdamos el tiempo. Antonio, vuélvete a la calle Imperial, diles que preparen todo, y yo iré *al carro* a ver si lo arreglo para esta tarde. Nina, vete con Dios, y cuidado no se te pegue... ¿sabes? ¡Ay, hija, se te pegará, por mucho aseo que tengas! ¿Ves? ya empiezas a sufrir las consecuencias del mal paso... por no hacer caso de mí. Doña Paca me dijo que te permitiera ir allá. Quiere verte: ¡pobre señora! Yo le di mi conformidad, y hoy pensaba llevarte conmigo... pero ya no me atrevo, hija, ya no me atrevo. Habiendo de por medio esta pestilencia, no puedes rozarte... Yo había determinado que fueras todos los días a recoger la comida sobrante en casa de la que fue tu ama.

—¿Y ya no...?

—Sí, sí: la comida es tuya... pero... verás lo que debes hacer... te llegas al portal a la hora que yo te fije, y mi prima Hilaria te la bajará y te la dará... acercándose a ti lo menos que pueda... Ya comprendes... cada una tiene su escrúpulo... No todos los estómagos son como el tuyo, Nina, a prueba de bomba... con que...

—Comprendo... señora Juliana. Quédese con Dios.»

---

491 *Atlas.* Sistema montañoso situado al Norte de Marruecos.

Las adversidades se estrellaban ya en el corazón de Benina, como las vagas olas en el robusto cantil. Rompíanse con estruendo, se quebraban, se deshacían en blancas espumas, y nada más. Rechazada por la familia que había sustentado en días tristísimos de miseria y dolores sin cuento, no tardó en rehacerse de la profunda turbación que ingratitud tan notoria le produjo; su conciencia le dio inefables consuelos: miró la vida desde la altura en que su desprecio de la humana vanidad la ponía; vio en ridícula pequeñez a los seres que la rodeaban, y su espíritu se hizo fuerte y grande[492]. Había alcanzado glorioso triunfo; sentíase victoriosa, después de haber perdido la batalla en el terreno material. Mas las satisfacciones íntimas de la victoria no la privaron de su don de gobierno, y atenta a las cosas materiales, acudió, al poco rato de apartarse de Juliana, a resolver lo más urgente en lo que a la vida corporal de ambos se refería. Era indispensable buscar albergue; después trataría de curar a Mordejai de su sarna o lo que fuese, pues abandonarle en tan lastimoso estado no lo haría por nada de este mundo, aunque ella se viera contagiada del asqueroso mal. Dirigióse con él a Santa Casilda, y hallando desocupado el cuartito que antes ocupó el moro con la Petra, lo tomó. Felizmente, la borracha se había ido con Diega a vivir en la Cava de San Miguel, detrás de la Escalerilla. Instalados en aquel escondrijo, que no carecía de comodidades, lo primero que hizo la anciana alcarreña fue traer agua, toda el agua que pudo, y lavarse bien y jabonarse el cuerpo; costumbre antigua en ella, que siempre que podía practicaba en casa de Doña Francisca. Luego se vistió de limpio. El bienestar que el aseo y la frescura daban a su cuerpo, se confundía en cierto modo con el descanso de su conciencia, en la cual también sentía algo como absoluta limpieza y frescor confortante.

Dedicóse luego al arreglo de la casa, y con el poquito di-

---

[492] Después del calvario y «muerte», Benigna ha roto todos los lazos de dependencia y es libre y fuerte como recién resucitada. Galdós también saldrá resuelto y libre y después de esta novela su actitud ante la sociedad y la política españolas será diferente en importantes aspectos.

nero que tenía hizo su compra, y le preparó a Mordejai una
buena comida. Pensaba llevarlo a la consulta al día siguiente,
y así se lo dijo, mostrándose el ciego conforme en todo con
lo que la voluntad de ella quisiese determinar. Mientras comían, le entretuvo y alentó con esperanzas y palabras dulces,
ofreciéndole ir, como él deseaba, a Jerusalén o un poquito
más allá, en cuanto recobrara la salud. Mientras no se le quitara el sarpullo[493], no había que pensar en viajes. Se estarían
quietos, él en casa, ella saliendo a pedir sola todos los días
para ver de sacar con qué vivir, que seguramente Dios no les
dejaría morir de hambre. Tan contento se puso el ciego con
el plan concebido y propuesto por su inteligente amiga, y con
sus afectuosas expresiones, que rompió a cantar la melopea
arábiga que ya le oyó Benina en el vertedero; pero como
al huir de la pedrea había perdido el guitarrillo, no pudo
acompañarse del son de aquel tosco instrumento. Después
propuso a su compañera que echase el sahumerio, y ella lo
hizo de buena gana, pues el humazo saneaba y aromatizaba
la pobre habitación.

Salieron al día siguiente para la consulta; pero como les
designaran para ésta una hora de la tarde, entretuvieron la
primera mitad del día pordioseando en varias calles, siempre
con mucho cuidado de los guindillas, por no caer nuevamente
en poder de los que echan el lazo a los mendigos, cual si fueran
perros, para llevarlos al depósito, donde como a perros les
tratan. Debe decirse que el ingrato proceder de Doña Paca
no despertaba en Nina odio ni mala voluntad, y que la conformidad de ésta con la ingratitud no le quitaba las ganas de
ver a la infeliz señora, a quien entrañablemente quería, como
compañera de amarguras en tantos años. Ansiaba verla, aunque fuese de lejos, y llevada de esta querencia, se llegó a la calle
de la Lechuga para atisbar a distancia discreta si la familia
estaba en vías de mudanza, o se había mudado ya. ¡Qué a
tiempo llegó! Hallábase en la puerta el carro, y los mozos
metían trastos en él con la bárbara presteza que emplean en
esta operación. Desde su atalaya reconoció Benina los muebles
decrépitos, derrengados, y no pudo reprimir su emoción al
verlos. Eran casi suyos, parte de su existencia, y en ellos veía,
como en un espejo, la imagen de sus penas y alegrías; pensaba
que si se acercase, los pobres trastos habían de decirle algo, o
que llorarían con ella. Pero lo que la impresionó vivamente

---

[493] *Sarpullo*, «sarpullido o erupción cutánea».

fue ver salir por el portal a Doña Paca y a Obdulia, con Polidura y Juliana, como si se fueran a la casa nueva, mientras las criadas elegantes se quedaban en la antigua, disponiendo la recogida y transporte de las menudencias, y de toda la morralla casera.

Turbada y confusa, Nina se escondió en un portal, para ver sin ser vista. ¡Qué desmejorada encontró a Doña Francisca! Llevaba un vestido nuevo; pero de tan nefanda hechura, como cortado y cosido de prisa, que parecía la pobre señora vestida de limosna. Cubría su cabeza con un manto, y Obdulia ostentaba un sombrerote con disformes ringorrangos y plumas. Andaba Doña Paca lentamente, la vista fija en el suelo, abrumada, melancólica, como si la llevaran entre guardias civiles[494]. La *niña* reía, charlando con Polidura. Detrás iba Juliana *arreándolos* a todos, y mandándoles que fueran de prisa por el camino que les marcaba. No le faltaba más que el palo para parecerse a los que en vísperas de Navidad conducen por las calles las manadas de pavos. ¡Cómo se clareaba el despotismo hasta en sus menores movimientos! Doña Paca era la res humilde que va a donde la llevan, aunque sea al matadero; Juliana el pastor que guía y conduce. Desaparecieron en la Plaza Mayor, por la calle de Botoneras... Benina dio algunos pasos para ver el triste ganado, y cuando lo perdió de vista, se limpió las lágrimas que inundaban su rostro.

«¡Pobre señora mía! —dijo al ciego en cuanto se reunió con él—. La quiero como hermana, porque juntas hemos pasado muchas penas. Yo era todo para ella, y ella todo para mí. Me perdonaba mis faltas, y yo le perdonaba las suyas...[495]. ¡Qué triste va, quizás pensando en lo mal que se ha portado con la Nina! Parece que está peor del reúma, por lo que cojea, y su cara es de no haber comido en cuatro días. Yo la traía en palmitas, yo la engañaba con buena sombra, ocultándole nuestra miseria, y poniendo mi cara en vergüenza por darle

---

[494] Desde 1893 Galdós comienza a utilizar escenas o procesiones de carácter funerario, siempre para representar la muerte de esta clase media isabelina decadente (puede verse el final de *La de San Quintín* o el paseo por el Asilo de Montagut en *Gerona*, el convento de Salomé en *Los condenados*, la separación de Leonardo y Bárbara en *Bárbara*, la muerte de Laura en *Alma y vida* o el entierro de Alceste en dicha obra). Este, más que procesión, rebaño arreado por Juliana hacia el matadero o lugar de sacrificio se repetirá en muchas de sus obras posteriores. La actitud de Benigna es puramente evangélica.

[495] San Mateo, 5, 7 y 18, 23-25.

de comer conforme a lo que era su gusto y costumbre... En fin, lo pasado, como dijo el otro, pasó. Vámonos, Almudena, vámonos de aquí, y quiera Dios que te pongas bueno pronto para tomar el caminito a Jerusalén, que no me asusta ya por lejos. Andando, andando, hijo, se llega de una parte del mundo a otra, y si por un lado sacamos el provecho de tomar el aire y de ver cosas nuevas, por otro sacamos la certeza de que todo es lo mismo, y que las partes del mundo son, un suponer, como el mundo en junto; quiere decirse, que en donde quiera que vivan los hombres, o verbigracia, mujeres, habrá ingratitud, egoísmo, y unos que manden a los otros y les cojan la voluntad. Por lo que debemos hacer lo que nos manda la conciencia, y dejar que se peleen aquéllos por un hueso, como los perros; los otros por un juguete, como los niños, o éstos por mangonear, como los mayores, y no reñir con nadie, y tomar lo que Dios nos ponga delante, como los pájaros... [496]. Vámonos hacia el Hospital, y no te pongas triste.

—Mí no triste —dijo Almudena—; estar *tigo contentado*... tú saber como Dios cosas *tudas*, y yo *quirier* ti como *ángela bunita*[497]... Y si no *quierer* tú casar *migo*, ser tú *madra* mía, y yo niño tuyo *bunito*.

—Bueno, hombre; me parece muy bien.

—Y tú *com* palmera *D'sierto granda, bunita;* tú *com zucena branca... llirio tú...* Mí *dicier* ti *amri:* alma mía.»

Mientras iba la infeliz pareja camino del Hospital, Doña Paca y su séquito, en dirección distinta, se aproximaban a su nueva casa, calle de Orellana: un tercero limpio, con los papeles y estucos nuevecitos, buenas luces, ventilación, cocina excelente, y precio acomodado a las circunstancias. Parecióle muy bien a Doña Francisca, cuando arriba llegó, sofocada de la interminable escalera; y si le parecía mal, cuidaba de no manifestarlo, abdicando en absoluto su voluntad y sus opiniones. El flexible, más que flexible, blanducho carácter de la viuda, se adaptaba al sentir y al pensar de Juliana; y viendo ésta que se le metía entre los dedos aquella miga de pan, hacía bolitas con ella. No respiraba Doña Paca sin permiso de la tirana, quien para los más insignificantes actos de la vida, tenía no pocas órdenes que dictar a la infeliz señora. Ésta llegó a tenerle un miedo infantil; se sentía miga blanda dentro de la mano de bronce de la ribeteadora, y en verdad que no

---

[496] San Mateo, 10, 31 y Romanos, 12, 18.
[497] Proverbios, 2, 6 y I, Corintios, 2, 9-16.

era sólo miedo, pues con él se mezclaba algo de respeto y admiración.

Descansaba la dama del ajetreo de aquel día, ya metidos todos los muebles, trastos y macetas en la nueva casa, y atacada de una intensísima tristeza que le devoraba el alma, llamó a su tirana para decirle: «No me has explicado bien por el camino lo que hablásteis. ¿Qué historias cuenta Nina de su moro? ¿Es éste bien parecido?»

Dio Juliana las explicaciones que su súbdita le pedía, sin herir a Nina ni ponerla en mal lugar, demostrando en esto finísimo tacto.

«Y quedasteis... en que no puede venir a verme, por temor a que nos contagie de esa peste asquerosa. Has hecho bien. Si no es por ti, me vería expuesta, sabe Dios, a que se nos pegara la pestilencia... Quedasteis también en que recogería las sobras de la comida. Pero esto no basta, y yo tendría mucho gusto en señalarle una cantidad, por ejemplo, una peseta diaria. ¿Qué dices?

—Digo que si empezamos con esas bromas, señora Doña Paca, pronto volveremos a *Peñaranda*[498]. No, no: una peseta es una peseta... Bastante tiene la Nina con dos reales. Así lo he pensado, y si usted dispone otra cosa, yo me lavo las manos.

—Dos reales, dos... tú lo has dicho... y basta, sí. ¿Sabes tú los milagros que hace Nina con media peseta?»

En esto llegó Daniela muy alarmada, diciendo que llamaba a la puerta Frasquito; y Obdulia, que por la mirilla le había visto, opinó que no se abriera, a fin de evitar otro escándalo como el de la calle Imperial. Pero ¿quién le había dicho las señas del nuevo domicilio? Sin duda fue Polidura el soplón, y Juliana hizo juramento de arrancarle una oreja. Ocurrió el contratiempo grave de que mientras Ponte llamaba con nerviosa furia, decidido a romper la campanilla, subió Hilaria de la calle y abrió con el llavín, y ya no fue posible cortar el paso al intruso, que se precipitó dentro, presentándose ante las asustadas señoras con el sombrero metido hasta las orejas, blandiendo el bastón, la ropa en gran detrimento y manchada de tierra y lodo. Se le había torcido la boca, y arrastraba penosamente la pierna derecha.

«Por Dios, Frasquito —le dijo Doña Paca suplicante—, no nos-alborote. Está usted malo, y debe meterse en cama.»

Y salió también Obdulia declamando enfáticamente: «Fras-

---

[498] *Peñaranda*, familiarmente, era la Casa de Empeños.

quito: ¡una persona como usted, tan fina, de buena sociedad, decirnos esas cosas!... Tenga juicio, vuelva en sí.

—Señora y *madama* —dijo Ponte desencasquetándose el sombrero con gran dificultad—. Caballero soy y me precio de saber tratar con damas elegantes; pero como de aquí ha salido la absurda especie, yo vengo a pedir explicaciones. Mi honor lo exige...

—¿Y qué tenemos que ver nosotras con el honor de usted, so espantajo? —gritó Juliana—. ¡Ea, no es persona decente quien falta a las señoras! El otro día eran para usted emperatrices, y ahora...

—Y ahora —dijo Ponte temblando ante el enérgico acento de Juliana, como caña batida del viento—. Y ahora... yo no falto al respeto a las señoras. Obdulia es una dama; Doña Francisca otra dama. Pero estas señoras damas... me han calumniado, me han herido en mis sentimientos más puros, sosteniendo que yo hice la corte a la Benina... y que la requerí de amores deshonestos, para que por mí y conmigo faltase a la fidelidad que debe al caballero de la Arabia...

—¡Si nosotras no hemos dicho semejante desatino!

—Todo Madrid lo repite... De aquí, de estos salones salió la indigna especie. Me acusan de un infame delito: de haber puesto mis ojos en un ángel, de blancas alas célicas, de pureza inmaculada. Sepan que yo respeto a los ángeles: si Nina fuese criatura mortal, no la habría respetado, porque soy hombre... yo he catado rubias y morenas, casadas, viudas y doncellas, españolas y parisienses, y ninguna me ha resistido, porque me lo merezco... belleza permanente que soy... Pero yo no he seducido ángeles, ni los seduciré... Sépalo usted, Frasquita; sépalo, Obdulia... la Nina no es de este mundo... la Nina pertenece al cielo... Vestida de pobre ha pedido limosna para mantenerlas a ustedes y a mí... y a la mujer que eso hace, yo no la seduzco, yo no puedo seducirla, yo no puedo enamorarla... Mi hermosura es humana, y la de ella divina; mi rostro espléndido es de carne mortal, y el de ella de celeste luz... No, no, no la he seducido, no ha sido mía, es de Dios... Y a usted se lo digo, Curra Juárez, de Ronda; a usted, que ahora no puede moverse, de lo que le pesa en el cuerpo la ingratitud... Yo, porque soy agradecido, soy de pluma, y vuelo... ya lo ve... Usted, por ser ingrata, es de plomo, y se aplasta contra el suelo... ya lo ve...»

Consternadas hija y madre, gritaban pidiendo socorro a los vecinos. Pero Juliana, más valerosa y expeditiva, no pudiendo sufrir con calma los impertinentes desvaríos del desdichado Ponte, se fue hacia él furiosa, le cogió por las solapas, y comiéndoselo con la mirada y la voz le dijo: «Si no se marcha usted pronto de esta casa, so mamarracho, le tiro a usted por el balcón.»

Y seguramente lo habría hecho, si la Hilaria y la Daniela no cogieran al pobre hijo de Algeciras, poniéndole en dos tirones fuera de la puerta. Presentáronse los porteros y algunos vecinos, atraídos del alboroto, y al ver reunida tanta gente, salieron las cuatro mujeres al rellano de la escalera para explicar que aquel sujeto había perdido el juicio, trocándose de la más atenta y comedida persona del mundo, en la más importuna y desvergonzada. Bajó Frasquito renqueando hasta la meseta próxima: allí se paró, mirando para arriba, y dijo: «Ingrata, ingrrr...» Quiso concluir la palabra, y una violenta contorsión denunció la inutilidad de sus esfuerzos. De su boca no salió más que un bramido ronco, como si mano invisible le estrangulara. Vieron todos que se le descomponían horrorosamente las facciones, los ojos se le salían del casco, la boca se aproximaba a una de las orejas... Alzó los brazos, exhaló un ¡ay! angustioso, y se desplomó de golpe. A la caída de su cuerpo se estremeció de arriba abajo toda la endeble escalera.

Subiéronle entre cuatro a la casa para prestarle socorro, que ya no necesitaba el infeliz. Reconocióle Juliana, y secamente dijo: «Está más muerto que mi abuelo.»

Final

Ejemplo de los admirables efectos de la voluntad humana en el gobierno de las grandes como de las pequeñas agrupaciones de seres, era Juliana, mujer sin principios, que apenas sabía leer y escribir, pero que había recibido de Naturaleza el don rarísimo de organizar la vida y regir las acciones de los demás. Si conforme le cayó entre las manos la familia de Zapata le hubiera tocado gobernar familia de más fuste, o una ínsula, o un estado, habría salido muy airosa. En la ínsula de Doña Francisca estableció con mano firme la normalidad al mes de haber empuñado las riendas, y todos allí andaban derechos, y nadie se rebullía ni osaba poner en tela de juicio sus irrevocables mandatos. Verdad que para obtener este resultado precioso empleaba el absolutismo puro, el régimen de terror; su genio no admitía ni aun observaciones tímidas: su ley era su santísima voluntad; su lógica, el palo.

A los caracteres anémicos de la madre y los hijos no les venía mal este sistema, ensayado ya con feliz éxito en Antonio. Tal dominio llegó a ejercer sobre Doña Francisca, que la pobre viuda no se atrevía ni a rezar un Padrenuestro sin pedir su venia a la dictadora, y hasta se advertía que antes de suspirar, como tan a menudo lo hacía, la miraba como para decirle: «No llevarás a mal que yo suspire un poquito.» En todo era obedecida ciegamente Juliana por su mamá política, menos en una cosa. Mandábale que no estuviese siempre triste, y aunque la esclava respondía con frases de acatamiento, bien se echaba de ver que la orden no se cumplía. Entraba, pues, la viuda de Zapata en la normalidad próspera de su existencia con la cabeza gacha, los ojos caídos, el mirar vago, perdido en los dibujos de la estera, el cuerpo apoltronado, encariñándose cada día más con la indolencia, el apetito decadente, el humor taciturno y desabrido, las ideas negras.

A los quince días de instalarse Doña Francisca en la calle de Orellana, juzgó la mandona que más eficaz sería su poder y mejor gobernada estaría la familia viviendo todos juntos: general y subalternos. Trasladóse, pues, y allá fue metiendo su ajuar humilde, y sus chiquillos, y el ama, para lo cual antes hizo hueco, echando fuera la mar de tiestos y tibores[499] de plantas, y poniendo en la calle a Daniela, que en rigor no servía más que de estorbo. A sus funciones de gran canciller agregó pronto las de doncella y peinadora de su suegra y cuñada. Así todo se quedaba en casa.

Pero como no hay felicidad completa en este pícaro mundo, al mes, poco más o menos, de la mudanza, señalada en las efemérides zapatescas por la desastrosa muerte de Frasquito Ponte Delgado, empezó a resentirse Juliana de alteraciones muy extrañas en su salud. La que por su lozana robustez había hecho gala de compararse a las mulas, daba en la tontería de padecer lo más contrario a su natural perfectamente equilibrado. ¿Qué era ello? Embelecos nerviosos y ráfagas de histerismo, afecciones de que Juliana se había reído más de una vez, atribuyéndolas a remilgos de mujeres mimosas y a trastornos imaginarios, que, según ella, curaban los maridos con *jarabe de fresno*[500].

Comenzó el mal de Juliana por insomnios rebeldes: se levantaba todas las mañanas sin haber pegado los ojos; a los pocos días del insomnio empezó a perder el apetito, y, por fin, al no dormir se agregaron sobresaltos y angustiosos temores por las noches, y de día una melancolía negra, pesada, fúnebre. Lo peor para la familia fue que con estos alifafes[501] enojosos no se atenuaba el absolutismo gobernante de la tirana, sino que se agravaba. Antonio le proponía sacarla

---

[499] *tibores*. Recipientes grandes de barro, de China o del Japón, generalmente en forma de tinajas y decorados en el exterior.

[500] *jarabe de fresno*. Dicho popular que alude a la medicina eficaz del castigo, en este caso con el uso metafórico de «fresno», haciendo referencia a las cualidades de flexibilidad de las varas de este árbol, que son efectivas sin causar perjuicios mayores, propios de varas rígidas.

[501] *alifafes* debe entenderse como «achaques» sin especificar.

a paseo, y ella a paseo le mandaba con cien mil pares de demonios. Hízose displicente, y también mal hablada, grosera, insoportable.

Por fin, sus monomanías histéricas se condensaron en una sola, en la idea de que los mellizos no gozaban de buena salud. De nada valía la evidencia de la extraordinaria robustez de los niños. Con las precauciones de que les rodeaba, y los cuidados prolijos y minuciosos que en su conservación ponía, les molestaba, les hacía llorar. De noche arrojábase del lecho asegurando que las criaturas nadaban en sangre, degolladas por un asesino invisible. Si tosían, era que se ahogaban; si comían mal, era que les habían envenenado.

Una mañana salió precipitadamente, con mantón y pañuelo a la cabeza, y se fue a los barrios del Sur buscando a Benina, con quien tenía que hablar. Y por Dios que no gastó pocas horas en encontrarla, porque ya no vivía en Santa Casilda, sino en los quintos infiernos, o sea en la carretera de Toledo, a mano izquierda del Puente. Allí la encontró después de enfadosas pesquisas, dando vueltas y rodeos por aquellos extraviados caseríos. Vivía la anciana con el moro en una casita, que más bien parecía choza, situada en los terrenos que dominan la carretera por el Sur. Almudena iba mejorando de la asquerosa enfermedad de la piel; pero aún se veía su rostro enmascarado de costras repugnantes: no salía de casa, y la anciana iba todas las mañanitas a ganarse la vida pidiendo en San Andrés. No sorprendió poco a Juliana el verla en buenas apariencias de salud, y además alegre, sereno el espíritu, y bien asentado en el cimiento de la conformidad con su suerte.

«Vengo a reñir con usted, *señá* Benina —le dijo sentándose en una piedra, frente a la casucha, junto a la artesa en que la pobre mujer lavaba, a respetable distancia del ciego, echadito a la sombra—. Sí, señora, porque usted quedó en ir a recoger la comida sobrante en nuestra casa, y no ha parecido por allí, ni hemos vuelto a verle el pelo.

—Pues le diré, señora Juliana —replicó Nina—. Puede creerme que no ha sido desprecio; no señora, no ha sido desprecio. Es que no lo he necesitado. Tengo la comida de otra casa, con lo cual y lo que saco nos basta; y así, bien puede usted dárselo a otro pobre, y para su conciencia es lo mismo... ¿Qué quiere usted saber? ¿Que quién me da la comida? Veo que le pica la curiosidad. Pues debo esa bendita limosna a D. Romualdo Cedrón... le he conocido en San Andrés, donde dice la Misa... Sí, señora: D. Romualdo, que es un santo, para que lo sepa... Y ya estoy segura, después de mucho cavilar, que no es el D. Romualdo que yo inventé, sino otro que se parece a él como se parecen dos gotas de agua. Inventa unas cosas que luego salen verdad, o las verdades, antes de ser verdades, un suponer, han sido mentiras muy gordas... Con que ya lo sabe.»

Declaró la ribeteadora que se alegraba mucho de lo que oía referir; y que puesto que D. Romualdo la favorecía, Doña Paca y ella darían sus sobrantes de comida a otros menesterosos. Pero algo más tenía que decirle: «Yo estoy en deuda con usted, Benina, pues *dispuse* que mi madre política, a quien gobierno con una hebra de seda, le señalaría a usted dos reales diarios... Como no nos hemos visto por ninguna parte, no he podido cumplir con usted; pero me pesan, me pesan en la conciencia los dos reales diarios, y aquí se los traigo en quince pesetas, que hacen el mes completo, *señá* Benina.

—Pues lo tomo, sí señora —dijo Nina gozosa—; que esto no es de despreciar... Vienen a mí estas pesetillas como caídas del cielo, porque tengo una deuda con la *Pitusa*, calle de Mediodía Grande, y lo arreglamos dándole yo lo que fuera reuniendo, y peseta por duro de rédito. Con esto llego a la mitad y un poquito más. Pedradas de éstas me vengan todos los días, señora Juliana. Sabe que se le agradece, y quisiera dárselo en salud para sí, y para su marido y los nenes.»

Con palabra nerviosa, afluente y un tanto hiperbólica, aseguró la chulita que no tenía salud; que padecía de unos males extraños, incomprensibles. Pero los llevaba con paciencia, sin cuidarse para nada de su propia persona. Lo que la inquietaba, lo que hacía de su existencia un atroz suplicio, era la idea de que enfermaran sus niños. No era idea, no era temor: era seguridad de que Paquito y Antoñito caían malos... se morían sin remedio.

Trató Benina de quitarle de la cabeza tales ideas; pero la otra no se dio a partido, y despidiéndose presurosa, tomó la vuelta de Madrid. Grande fue la sorpresa de la anciana y del moro al verla aparecer a la mañana siguiente muy temprano, agitada, trémula, echando lumbre por los ojos. El diálogo fue breve, y de mucha substancia o miga psicológica.

«¿Qué te pasa, Juliana? —le preguntó Nina tuteándola por primera vez.

—¿Qué me ha de pasar? ¡Que los niños se me mueren!

—¡Ay, Dios mío, qué pena! ¿Están malitos?

—Sí... digo, no: están buenos. Pero a mí me atormenta la idea de que se mueren... ¡Ay, Nina de mi alma, no puedo echar esta idea de mí! No hago más que llorar y llorar... Ya lo ve usted...

—Ya lo veo, sí. Pero si es una idea, haz por quitártela de la cabeza, mujer.

—A eso vengo, *señá* Benina, porque desde anoche se me ha metido en la cabeza otra idea: que usted, usted sola, me puede curar.

—¿Cómo?

—Diciéndome que no debo creer que se mueren los niños... mandándome que no lo crea.

—¿Yo?...

—Si usted me lo afirma, lo creeré, y me curaré de esta maldita idea... Porque... lo digo claro: yo he pecado, yo soy mala...

—Pues, hija, bien fácil es curarte. Yo te digo que tus niños no se mueren, que tus hijos están sanos y robustos.

—¿Ve usted?... La alegría que me da es señal de que usted sabe lo que dice... Nina, Nina, es usted una santa.

—Yo no soy santa. Pero tus niños están buenos y no padecen ningún mal... No llores... y ahora vete a tu casa, y no vuelvas a pecar»[502].

FIN DE LA NOVELA

Madrid, marzo-abril de 1897

---

[502] Sentido evangélico del nuevo milagro. San Mateo, 19, 17.